April Wynter

Nach oben führt auch ein Weg hinab

W0373628

Über das Buch

Maddys Leben ist ein Albtraum: Durch das Abitur gefallen, keinen Job gefunden und jetzt soll sie auch noch den Sommer bei ihrem Vater in Kanada verbringen, zu dem sie seit Jahren keinen Kontakt mehr hatte. Als sie ein Angebot erhält, als Influencerin für eine Agentur zu arbeiten, wittert sie die Chance ihres Lebens. Ein Roadtrip durch die Rocky Mountains soll ihre Karriere voranbringen. Blöd nur, dass sie auf ihren im Rollstuhl sitzenden Großvater aufpassen muss ...

Über die Autorin

Als Weltenwandlerin bekannt, reist April Wynter nicht nur durch unsere fünf Kontinente, sondern erweckt mit ihren Büchern neue Welten zum Leben. In ihren Geschichten verarbeitet sie die Eindrücke und Erfahrungen ihrer Reisen und beschäftigt sich besonders mit den Fragestellungen der Generation Y. Wenn sie nicht gerade auf Weltreise ist, lebt sie in der einzigen Stadt, die zwischen Rhein und Mosel liegt, verbringt ihre Freizeit mit Tieren auf dem Bauernhof oder verliert sich in einer der unzähligen Bücherwelten.

NACH OBEN führt AUCH ein Weg HINAB

Jugendroman

APRIL WYNTER

www.april-wynter.de
info@april-wynter.de

Die Deutsche Nationalbibliothek verzeichnet diese Publikation in der Deutschen Nationalbibliografie; detaillierte bibliografische Daten sind im Internet über http://dnb.d-nb.de abrufbar.

2. Auflage Mai 2020
© Alexa Gothe
Kemmertstr. 26
56072 Koblenz

Covergestaltung: Alexa Gothe
Bildmaterial: Spiegelwelt Fotografie, PhotoGravity - Milena A.rt und Shutterstock
Lettering des Titels: Maria Bartella
Illustrationen: Nina Karbach und Marie Zoubek
Lektorat und Korrektorat: Natalie Rau
Buchsatz: Dagmar Benner und Alexa Gothe
Druck: booksfactory, 71-063 Szczecin (Polen)
Vertrieb & Bestellung: Nova MD GmbH, Vachendorf

ISBN: 978-3-96698-331-0

Für alle Großeltern dieser Welt.
Danke, dass ihr uns an euren Geschichten teilhaben lasst.

Vorwort

Howdy liebe Leserinnen und Leser,

ich freue mich, dass mein Buch den Weg in dein Regal gefunden hat.

Für den optimalen Lesespaß beachte bitte meine Triggerwarnungen. Da ich niemanden Spoilern möchte, habe ich diese auf meine Webseite gestellt. Solltest du dich von bestimmten Themen getriggert fühlen, lies bitte dort nach, ob das Buch etwas für dich ist. Maddys Grandpa sitzt nicht grundlos im Rollstuhl und Social Media hat definitiv seine Schattenseiten.

www.april-wynter.de/trigger-pj

Die Geschichte rund um Maddy ist während meiner Weltreise und dem dazugehörigen Kanada-Roadtrip entstanden. Einige der Dinge, habe ich selbst erlebt. Daher möchte ich dir gerne einen Einblick geben und habe Fotos und Zusatzinfos für dich gesammelt. Scanne die Barcodes, um einen Blick hinter die Kulissen zu werfen.

Teste mich!

Ich wünsche dir viel Spaß zusammen mit Maddy und ihrem Grandpa in den kanadischen Rocky Mountains.

Deine April

Heimkehr

»Bitte schließen Sie Ihre Sicherheitsgurte. Wir erwarten Turbulenzen.«

Ein prüfender Blick meinerseits bestätigt, dass ich noch vom letzten Unwetter angeschnallt bin. Die Hand meiner Sitznachbarin schnellt jedoch vor und greift nach der Lasche am Vordersitz. Von einem Würgegeräusch begleitet, zieht sie die braune Tüte hervor und ... Bäh, ist das eklig! Muss dieses Scheißflugzeug so tief fliegen, dass es die Wolken streift und schon wieder wackelt?

Während ich darüber nachdenke, ob die kleine Schwarzhaarige noch über Mageninhalt verfügt, fängt sie von vorne an. Ich ziehe mein Smartphone aus der Hosentasche. Nein, nicht um sie dabei zu fotografieren. Stattdessen versuche ich mich, von den leider ziemlich ansteckenden Geräuschen neben mir abzulenken und starre auf meinen Feed.

Dein Feed wurde zum letzten Mal vor 5 Minuten aktualisiert.

Ja, welch Wunder. Nach der Aktualisierung liefen meine kostenlosen fünfzehn Minuten Internet aus, die bei dem Flug nach Calgary inklusive waren. Jetzt blinkt jedes Mal diese Werbeanzeige im Browser auf, dass ich weitere fünfzehn Minuten über den Wolken surfen kann, wenn ich nur 8,99 € bezahle. Ein Zuckerschlecken. Nur nicht für mich.

Das letzte Bild in meinem Feed zeigt das runde Bullauge des Flugzeugs und dahinter, wie nicht anders zu erwarten: Wolken. Wie sollte es auch sonst sein in Kanada? Kann mein Vater nicht aus der Karibik kommen?

Meine Mom reiste damals zum Work and Travel nach Kanada und ließ sich von einem Ranchmitarbeiter schwängern. Ernsthaft! Haben die noch nie etwas von Verhütung gehört? Bei mir in der Grundschule wurde darüber aufgeklärt, als ich noch an Bienchen und Blümchen glaubte.

Königin über den Wolken. Auf geht's in den Sommerurlaub. #holiday #istdasgeil #überdenwolken #flugzeug

So lautet der unfassbar kreative Text unter dem Bild aus dem Flugzeug, welches ich geschossen habe, als meine Sitznachbarin auf der Toilette verschwunden war. Wo sie auch jetzt besser hin verschwinden sollte. Erneut würgt sie in die bereits ziemlich volle Tüte. Ich würde ihr ja meine anbieten, aber ich werde das Gefühl nicht los, dass ich sie gleich selbst gebrauchen könnte.

Mein Finger öffnet wie automatisch den Browser und schwebt über den 8,99 €. Das würde mich zumindest weitere fünfzehn Minuten ablenken. Ehe ich den Button drücken kann, schaukelt das Flugzeug und mein Smartphone fällt mir aus der Hand. *Gut gemacht, Maddy.*

Als das Schaukeln sich gleich darauf wieder beruhigt und ich das Symbol zum Anschnallen ernsthaft hinterfrage, bücke ich mich, um meine Unterhaltungselektronik aufzuheben.

»Entschuldigen Sie, Miss. Haben Sie bei unserer Sicherheitsunterweisung nicht aufgepasst?«

Eine strenge Stimme, wie die meiner alten Klassenlehrerin Frau Müller, lässt mich hochschrecken. Das Handy habe ich noch nicht in der Hand und mein Kopf stößt gegen etwas Weiches. Warme Feuchtigkeit breitet sich auf meinen Haaren aus. Oh. Mein. Gott. Das darf jetzt nicht wahr sein!

»I'm so sorry«, würgt die Schwarzhaarige hervor.

»Sie dürfen sich nicht nach verlorenen Gegenständen bücken und sollen das Flugpersonal rufen, wenn Sie etwas verloren haben«, tadelt mich Frau Müllers Stimme. Kann sein, dass da etwas in dem Informationsvideo war. Aber mein verlorenes Smartphone ist jetzt mein geringstes Problem.

Ich mache Anstalten, mich abzuschnallen, um die Erniedrigung auf meinem Kopf zu beseitigen, da stoppt Fräulein Oberlehrerin mich schon wieder. »Bitte warten Sie mit dem Gang zur Toilette, bis die Turbulenzen sich gelegt haben und das Anschnallsymbol erlischt. Ich muss jetzt auch zu meinem Platz, es liegt ein Unwetter vor uns.«

Bevor sie geht, bückt sie sich recht umständlich mit eingeknickten Knien (wie auch sonst, bei dem engen Bleistiftrock!?) und hebt mein Handy auf. Dann watschelt sie davon. Wie auf Kommando beginnt das Flugzeug erneut zu schaukeln. Inzwischen habe ich Schneewittchen die braune Tüte von meinem Platz gegeben, bevor neben meinen Haaren auch noch meine Vans ruiniert werden. Gebannt starre ich auf das Anschnallsymbol und versuche es durch Gedankenkraft, zum Erlöschen zu bewegen.

Das Flugzeug wird von links von einer Sturmböe gepackt. Unsanft werde ich in meinen Gurt gedrückt und mein Kopf schlägt gegen die Rückenlehne. Ein Schmerzenslaut hallt durch den Gang.

Warum zum Teufel musste meine Mutter mich den Sommer über nach Kanada schicken?

Kapitel 1

Natürlich halten die Turbulenzen bis Calgary an. Wie hätte es auch anders sein sollen?

Das Erste, was ich nach dem Verlassen des Flugzeugs aufsuche, ist der Waschraum. Braune Augen starren mir aus dem Spiegel wütend entgegen. Ich weiß genau, was sie mir damit sagen wollen. Das Erbrochene des Mädchens habe ich, so gut es geht, aus meinen kastanienbraunen Haaren gewaschen. Die hellen Strähnen sind durch die Feuchtigkeit dunkel gefärbt. Meine kleine Stupsnase zieht sich allein bei dem Gedanken an den Gestank widerwillig nach oben. Aber deshalb blicken meine Augen nicht wütend drein. Nein, sie sind sauer, weil ich hier bin. In Kanada! Eigentlich wollte ich den Sommer mit meiner Freundin Lola verbringen. Sie hat dummerweise ein Auge auf meinen aktuellen Schwarm Jonas geworfen. Nur meine Ablenkungsmanöver hätten sie von ihm fernhalten können. Ich traue mich gar nicht, auf mein Handy zu schauen, ob sie schon das erste Selfie mit ihm gepostet hat.

Sechs lange Wochen werde ich hier sein. Vielleicht hat sie sich bis dahin mit ihm zu Tode gelangweilt und schießt ihn wieder ab, wenn ich zurück bin. Dann laufe ich wenigstens nicht Gefahr, dass sie ihn mir ausspannt, wenn ich mit ihm zusammenkomme. Einmal Benutztes fasst sie nicht nochmal an. Dieses Prinzip handhabt sie mit ihren Klamotten ebenso. Gut für mich, meistens darf ich ihre einmal getragenen Sachen haben. Mein halber Koffer ist voll mit ihren Klamotten. Herrje, der Koffer!

Ich habe keine Ahnung, wie lange ich für die grobe Reinigung meiner Haare gebraucht habe. Aber ein Blick auf mein Handy verrät mir, dass ... Oh, das ist ja noch die deutsche Zeit. Wie viele Stunden Zeitunterschied sind es zwischen Deutschland und Kanada? Acht oder so müssten es sein. Egal, auf jeden Fall muss ich jetzt dringend zur Grenzkontrolle und dann meinen Koffer holen.

Meine nach wie vor feuchten Haare wirken zwar etwas fettig, aber eine frische Dusche werde ich erst im Haus meines Vaters bekommen. Der hoffentlich nicht vergisst mich abzuholen. Schnell binde ich sie mir zu einem Dutt zusammen, da sie bereits anfangen, im Nacken zu kleben. Normalerweise bin ich stolz auf ihre Länge. Sie reichen mir bis zur Taille, wenn ich sie geglättet habe. Aber gewöhnlich bade ich auch nicht in Erbrochenem, sodass meine leichten Naturlocken zum Vorschein kommen.

Hastig eile ich den Gang entlang. Gerade scheint ein weiteres Flugzeug in Calgary gelandet zu sein, weshalb ich mich eilig an den Leuten vorbeidrängele, um nicht hinter ihnen anstehen zu müssen. Meine Sorge ist unbegründet, denn hinter der nächsten Ecke teilen sich die Schlangen auf in US Bürger, kanadische Staatsbürger und dem Rest der Welt. Und das gelandete Flugzeug hat anscheinend nur europäische Touristen transportiert. Ich stelle mich in der Schlange für kanadische Staatsbürger an.

Mich erwartet kein Personal, sondern eine dieser Maschinen, bei der ich meinen Reisepass scanne und diese ihn mit einem aktuellen Foto von mir vergleicht. Oh man, ich hoffe, ich habe wirklich alles aus meinen Haaren gewaschen. Da komme ich nach gut acht Jahren in das Land meiner Geburt zurück und das erste Foto, was man von mir schießt, ist eines mit dem Mageninhalt meiner Sitznachbarin in den Haaren.

Das Gerät piepst und der Scanner für den Reisepass blinkt rot. Ich zucke mit den Schultern und lege den Pass erneut ein. Wieder dieses nervige Piepsen. Nachdem es auch ein drittes Mal nicht funktioniert, fordert das Gerät mich auf, das Personal aufzusuchen. Ungeduldig blicke ich mich um und winke eine Frau mit der Uniform des Calgary Airports herbei.

»Guten Abend, wie geht es Ihnen?«, begrüßt sie mich lächelnd. Stimmt ja, hatte ganz vergessen, dass hier immer alle so scheißfreundlich sind. Anstatt auf ihre Frage zu antworten, deute ich auf das defekte Gerät. »Das funktioniert nicht.«

Die Frau lächelt mich freundlich an und fordert mich auf, ihr zu ihrem Computer zu folgen. Ich lege meinen dunkelroten Reisepass in ihre ausgestreckte Hand und sie tippt etwas in ihre Tastatur ein.

»Sie kommen aus Deutschland?«

Ich brumme nur und antworte nicht.

»Haben Sie denn kein eTA beantragt?«

»Ne, brauch ich nicht, bin ja zur Hälfte Kanadierin.«

Sie lächelt mich an. »Dann willkommen zu Hause. Jetzt weiß ich auch, wo das Problem liegt. Sie haben mir den deutschen Reisepass gegeben. Ich brauche aber Ihren Kanadischen.«

»Hab ich nicht.«

Ihr Lächeln verblasst. »Aber als kanadischer Staatsbürger sind Sie nur befugt mit einem kanadischen Reisepass ins Land einzureisen.«

Ich zucke hilflos mit den Schultern. »Wie ich bereits sagte: Habe ich nicht.«

Sie seufzt. Es scheint, als sei ihr Lächeln auf meine Lippen übergesprungen. Vielleicht muss ich ja doch nicht den Sommer hier verbringen, weil ich die Einreise verweigert bekomme und gleich mit der nächsten Maschine nach Hause geschickt werde. Dann würde ich vorher zwar keine Chance auf eine Dusche bekommen, aber das ist egal. Hauptsache wieder zurück und nicht mit fast achtzehn Jahren noch immer die Spielpuppe meiner Eltern sein.

»Das ist schlecht.« Meine Gedanken werden von der Flughafenmitarbeiterin unterbrochen. »Nur mit einem kanadischen Reisepass können wir wirklich sichergehen, dass Sie auch die kanadische Staatsbürgerschaft haben. Haben Sie denn die Sondergenehmigung beantragt, auch ohne den Reisepass einreisen zu dürfen?«

Ich kann mir ein Rollen der Augen nicht verkneifen. »Hätte ich die sonst nicht gleich verwendet?«

Bis gerade, wusste ich nicht einmal, dass es so etwas gibt. Oder, dass ich überhaupt einen kanadischen Reisepass brauche.

»Das wäre tatsächlich die einfachste Lösung gewesen. Manche Leute vergessen sowas.« So langsam ist auch die Freundlichkeit aus ihrer Stimme verschwunden. Sie drückt einen Knopf neben ihrem Computer und sagt irgendeinen Code auf. Dann wendet sie sich erneut zu mir. »Sie müssen leider mit mir kommen.«

»Ich kann auch wieder nach Hause fliegen. Sie müssen mir nur mit dem Koffer helfen. Der muss nämlich auch mit zurück.«

Sie schüttelt jedoch ihren Kopf und deutet mir an, ihr zu folgen.

»Wohin gehen wir?«

Zwei Männer in der blauen Uniform der Grenzbeamten kommen auf uns zu. Die werden mich doch jetzt nicht ...

... verhaften. Ich bin allen Ernstes verhaftet. Seit einer Stunde warte ich in einem Zimmer ohne Fenster, mit einer Handschelle um mein rechtes Handgelenk. Wie ein Verbrecher im Verhör sitze ich an einem braunen Tisch in einem ansonsten leeren Raum mit weißen Wänden. Eine davon ist bestimmt aus Spiegelglas, sodass sie mich von außen beobachten können. Ich schneide eine Grimasse, in der Hoffnung, dass mich gerade wirklich einer beobachtet. Einerseits komme ich mir ziemlich schlau vor, weil ich ihren Trick durchschaut habe, auf der anderen ziemlich albern, weil ich mich wie ein Kind verhalte. Nicht, dass sie noch meinen Vater anrufen, damit er mich aus dem Småland abholen kommt. Wobei, es wäre vielleicht besser, wenn ihn jemand informieren würde. Er ist bestimmt schon längst wieder auf dem Weg zu seiner Ranch, weil ich nicht aus dem Flugzeug kam. Bestimmt hat er gedacht, dass ich doch noch gekniffen habe.

Die Tür öffnet sich und ein Beamter in Uniform tritt ein. Ein Lächeln liegt auf seinem Gesicht und er nickt mir zu. Als er mir gegenüber am Tisch Platz nimmt, steigert sich seine Freundlichkeit ins Unermessliche.

»Hey Madison, wie geht es Ihnen?«

Er wagt es doch tatsächlich, mich zu fragen, wie es mir geht. Nachdem ich verhaftet wurde! Meine Antwort darauf wartet er allerdings nicht ab und fährt direkt fort: »Sie haben also versucht ohne Reisepass in Kanada einzureisen, ist das richtig?«

»Ähm, nein.«

Die Fältchen um seine Mundwinkel verschieben sich auf seine Stirn.

»Wie lief die Situation Ihrer Meinung nach dann ab?«

Ich seufze, ehe ich zu einer ausführlichen Antwort aushole: »Ich habe versucht mit meinem deutschen Reisepass ohne die Beantragung dieses Estas oder wie auch immer ...«

»eTA.«

»Jaja, also ohne dieses Dings da einzureisen. Aber eigentlich brauch ich das auch nicht, weil ich ja zur Hälfte Kanadierin bin.«

Er unterbricht mich wieder. Dabei wollte ich ihm doch jetzt die Lösung des ganzen Problems auf die unkomplizierte Art vorschlagen: Mich wieder nach Deutschland schicken.

»Aber warum haben Sie dann nicht ihren kanadischen Reisepass dabei?«

»Na, weil ich keinen habe.« Mein Kinderreisepass von damals ist schließlich abgelaufen. In Deutschland habe ich mir nur einen Deutschen machen lassen. Wusste gar nicht, dass ich dort auch einen Kanadischen beantragen kann.

»Wann war denn Ihr letzter Besuch in Kanada?«

Ich verziehe den Mund. »Besuch? Na, eigentlich bin ich ja hier geboren. Und bis ich zehn war, habe ich das Land auch nicht verlassen.

Und dann hat meine Mom meinem Dad den Laufpass gegeben und ist mit mir zurück nach Deutschland zu meinen schrulligen Großeltern gezogen. Seitdem war ich nicht mehr in Kanada. Also kann man das wohl kaum Besuch nennen, oder?«

»Sie sind also kanadische Staatsbürgerin ...« Blitzmerker. »Und als Kind nach Deutschland ausgewandert.«

Jetzt unterbreche ich ihn: »Na, so kann man das nicht nennen. Da meine Mom ja Deutsche war, also eigentlich auch noch ist ... Ich fange mal von vorne an: Meine Mom hat hier ein Auslandsjahr gemacht, hat sich schwängern lassen, ist dann bei ihm geblieben, hat mich bekommen, die beiden hatten Krach, sie ist mit mir nach Deutschland. Ende der Geschichte.«

»Also sind Sie ausgewandert?«

Hilflos zucke ich mit den Schultern. »Weiß nicht. Ich war doch vorher schon Kanadierin und Deutsche in einem, oder sehe ich das falsch?«

Er lehnt sich in seinem Stuhl zurück und verschränkt die Arme vor der Brust. Richte dich bloß nicht zu häuslich ein, ich habe nicht vor, länger in diesem Raum zu bleiben, Mr. Grenzpolizist.

»Wie dem auch sei ...« Ich fahre fort, weil ihm offensichtlich die Worte fehlen. »Wir können das ganz einfach lösen: Sie gehen jetzt da raus, holen meinen türkisblauen Hartschalenkoffer für mich und dann setze ich mich in den nächsten Flieger nach Deutschland. Tragen Sie ruhig etwas wie illegaler Grenzübertritt in meine Akte ein und Sie sehen mich nie wieder. Außer, Sie kommen mal nach Deutschland. Aber ernsthaft? Das ist dort auch nicht viel besser als hier.«

»Ich war schon einmal in Deutschland.« Warum zum Teufel geht er nicht auf meinen Vorschlag ein? »In Berlin. Wohnen Sie dort in der Nähe?«

Was soll der Small Talk? Will der Zeit schinden, während mir die Trulla von eben einen neuen Pass druckt? Bei meinem Glück tut sie das gerade. Am Kopierer ihres Chefs. Halt, stop! Kopfkino aus, habe keinen Eintritt bezahlt.

Der Grenzpolizist sieht mich erwartungsvoll an. Was wollte er nochmal wissen? Achja, ob ich in der Nähe von Berlin wohne.

»Ne, Berlin ist nicht in meiner Nähe, sondern ziemlich weit oben. Wohne eher so im mittleren Westen.« Also nicht so wie bei den Indianern, aber in Köln Chorweiler muss man auch aufpassen nicht vom Pferd geholt zu werden.

»Wo wohnen Sie denn genau?«

»Kennen Sie eh nicht.«

»Ich kann nachschauen, steht in Ihrem Pass. Im Deutschen ist es ja vermerkt.«

Wieder zucke ich mit den Schultern. »Machen Sie mal. Andere Frage: Kann ich wieder zurückfliegen?«

»Sie sind doch gerade erst angekommen?« Der Typ will mich nicht allen Ernstes ungestraft davonkommen lassen, oder?

Möglichst sachlich versuche ich ihm zu erklären: »Ja, aber die illegale Einreise, Sie wissen ja schon.«

Er fasst sich an die Stirn und steht auf, verlässt kurz den Raum und kommt mit einem Formular zurück.

»Hier, das müssen Sie ausfüllen, bei der nächsten Gelegenheit in Calgary einen kanadischen Pass beantragen und dann noch einmal unserer Behörde vorzeigen. Damit: Herzlich willkommen in Kanada!«

Das - ist - nicht - sein - verdammter - ERNST!

Einreisekontrolle Kanada

Okay, anscheinend doch. Er schiebt das aufgeschlagene Papier zu mir rüber und hält mir einen Stift hin. Lieblich grinse ich ihn an. »Kann nicht schreiben.«

»Oh, Legasthenie?«

»Ne, Rechtshänderin.« Ich lächle noch dämlicher. Er fasst sich erneut an die Stirn und kramt mit der anderen Hand einen Schlüssel aus der Tasche, um meine Handschelle zu lösen.

»Danke.« Spöttisch ziehe ich die Augenbrauen nach oben. *Danke, dass ich wegen Ihnen den kompletten Sommer am Arsch der Welt verbringen darf.*

Okay, eigentlich ist daran meine Mutter schuld. Aber diesen Grenzpolizisten habe ich kurzfristig für die Lösung meines Problems angesehen. Da er aber offensichtlich keine Lösung ist, ist er mitschuldig. Oder?

Am Gepäckband wartet mein Koffer. Statt einsam Runden auf dem Band zu drehen, hat ihn jemand zur Seite gestellt. Ein Wunder, dass das Gebäude noch nicht wegen des unbeaufsichtigten Gepäcks geräumt wurde. Aber wir sind ja in Kanada. Wer würde hier schon eine Bombe hochjagen? Die Kanadier bedanken sich dann hinterher noch, weil die Ankunftshalle sowieso renoviert werden musste. Wer nicht auf mich wartet, ist mein Vater. Der ist garantiert schon heim. Als ich mich endlich mit dem WLAN des Flughafens verbunden habe, checke ich erst mal meinen Instagram Account. Die Sprachnachricht meiner Mutter ignoriere ich. Zwanzig Kommentare unter dem Bild vom Bullauge. Ich nehme auf meinem Koffer Platz. Ein Glück, dass ich doch den aus Hartschale von Lola mitgenommen habe. Nicht, dass sie etwas davon wüsste. Oh, weiß sie doch, verrät der erste ersichtliche Kommentar in Großbuchstaben unter meinem Bild:

DU GEWITTERZIEGE! UND ICH SOLL JETZT MIT DEM BACKPACK DEINER MOM NACH LYON FLIEGEN???

Ja, sollst du. In Lyon warten statt ihrem nach Pferd stinkenden Dad, haufenweise Cousins und Cousinen auf Lola. Sie hat es besser getroffen als mich. Außerdem bleibt sie nur für zwei Wochen gegen Ende der Sommerferien. Und ich darf ganze sechs Wochen hier in Kanada bleiben.

Deshalb habe ich den Koffer dringender nötig. Meine Antwort für sie fällt mit einem Kusssmiley aus. Eigentlich ist sie mir nicht wirklich böse. Zumindest nie für lange. Irgendwann lasse ich mich vom Koffer auf den Boden gleiten, weil immer mehr Leute anfangen, mit mir zu schreiben. Gerade als ich den letzten Kommentar beantwortet habe, blinken bereits neue auf. Der Post geht richtig viral. Wenn das so weitergeht, lohnt sich mein Kanadaurlaub ja doch. Wobei: Noch weiß keiner, dass ich nicht am Strand gelandet bin. Diese Erkenntnis wird meine Followeranzahl wieder unter die 3.000er Marke drücken.

Nachdem ich glaube, dass ich alle meine Nachrichten beantwortet habe, schalte ich den Bildschirm aus, um ihn gleich darauf wieder anzuschalten. Der Grund, warum ich es überhaupt aus der Tasche geholt habe, war schließlich meinem Dad zu schreiben. Ich scrolle in meinem Telefonbuch bis zum Buchstaben D für – nein, nicht Dad, sondern Dave – um festzustellen, dass ich ihn doch beim Nachnamen abgespeichert habe. Anders, Dave. Ich öffne seinen Kontakt in WhatsApp. Die zwei Wörtchen ›Bin da‹ sind schnell getippt. Ein Häkchen erscheint. Hat der Kerl etwa kein Internet? Wenn wir da auf der Farm keinen Empfang haben, drehe ich durch. Dann kann er mir ein Hotel in der Stadt bezahlen. Wie soll ich sonst up to date bleiben? Ich scrolle ein bisschen durch meine Instagram Timeline, bis das Licht in der Halle plötzlich gedimmt wird. Habe ich was verpasst? Ich weiß ja, dass es mitten in der Nacht ist. Aber hat ein Flughafen normalerweise nicht vierundzwanzig Stunden geöffnet? Eine Frau in einem dieser knielangen Röcke kommt auf mich zugedackelt.

»Miss? Ich muss Sie bitten, das Flughafengebäude zu verlassen.«

»Warum?« Ich starre weiterhin auf mein Handy. Gibt keinen Grund mich gleich rauszuschmeißen.

»In den nächsten Stunden landen erst mal keine Flugzeuge und ich möchte die Ankunftshalle gerne abschließen«, erklärt sie mir. Ich lasse die Hand mit Handy darin zu Boden sinken und lehne meinen Kopf gegen den Koffer.

»Aber nur die Ankunftshalle, oder?«

Sie nickt, was ich im dämmrigen Licht der Notbeleuchtung gerade so erkennen kann.

»Sie können gerne mit mir zum Wartebereich der öffentlichen Verkehrsmittel kommen.«

Ich schüttle den Kopf. »Warte auf meinen Vater.«

»Wissen Sie denn, wann er kommt? Ich kann sie gerne zum Kurzzeitparkplatz bringen.«

»Er ist nicht online.« Ratlos deute ich auf mein Handy.

Die Frau mustert mich ungläubig. »Haben Sie denn einmal versucht anzurufen?«

»Wie denn? Hab ja keine kanadische SIM-Karte.« Ich will nicht behaupten, dass ich selbst auf die Idee gekommen wäre. Um ehrlich zu sein, habe ich gar nicht daran gedacht. Aber die Ausrede mit der SIM-Karte erscheint mir besser. Immerhin scheint die gute Frau nicht viel Verständnis für die digitale Jugend von heute zu haben. Ihr Mundwinkel hat eben verächtlich gezuckt. Ich habe es genau gesehen. Die Frau zieht den Henkel ihrer schwarzen Lederhandtasche von der Schulter und fängt an darin zu kramen. Sie greift nach ihrem Smartphone in einer Katzenhülle und hält es mir hin. »Hier, du kannst ihn mit meinem anrufen.«

Ich nehme es an mich, suche auf meinem Handy nach der Nummer meines Vaters und während das Freisignal im Ohr ertönt, flüstere ich ihr ein Danke zu.

»Hallo?« Die Stimme am anderen Ende der Leitung hört sich rau und krächzend an.

»Dave?« An dem Wort Dad hätte ich mich verschluckt. Ich nenne ihn nach all der Zeit lieber bei seinem Vornamen.

»Wer ist denn da?« Die Stimme ist ziemlich leise, sodass ich mir das Telefon fester an mein Ohr presse.

»Ich bins, Madison, deine Tochter.« Die Frau im Knierock runzelt ihre Stirn. Ist bestimmt komisch, wenn die Tochter sich ihrem Vater vorstellen muss.

»Oh, die Maddy. Dave, kommst du mal? Unsere Maddy ist am Telefon.«

Ups, das war gar nicht mein Vater. Wer wohnt denn noch bei ihm? Seine neue Ehefrau wird es der Stimme nach zu urteilen nicht sein. Eigentlich hätte mir sofort klar sein müssen, dass das nicht mein Vater gewesen sein kann, da er in der Zwischenzeit wohl kaum so sehr gealtert wäre. Klar, er war einige Jährchen älter als meine Mutter, die mit süßen achtzehn zu einer wurde, aber er war damals höchstens Anfang dreißig.

In der Leitung knistert es und dann fragt eine wesentlich jüngere Stimme: »Madison?«

»Ja, in der Tat.«

»Oh, Madison.« Mein Vater klingt ein wenig neben der Spur. »Du rufst bestimmt an, um mit mir abzuklären, wann ich dich holen soll. Hör mal …«

»Ähm, um genau zu sein: jetzt.« Er hat mich allen Ernstes vergessen. Acht Jahre und 7.384 km bauen keine Verbindung zu jemandem auf. Die Zahl weiß ich deshalb so genau, weil meine damalige beste Freundin und ich uns einen Brief für jeden Kilometer schreiben wollten, der uns trennte. Bis Kilometer Nummer neun bin ich gekommen. Irgendwann war selbst die Wahrscheinlichkeit höher, nach Hogwarts eingeladen zu werden, als nochmal was von Amber zu hören.

»Oh, das war schon heute?« Ich kann förmlich sehen, wie er sich durch sein strubbeliges, braunes Haar fährt. Falls er inzwischen nicht schon eine Glatze hat.

»Jep. Wie lange brauchst du, um mich zu holen?«

»Wie spät ist es?«Die Stimme am Hörer klingt dumpf, als hätte er den Hörer zur Seite gelegt. Ich schalte den Bildschirm meines Handys an. Sieben Uhr morgens in Deutschland. Keine Ahnung was das hier in Kanada ist. Auf jeden Fall ist es schon länger dunkel. Knierock schaut mich ungeduldig an. Ich deute entschuldigend auf ihr Handy und wende ihr dann den Rücken zu. Nerv nicht.

»Ah, ja, bereits elf Uhr abends.« Jetzt klingt seine Stimme wieder näher an meinem Ohr. »Madison, hörst du? Gleich müsste der Bus Nummer 300 vom Flughafen in Richtung Stadt fahren. Von da aus steigst du um in die ...«

Ich falle ihm ins Wort. »Ernsthaft? Nach acht Jahren hältst du es nicht für nötig, mich am Flughafen willkommen zu heißen? Ich soll mich stattdessen mit dem Bus in die Pampa begeben. Super, danke, Dad.« Das letzte Wort spreche ich voller Wut und Ironie aus.

»Madison, hör bitte zu ...«

»Sorry, die Frau hier will ihr Handy zurück. Schick mir die Adresse einfach per WhatsApp, ich komm schon alleine klar.« Mit diesen Worten lege ich auf. Oh man. Nicht nur ich wäre lieber in Deutschland geblieben. Mein Vater will mich auch nicht hier haben. Warum nochmal musste meine Mutter mich so dringend aus dem Weg schaffen? Ich werde in wenigen Tagen achtzehn und hätte ohne Probleme alleine daheim bleiben können. Sie wollte mir in den letzten Tagen meiner Minderjährigkeit nochmal beweisen, dass sie die Macht über mein Leben hat. Sie kam wieder mit diesem ›Die Beine unter ihren Tisch‹ Gerede. Wobei alles, was auf dem Tisch steht, vom Arbeitsamt bezahlt wird. Nur mal so als Randinfo.

Ich drücke der Frau ihr Katzenhandy in die Hand und ziehe meinen Koffer hinter mir her, raus aus der Eingangshalle. Bus 300 hat er gesagt. Na, dann schauen wir mal, wo wir den finden.

Kapitel 2

Nachdem ich die Adresse von meinem Vater ohne weitere Kommentare geschickt bekommen habe, steige ich in den Bus ein. Was ich nicht bedacht habe, ist, dass mit Verlassen des Flughafengeländes das WLAN enden würde. Das fällt mir erst auf, als mein vorgeladener Feed endet und ich keine neuen Beiträge zum Liken habe.

Der Bus hält am Northmount Drive. Ich weiß beim besten Willen nicht, wann ich raus muss.

»Kann ich dir helfen?« Eine junge Frau auf dem Sitz gegenüber, schaut mich freundlich lächelnd an. Ich scheine wirklich verdammt hilflos auszusehen.

Ich schenke ihr ein knappes Lächeln, ehe meine Mundwinkel wieder runtersacken. Meinetwegen kann der Bus mich ans andere Ende der Stadt bringen. Ich habs echt nicht eilig, meinen liebenden Vater wiederzusehen.

»Wo möchtest du hin?« Die Frau will unsere Begegnung anscheinend intensivieren.

»Muss in die 55 Southwest Avenue.«

»Oh, das ist doch in Windsor Park, oder?« »Kann sein.«

»Dann musst du ja schon bald umsteigen. Schade, ich muss in die andere Richtung weiter.«

Ein Glück. Die Frau hält ihre Klappe nicht und fährt fort: »Du kannst mit mir aussteigen. Ich zeig dir dann, wo du die 3 findest. Ich bin übrigens Heather und du?«

Ich hole einmal tief Luft und stoße sie ebenso langsam wieder aus, ehe ich ihr antworte: »Maddy.« Dabei mustere ich sie zum ersten Mal genauer. Sie hat blondes, schulterlanges Haar und trägt eine auffällige Kette über ihrem Dekolleté. Ihr brauner Mantel verdeckt ihr Oberteil und reicht ihr fast bis zu den Knien. Darunter trägt sie eine auffällig gemusterte Strumpfhose und Wahnsinn: keine Cowboystiefel. Mir gefällt ihr Style. So überhaupt nicht kanadisch.

»Wo hast du die Strumpfhose her?«

Heather blickt nach unten, als müsse sie sich erst in Erinnerung rufen, was sie heute Morgen angezogen hat. »Oh, die ist aus dem Thrift Store. Keine Ahnung, von welcher Marke die ist. Hat nur einen Dollar gekostet, cool, nicht? Den Mantel hab ich auch von da, war für einen Zehner zu haben.«

So günstig? Sie sieht aus, als würde sie Designerklamotten tragen. Ich konnte mir solche Klamotten nie leisten und war froh, dass ich Lolas alte Sachen immer bekommen habe. Wenn es in diesem Thrift Store so günstige Teile gibt, könnte ich zur Abwechslung einmal etwas vor ihr besitzen.

»Wo finde ich den Laden denn?«

Ihre Augen fangen an zu strahlen. »Wenn du möchtest, können wir die Tage zusammen hin. Du bleibst doch noch etwas, oder?«

Ich nicke. Warum eigentlich nicht? Auch wenn ich versuche sie nicht zu mögen, irgendwie ist Heather mir sympathisch. Sie zieht an der Strippe am Fenster, um den Bus an der nächsten Haltestelle zum Halten zu bringen. Als der Bus zum Stehen kommt, steigen wir beide aus. Heather kramt ihr Handy aus der Tasche und gibt mir ihre Nummer. »Dort drüben fährt der Bus Nummer 3 ab. Ich muss leider um die Ecke. Aber wir sehen uns, Maddy. War schön, dich kennenzulernen.«

Auch im nächsten Bus habe ich keine Ahnung, wann ich aussteigen soll. Blöd, dass ich Heather das nicht gefragt habe. Zum Glück haben die Straßen in Kanada aufsteigende Nummern und ich steige an der 53 Southwest aus und laufe die letzten Blöcke zu Fuß. Die Rollen des Koffers sind das einzige Geräusch, das die Nacht erfüllt.

Eigentlich dachte ich, dass mein Vater noch auf derselben Farm leben würde, auf der ich aufgewachsen bin. Irgendwo zwischen Calgary und Vernon. In dem kleinen Trailer, in dem wir zu dritt lebten. Zu wenig Raum, um Streitgesprächen aus dem Weg zu gehen, die sich mit jedem Jahr häuften. Meine Mutter war unzufrieden. Nach der Schule zum Work and Travel nach Kanada gegangen, schwanger geworden, Kind großgezogen, nie etwas gelernt und immer nur behelfsmäßige Kellnerjobs gehabt. Ursprünglich wollte sie studieren und in einer großen Firma arbeiten. Dafür war ihr das Auslandsjahr wichtig, um ihre Englischkentnisse aufzubessern. Mich wollte sie deshalb abtreiben. Mein Vater schien damals noch Interesse an mir zu haben, denn er überredete sie zu einem Leben mit ihm auf der Ranch. Er selbst war nur Ranchhelfer, nicht einmal der Eigentümer. Als meine Mutter mit mir nach Deutschland ging, um ihre Karriere in die Hand zu nehmen (die sich übrigens auf weitere Kellnerjobs beschränkte), hatte er plötzlich nicht mehr so viel Interesse an mir. Ganz prima, oder? Eine Mutter, die einen nicht haben will und einem ständig vorhält ihr Leben zerstört zu haben und einen Vater, der die Schuld daran trägt, dass es mich überhaupt gibt, der sich aber nach einigen Jahren nicht mehr für mich interessierte. Maddy, die Zerstörerin von Träumen und Plänen. Und jetzt werde ich wie ein ungeliebtes Weihnachtsgeschenk von einem zum Nächsten gereicht.

Ich bleibe vor einem unscheinbaren Haus mit mehreren Mietparteien stehen. Leider gibt es keine Klingelschilder mit Namen. Es gibt ein Nummernpad, aber ich weiß nicht, welche ich eingeben soll, um bei meinem Vater zu klingeln. In seiner WhatsApp steht nichts davon. Ist das jetzt sein Ernst? Wahllos tippe ich Nummern auf der Tastatur ein. Nichts rührt sich. Irgendwann lasse ich mich verzweifelt auf der Stufe am Eingang sinken. Zum Glück ist es nicht eisig kalt. Draußen schlafen möchte ich trotzdem nicht. Ich versuche, ein offenes WLAN Netz zu finden. Keine Chance. Also probiere ich mich durch die verschlüsselten Netze. Gebe den Namen des Netzwerkes als Passwort ein. Da aber kein Café oder dergleichen in der Nähe ist, habe ich auch damit keinen Erfolg. Ich weiß dank der Zeitverschiebung nicht einmal, wie spät es ist. Der Jetlag macht sich bemerkbar und mir fallen die Augen zu. Vielleicht kommt mein Vater auf die Idee mal nach mir zu sehen.

»Ist dir nicht kalt?«

Zitternd wache ich auf. Ich muss eingeschlafen sein. Ist es nicht offensichtlich, dass ich friere?

Etwas stößt gegen meine Schulter und ich rapple mich auf. Im Licht des Flures mache ich einen alter Mann im Rollstuhl aus. Schnell setze ich mich auf und schnappe mir meinen Koffer.

»Komm rein, Maddy«, fordert der Alte mich auf. Moment: Woher weiß er wie ich heiße?

Er rollt mit seinem Rollstuhl zurück ins Gebäude. Rasch springe ich zur Tür, bevor sie ins Schloss fällt. Endlich im Warmen atme ich erleichtert durch. Zumindest ist der Hausflur deutlich wärmer als der kalte Steinboden vor der Tür. Unschlüssig bleibe ich stehen, während der Alte auf eine Tür am Ende des Ganges zurollt, die einen Spalt breit offensteht. Mit der am Rollstuhl montierten Stellfläche für die Füße stößt er die Tür auf und dreht sich dann im Rahmen um. Die ganze Zeit überlege ich, warum mir das Faltengesicht bekannt vorkommt. Als er erneut zu mir spricht, wird mir klar, dass es die Stimme vom Telefon ist, die ich zuerst für meinen Vater gehalten habe. »Nicht so schüchtern, Mädchen. Drinnen wartet Maple Tea auf dich. Oder magst du lieber einen Kaffee?«

»Ähm, ne danke. Ein Bett wäre nicht schlecht.« Wenn der Kerl schon bei meinem Vater wohnt, kann ich ihm auch folgen. In Köln habe ich zwar gelernt, nicht mit fremden Männern in die Wohnung zu gehen. Aber ein alter Mann im Rollstuhl wirkt nicht besonders bedrohlich auf mich. Maximale Angst: Er könnte mir mit den Rädern über den Fuß rollen. Meine Vans würden das nicht so gut verkraften.

»Gerade erst angekommen und schon willst du ins Bett. Dabei haben wir uns so lange nicht gesehen.«

Haben wir uns überhaupt schon einmal gesehen? Frage ich natürlich nicht. Vermutlich haben wir das. Aber meine Zeit in Kanada ist schon ein Weilchen her und verdammt, ich war damals erst zehn. Ich kann mich ja nicht einmal an meine Klassenlehrerin aus der fünften Klasse am Gymnasium in Köln erinnern. Wobei ich da auch nur bis zu den Herbstferien blieb. Eindeutig zu kurz für eine bleibende Erinnerung.

»Dann doch einen Tee?« Ich will ja nicht unhöflich sein. Immerhin hat der Alte mich vor der Kälte gerettet. Während er einen Topf mit Wasser füllt und das Feuer des Gasherds anzündet, schaue ich mich in der Bude um. Alte Teppiche liegen auf dem Boden, die das Geräusch des Rollstuhls dämmen. Die Möbel wirken altertümlich, als wäre die Zeit hier stehen geblieben. Okay, so alt auch wieder nicht, aber sie sind definitiv älter als ich. Ohne dazu aufgefordert zu werden, lasse ich mich auf den Stuhl am Küchentisch fallen. Er gibt ein Knarzen von sich und ich glaube jetzt weiß ich, warum der Alte seinen Rollstuhl bevorzugt. Der Stuhl weckt nicht gerade Vertrauen in mir. Vorsichtshalber setze ich mich aufrecht hin, um mich notfalls an der Tischplatte festhalten zu können.

»Warum bist du zu so später Zeit noch wach?« Die Stimme kommt mir vertraut vor. Ich wende meinen Kopf zum Türrahmen und entdecke einen seriös aussehenden Mann in Holzfällerhemd und Jogginghose. Die Seriosität wird ihm eher durch eine Lehrerbrille, einem Dreitagebart und einer ordentlich gegelten Frisur verliehen und nicht durch seine Kleidung. Mit diesen Worten hat er allerdings nicht mich gemeint, sondern den Rollstuhlfahrer.

»Musste die Maddy doch noch begrüßen«, murmelt der Alte mit rauchiger Stimme. Er richtet sich in seinem Rollstuhl auf, um das kochende Wasser in zwei Tassen zu füllen. Mein Vater eilt zu ihm und nimmt ihm den heißen Topf aus der Hand.

»Pass auf, sonst verbrühst du dich noch«, schimpft er mit dem alten Herren. Vorsichtig füllt er die beiden Tassen auf. Dann erst wendet er sich mir zu. Mit der freien Hand fährt er sich durch das ordentlich gestylte Haar. Das Bild, das er gibt, passt nicht recht zu meiner Erinnerung von ihm. Er war schließlich der Ranchhelfer, der seine Haare nur schnitt, wenn seine Frau ihn zum Friseur zwang.

»Ähm, hallo Madison. Schön, dass du es bis zu uns geschafft hast.«

Ist das alles, was er zu sagen hat?

»Hi, *Dad.*«

Er stellt den leeren Topf ab und nimmt die beiden Tassen. Dann deutet er dem Alten an, vorauszurollen und folgt ihm mit dem Tee. Am Tisch ist ein Platz ohne Stuhl für den Rollstuhl frei. Ehe er diesen erreichen kann, bleibt er an einem der Teppiche mit den Rädern hängen und rollt nochmal ein Stück zurück, um erneut Anlauf zu nehmen. Ich kann mir ein Grinsen nicht verkneifen. Der Alte bemerkt es und zwinkert mir zu. Mein Vater drängt sich am Rollstuhl vorbei, stellt hastig die Tassen auf den Tisch und eilt dem Alten dann zur Hilfe.

»Du hättest mich auch die Tür aufmachen lassen können. Ich hab das Klingeln gar nicht gehört«, tadelt mein Vater ihn.

Bevor er etwas sagen kann, melde ich mich zu Wort: »Ich habe nicht geklingelt. Wie auch? Hier gibt's keine Namen oder Klingelschilder.«

»Oh, daran hab ich nicht gedacht. Ist die Nummer 2571. Tut mir leid. Ich hoffe, du musstest nicht zu lange warten.« Dann wendet mein Vater sich wieder dem Alten zu. »Warum warst du überhaupt draußen? Du sollst doch nicht ohne mich durch die Gegend fahren.«

Ich nehme meine Tasse Tee in die Hand, traue mich aber nicht, etwas zu trinken. Ich mustere die beiden Männer. Der eine, der in mir ein vertrautes Gefühl hervorruft, aber in meiner Erinnerung so komplett anders aussieht. Und der andere, dessen Falten das verdecken, was mir vielleicht bekannt sein könnte. Er wirkt alt. Sehr alt. Lediglich seine Augen sprühen vor Leben. Ansonsten sind seine Bewegungen langsam und behäbig. Er trinkt aus der Tasse, ohne sich daran zu stören, dass der Tee noch zu heiß ist.

»Ich bin bereits 72 Jahre alt. Da werde ich wohl alleine vor die Tür gehen dürfen, ohne mich von meinem Sohn begleiten lassen zu müssen.« Das ist es. Natürlich habe ich Großeltern in Kanada. Aber wirklich erinnern kann ich mich nicht mehr an sie. Sie lebten in Yukon und hatten dort ihr eigenes Homestay. Einmal kamen sie uns an Weihnachten besuchen. Und ein anderes Mal waren Mom und ich bei ihnen in Yukon. Da muss ich ganz klein gewesen sein. Ich kann mich nur noch an ein Bild in unserem Trailer erinnern, auf dem ich auf einem Pony saß, mit der strahlenden Granny Livia neben mir. An meinen Großvater kann ich mich nicht mehr erinnern. Stan. Das war sein Name. Und heute sitzt er hier, mit einer kochend heißen Tasse Tee in seiner Hand und lächelt mich mit diesen spitzbübig funkelnden Augen an.

»Warum das Speedmobil?«, will ich wissen.

Grandpa stellt die Tasse Tee ab. »Bin bequem geworden.«

»Dein Grandpa ist krank, Madison.«

Ich nicke. Keine Ahnung was genau er hat.

»Mit dem Teil hängst du zumindest die Großväterchen mit Rollator ab.« Ich weiß noch, dass meine Großmutter in Deutschland sich geweigert hat, mit so einem Ding durch die Gegend zu fahren. Stattdessen hat sie alles mit dem Auto erledigt oder meine Mutter oder mich zum Einkaufen geschickt. Ätzend.

»Wenn ich den Kampf gegen die Teppiche gewinne, siehts ganz gut aus«, erwidert Grandpa mit verschmitztem Blick. Ich muss grinsen.

Mein Vater seufzt. »Ich habe dir gesagt, dass ich sie rausräumen werde. Morgen sollte ich bereits am Nachmittag von meinem Kundentermin zurück sein. Dann habe ich Zeit dafür und Madison kann mir dabei helfen.«

Da komme ich mir gleich wie zu Hause vor, wenn ich in die alltäglichen Aufgaben mit eingespannt werde. Ganz prima.

»Ich mag vielleicht nicht mehr der Schnellste sein, aber im Skatclub bin ich auf jeden Fall immer derjenige, der sein Blatt zuerst ablegen darf.« Grandpa zwinkert mir zu.

»Läuft bei dir«, erwidere ich.

Mein Vater rollt mit den Augen. »Laufen tut dein Großvater bereits seit ein paar Monaten nicht mehr.«

»Och, manchmal schaffe ich es noch von meinem Rollstuhl bis ins Bett.«

Kapitel 3

Ich habe keine Ahnung, wie spät es ist. Auf jeden Fall scheint draußen die Sonne, als ich meine Augen aufschlage. Die Muster der weißen Raufasertapete sehen aus wie Augen und starren mich an. Wie vermutlich auch der ein oder andere Nachbar. Immerhin befinden wir uns im Erdgeschoss und dieses Zimmer hat keine Rollläden. Aber außer einem Baum, an dem gerade ein Eichhörnchen emporklettert, ist vor dem Fenster nichts zu sehen. Mein Zimmer scheint Richtung Hinterhof ausgerichtet zu sein.

»Madison?« Es klopft an meiner Tür. Ich schlage seufzend die Bettdecke zurück. Dann greife ich nach meinem Handy. Ich muss meinen Vater dringend nach dem WLAN-Passwort fragen. Dazu müsste ich allerdings auf sein erneutes Klopfen reagieren. Die Tür geht auf. So viel zum Thema Privatsphäre.

»Was ist?« Ich setze mich im Bett auf.

Diesmal trägt mein Vater ein blaues Hemd und sieht noch seriöser aus, als am Tag zuvor.

»Ich muss um zehn bei einem Meeting sein. Wenn du frühstücken möchtest: Ein paar Schokoflakes sind im Schrank. Bei der Milch bin ich mir nicht sicher, ob sie noch gut ist.«

Schokoflakes werden dem Eintrag in meiner Ernährungs-App nicht guttun. Ich frühstücke besser gar nicht.

»Wie ist das WLAN-Passwort?«, frage ich ihn.

Sein Gesichtsausdruck bleibt unverändert, als er mir antwortet: »Steht auf der Rückseite des Routers. Ist in meinem Schlafzimmer. Ich muss jetzt los. Bis später.«

Als ob ich wüsste, wo sein Schlafzimmer ist. Er schließt die Tür meines Zimmers und ich schwinge die Füße aus dem Bett. Wahnsinn, dass ich überhaupt eines habe. Ansonsten scheint er nicht gerade auf meinen Besuch vorbereitet zu sein.

Ich warte, bis auch die Haustür ins Schloss fällt, dann wage ich mich aus dem kleinen Raum in der Mitte des Ganges. Keine Lust, mich weiterhin von meinem Vater anschweigen zu lassen. Rechts geht es zur Wohnküche. Links neben mir ist ein Raum, gegenüber liegt das Badezimmer, in dem ich mir in der Nacht noch meine Haare gewaschen habe, nach dem Unfall im Flugzeug. Am anderen Ende des Ganges befindet sich eine weitere Tür. Eine der beiden wird wohl sein Schlafzimmer sein. Ich versuche es an der Tür links von mir. Der Rollstuhl steht vor dem Bett, das ebenfalls leer ist. Ich dachte eigentlich, dass mein Grandpa nicht mehr gut zu Fuß sei. Die Wände hängen voll mit Bildern. Große Schwarz-Weiß-Aufnahmen von verschiedenen Tieren. Ein paar Landschaften sind auch zu sehen. Ein Bild zeigt schwarze Gewitterwolken, die hinter einem gigantischen Gebirge aufziehen und meine momentane Stimmung perfekt widerspiegeln. Obwohl ich neugierig bin, schließe ich die Tür wieder. Viel mehr interessiert mich, ob Lola sich eingekriegt hat.

Das Schlafzimmer meines Vaters ist schlicht. Rustikales Bett, ein Kleiderschrank aus Eichenholz (auch mindestens dreimal so alt wie ich), und der WLAN-Router steht gut sichtbar auf einem weißen Teppich, der ausnahmsweise nicht aussieht wie aus den 60ern. Ob er ihn wohl nachträglich ausgelegt hat, damit Grandpa ihm nicht hinterherrollen kann?

Zwanzig Follower weniger. Das kommt davon, wenn man nicht regelmäßig postet. Nach meinem Flugzeugbild kam nichts mehr von mir. Und wie lange ist das jetzt her? Mindestens einen Tag schon. Außerdem war ich selbst zu wenig aktiv.

Schnell scrolle ich durch die Kommentare. Von Jonas ist keiner dabei. Sein Profilbild, auf dem er oberkörperfrei abgebildet ist, wäre mir sofort aufgefallen. Ich habe mich damals gefreut wie ein kleines Kind zu Weihnachten, als die Nachricht kam, dass Jonas mir folgt. Ich hatte ihn natürlich schon länger auf dem Schirm. Zuerst schien ich ihm nicht weiter aufgefallen zu sein. Doch dann begann er meine Bilder zu liken und zu kommentieren. Und als ich mit Lola vor zwei Wochen Eis essen war, hat er sich spontan zu uns gesetzt. Zuerst dachte ich, dass er das getan hat, weil ihm meine Posts auf Instagram gefallen haben. Aber dann kam heraus, dass er Lola wohl im Schwimmbad getroffen hat.

Apropos Lola ... Ich muss erst mal Lolas tausend Nachrichten beantworten. Die ersten drehen sich um ihren Koffer, dann folgen Herzaugensmileys und oh nein ... Ich habe es geahnt.

14:05 Lola
Rate mal mit wem ich heut abend ein date habe x) x) x)

15:01 Lola
Mit Jonas!

15:15 Lola
Hallo du nudel? Ich habe ein date mit Jonas!

15:15 Lola
Heute abend!

16:30 Lola
MADDY! ICH HABE EIN DATE MIT JONAS! WAS SOLL ICH ANZIEHEN??????????

17:01 Lola
Ich nehm einfach das rote. Du weißt doch, das von pimkie. Oder meinst du das ist zu billig?

17:12 Lola
Billig aber geil. Um 20 uhr geht's los!

17:59 Lola
Danke für deine hilfe -.-

Danke dafür, dass du dir am ersten Tag meiner Abwesenheit meinen Schwarm krallst. Ernsthaft? Hätte sie damit nicht noch ein paar Tage warten können? Ach was soll's. Als ob es in ein paar Tagen erträglicher für mich wäre.

18:10 Maddy
Rot steht dir

Mehr schreibe ich ihr nicht. Als ob ich ihr dabei helfen würde, sich meinen Schwarm zu angeln. Das rote Kleid ist für ihren breiten Arsch sowieso zu eng. Das muss ich ihr bei der nächsten Gelegenheit unbedingt sagen. Das Kleid würde mir nämlich unglaublich gut stehen. Und sobald Lola feststellt, dass ihr Hintern zu dick dafür ist, würde es in meinen Besitz übergehen. Soweit der Plan. Bei einem Date mit Jonas könnte ich es dann natürlich nicht mehr tragen. Immerhin würde er es mit Lola und ihrer braunen Haut in Verbindung bringen. Manchmal bin ich ganz schön neidisch auf das Äußere meiner besten Freundin. Als Französin braucht sie nicht mal Sonnencreme. Kein Sonnenstudio und kein nerviges Haare färben. Ihre glatte Mähne schimmert immer in diesem dunklen Ebenholzton, ohne, dass sie eine Kur benutzen müsste. Bei ihrem Vorbau würde ich Probleme bekommen, ein Oberteil zu finden, dass ihn verdeckt. Aber Lola hat kein Interesse daran, ihn zu verstecken. Die Bluse geschlossen trägt sie nur, wenn ihre Eltern in der Nähe sind. Wenn Lola es mit mir verkackt, dann zeige ich ihren Eltern wie man Instagram benutzt. Die würden aus allen Wolken fallen, wenn sie sehen, wie ihre Tochter außerhalb ihrer Obhut rumläuft. Bisher ist dieser Fall jedoch nicht eingetreten.

Lola ist zwar die Reichere von uns beiden, ich dafür die Stärkere. Als ich nach meinem Umzug vom Gymnasium auf die Realschule wechseln musste, waren Lola und ich die einzigen Ausländerinnen in der Klasse. Und wer anders aussieht und die deutsche Sprache nicht beherrscht, hat eben kein Recht dazuzugehören. Lola wurde damals ausgelacht, weil sie als Einzige aus der Klasse bereits einen BH tragen musste. Einer der Jungen klaute diesen aus der Tasche beim Sportunterricht und ich fand den BH zerschnitten im Mülleimer. Ich habe dafür seine Schultasche mit einem Loch im Boden versehen, sodass er auf dem Weg nach Hause all seine Schulbücher verlor. Und es hat geregnet. Lola grinste mich an. Ihr war klar, dass nur die andere Ausländerin in der Klasse ihr zu Hilfe kommen würde. Am nächsten Tag kam ich ebenfalls mit BH in die Schule. Auch wenn da noch nicht viel war, was dieser hätte halten können. Schnell war ich für meine stillen Rachemethoden bekannt. Niemand traute sich mehr, Lola offen anzugreifen. Nur hinter unserem Rücken, da redeten sie alle. Doch wer die physischen Hiebe kennt, den streifen die Worte nur. Man härtet ab, legt sich einen Panzer zu. Den Panzer, den später auch positive Gefühle nur noch schwer zu durchdringen scheinen.

18:15 Lola
Es wird das rote. Ich werde berichten :-x

Besser nicht. Da ich wirklich keine Lust auf Lolas Datenachrichten habe – die schickt sie in so regelmäßigen Abständen, sodass ich mich frage, ob sie sich nicht besser virtuell mit ihrem Schwarm verabredet hätte – drücke ich auf Play, um die Sprachnachricht meiner Mutter anzuhören.

»Hi Süße, hoffe du bist gut gelandet. Ich weiß, dass du noch immer sauer auf mich bist, dass ich dich überredet habe, diesen Sommer in Kanada zu verbringen. Glaub mir, das ist das Beste für dich. Deine Großeltern ... naja, du weißt ja, wie sie sind. Sie hätten dich sonst in irgendein Sommercamp geschickt. Und dafür bist du nun wirklich zu alt. Du kennst die beiden ja. Wer nicht mindestens Medizin oder Jura studiert, ist in ihren Augen ein Versager. Vielleicht findest du in Kanada Zeit, ein bisschen für die Schule zu lernen. Grüß deinen Dad von mir. Oder besser doch nicht. Nein, das ist keine gute Idee. Grüß einfach niemanden von mir. Meld dich, wenn du angekommen bist.«

Angekommen bin ich bereits gestern. Und ich habe mich noch immer nicht gemeldet. Warum macht sie sich eigentlich keine Sorgen? Dass ich dieses Jahr durchs Fachabi gerasselt bin und das letzte Schuljahr wiederholen darf, musste Mom mir natürlich nochmal unter die Nase reiben.

Ich schreibe ihr schnell, dass ich bei Dad bin und statt Lolas neue Nachrichten zu lesen, packe ich mein Handy ein und gehe in die Küche. Mein Magen knurrt, als würde er es ahnen. Ein Blick in den Kühlschrank bestätigt die Worte meines Vaters. Außer Milch und ein paar Flaschen Bier ist nichts weiter drinnen. Und bei der Milch bin ich mir nicht sicher, ob sie noch trinkbar ist.

Was viel wichtiger ist, ist die Kaffeemaschine, die auf der Herdplatte steht. Sieht so aus, als würde diese häufiger genutzt, als die Kochstelle selbst. Die Pads stehen direkt daneben. Nur die Suche nach einer Tasse gestaltet sich als schwierig. In den Hängeschränken auf meiner Augenhöhe finde ich nichts, woraus ich Kaffee trinken könnte.

»Unten«, krächzt die rauchige Stimme meines Grandpas. Diesmal schafft er es besser über den Teppich zu rollen. Er streckt den Zeigefinger aus und deutet auf meine Knie. Oder besser auf die Tür dahinter. Welcher Mensch verstaut Tassen in einer Küche in den unteren Schränken? Ich nehme mir eine heraus und schließe die Tür wieder. Der Kaffee ist schnell gekocht. Grandpa sitzt in seinem Rollstuhl neben mir und mustert mich.

Ich bin froh, als ich meinen Kaffee fertig habe und mich an den Küchentisch setzen kann. Grandpa folgt mir nicht. Stattdessen öffnet er den Schrank und nimmt sich selbst eine Tasse heraus. Da hätte ich auch gleich draufkommen können. Die Tassen sind da unten, damit er sie besser erreichen kann.

»Trinkst du ihn schwarz?« Er holt sich die Milch aus dem Kühlschrank. Langsam beschleicht mich das schlechte Gewissen. Ich biete ihm keinen Kaffee an und er erinnert mich stattdessen an die Milch. Weil ich mich nicht traue, meine Unhöflichkeit zuzugeben, behaupte ich, den Kaffee schwarz zu trinken.

»Irgendwelche Pläne für den Tag?« Grandpa gießt sich die Milch in die Tasse.

»Nö, und du?«

Erst als er die Milch weggestellt hat und mit der Tasse in der Hand umständlich zu mir an den Tisch rollt, antwortet er: »In meinem Alter macht man keine Pläne mehr. Jeder Tag könnte der letzte sein und unerfüllte Wünsche könnten mich den plötzlichen Tod bereuen lassen. Aber in deinem Alter, da sollte man voller Wünsche und Erwartungen an das Leben sein. Also: Welchen Herzenswunsch wirst du dir heute erfüllen?«

Statt zu antworten, schlürfe ich an meiner Tasse. Bah, schmeckt das eklig. Kaffee ohne Milch sollte verboten werden. Aber ich traue mich nicht, etwas zu sagen.

Grandpa starrt mich weiterhin erwartungsvoll an. Merkt er nicht, wenn jemand keine Lust hat, mit ihm zu reden?

Ich denke über seine Frage nach. Dass Lola sich mit Jonas trifft, wurmt mich. Eigentlich würde ich den ganzen Tag vor meinem Handy hocken und darüber nachdenken, was die beiden gerade machen. In der Hoffnung, dass das Date nicht gut läuft. Aber diese Hoffnung ist illusorisch, also verwerfe ich die Idee wieder. Eigentlich brauche ich eine

Ablenkung. Aber wie? Ich bin am Arsch der Welt und kenne keinen außer einem komischen Cowboy-Business Kauz und einen alten Mann im Rollstuhl. Moment. Die junge Frau aus dem Bus gestern. Was ist mit der? Heather hieß sie, glaube ich.

»Treffe mich mit einer Freundin«, antworte ich Grandpa schließlich. Das Handy liegt auf dem Tisch und ich finde Heather zum Glück bei WhatsApp. Mit meiner deutschen SIM-Karte kann ich sie nicht anrufen. Heather antwortet so schnell, als hätte sie nur darauf gewartet, dass ich ihr schreibe.

18:32 Heather aus dem Bus
Maddy! Schön, dass du dich meldest! Ich wollte heute sowieso in die Stadt. Lust mich zu begleiten?

18:33 Maddy
Wann und wo soll ich sein?

Statt mit dem alten Herrn Trübsal zu blasen, werde ich mich bei meiner Lieblingsbeschäftigung ablenken: Shopping!

Jetzt muss ich nur noch an kanadische Dollar kommen.

»Wo finde ich denn eine Bank?«, will ich von Grandpa wissen. Als hätte ich es geahnt (ich habe es, um ehrlich zu sein), rollt er zu einer Zuckerdose auf dem Küchentresen und zieht einen orangenen Schein hervor. Ganze hundert Kröten lässt er springen. Großartig. Mein Shoppingtrip ist gerettet. So viel hatte ich in Deutschland nie zum Verbraten.

»Habt ihr hier irgendwo einen Spiegel?«

»Im Bad.« Ja, den habe ich gesehen. Leider ist der nur so groß, dass ich gerade einmal mein Gesicht sehen kann.

»Ne, ich meine so einen für den ganzen Körper. Du musst dich ja schließlich auch irgendwo betrachten.« War das jetzt taktlos?

Grandpa gluckst zu meiner Beruhigung. »In meinem Alter hat man sich bereits oft genug gesehen, um sich daran zu erinnern, wie man aussieht.«

Ich knöpfe meinen grauen Mantel zu. Leider habe ich keine Ahnung, wie er zusammen mit meiner rosa Leggins aussieht. Die Kombination habe ich so noch nie getragen und natürlich hatten die beiden Herren keinen Spiegel im Haus.

Obwohl wir Juli haben, ist es arschkalt. Heather steht bereits aufgeregt winkend auf der anderen Straßenseite. Leider ist keine Ampel in der Nähe, aber schon hält das erste Auto und lässt mich rüber. Typisch Kanadier ...

»Hey, wie geht's?« Heather umarmt mich kurz, als würden wir uns schon ewig kennen. »Schön, dass es so schnell geklappt hat.«

Eigentlich müsste ich ihr dafür danken, dass sie mich von Jonas Lippen ablenkt, die leider den falschen Mund küssen.

»Und das ist also der sagenumwobene Thrift Store?«, will ich wissen, ohne auf eine ihrer Fragen einzugehen.

Heathers Augen strahlen. »Willkommen im Shoppingparadies Kanadas! Ich fass es nicht, dass du die Thrift Stores nicht kennst.«

»War eben lang nicht mehr hier.«

»Wie lang ist denn lang?« Heather geht voran und hält mir die Tür zum Laden auf.

»Acht Jahre?« Es klingt mehr nach einer Frage, als nach einer Antwort. Ich trete ein und Heather schließt hinter uns die Tür.

»Wow! Und wo hast du die letzten Jahre gesteckt? Du sprichst akzentfrei Englisch. Auch keinen britischen Akzent. Keinen Amerikanischen, keinen Australischen ...«

Bevor sie weiter rät, kläre ich sie schnell auf: »Ich war in Deutschland.«

»Echt? Wow, da war ich noch nie.«

»Musst du auch nicht.«

Heather lacht und breitet ihre Arme aus. »Willkommen in Narnia. Gehen Sie einmal durch den Kleiderschrank und Sie landen jedes Mal in einer neuen Welt. Da ihr in Deutschland dieses System nicht zu kennen scheint: Der Thrift Store ist eine Non Profit Organisation und jeder kann hier seine alten Klamotten spenden.«

Wie im Altkleidercontainer. Da landet der ganze Billigmist drin, den man nach dreimal waschen nicht mehr tragen kann.

»Diese werden dann für wenig Geld weiterverkauft«, fährt Heather mit ihrer Erklärung fort. »Jeans für zwei Dollar, T-Shirts und Tops für einen Dollar. Jacken für zehn Dollar und wenn mal Markenware dabei ist, ist diese etwas teurer, aber definitiv erschwinglicher als zum Neupreis. Ich fasse es nicht, dass ihr sowas in Deutschland nicht habt.«

»Naja, unsere alten Klamotten werden alle nach Afrika verschifft. Meist landet dort sowieso nur Mist drin.« Ein bisschen skeptisch, ob ich hier etwas Passendes finde, bin ich ja schon. Aber Heather ist auch heute wieder auffallend gut gekleidet. Sie trägt eine Hose mit Ledereinsatz an den Seiten, dazu ein mit Pailletten besetztes Top. Ihre schwarze Lederjacke öffnet sie, da es im Laden wärmer ist als draußen.

»Unser System in Kanada funktioniert. Denk einmal nach: Wie oft trägst du die Kleidung, die in deinem Schrank hängt wirklich? Zweimal? Dreimal? Wir ziehen im Durchschnitt etwa zehn Prozent unserer Kleidung an. Der Rest hängt ungetragen herum. Trotzdem lieben wir Menschen das Glücksgefühl, das uns durchströmt, wenn wir neue Dinge kaufen. Dieses Verhalten haftet uns seit der Steinzeit an. Damals ging es ums Überleben. Je mehr wir jagten und je mehr wir sammelten, desto höher war die Wahrscheinlichkeit am Leben zu bleiben. Heute nutzen wir den Konsum, um unsere Gefühle zu regulieren. Die Werbung verkauft uns kein Produkt mehr, sondern ein Gefühl, das dieses Produkt in uns auslöst. Wir sind süchtig nach Gefühlen. Und mit dem Einkauf stillen wir diese Sucht.«

Gebannt höre ich Heather zu. Bin ich eher der Schnäppchenjäger oder der Klamottensammler? Heather fährt fort, während sie mich zu einem fünf Meter langen Kleiderständer führt, an dem bunt zusammengewürfelte T-Shirts hängen. Keines scheint es ein zweites Mal zu geben. Die Teile sind nach Größe sortiert und Heather fängt an, bei Kleidergröße M zu suchen.

»Konsum ist nicht gut für unsere Umwelt. Die Erde ist befallen vom Parasiten namens Mensch. Wir beuten die natürlichen Ressourcen aus, achten nicht auf deren Erneuerbarkeit. Billigläden mit Klamotten für einen Euro machen es auch den weniger reichen Leuten möglich, immer neue Teile zu kaufen. Brauchen tun wir sie nicht. Brauchen tun wir nur das Gefühl. Wir in Kanada haben deshalb die Thrift Stores ins Leben gerufen. Ich bringe regelmäßig Klamotten zurück, die ich bereits getragen habe. Die für mich langweilig geworden sind. Geld bekomme ich keines, dafür kann ich im Gegenzug günstig neue Sachen erwerben. Da alle mitziehen und die Thrift Stores in jeder Gesellschaftsschicht in Kanada bekannt sind, funktioniert das System. Und ich liebe es. Schau mal, glaubst du, das Blau passt zu meinen Augen?«

Ich mustere das himmelblaue Top, das wirklich mit Heathers braunen Augen harmonieren würde. Allerdings ist ihre Haut etwas blass, sodass das Blau sie kränklich wirken lässt. Ich ziehe ein dunkelblaues Top hervor und halte es ihr hin. »Hier. Ich glaube, die Farbe passt besser zu deinem Hautton.«

Heather nimmt das Top an sich und hängt das andere ohne meinen Ratschlag infrage zu stellen weg. Sie legt sich das Top über den linken Arm und stöbert weiter. Ich schlendere zur Kleidergröße S nach vorne und überlege, welche Farbtöne diesen Sommer im Trend liegen. Die knalligen Farben würden Lola stehen. Ich habe dafür leider noch nicht genug Zeit in der Sonne verbracht. Deshalb sehe ich mich eher nach Pastelltönen um. An den Funktionsshirts bleibe ich hängen. Seit ich mit Instagram angefangen habe, treibe ich regelmäßig Sport. Die Leute lieben es, wenn ich ihnen meine Fitnesstipps mit auf den Weg gebe und über die Workouts spreche. Leider konnte ich mir ein Fitnessstudio nie leisten, weshalb ich mit YouTube Workouts anfing. Hübsche Sportkleidung ist für meine Instagram-Posts ziemlich wichtig. Sogar ein Teil von Lululemon hängt hier. Die Kleidung ist nicht immer praktisch, dafür sieht sie gut aus und pusht die Reichweite mit den richtigen Verlinkungen nach oben. Ich besitze ein Top, was Lola mir vermacht hat. Ansonsten kann ich mir die Klamotten leider nicht leisten. Das Top hier ist allerdings auf zehn Dollar reduziert. Mir ist egal, ob es passt, es muss mit.

»Ich hol uns mal einen Wagen. Es gibt schon wieder viel zu viele Sachen, die kann ich gar nicht alle tragen.« Heather lacht und drückt mir ihre Teile in die Hand. Jetzt verstehe ich, was sie meint. Das Zeug zu halten macht es mir unmöglich weiterzusuchen. Heather kommt mit einem ganzen Wagen zurück. Er sieht aus wie eine Mischung dieser Mini-Einkaufswagen für Kinder und den Tragekörbchen aus dem Supermarkt. Sie scheint viel vor zu haben. Irgendwann gebe ich es auf, auf meine hundert Dollar zu achten. Ohne den Preis zu studieren, werfe ich die Teile, die mir gefallen, in den Einkaufswagen. Der Thrift Store ist riesig. Wie eine Turnhalle, nur dass Shopping unser Sport ist.

»Maddy, sieh mal!« Heather steht am Ende des Ganges. »Hier gibt es Kleider.« Sie klingt ganz aufgeregt, wie ein Mädchen vor seinem ersten Abschlussball, was vom coolsten Typen der Schule eingeladen worden ist.

Als ich sie erreiche, hält sie sich ein weißes Hochzeitskleid vor den Körper. Ihre Augen strahlen, als würde die Hochzeit gleich morgen stattfinden. »Sieht das nicht umwerfend aus? Kostet auch nur dreißig Dollar!«

Ich verschränke die Arme vor der Brust. »Kennst du denn bereits den Glücklichen, der dich in diesem Kleid vor den Altar führen wird?«

Heather schiebt die Unterlippe vor.

»Nein«, piepst sie. »Aber mit diesem Kleid werde ich ihn bestimmt finden.«

Ich kann mir ein Lachen nicht verkneifen. Das Kleid landet im Einkaufswagen und wir stöbern uns weiter durch die Träume aus Tüll.

»Sag mal, Heather, was arbeitest du eigentlich?«

Sie hält sich gerade ein samtgrünes Kleid an, um es gleich darauf kopfschüttelnd wieder wegzuhängen. »Ich studiere Marketing und arbeite nebenbei noch für eine Agentur. Und du?«

Für eine Studentin hätte ich sie nicht mehr gehalten. Sie wirkt viel erwachsener und reifer als die jungen Leute, die in der Universität in Köln ein und aus gehen. Und warum will sie in einer Branche arbeiten, die Konsum fördert? Hat sie nicht eben noch erklärt, wie schädlich er für unsere Umwelt ist?

Heather sieht mich abwartend an. Ich bin ihr noch eine Antwort schuldig.

»Weiß ich noch nicht so genau.«

Verschweigen tue ich ihr, dass ich versuche, mein Fachabi nachzuholen und nebenbei an einer Tankstelle jobbe. Eigentlich wollte ich nach der Realschule eine Ausbildung als Kosmetikerin beginnen. Aber denen waren meine Noten zu schlecht. Damit ich wegen einer nicht gefundenen Ausbildungsstelle keine Lücke im Lebenslauf habe, hat Mom mich an einer weiterführenden Schule angemeldet. Meine Noten sind verständlicherweise dort auch nicht besser, weshalb ich mich mit meinem Schicksal abgefunden habe, am Kiosk einer Tankstelle zu arbeiten. Dort habe ich zuvor mein Jahrespraktikum absolviert. Meinen Plan B, Influencerin zu werden, traue ich mich gar nicht preiszugeben. Die Leute halten einen für ein kleines Kind, dem jeglicher Sinn für die Realität verloren gegangen ist, wenn sie davon hören. Um ehrlich zu sein glaube ich auch nicht wirklich daran. Aber was soll ein hoffnungsloser Fall wie ich sonst machen?

»Oh, das kenne ich«, unterbricht Heather meine Gedanken. »Hab mir nach der Schule auch erst mal eine Auszeit von einem Jahr genommen. Bin nach Neuseeland gegangen und hab Früchte geerntet. Ein total stumpfsinniger Job, der mir aber gezeigt hat, dass ich definitiv nichts Körperliches arbeiten will. Mein Rücken macht mir echt Probleme. Auf die Idee mit dem Marketing kam ich, als ich für ein Café in Auckland eine Werbestrategie entwerfen sollte, um eine Autorenlesung zu bewerben. Eigentlich war ich nur die Aushilfskellnerin, aber denen gefielen meine Ideen. Manche Dinge im Leben brauchen Zeit, um gefunden zu werden. Nimm sie dir.«

Heather ist die Erste, die mir Zeit gibt. Meine Mutter hat mich immer nur als Versagerin beschimpft. Dabei ist sie doch selbst schuld an der ganzen Sache. Sie hat ab und an mit mir auf Deutsch geredet, damit ich mich mit meinen Großeltern in Deutschland unterhalten kann. Doch die paar Brocken, die sie mir beigebracht hat, waren bei Weitem nicht ausreichend, um nach Deutschland auszuwandern. Kein Wunder, dass ich auf dem Gymnasium keine Chance hatte, wenn ich die Sprache nicht beherrsche. Das Sprechen klappte mit der Zeit schon besser, aber wer sich einmal mit der deutschen Rechtschreibung beschäftigt hat, weiß, dass die Sprache keinem tieferen Sinn folgt. All die Artikel und merkwürdigen Satzbildungen. Das ist im Englischen um einiges einfacher.

Meine deutschen Großeltern drängen mich immer dazu, etwas Sinnvolles zu tun. Ich sollte mich bei einer Bank bewerben, doch die haben mir trotz meiner passablen Note in Mathe eine Absage erteilt. Ich selbst wollte immer nur auf eigenen Beinen stehen, um endlich bei meiner Mutter ausziehen zu können. Mit einer Teilzeitstelle an der Tankstelle, wo ich nur den Mindestlohn erhalte, selbst in Köln Chorweiler ein Ding der Unmöglichkeit. Am Ende des Geldes ist einfach noch zu viel Monat übrig.

»Oh my Gosh!« Heathers Hände sind im Kleiderständer verborgen. Ihrem diabolischen Grinsen im Gesicht nach zu urteilen, hat sie das Kleidungsstück des Tages gefunden.

»Sieh mal, was ich hier für dich gefunden habe.« Mit diesen einleitenden Worten zieht sie ihre Hände Stück für Stück zu sich heran. Und mit ihnen, ein roséfarbenes, bodenlanges Kleid aus Satin und Tüll. Es ist ein absoluter Traum. Die Brust ist mit vielen kleinen Pailletten besetzt. Der Rücken ist frei und erst an der Stelle, an der der Rock in sanften Wellen ausläuft, beginnt wieder Stoff. Ich liebe es. Stelle mir vor, wie ich damit in einem Schloss umherstolziere. Oder wie bei einem

Businessevent die Augen aller Geschäftsleute auf mich gerichtet sind. Blöd nur, dass ich niemals zu Businessevents eingeladen werde, bei dessen Anlass ich dieses Kleid tragen könnte.

»Du probierst es an.« Als hätte sie meine stillen Ausreden gehört, schiebt Heather mich und unseren Einkaufswagen zur Umkleide. Dort hängt zwar ein Schild, das einen darauf hinweist, dass maximal drei Teile pro Person erlaubt sind, aber Heather ignoriert es gekonnt, indem sie den Einkaufswagen vor unsere beiden Kabinen stellt. Sie schnappt sich das erste Teil und verschwindet in ihrer. Statt das Kleid anzuziehen, probiere ich erst mal verschiedene Jeans, Sportoberteile, Leggins und die ein oder andere Jacke an. Die Teile, die ich nicht mitnehmen will, lasse ich in der Umkleide, die anderen landen neben dem Einkaufswagen. Der Wagen hat sich bereits um die Hälfte des Inhaltes reduziert. Die beiden wuchtigen Kleider lassen jedoch den Eindruck entstehen, dass der Wagen randvoll ist. Heather schnappt sich ihr Brautkleid und drückt mir das Satinkleid in die Hand. Wir verschwinden beide in unseren Umkleiden und ich schlüpfe in das Kleid. Im Nacken wird es mit zwei Bändern gehalten, die ich miteinander verknote. In der Umkleide selbst befindet sich leider kein Spiegel, sodass ich aus meiner Kabine hervortrete. Ich will keinen Blick ohne Heather riskieren und klopfe daher an ihre Tür.

»Maddy, ich brauche Hilfe«, erklingt es aus ihrer Kabine. Unaufgefordert öffne ich die Tür. Ihr Hochzeitskleid besteht aus einer Corsage an der Brust, die Heather alleine nicht geschnürt bekommt. Ich fange an, die Bänder auf ihrem Rücken zuzubinden. Um mehr Form in ihre Hüfte zu bringen, stemme ich mein Knie in ihren Rücken und Heather beginnt zu lachen, stoppt aber gleich darauf röchelnd.

»Oh man. Ich glaube, ich heirate nackt. Nicht mal mehr lachen kann man in diesem Kleid.«

Ich kann mir ein Grinsen nicht verkneifen. »Wer schön sein will und so.«

»Jaja, hast du's bald?«

»Einen Moment. Jetzt noch eine Schleife. Bist du bereit, die zwei schönsten Frauen der Stadt zu sehen?«

Heather dreht sich zu mir um und ihr Blick mustert mich einmal von den nicht sichtbaren Fußspitzen bis zum Kopf. »Auf jeden Fall.«

Mit geschlossenen Augen und uns an den Händen haltend watscheln wir in unseren viel zu langen Kleidern zum Spiegel.

»Bei drei«, beginnt Heather den Countdown.

Wir öffnen zeitgleich die Augen und niemand würde in diesem Moment das Grinsen von unseren Lippen stehlen können. Nicht einmal der nicht vorhandene Bräutigam.

»Wir sehen so umwerfend aus. Aber wenn ich noch mehr Zeit in diesem Kleid verbringen muss, dann haut es mich wirklich aus den Socken. Wie können Frauen an ihrer Hochzeit bloß atmen?« Heather lacht trotzdem. »Los, lass uns schnell ein Foto machen und dann raus aus den Kleidern.« Sie kramt ihr Handy hervor und wir grinsen beide in die Kamera. Ich weiß nicht, wer mehr strahlt: Die prunkvollen Tüllträume oder wir.

Ich lasse mein roséfarbenes Kleid in der Kabine, sowie Heather ihr Brautkleid. »Ich lebe für den Moment«, sinniert sie. »Und dieser war es wert das Kleid getragen zu haben.«

Sie hakt sich bei mir unter und wir schieben – jede eine Hand am Einkaufswagen – diesen zur Kasse.

»Willst du dein Kleid wirklich nicht mitnehmen?« Ich schüttele den Kopf. So gern ich mich auch darin gesehen habe. Ich bin mit vollem Koffer in Kanada angereist und muss aufpassen, dass ich das Zeug alles wieder mit nach Hause bekomme.

»Schade, es stand dir so gut.«

»Ich bin ja noch ein paar Tage hier. Vielleicht überlege ich es mir noch.«

»Das wäre das Todesurteil meines Geldbeutels, noch einmal mit dir Shoppen zu gehen, Maddy.«

Die Kassiererin scannt erst Heathers Klamotten, dann meine. Gerade einmal fünfzig Dollar hat mich meine Shoppingeskalation gekostet. Ich bin begeistert.

Vor der Tür des Thrift Stores halten wir inne und ziehen unsere Mäntel an. Heather tippt auf ihrem Handy. Ich habe leider nach wie vor keine SIM-Karte, um irgendwelche Nachrichten empfangen zu können.

Thrift Stores

»Wie heißt du denn auf Instagram?« Heather hat das Bild von uns beiden in den Kleidern hochgeladen und will mich markieren. Ich nehme ihr Handy und tippe meinen Namen ein. Die Markierung ist abgeschlossen und ich komme auf Heathers Feed. Das Bild von uns beiden ist das Einzige, was in einem Gebäude aufgenommen wurde. Die anderen Fotos zeigen Heather in den Bergen, an einem türkisblauen See, mit weißen Winterstiefeln auf einem Eisfeld, auf einer ewig langen Straße, gesäumt von Tannen und einem riesigen Gebirge am Horizont. Sie selbst trägt auf jedem Bild andere Kleidung. Die Bilder scheinen mit einer professionellen Kamera aufgenommen zu sein. Ich schaue auf ihre Followerzahl. Wahnsinn, das wäre mein Drei-Jahres-Ziel.

»Wo sind die Bilder entstanden?«

Heather nimmt ihr Handy entgegen und schaut auf ihren Feed. »Hier in den Rocky Mountains. Wenn du schon hier bist, musst du unbedingt dort hin.«

»Fährst du in nächster Zeit nochmal?« Das könnte großartig werden. Heather scheint ein Auge für Fotos zu haben, oder zumindest einen Fotografen an der Hand.

Leider schüttelt sie den Kopf. »Ich muss wieder an die Uni. Tut mir leid.« Sie nimmt ihr Handy wieder entgegen und fährt mit ihrem Daumen über den Bildschirm. Wenn sie jetzt mein Profil stalkt, schäme ich mich zu Grund und Boden. Gegen ihren Account wirke ich wie eine Anfängerin.

»Wow, Maddy, das ist ja der Wahnsinn.« Wo kommt Heathers Begeisterung her? »Du machst unglaublich tolle Fotos. Und deine Interaktionsrate ist ja riesig. Etwa zehn Prozent Kommentare im Verhältnis zu den Likes. Das ist der Hammer.«

»Äh, danke.« Meint sie das jetzt ernst?

»Nein, wirklich.« Anscheinend schon. »Sag mal, ich habe dir ja vorhin erzählt, dass ich nebenbei für eine Agentur arbeite. Und du würdest total gut in unser Konzept passen.«

Ich hyperventiliere gleich. Wo ist die Luft? Atmen, Maddy.

»Wir vertreten Influencer und bringen sie zusammen mit Unternehmen, die ihre Produktabsätze steigern wollen. Weißt du, wofür dein Content perfekt geeignet wäre?«

Ich weiß nicht, was ich ihr antworten soll. Mode vielleicht? Oder Kosmetik? Gibt es überhaupt etwas, was auf meinen Fotos besonders heraussticht?

»Die Gesundheits- und Fitnessbranche ist der fahrende Zug, auf den du aufspringen solltest. Gerade ist das Thema Waldbaden angesagt. Du solltest unbedingt in die Rockys fahren und von dort Bilder posten.«

»Das werde ich machen.« Und wie ich das machen werde. »Was müsste ich denn tun, um bei deiner Agentur angenommen zu werden?«

Heather schaut nochmal auf ihr Handy. »Eigentlich nehmen wir Influencer ja erst ab der 5K Marke. Dir fehlen noch ein paar Follower. Aber das bekommst du doch hin, oder?«

»Ja, ja, auf jeden Fall. Meine Followerzahl steigt mit jeder Woche.«

Heather lächelt mich an. »Siehst du. Ich wusste doch, dass ich mit dir einen Glücksgriff gelandet habe. Arbeite daran, dann sehen wir weiter.«

Mit einem breiten Grinsen im Gesicht verabschiede ich mich von Heather. Wer hätte gedacht, dass sich mein Urlaub in Kanada als eine Chance erweist?

Kapitel 4

»Ich finde, es würde uns guttun, ein bisschen Zeit zusammen zu verbringen«, schließe ich beim Abendessen die Ausführung meines Vorschlags ab. Ich muss einfach in die Rocky Mountains. Ein paar der beliebtesten Hashtags befinden sich mitten in den Bergen. Quasi direkt vor meiner Haustür. Wenn Dad denkt, dass mir etwas an unserer gemeinsamen Zeit liegt, wird er mit mir dahinfahren. Das ist meine Chance.

Mein Vater schiebt sich eine volle Gabel gebratene Nudeln vom Chinesen in den Mund, die er zum Abendessen mitgebracht hat. Ungewollt schlägt mein Herz schneller, während ich auf eine Reaktion seinerseits warte. Doch statt zu antworten, kaut er in aller Ruhe. Das gibt ihm Zeit zum Denken, was meine Hoffnung auf ein Ja senkt. Als er runterschluckt und damit keine stumme Ausrede mehr hat, mir nicht antworten zu müssen, kommt weder ein ja oder nein.

»Und was machen wir mit deinem Grandpa? Stan ist nicht dazu in der Lage mit uns durch die Rocky Mountains zu fahren.«

Mein Grandpa hebt die Hand, als ob er etwas zum Gespräch beitragen wollen würde. Doch mein Vater fährt unbeirrt fort: »Außerdem habe ich auf der Arbeit zu tun. Die Mieten in Calgary sind nicht günstig. Irgendjemand muss die Wohnung finanzieren.«

Wieder eine Regung meines Grandpas. Diesmal schafft er sogar den Satz mit einem ›Ich‹ anzufangen, ehe mein Vater ihn erneut unterbricht. »Und Campingausrüstung habe ich auch keine mehr. Wo sollen wir die bitte hernehmen?«

Enttäuscht lege ich die Gabel auf meiner Plastikschale ab und verschränke die Hände vor der Brust. Trotzig sehe ich ihn an. Mein Blick hält seinen gefangen, bis er wegschaut, erneut auf sein Essen.

»Erst mal«, hole ich aus, »wohnt Grandpa erst seit ein paar Monaten bei dir. Vorher muss er ja auch irgendwie klargekommen sein. Zweitens hat jeder normale Arbeitnehmer Urlaubstage, die er nehmen kann. Du bestimmt auch. Und drittens gibt es Hotels in den Rocky Mountains, sodass wir gar nicht campen müssen.«

Mein Vater gibt ein lautes Seufzen von sich. Ob ich ihn mit meinen unschlagbaren Argumenten geködert habe?

»Nein, Madison.«

Wie? Ein einfaches Nein? Ohne irgendwelche Begründungen, gegen die ich argumentieren könnte? Ich glaube, er spinnt. Die Nudeln rühre ich nicht weiter an. Stattdessen starre ich meinen Vater wütend an.

»Lass das Kind doch«, mischt sich Grandpa ein. Ich bin kein Kind mehr. Scheint wohl die letzten acht Jahre meines Lebens verpasst zu haben.

»Stan, ich kann dich wirklich nicht alleine lassen.«

»Du bist den ganzen Tag auf der Arbeit. Da bin ich doch auch alleine.« Sehr gut alter Mann, gib's ihm!

»Außerdem habe ich keinen Urlaub eingereicht. Das muss bei mir auf der Arbeit alles Monate im Voraus geschehen.«

Jetzt mische ich mich wieder ein: »Erzähl deinen Kollegen doch Folgendes: Deine Tochter aus Deutschland ist spontan zu einem kurzen Besuch da. Du hast sie seit Jahren nicht gesehen. Und nun möchtest du die Vater-Tochter-Beziehung ein bisschen vertiefen. Bei einem Roadtrip durch die Rocky Mountains, um dort ihren Geburtstag zu feiern.« Wenn das mal keine herzerwärmende Story ist. Selbst ich würde fast ja sagen. Wobei, es ist mein Vorschlag, also habe ich mein Einverständnis bereits gegeben.

Mein Vater schiebt sich die letzte Gabel Nudeln in den Mund. Statt zu antworten, räumt er seinen Platz am Esstisch ab, um anschließend

Grandpas Nudelschale wegzuräumen, obwohl er gerade einmal die Hälfte seiner Portion gegessen hat. Bei mir scheint er noch Hoffnungen zu hegen, dass ich meinen Hungerstreik beende. Bevor er mir keine für mich zufriedenstellende Antwort gegeben hat, werde ich nichts essen.

»Ich werde sehen, was ich tun kann.«

Ist das jetzt zufriedenstellend? Kann ich weiteressen? Ich weiß es nicht. Mein Vater verabschiedet sich und verschwindet in seinem Zimmer.

»Isst du das noch?« Grandpa zwinkert mir zu. Kopfschüttelnd schiebe ich ihm meine Nudelreste rüber.

Die nächsten Tage versuche ich, die Zeit totzuschlagen. Ich habe keine Ahnung, was ich mit dem alten Herren reden soll. Geschweige denn, dass ich wüsste, wie man Gespräche mit alten Menschen führt. Deshalb verbringe ich viel Zeit an der frischen Luft. Inzwischen habe ich eine angenehme zehn Kilometer Strecke zum Joggen gefunden. Und einen kleinen Fitnessplatz, an dem ich mein Training durchziehen kann.

Die restliche Zeit verbringe ich damit, kostenlose Onlinekurse zu besuchen, die mir versprechen, innerhalb kürzester Zeit meine Followerzahl zu verdoppeln. Ich will die 5K Marke auf jeden Fall noch diesen Monat knacken. Seit ich mit System vorgehe, folgen mir mehr Menschen, als mir entfolgen. Es geht voran.

Von Grandpas restlichem Geld habe ich gesundes Essen gekauft. Ich habe zwar keine Waage, aber nach zwei Tagen Fast Food werde ich das Gefühl nicht los, dass mein Bauch nicht mehr so flach ist wie zuvor. Ich muss dringend wieder mehr auf meine Ernährung achten.

Lola hat natürlich mit Jonas rumgemacht, was sie mir sofort schreiben musste. Ich habe ihr auf die ganzen Schwärmereien nur mit einem

Daumen nach oben geantwortet. Seitdem meldet sie sich so gut wie nicht mehr. Ist auch besser so.

Für meinen Instagram Account habe ich ein paar Trainingsbilder in der Stadt geschossen. Heather kommentiert fleißig. Zum Glück poste ich alles auf Englisch. Über ihr Profil konnte ich die Agentur nicht finden, für die sie arbeitet. Aber sie hat versprochen, mir die Tage mehr Infos zukommen zu lassen.

Die letzten zwei Abende habe ich mein eigenes Essen gekocht, um damit dem betretenen Schweigen am Esstisch zu entgehen. Für den heutigen Abend liegt allerdings ein Problem vor. Über die Preise für SIM-Karten musste ich echt schlucken. Ganze vierzig Kröten wollen die von mir. Da ich leider keine Kreditkarte besitze und das Geld abheben mit meiner Kontokarte nicht möglich ist, werde ich einen der beiden Herren nach Geld fragen müssen.

Von meinen letzten Dollars kaufe ich Hähnchenschenkel und Salat. Hoffentlich wird das Fleisch die Männer in Spendierlaune versetzen. Mein Vater hat gestern ein paar Fertiggerichte aus dem Gefrierfach geholt. Den Luxus mit dem Essen to go gönnt er sich also nicht jeden Tag. Als er zur Haustür hereinkommt, runzelt er die Stirn.

»Was riecht denn hier so? Madison, hast du vergessen, nach dem Kochen zu lüften?«

Ich lasse mich auf meinen Stuhl fallen. »Nein, denn das Essen steht noch auf dem Tisch. Für dich übrigens auch eine Portion, bevor sich dein Vitaminmangel bemerkbar macht. Immer nur Fertigprodukte sind auf Dauer nicht gut für Herz und Kreislauf. Nicht, dass du mal so endest, wie Grandpa und ich mich dann um dich kümmern muss.«

»Für deinen Grandpa hast du doch hoffentlich auch eine Portion gekocht?«

Ich presse meine Lippen aufeinander. Will ich wirklich mit ihm zusammen in die Berge fahren? Vielleicht sollte ich mir einfach sein Auto schnappen und ohne ihn losfahren.

»Das duftet köstlich«, ertönt Grandpas Stimme aus dem Flur. Wenigstens einer, der meine Bemühungen zu schätzen weiß.

»Können wir jetzt essen?«, frage ich mürrisch. Der Appetit ist mir jedenfalls schon vergangen. Mein Erzeuger legt seine Jacke ab und stellt die Schuhe in den Flur. Dann setzt er sich schweigend an den Tisch. Wir beginnen zu essen.

»Ich weiß genau, was du damit bezwecken willst«, unterbricht mein Vater irgendwann die Stille. Woher weiß er, dass ich eine SIM-Karte brauche? »Aber das heißt nicht, dass ich es mir wegen des Roadtrips anders überlegt habe.«

Ach, das meint er. »Vergiss den verdammten Roadtrip. Mit einem Miesepeter wie dir hält es doch sowieso kein Mensch aus.«

Ein gehüsteltes Lachen ertönt von der Seite meines Grandpas. »Wo sie recht hat.«

Das Klirren einer Gabel erklingt. Mein Vater hat sie auf den Teller fallen gelassen. Seine Fäuste sind vor Wut zusammengeballt. »Na schön. Wir fahren am Wochenende weg. Für zwei Tage. Dein Grandpa kommt mit. Wir lassen ihn im Hotel, während wir uns die Berge ansehen. Können wir jetzt weiteressen?«

Das war jetzt nicht so beabsichtigt gewesen. Eigentlich wollte ich wirklich nur auf eine SIM-Karte hinaus. Aber zum Roadtrip sage ich natürlich nicht nein. Jetzt muss ich recherchieren, wo die besten Fotospots sind. Vielleicht schaffe ich es, meinen Vater dazu zu bringen, mit Grandpa im Hotel zu bleiben, sodass ich alleine losziehen kann. Dann muss ich vorher unbedingt noch zum Thrift Store, mir dieses roséfarbene Kleid kaufen. Das wird fantastisch aussehen mit dem Türkisblau des Sees. Damit kann ich mit Heathers Bildern mithalten. Vielleicht teilt sie mein Foto sogar?

»Deal«, schlage ich ein. »Da ich morgen Geburtstag habe, dachte ich mir, dass du mir vielleicht etwas Geld schenken könntest. Dann kaufe ich schonmal ... Vorräte ein.«

Als ob man so viel braucht. Hoffentlich schlage ich jetzt genug raus für eine SIM-Karte und das Kleid. Dann könnte ich live aus den Rocky Mountains in der Story berichten. Mit der Zeitverschiebung ginge das zwar nur am Vormittag, aber besser als nichts. Den Rest könnte ich dann in der Nacht vom Hotel aus posten. Das würde meine Followerzahl erhöhen.

Mein Großvater rollt rückwärts vom Tisch.

»Warte, Stan. Ich gebe Madison was.«

Grandpa tut so, als hätte er die Worte meines Vaters nicht gehört, und rollt weiter. Insgeheim feiere ich den alten Mann. Mit seiner Brieftasche kommt er zurück. Ehe er mir etwas daraus geben kann, stoppt mein Vater ihn und reicht mir einen Fünfziger.

»Das reicht doch, oder?«

Nein. »Ja.« Ich nehme den Schein entgegen.

Mein Vater greift wieder nach seiner Gabel und isst weiter. Unter dem Tisch stupst mich was an. Ich lasse die linke Hand auf meinen Schoß sinken. Grandpas Hand legt sich zitternd in meine. Dann lässt er sie los. Meine Hand schließt sich um das Stück Papier, das er in sie hineingelegt hat. Diesmal zwinkere ich Grandpa zu.

Happy Birthday, Maddy.

Es ist Freitag. Und irgendwie habe ich mir meinen Achtzehnten anders vorgestellt. Eine große Party mit Freunden. Aufgrund der Zeitverschiebung gratuliert Lola mir viel zu früh. Grandpa hat einen Kuchen auf den Tisch gestellt. Des schlechten Gewissens wegen schneide ich mir ein Stück ab und schmeiße es erst vor dem Thrift Store in den Mülleimer. So ein Kuchen hat einfach zu viele Kalorien.

Das roséfarbene Kleid war noch da. Anscheinend hat sich keine Unternehmerin, der ein wichtiges Bankett bevorsteht, in den Laden verirrt.

Mein Glück. Nach dem Roadtrip werde ich das Kleid wieder zurückbringen müssen. Lola bringt mich um, wenn ich ihre Klamotten in Kanada aussortiere, weil ich Platz für Neues brauche. Für den nächsten Urlaub notiere ich mir: Mit leerem Koffer anreisen.

Dank meiner neuen SIM-Karte fühle ich mich gleich um einiges freier auf den Straßen Calgarys. Jederzeit kann ich mein Handy zücken und den Newsfeed checken. Meine Follower-Anzahl ist dadurch wieder gestiegen. Aktivität wird auf Instagram belohnt. Dass ich der 5K Marke immer näherkomme, ist das beste Geburtstagsgeschenk an diesem Tag.

Mein Handy klingelt. Ein Sprachanruf über WhatsApp von meiner Mutter. Da Datenvolumen in Kanada teuer ist, klicke ich sie weg. Wenn ich nachher wieder im WLAN bin, rufe ich sie zurück.

Am Abend sitze ich mit gepacktem Koffer im Esszimmer. Die Hälfte meines Kofferinhalts habe ich in meinem Schlafzimmer gelassen. Nur die Teile, die sich gut auf den Fotos machen werden, habe ich eingepackt. Auch Grandpa hat einiges zusammengesucht. Vor allem haufenweise Medikamente, die ich ihm aus dem Schrank reichen musste, weil er sich heute zu schwach zum Aufstehen gefühlt hat.

»Warum kannst du an manchen Tagen laufen und an anderen nicht?« Diese Frage brennt mir bereits seit meiner Ankunft auf der Zunge. Ich hatte nur Angst, sie zu stellen, damit mir Grandpa kein Ohr abkaut. Alte Menschen sind schlimm, wenn es um ihre Krankheitsgeschichten geht. Die hören dann nicht mehr auf zu jammern. Das weiß ich von meinem Job bei der Tankstelle. Niemals einen Rentner nach seinem Wohlbefinden fragen. Niemals. Goldene Tankwartregel.

»Mal ist die Energie da, mal nicht.« Soll das die ganze Erklärung sein? Anscheinend schon. Irgendwie habe ich ein schlechtes Gewissen, dass ich ihn bisher noch nicht gefragt habe, was er eigentlich hat. Ein

Mensch sitzt ja nicht grundlos im Rollstuhl. Hätte ich gewusst, dass Grandpa so ein wortkarger Kauz sein kann, hätte ich ihn schon eher danach gefragt. In diesem Moment kommt mein Vater zur Tür herein.

»Dann lade ich mal das Auto ein«, schlage ich vor und schnappe mir meinen Koffer.

»Madison, warte.«

Oh nein, das wird er jetzt nicht tun.

»Wir müssen den Roadtrip leider absagen. Ich muss morgen früh nach Vancouver. Der Flug ist schon gebucht.«

Ich lasse meinen Koffer mit Absicht auf den Boden fallen. Der Teppich dämmt das Geräusch, als der Koffer auf dem Boden aufschlägt. Warum habe ich ihn nicht schon längst aus der Wohnung geschafft? Der Aufprall auf den Fliesen hätte sich viel dramatischer angehört.

»Das war ja klar. Nie hältst du dich an eines deiner Versprechen. Wie war das damals? Du wirst weiterhin für mich da sein, auch wenn ich in Deutschland bin? Nichts hast du von dir hören lassen. Nichts!«

Tränen schleichen sich in meine Augenwinkel und eine läuft meine Wange hinab. Gut, dass ich nur wasserfeste Mascara trage.

»Das stimmt doch nicht, Maddy.« Die Stimme meines Vaters klingt weicher als sonst. Und zum ersten Mal hat er mich bei meinem Spitznamen genannt. Als hätte er bis heute vergessen, dass ich den Namen Madison hasse oder er mich bisher mit Absicht ärgern wollte.

»Doch. Es kam kein Brief, kein Anruf, rein gar nichts!«

Ich stürme an ihm vorbei in mein Zimmer. Das Zuknallen der Tür gibt mir endlich die Befriedigung, die ich brauche. Mit dem Rücken lehne ich mich dagegen.

Wie kann ein Mensch bloß so desinteressiert sein an seinem eigenen Fleisch und Blut? Wenn man doch so wenig Interesse an einem Kind hat, warum verdammt noch mal benutzt man kein dämliches Gummi? Ich habe schließlich auch noch nicht ungeschützt mit einem Mann geschlafen. Müssen die Eltern unbedingt Fehler machen, damit die Kinder daraus lernen? Niemals werde ich ein Kind in die Welt setzen, wenn ich es nicht will und weder Zeit noch Geld dafür habe. Nicht so wie meine Eltern.

»Madison?« Es klopft an der verschlossenen Tür.

»Nein!«, schreie ich. »Bleib bloß weg. Wie du es all die Jahre getan hast.«

»Ich habe dir geschrieben. Erinnerst du dich nicht? Auf der Karte zu deinem 11. Geburtstag war ein Pferd. Und auf der zu deinem 12. ein Adler.«

»Du hast mir nicht zum Geburtstag geschrieben«, schreie ich hinter der verschlossenen Tür. Und diesen hat er scheinbar auch vergessen. Obwohl ich ihn gestern beim Abendessen nochmal daran erinnert habe.

»Doch. Und ich habe auch angerufen. Deine Mutter meinte immer, dass du nicht mit mir reden willst.«

»Das stimmt doch gar nicht.« Meine Faust kracht gegen die Tür. Doch, es stimmt. Aber nicht in den ersten Jahren. Erst nachdem ich weder etwas zum Geburtstag, noch zu Weihnachten oder sonst irgendwann von ihm gehört habe, wollte ich nichts mehr von ihm wissen.

»Maddy, mach die Tür auf.« Dad klingt hilflos.

»Nein! Geh weg«, fordere ich ihn auf, drehe den Schlüssel vorsichtshalber im Schloss um und lasse mich weinend ins Bett fallen. Jetzt hilft auch die Wasserfestigkeit meines Mascaras nicht mehr. Ich heule hemmungslos. Aber es ist mir egal. Soll er doch denken, was er will. Bald ist er in Vancouver.

Da bin ich schon im selben Land wie er und er schafft es trotzdem mir aus dem Weg zu gehen. Toller Vater.

»Maddy, es tut mir leid. Ich muss morgen nach Vancouver und werde eine Woche lang dortbleiben. Pass auf deinen Grandpa auf. Bitte, versprich es mir, ja?«

Der hat aber schnell aufgegeben sich zu entschuldigen.

»Versprich es mir. Du gibst auf deinen Grandpa acht, ja?«

»Und wenn ich jetzt nein sage?«, brülle ich.

»Tu es Stan zuliebe.«

Der sich auch nie bei mir gemeldet hat. Den ich vielleicht zweimal in meinem Leben gesehen habe. Warum sollte ich ihm einen Gefallen schuldig sein? Okay, er kann auch nichts dafür, dass mein Vater nicht wusste, was ein Kondom ist. Aber wünscht sich nicht jeder Großvater irgendwann Enkelkinder?

»Bitte, Maddy.«

»Na gut«, schluchze ich, nur damit er endlich Ruhe gibt. Ich höre die davonschlurfenden Schritte. Wütend greife ich nach meinem Handy. Scrolle durch die Timeline, um mich abzulenken. Sehe zu allem Überfluss auch noch, dass Lola ein Bild von sich gepostet hat, auf dem sie ihre Finger zu einem Herz geformt hat. <3J steht unter dem Bild.

Ich scrolle zurück nach oben. Ihre Story ist die erste, die mir angezeigt wird. Statt sie anzuklicken, klicke ich auf die der Person dahinter. Und tippe mich immer weiter durch, ohne die Inhalte wirklich wahrzunehmen. Werbung für ein Rodeofestival taucht auf. Moment. Die Frau auf dem Bild mit dem Cowboyhut kommt mir bekannt vor. Das ist Heather! Und das Festival findet hier in Calgary statt. An diesem Wochenende. Sie ist also wieder in der Stadt.

Ich klicke von der Werbung zu Heathers privatem Profil. Ein Bild von ihr vor einem Rodeobullen ist das letzte hochgeladene Bild. Es ist vor zwei Stunden erst gepostet worden. Sie scheint wirklich gerade auf diesem Rodeofestival zu sein. Und vielleicht sollte ich auch hingehen.

Kapitel 5

Mit dem C-Train fahre ich bis zum Victoria Park. Der Zug ist komplett überfüllt. Ich habe sogar zwei Züge abwarten müssen, um zwischen den verschwitzten Leibern einen Platz zu finden. Meine blaue Jeansjacke würde ich mir am liebsten ausziehen, doch durch den Mann in meinem Rücken, den zwei Mädchen mit Cowboyhüten zu meiner Seite und der Tür des Zuges, kann ich mich nicht bewegen. Die Mädchen werfen mir abschätzige Blicke zu und die eine flüstert der anderen etwas ins Ohr. Demonstrativ schaue ich in eine andere Richtung. Sollen sie doch reden.

Als die Türen sich am Victoria Park öffnen, bin ich froh, direkt an der Tür zu stehen, um aus dem Zug zu fallen. Gierig sauge ich die frische Luft ein, die den Geruch von Pferd, Zigarren und Zuckerwatte zu mir trägt. Merkwürdige Kombination. Die Mädchen mit den Cowboyhüten laufen an mir vorbei. Ihre Hüften schwingen, sodass der Hintern unter den knappen Hotpants hervorblitzt. Jede von ihnen trägt ein Karohemd in einer anderen Farbe, die sie über dem Bauchnabel zusammengeknotet haben. Mein eigenes Outfit ist regelrecht züchtig dagegen. Zwar trage ich auch ein bauchfreies, schwarzes Top, doch mit der Jeansjacke darüber sehe ich viel zu brav aus. Für die Fotos werde ich die Jacke nachher ausziehen müssen. Sex sells.

Je weiter ich mich dem Eingang nähere, desto mehr vibriert der Boden unter meinen Füßen. Die Musik dringt jedoch nicht durch das Stimmengewirr an Menschen zu mir durch. Nur das leise Vibrieren des Basses zeigt, dass sie da ist. Eine Lautsprecherdurchsage kündigt den nächsten Broncreiter an. Eine Sportart, der ich nie viel abgewinnen konnte. Männer, die sich auf bockende Pferde setzen und versuchen möglichst lange oben zu bleiben. Das versuche ich beim Reiten auch, allerdings bevorzuge ich Pferde, die mich nicht versuchen umzubringen. In Kanada stehe ich mit meiner Meinung allerdings alleine da. Broncreiten gehört hier zum Nationalsport. Ob elf Männer, die einem Ball hinterherrennen, sinnvoller sind, bleibt dahingestellt.

Verkäufer streben von allen Seiten auf einen zu und versuchen, Tickets für das Rodeo loszuwerden. Ich drängle mich an ihnen und den Menschenmassen vorbei. Immerhin will ich mir keine Männer ansehen, die in den Dreck geschleudert werden, sondern nach Heather suchen, um meine Karriere weiter voranzubringen.

»Ticket bitte.« Ein Mann hält mich am Handgelenk fest, um mich davon abzuhalten, an ihm vorbei zu stolzieren. Kostet etwa auch das Betreten des Geländes schon Geld?

Ich senke meinen Blick und verübe gekonnt meinen Augenaufschlag. Der Mann ist etwas älter als ich, allerdings noch in seinen besten Jahren. »Das habe ich leider zu Hause vergessen. Muss ich wirklich nochmal heim, um es zu holen?«

»Dann kauf dir ein Neues.« Seinem Tonfall nach zu urteilen, bin ich nicht die Erste, die auf die Idee kommt den Cowboy zu betören, um kostenlos auf das Gelände zu kommen. Ich muss mir etwas anderes einfallen lassen.

Als er merkt, dass ich mich abwende, lässt er mein Handgelenk los und ich entferne mich ein paar Schritte von ihm. Zögernd beobachte ich die Menge. Ein Cowboy torkelt sichtlich betrunken und stützt sich an einer der blauen Barrel Racing Tonnen ab, die die Grenze zur langen Ticketschlange markieren. Ich nähere mich ihm unauffällig, verliere ihn jedoch nicht aus den Augen. Behäbig setzt er einen Fuß vor den anderen, bis er fast vor mir steht. Ich greife nach der Tonne, an der er sich im nächsten Moment festhält und gebe ihr einen Schubs. Vollkommen unkoordiniert versucht der Betrunkene sich abzufangen und greift bei dem Versuch nach einer anderen Tonne und reißt diese ebenfalls zu

Boden. Ein Tumult entsteht, als ein paar andere Besucher des Festivals versuchen, sich durch die nun entstandene Lücke zu quetschen. Der Mitarbeiter, der mich eben noch am Betreten des Geländes gehindert hat, steht auf, um den Tumult zu beruhigen und die Tonnen wieder aufzustellen. Ich schiebe mich vorwärts und drängle mich in eine Gruppe, die alle eines der Dauerbändchen des Festivals am Handgelenk tragen. Meine Jeansjacke ziehe ich mir bis über die Fingerspitzen und schiebe mich möglichst weit an der freien Stelle durch den Eingang. Geschafft. Ich bin drin.

Bevor der Mann seinen Posten bezieht und mich wiedererkennt, dringe ich weiter auf das Festivalgelände vor. Mehrere Hallen und Rodeozirkel sind aufgebaut. Jede Menge Fressbuden reihen sich aneinander und auf den Parkettböden werden Line-Dances aufgeführt. Eine Wasserbahn lugt hinter einem Zaun hervor, der darauf hindeutet, dass der Midway Freizeitpark nochmals zusätzlichen Eintritt kostet.

An einem der Souvenirstände erwerbe ich für einen Dollar einen billigen Cowboyhut und suche nach einem gut sichtbaren Rodeozirkel, für den ich kein Abendshowticket brauche. Während der nächste Reiter in einer der engen Metallboxen auf den Pferderücken steigt, drehe ich ihm den Rücken zu und schalte meine Kamera an. Mein Make-up sitzt und ich richte meine Haare unter dem Cowboyhut zurecht. Das Signal ertönt und die Türen öffnen sich. Das Pferd stürmt aus der engen Box und buckelt, was das Zeug hält, um seinen Reiter loszuwerden. Ich warte darauf, dass es nah genug an den Zaun kommt, damit es auf meinem Selfie zu sehen ist. In dem Moment verliert der Reiter die Bügel, in denen seine Füße stecken und liegt gleich darauf im Staub. Das Pferd kommt genau auf mich zu galoppiert und ich drücke den Auslöser. Schade, dass der Cowboy es nicht geschafft hat, noch ein paar Sekunden länger auf dem Rücken des Pferdes zu bleiben. Für einen erneuten Versuch habe ich keine Zeit.

Ich öffne Instagram und lade das Foto mit Hashtags und Standort versehen hoch. Dann scrolle ich weiter zu Heathers neusten Story. Ihr letztes

Video zeigt sie auf einem automatischen Bullen, in einer Halle, der sie auf eine blaue Matte wirft. Das Video ist zwanzig Minuten alt. Damit habe ich einen Anhaltspunkt, wo ich Heather finden kann. Schreiben kann ich ihr nicht, sonst könnte es wirken, als würde ich sie stalken.

Da es mehrere Hallen auf dem Gelände gibt, in denen man selbst zum Rodeostar werden kann, frage ich mich durch die Menge. In der Nähe des Broncriding Stadions werde ich fündig. Eine Bar ist in der Halle aufgebaut und Hühner werden in Käfigen zum Verkauf angeboten. Ebenso, wie sonstige landwirtschaftliche Güter. Im Hintergrund läuft Country Musik.

Um die blaue Matte herum stehen jede Menge Leute, die ebenfalls einen Ritt auf dem Bullen wagen wollen.

»Maddy!« Ich drehe mich um und sehe eine mit ausgestreckten Armen auf mich zulaufende Heather.

»Was für ein Zufall! Du bist auch hier?«, begrüßt sie mich, während sie mir um den Hals fällt. Ich kann mir ein diebisches Grinsen nicht verkneifen.

»Ja, ist das nicht der Wahnsinn?«, entgegne ich ihr, als sie mich loslässt.

»Wie geht es dir?«, will sie wissen.

»Gut. Und selbst?«

»Absolut. Du musst unbedingt mit mir kommen. Ich bin mit ein paar Freunden hier. Sie werden dich lieben.«

Ohne auf meine Antwort zu warten, zieht sie mich mit sich.

An einem Stehtisch sehe ich die Mädels aus dem C-Train mit den knappen Shorts und den Cowboyhüten wieder. Da ich von Heather an den Tisch gezogen werde, mustern sie mich nicht abfällig, sondern ziehen mich in eine herzliche Umarmung.

»Hey, ich habe dich vorhin im Zug gesehen. Cool, dass du mit Heather befreundet bist«, begrüßt mich die eine im blauen Karohemd und stellt sich als Andrea vor. Die andere heißt Emily.

Jetzt, wo ich die Freundin von Heather bin, bin ich plötzlich cool. Ich hasse solche Menschen, die einen aufgrund der Beziehung zu einem anderen Menschen beurteilen oder sogar ausnutzen wollen. In der Schule gibt es genug von dieser Sorte. Mir sind solche Menschen egal. Ich bemitleide sie sogar ein bisschen, dass sie nicht genug Eier in den Stöcken haben, um sich selbst ein Urteil über andere zu bilden.

»Es ist so cool, dass wir uns hier treffen! Was für ein Zufall«, ereifert sich Heather.

Wenn du mich gefragt hättest, hätte ich dem Zufall nicht auf die Sprünge helfen müssen.

Andrea schiebt mir ein Glas zu, das einer der Kellner gerade auf dem Tisch abgestellt hat. Dem Geruch nach zu urteilen, befindet sich in dem schwarzen Becher Bier. Eigentlich trinke ich keines, weshalb ich Andrea den Becher zurückgebe.

»Sorry, trinke nichts.«

»Echt nicht? Warum das denn?«, fragt sie und nimmt einen tiefen Schluck aus dem Becher. Ich mustere ihren unter dem geknoteten Hemd hervorlugenden Bauch.

Langsam hebe ich meinen Blick wieder, was ihr nicht entgeht. »Macht nur dick und unförmig.«

Andrea schiebt den Becher leicht von sich und kräuselt die Lippen. Emily, die um einiges schlanker ist, als ihre Freundin, kichert und schnappt sich den Becher.

»Lasst mal hören, was eure nächsten Kampagnen sind«, fordert Heather ihre Freundinnen auf und holt ihr Handy hervor. Sie tippt einen Namen in die Suchleiste ein und öffnet das Profil von Andrea, die auf ihren Bildern deutlich schlanker wirkt, als in Wirklichkeit. Da scheine ich bei ihr wohl einen wunden Punkt getroffen zu haben, ohne dass ich es wirklich beabsichtigt habe.

»Ich darf demnächst für den Touristenverband modeln. Wir starten eine Kampagne, um zu zeigen, wie attraktiv Calgary ist«, erklärt Emily und erntet einen Lacher von Andrea.

»Das ist doch eine unlösbare Aufgabe. Calgary und attraktiv? Das einzige was hier attraktiv ist, sind die Männer, die für die Ölfirmen arbeiten und genügend Geld mit nach Hause bringen.«

Emily rümpft die Nase. »Glaub mir, wenn meine Karriere so richtig durchstartet, dann werde ich keinen Öltypen heiraten müssen, um mir meine Träume erfüllen zu können.«

Andrea verdreht die Augen und deutet auf Heathers Smartphone. »Siehst du mein vorletztes Bild? Das ging richtig viral. Der Lake Louise ist die perfekte Location. Meine Followerzahl stieg an dem Tag um fünfhundert Personen. Wahnsinn, oder?«

Heather nickt anerkennend. »Wie sehen die Insights aus?«

»Tausend Klicks aufs Profil und davon die Hälfte auf den Affiliate Link.« Sie greift nach ihrer Geldbörse, die auf dem Tisch liegt. »Mein Wochenende ist finanziert.«

»Kein Wunder, dass du einen reichen Mann brauchst, wenn du dein verdientes Geld gleich wieder auf den Kopf haust.« Emily nimmt erneut einen tiefen Schluck von ihrem Bier. »Wie siehts bei dir aus, Maddy?«

Andrea und Emily sehen mich beide neugierig an. Anscheinend halten sie mich für eine von Heathers ›Klientinnen‹. Als Heather nichts vom Gegenteil behauptet, zucke ich mit den Schultern. »Ich bin erst mal für eine ganze Woche in den Rocky Mountains.« Das eindeutige Nein meines Vaters verdränge ich in den hintersten Winkel meiner Gedanken.

»Eine ganze Woche?« Andrea scheint sichtlich beeindruckt. »Du musst einen guten Sponsor haben. Juli ist die Hauptreisezeit. Ich bin echt neidisch. Du musst mir unbedingt auf Instagram schreiben. Ich darf deine Fotos auf keinen Fall verpassen.«

»Maddy schreibt großartige Beiträge über Fitness und Diät. Sie könnte Werbung für Nahrungsergänzungsmittel für Sportler machen.« War das gerade ein Seitenhieb von Heather in Andreas Richtung? Auch wenn mir das Mädchen leidtut, weil sie eigentlich nicht mal übergewichtig ist, sondern nur ein paar Speckröllchen über ihrer Hose quillen, gefällt es mir, dass ich in Heathers Gunst trotz meiner niedrigen Followerzahl höher zu stehen scheine. So langsam fühle ich mich nicht mehr so fehl am Platz.

»Lasst uns zum Rodeo gehen«, schlägt Andrea vor, um das Thema zu wechseln. Emily leert ihren Becher in einem Zug und hakt sich bei ihrer Freundin unter. Ich schlendere mit Heather hinter den beiden her.

Die Mädchen steuern auf die große Arena zu.

»Wir haben VIP Pässe bekommen für dieses Jahr. Hast du noch eine Karte ergattern können für die große Show heute Abend?«

Ich habe nicht mal Eintritt gezahlt. Doch das kann ich Heather auf keinen Fall sagen. Wenn ich jetzt zugebe, dass ich kein Geld für die Show habe, werde ich in ihrer Gunst wieder sinken.

»Oh, meine Karte«, beginne ich mein Lügenkonstrukt weiter auszubauen. »Die habe ich glatt im Schließfach gelassen. Wisst ihr was? Geht ihr schon mal vor. Ich komme nach.«

Andrea und Emily winken mir zu und nehmen Heather in die Mitte, als ich mich für den Moment von ihnen verabschiedet habe.

Jetzt habe ich mich in etwas hineinmanövriert. Wie soll ich bloß in die Rodeoarena kommen? Wenn ich jetzt nicht auftauche, glauben die Mädchen bestimmt, dass ich gelogen habe. Und dann erkennen sie, wie illusorisch mein Leben eigentlich ist.

Unschlüssig gehe ich vor dem Eingang auf und ab. Die an mir vorbeiströmenden Menschen halten Tickets in ihrer Hand. Kurz bin ich versucht, eines davon zu schnappen. Aber das Risiko dabei erwischt zu werden, ist mir zu hoch. Das wäre noch peinlicher, als gar nicht erst in der Arena aufzutauchen. Bei Klassenarbeiten hatte ich schon kein Glück und bin fast jedes Mal beim Spicken erwischt worden. Vielleicht sollte ich nach einem Hintereingang Ausschau halten.

Von irgendwo müssen die Pferde und Cowboys in die Arena kommen. Durch den Haupteingang werden sie sich wohl kaum zwängen.

Nachdem ich die Hälfte der Arena umrundet habe, tauchen provisorische Panels auf, in denen Pferde, als auch Bullen einzeln gehalten werden. Ich schlendere an den Gittern vorbei und tue so, als würde ich mir die Tiere ansehen. Das Schild ›Zutritt nur für Personal‹ ignoriere ich dabei. Es herrscht auch hier reges Treiben, in dem ich unterzugehen scheine.

Ich beobachte einen Falben, der unruhig in seinem beengten zu Hause auf und ab läuft. Als er mich sieht, dreht er mir erst demonstrativ den Hintern zu, ehe er den Kopf dreht und mich mit nach vorne gestellten Ohren mustert.

»Du scheinst nicht hier sein zu wollen, was?« Die Ohren des Tieres zucken. Ich strecke meine Hand aus und der Falbe reckt neugierig den Hals. Als ich schnalzende Geräusche von mir gebe, dreht er sich vollständig zu mir um und schnuppert an meiner Hand.

»Da draußen im Ring, bist du ein bockender Mustang, aber hier ein zahmes Pony, was?« Lächelnd streiche ich ihm über die Blesse.

»Was machst du hier?« Eine weibliche Stimme ertönt direkt neben mir. Ich drehe mich zu einer Frau in Cowboymontur um, deren schwarzer Bob ihre markanten Gesichtszüge verstärkt. Sie wirkt nicht wie die Art Person, mit der man sich anlegen sollte.

»Bist du eine von den Tierschützern, die mir weiß machen wollen, dass wir unsere Pferde foltern, damit sie keinen Reiter im Sattel akzeptieren?«, fährt sie mich an, während ich von dem Zaun des Falben zurückweiche. »Dann lass dir gesagt sein, dass es unseren Tieren gut geht und das Rodeo von heute nichts mehr mit dem von früher zu tun hat. Wir fangen keine wilden Mustangs, sondern bilden Pferde aus, die zum Bronc geboren wurden. Sie haben einen starken Willen und jede Menge Stolz, weshalb sie keinen Reiter auf ihrem Rücken akzeptieren. Wir müssen sie dafür nicht foltern.«

Das wollte ich ihr auch gar nicht unterstellen. Sie sieht bedrohlich auf mich herab. Ich bin eigentlich nicht klein, sondern habe die perfekte Modelgröße. Aber neben der Frau wirke ich wie ein Zwerg.

»Nein, nein«, stammle ich. »Ich bin keine Tierschützerin. Ich äh ... bin ein Fan.« Etwas Besseres fällt mir in dem Moment nicht ein. Sie scheint eine weibliche Bronc-Reiterin zu sein, was ziemlich untypisch ist. Wäre es da weit hergeholt, dass ich ein Autogramm von ihr will?

Ihre Gesichtszüge werden weicher. »Tut mir leid. Wir hatten nur heute schon einiges an unangenehmen Besuch. Du willst bestimmt ein Foto, oder?«

Ich nicke, froh, dass sie mir zu glauben scheint. Sie stellt sich neben mich und sieht auffordernd zu mir herab. Als ich kapiere, dass sie auf mein Handy wartet, hole ich es schnell aus meiner Tasche und öffne die Kamera, die noch im Selfiemodus ist. Wir strahlen beide mit unseren Cowboyhüten auf den Köpfen in die Kamera.

»Danke«, sage ich.

»Keine Ursache. Geh am besten wieder nach vorne. Meine Show fängt gleich an. Die solltest du nicht verpassen.«

Ich gehe ein Stück zurück zum Eingang der Arena. Eine neue Nachricht von Heather ploppt auf. Sie will wissen, wo ich bleibe. Statt zu antworten, schicke ich ihr das Bild. Heather tippt und ich warte gespannt auf ihre Reaktion.

Heather 20:45 Uhr
O M G!!!!
Du hast Lauren Fairfield getroffen?????

Heather scheint die Frau zu kennen. In mir kommt eine Idee auf.

Maddy 20:46 Uhr
Sorry, wenn ich heute nicht mehr komme. Aber durch mein Treffen mit Lauren ist die Schlange am Eingang so lang geworden, dass ich mir meine Zeit lieber anderswo vertreibe.

Heather scheint mir zu glauben und zeigt vollstes Verständnis. Meine Ausrede ist noch nicht einmal gelogen, denn ich dränge mich zwischen den Leibern der strömenden Masse hindurch. Alle scheinen zum Höhepunkt des Abends zu wollen. Nur ich sehne mich zum erlösenden Rauschen des Zuges. Da ich recht früh bin, finde ich noch einen Sitzplatz im C-Train. Erleichtert lasse ich mich darauf sinken.

Ich habe mir heute ein Konstrukt aus Lügen aufgebaut, das einzustürzen droht. Wenn Heather herausfindet, dass ich gar keine Woche in den Bergen verbringe, dann bin ich bei ihr unten durch. Ich muss einfach dort hin, um in ihrer Agentur aufgenommen zu werden. Besser als Emily und Andrea sehe ich aus und Heather scheint mit meinem bisherigen Content zufrieden zu sein. Ich brauche die Rocky Mountains, um meiner Story eine besondere Note zu verpassen.

Wenn Dad nicht mit mir fahren will, warum fahre ich dann nicht einfach allein? Meinen Führerschein durfte ich zum Glück schon vor Abflug auf der Führerscheinstelle abholen. Ich habe ihn bereits vor drei Monaten gemacht, um ein Stück Freiheit meiner Mutter gegenüber zu gewinnen.

Morgen wird Dad nach Vancouver fliegen. Ich werde zum Flughafen fahren, in der Hoffnung, dass ich seinen Wagen auf dem Parkplatz des Airports finde. Den Ersatzschlüssel seines Autos habe ich im Flur liegen gesehen. Grandpa hat bereits gesagt, dass er auf sich selbst aufpassen kann. Vielleicht komme ich nach dem Roadtrip auch gar nicht zurück, da mein Vater sich anscheinend nicht für mich zu interessieren scheint. Ich werde das Auto einfach wieder am Flughafen abstellen und zurück nach Hause fliegen, wenn ich meine Fotos geschossen habe.

Mit diesem Plan im Kopf fahre ich in die alte Bude. Die beiden Männer scheinen bereits zu schlafen. Ein Blick in den Küchenschrank bestätigt meine Vermutung: Grandpa bewahrt sein Geld in der Zuckerdose auf. Mehrere hundert Dollar finde ich vor. Mit diesem Vorrat werde ich morgen in die Berge aufbrechen. Ich schließe die Zuckerdose. Morgen wird auch noch ausreichend sein, das Geld einzustecken.

Am nächsten Morgen wache ich früh auf. Viel zu früh. Eigentlich habe ich nicht einmal richtig geschlafen. Gewissensbisse plagen mich, obwohl ich noch nichts verbrochen habe. Ob das nach meiner Tat besser wird? Vermutlich schon, denn dann kann ich meine Entscheidung nicht mehr überdenken, da sie nicht mehr rückgängig gemacht werden kann.

Noch kann ich es mir anders überlegen. Aber ich brauche diese Fotos. Bisher habe ich nichts in meinem Leben auf die Reihe gekriegt, um besser zu sein, als meine Mutter. Das ist meine Chance, ihr und meinen deutschen Großeltern zu zeigen, dass sich meine Zeit am Handy auszahlt.

Ich lausche in die Stille hinein, ob mein Vater noch irgendwo im Haus ist. Als ich für ein paar Minuten nichts höre, schleiche ich mich ins Bad. Ich habe wirklich keine Lust, ihm vor seiner Abreise noch einmal zu begegnen. In der Küche wartet Grandpa auf mich. Verdammt, warum habe ich das Geld nicht schon gestern Abend aus der Zuckerdose entwendet?

»Morgen«, murmle ich. Das schlechte Gewissen steht mir bestimmt ins Gesicht geschrieben. Ich habe Angst, dass er mich entlarvt, bevor ich meinen Plan in die Tat umsetzen kann.

»Schön, dass du wach bist«, begrüßt Grandpa mich. Ich ziehe die Augenbrauen nach oben und schlurfe zur Kaffeemaschine. Noch bin ich nicht wach.

»Trink deinen Kaffee. Dann müssen wir los.«

»Wohin?« Ich bin verwirrt. Ob er von meinem Plan weiß? Steht mir das alles so sehr ins Gesicht geschrieben?

»Ich dachte, du willst einen Roadtrip durch die Rocky Mountains unternehmen?« Grandpa blinzelt mit den Augen, während sich ein leichtes Lächeln auf sein Gesicht legt.

Die Kaffeemaschine neben mir summt, als ich mich dem Alten zuwende. »Ja?«

»Na dann auf. Du musst die Koffer noch einladen, dann kann es losgehen.«

»Ernsthaft Grandpa, was habe ich verpasst?«

»Dein Vater sagte, du sollst auf mich aufpassen, oder?«

Ich nicke.

»Aber er hat nicht gesagt, wo.« Grandpa zwinkert mir zu.

Langsam schwant mir, worauf er hinauswill. Dann kommen die Worte, mit denen ich bereits gerechnet habe. »Lass uns in die Rocky Mountains fahren!«

Das Ping der Kaffeemaschine besiegelt unseren Pakt.

Kapitel 6

»Das Ding hat nur ein Kassettenfach.« Grandpa nickt.

»Und du bist dir sicher, dass es noch fahrtüchtig ist, ja?«

Wieder ein Nicken. Wir sitzen in einem mausgrauen Toyota Camry. Und ich bin eindeutig die Jüngste in dieser Garage.

»Das ist ein 1989er V20. Damit hat dein Dad damals fahren gelernt. Natürlich ist er noch fahrtüchtig«, ereifert sich Grandpa.

Das Argument mit meinem Vater zählt nicht gerade als Beweis für die Fahrtüchtigkeit. Der Schlüssel steckt und wartet darauf, von mir herumgedreht zu werden. Wenigstens muss ich jetzt kein Auto mehr klauen.

Auch wenn ich einen Führerschein habe: Außerhalb der Fahrschule bin ich nie gefahren, da wir kein Auto besitzen. Und für den Lappen ist alles Geld draufgegangen, was ich nebenbei an der Tankstelle verdient habe. Als ich die Kupplung durchtrete und den Schlüssel herumdrehe, passiert nichts.

»Er geht nicht an.«

»Muss an der Batterie liegen. Bin schon ein paar Tage nicht mehr damit gefahren.«

»Hat es denn überhaupt noch TÜV?«, will ich entsetzt wissen. Ich bin Fahranfänger. Können mich die kanadischen Fahrvergehen meinen deutschen Führerschein kosten?

»Klar, darum habe ich mich gekümmert.«

»Grandpa, ernsthaft? Warum kümmerst du dich um den TÜV eines Autos, das du nicht mehr fahren kannst?«

»Na, wenn ich nicht mehr gut laufen kann, muss ich doch irgendwie anders vorwärtskommen. In der Garage liegen eine rote und eine schwarze Klemme. Die musst du an die Batterie anschließen«, erklärt mir Grandpa. Ich verspüre das Bedürfnis, die Stirn gegen das Lenkrad sinken zu lassen. Worauf habe ich mich hier nur eingelassen?

Trotzdem steige ich aus, finde das besagte Kabel mit den beiden Klemmen auf dem Boden. Ich musste an der Tankstelle schon mal einem jungen Kerl helfen, sein Auto zu starten. Er hat sich ein wenig mit mir verquatscht und das Radio währenddessen laufen lassen. Ich erinnere mich noch daran, dass das rote Kabel an den Pluspol muss.

»Woran schließe ich die Schrottkarre an? Wir haben kein zweites Auto zum Überbrücken?«, rufe ich zu Grandpa ins Auto.

Er öffnet die Tür und zieht sich an ihr hoch.

»Warte«, murmelt er. »Hier muss irgendwo eine zweite Batterie sein. Ah hier, die sollte dieselbe Spannung haben.«

»Und wenn nicht?«

Grandpa zuckt mit den Schultern. Er deutet auf eine eingestaubte Batterie in einem der Regale an der Wand. Sagte ich doch, dass ich hier die Jüngste bin.

Die Batterie sieht nicht so aus, als würde sie mehr Saft haben als die im Auto. Trotzdem versuche ich mein Glück und schließe die Kabel an. Zum Schluss kommt die schwarze Klemme an den Minuspol des Autos. Grandpa sitzt bereits angeschnallt im Wagen und wartet. Ich atme tief durch, ehe ich es ein zweites Mal versuche. Diesmal gibt das Auto ein Stottern von sich. Immerhin etwas. Aber nicht ausreichend genug.

»Versuch es nochmal.« Grandpa sieht mich auffordernd an. Ich drehe den Zündschlüssel erneut um und halte ihn diesmal mit der Hand fest. Das Stottern wird lauter und ich lasse die Kupplung kommen. Der Motor fängt an zu summen.

»Grandpa! Er läuft!«

»Schnell alles wieder einpacken und losfahren. Wir müssen das Auto in Bewegung halten. Und bloß nicht abwürgen, hörst du, Maddy? Nicht abwürgen.«

Na danke. Das setzt mich so gar nicht unter Druck. Schnell springe ich aus dem Auto, packe die Batterie samt Kabel in weiser Voraussicht auf den Rücksitz und steige wieder ein. Keine Ahnung, ob ich Lust habe, diese Prozedur an einer Ampel zu wiederholen. Oh nein, ich werde nicht abwürgen. Mit viel zu viel Gas lasse ich den Motor kommen und mit einem Satz sind wir aus der Garage draußen. Ich springe bei laufendem Motor noch einmal aus dem Auto, um die Garage zu schließen. Als ich wieder im Auto sitze, deutet Grandpa auf die Straße. »Gib Gas.«

»Ist ja gut. Ich fahr ja schon«, antworte ich genervt. Das Auto fährt sich merkwürdig. Es ist nicht so, als hätte ich viel Erfahrung mit Autos. Und die Angst vorm Abwürgen lässt mich automatisch zu viel Gas geben, wenn ich die Kupplung kommen lasse.

»Immer den Schildern Richtung Trans Canada Highway 1 folgen.«

»Der Highway führt in zwei Richtungen, Grandpa.« Ich bleibe an einer Kreuzung stehen und setze den Blinker nach rechts.

»Du musst Richtung Bow Valley. Kannst ruhig fahren.«

»Die Ampel ist rot ...«

»Du biegst doch rechts ab.«

»Aber die Ampel ist rot.«

»Aber nicht für Rechtsabbieger.«

»Ernsthaft? Ich soll wirklich fahren?«

Grandpa nickt. Ich stöhne. »Auf deine Verantwortung, alter Mann.«

Von links kommt nichts und ich fahre. Niemand hupt. Oh man, dieser Roadtrip wird mein Ende sein. Warum nochmal musste ich die Idee überhaupt vorbringen? Warum? Nur wegen meiner Sucht nach Anerkennung, die mir die roten Herzen zollen? *Und wegen meiner Chance, in einer Influencer-Agentur aufgenommen zu werden.*

Ich wechsle die Spur, um den Schildern zum Trans Canada Highway zu folgen. Die Ampel vor mir springt auf Gelb. Ich habe wirklich keine

Lust, mein Glück beim Nicht-Abwürgen erneut herauszufordern und gebe Gas.

»Bin erstaunt, dass du mit Schaltung fahren kannst«, wirft mein Großvater in den nach alten Menschen müffelnden Raum ein. Er scheint das Auto schon seit mehr als ein paar Tagen nicht mehr benutzt zu haben, dem Geruch nach zu urteilen.

»Warum sollte ich das nicht können?«

»Ich bin einer der wenigen, die überhaupt ein Fahrzeug mit manuellem Getriebe besitzen. Dein Vater weigert sich, das Auto zu fahren und hat sich lieber ein eigenes mit automatischer Schaltung zugelegt.«

Da vorne kommt die Auffahrt. Und hinter ihr sehe ich bereits die Berge am Horizont. Mein Herz fängt aufgeregt an zu klopfen. Fühlt sich so Freiheit an? Die Freiheit hinzufahren, wo man will. Zu sein, wer man will. Ein Grinsen schleicht sich auf mein Gesicht. Ich sitze in der schrottigsten Karre ganz Kanadas, mit einem Mann, der seinem Auto in Sachen Funktionsfähigkeit in nichts nachsteht, in einem Land voller abgrundtief freundlicher Menschen, bei denen es mir nicht gelingt, meine übliche Gleichgültigkeit aufzusetzen und trotzdem bin ich glücklich.

Nachdem wir eine ganze Weile schweigend gefahren sind, geht mir das Rasseln des Motors tierisch auf die Nerven. Ich sehe mich nach dem Radio um. Eine Kassette schaut aus dem Fach heraus und auf gut Glück schiebe ich sie hinein.

»Du musst sie erst wenden, das Band ist zu Ende.« Grandpa drückt den Ejekt-Knopf und versucht mit seinen zitternden Fingern die Kassette richtig herum wieder reinzuschieben. Ich lasse es ihn versuchen. Mal sehen, wie lange er braucht. Mein Vater hätte ihm das Ding vermutlich schon längst aus der Hand gerissen und selbst in das Fach gesteckt. Aber ich nehme mir vor, bloß nicht zu werden wie mein Vater. Deshalb lasse ich den alten Mann machen. Ob es das nächste Schlagloch ist oder einfach ein glücklicher Moment: Die Kassette ist drinnen und nach einigen Sekunden rauschender Stille, erklingen altertümlich klingende

Gitarrenriffs. Die Stimme, die anfängt zu singen, hört sich so rauchig und alt an, wie die meines Grandpas.

»Gott, was hören wir da? Können wir die Kassette wechseln?« Nicht nur, weil ich den alten Mann wieder beim Wechsel der Kassette beobachten möchte. Die Musik ist gar nicht mein Fall.

»Das ist die Einzige, die wir haben.«

»Können wir einen Song skippen?«

»Skippen?«

»Ja, zum nächsten nach vorne springen.«

»Da sind nur dreißig Minuten Musik auf dieser Seite und dreißig Minuten Musik auf der Anderen. Je mehr du vorspulst, umso schneller nähern wir uns dem Ende und müssen sie von vorne anhören.«

Meine Hände krampfen sich um das abgegriffene Lenkrad.

»Das heißt«, stelle ich sicher, dass ich mich auch nicht verhört habe, »wir haben nur eine Kassette mit exakt 60 Minuten Musik, die vor meiner Geburt aufgenommen wurde?«

»Das Lied ist von Streetheart. Eine echte Größe in meiner Jugend. Hab sie leider nicht live gesehen. Zu schnell lösten sie sich wieder auf. Weißt du Mädchen, man denkt, man hat noch so viel Zeit. Aber niemand weiß, wann die Zeit letzten Endes abläuft. Deshalb sollte man seine Träume in die Hand nehmen, sobald sie greifbar sind. Schieb sie nicht auf. Lebe sie jetzt.«

Ich rolle mit den Augen. »Lass uns deine Jugendliebe hören. Ich hoffe, du hast mit Granny auf dieses Lied getanzt.«

Grandpa braucht ein bisschen, bis er antwortet. »Nein, mit deiner Granny war ich immer nur bei Linedances.«

»Die hören wir uns garantiert nicht an. Nicht einmal, wenn wir an einem Truck Stop ein paar alte Kassetten finden.«

Grandpa lacht.

»Nein, nein«, bringt er zwischen zwei Glucksern hervor. »Zu Linedance Musik werden wir nur tanzen.«

»Ist klar.« Ich sehe mich schon den Rollstuhl über das Parkett schwingen. Aber so, wie ich meinen Grandpa bisher einzuschätzen weiß, erwachen neue Kräfte in ihm und er schwingt das Tanzbein hinterher besser als ich. Bei dem Bild in meinem Kopf muss selbst ich grinsen.

»Grandpa, aufwachen.«

Schnell werfe ich einen Blick nach rechts, um zu überprüfen, ob er die Augen öffnet. Ich sehe ihn blinzeln und richte meine Konzentration wieder auf die Straße.

»Wo muss ich hin?«, will ich von ihm wissen. Eben kam ein Schild, dass es gleich eine Abfahrt gibt. Ich habe leider keine Ahnung, wo ich die türkisblauen Seen finde. Das muss ich heute Abend im Hotel recherchieren.

»Wo willst du denn hin?«, beantwortet der alte Herr meine Frage mit einer Gegenfrage. Wie ich das hasse. Aber berechtigt ist sie.

»Irgendwohin, wo es schön ist?«

»Schönheit liegt im Auge des Betrachters. Du musst schon genauer werden.«

Gott, welchen Poeten hat der denn gefrühstückt?

»Blaue Seen, Berge, mit Schnee bedeckte Gipfel, Bäume die den Straßenrand zieren«, zähle ich die typischen Merkmale von Heathers Fotos auf. Ich habe tatsächlich vergessen, die Orte vorher rauszusuchen. Am besten halte ich kurz an, um ihm die Bilder zu zeigen. Bestimmt kennt Grandpa den ein oder anderen Ort, an dem Heather ihre Bilder aufgenommen hat.

Wieder taucht ein Schild auf. Die Abfahrt kommt in fünfhundert Metern. »Grandpa?«

»Du kannst hier raus.«

Das war doch alles, was ich wissen wollte. Ich setze den Blinker und fahre an der Abfahrt zum Kanaskis Country raus. Vom kanadischen Highway auf eine kanadische Landstraße. Kein großer Unterschied. Nur mehr Kurven, stelle ich nach den ersten Metern fest.

»Und jetzt?«, frage ich ungeduldig, als noch immer keine türkisfarbenen Seen in mein Blickfeld rücken. Auch von den Bergen am Horizont sehe ich nicht mehr viel, denn der Horizont besteht aus Wolken.

»Du folgst einfach der Straße.«

Welch Wunder, dass er jetzt nicht so was wie mein Herz als Kompass vorgeschlagen hat. Würde zu dem alten Herrn passen.

»Wie lange noch?«, will ich ein paar Minuten später wissen.

»Warum? Hast du es eilig? Wir sind doch schon da.«

Ich trete auf die Bremse und eindeutig zu viele Meter später kommt das Auto zum Stehen. Definitiv nicht vergleichbar mit dem Mercedes aus der Fahrschule.

»Warum sagst du das denn nicht? Sollen wir aussteigen? Wo ist das nächste Hotel?« Irgendwie bin ich ein bisschen wütend auf Grandpa. Und jetzt fängt er auch noch an zu grinsen.

»Maddy«, beginnt er langsam. »Du wolltest dorthin, wo es Schönheit gibt. Wir befinden uns genau in ihr. Sieh dich um. Überall sind Bäume, die Blumen blühen und zu deiner linken Seite ist ein See. Wenn du nicht mitten auf der Straße hältst, sondern hundert Meter weiter fährst, dann kannst du auf dem Rastplatz parken, der den See nicht hinter Bäumen versteckt.«

Meine Knöchel treten weiß hervor. »Und warum zum Teufel, lässt du mich dann mitten auf der Straße anhalten?«

»Ich habe nicht gesagt, dass du anhalten sollst. Ich habe nur gesagt, dass wir in der Schönheit der Natur angekommen sind. Wo wir Halt machen, liegt bei dir.«

Ich schließe für eine Sekunde meine Augen. In dem Moment fährt ein Auto an uns vorbei und hupt. Vor lauter Diskutieren habe ich vergessen, den Rückspiegel im Auge zu behalten. Ein Glück, dass hier so wenig

Verkehr herrscht. Ich lasse die Kupplung kommen und das Auto macht einen Ruck. Zu schnell diesmal. Beim zweiten Versuch fährt es röchelnd an. Wenigstens die Batterie scheint wieder voll zu sein.

Langsam fahrend halte ich nach dem Rastplatz am See Ausschau. Tatsächlich kommt nach kurzer Zeit ein Schild mit einer Picknickbank. Der Rastplatz ist gerade groß genug für ein Auto. Zum Glück ist er frei und ich stelle den Wagen ab, öffne die Tür und knalle sie hinter mir wieder zu. Mir egal, ob das Ding bei diesem Gewaltakt auseinanderfällt. Ein kristallblauer See liegt vor mir. Die grauen Wolken am Himmel spiegeln sich in ihm. Ein paar Lupinen am Uferrand blühen in den schönsten violett und lila Tönen. Leider wirken die Farben dank der fehlenden Sonne trüb. Trotzdem drehe ich dem See den Rücken zu und greife nach meinem Handy, um wenigstens ein Bild für Instagram zu schießen. Ich schalte die Kamera an und blicke auf das Bild, wie mein Grandpa sich auf das Auto gestützt aufrecht hält. Ups, das war die Frontkamera. Schnell stelle ich auf den Selfiemodus um. Mein Blick wandert von meinem Abbild vor dem blauen See wieder zu Grandpa. Ach, scheiß drauf. Er wird mich von sich aus nicht um Hilfe bitten.

Ich packe mein Handy wieder weg und gehe zu dem alten Mann hinüber.

»Komm, Grandpa«, fordere ich ihn auf und lege seinen Arm und meine Schultern. Wir sind in etwa gleich groß. Mit 1,67 m ist er ein kleiner Mann. Aber er ist alt, da schrumpft man wieder. Was ebenfalls nicht passt, ist das Gewichtsverhältnis. Er scheint nicht schwerer zu sein als ich. Eigentlich bin ich recht zufrieden mit meiner Figur. Ich finde aber, dass ich zu schwer bin. Lola meint, das kommt von meinen vielen Muskeln. Immerhin bin ich schlanker als sie. Jonas hat eine Körperfettwaage daheim. Das habe ich auf einem seiner Fotos auf Instagram gesehen. Leider hat er mich noch nicht zu sich eingeladen. Lola durfte sie inzwischen bestimmt benutzen.

Mit meiner Hilfe schafft Grandpa es zur Bank. Vornüber sinkt er in sich zusammen. Kurz überlege ich, ob der Rollstuhl mit der Rückenlehne nicht bequemer wäre. Aber ich glaube, er ist froh, das Ding los zu sein. Statt direkt wieder aufzustehen, um mein Selfie of the day nachzuholen, bleibe ich einen Moment bei Grandpa sitzen. Ist ja nicht so, als hätten wir die ganze Autofahrt Zeit zum Reden gehabt. Wenn er nicht wieder mitten im Satz einschläft.

»Welche Krankheit hast du eigentlich?« Wäre zu peinlich, wenn etwas passiert, ich Hilfe holen muss und niemanden erklären kann, was mit dem Mann los ist. Zum Glück sehen wir uns nicht so ähnlich, dass man vermuten könnte, er sei mein Großvater. Aber warum sonst sollte ich freiwillig mit einem an den Rollstuhl gefesselten alten Mann durch die Berge fahren? Oh nein, ich will nicht für eine Sugardaddybraut gehalten werden.

»Meine Muskeln wollen nicht mehr.«

»Und das heißt?«

»MS. Multiple Sklerose. Eine Teufelskrankheit.«

»Seit wann hast du sie?« Dunkel kann ich mich erinnern, von der Krankheit schon einmal gehört zu haben.

»Es fing vor über zehn Jahren an ...«

»Zehn Jahre? Da war ich ja noch in Kanada. Warum wusste ich nichts davon?« Ich kann mich nicht erinnern, dass er damals schon so schwach war. Fairerweise muss man sagen, dass ich mich allgemein kaum an ihn erinnern kann.

Grandpa schmunzelt. »Nicht einmal dein Vater wusste was davon. Hab ihm das auch erst nach Livias Tod erzählt. Vorher war sie da, um mir zur Seite zu stehen. Nach ihrem Tod musste ich die Farm und die Ferienhäuser verkaufen. Es gibt gute, wie auch schlechte Tage. Mal konnte ich die Hütten alleine säubern, mal brauchte ich ihre Hilfe dazu. Es ohne sie zu schaffen, war unmöglich.«

»Wann ist Grandma gestorben?«

Er zuckt mit den Schultern. »Vor ein paar Jahren. Schon zu lange her. Wir Menschen sind nicht dazu gemacht allein zu sein.«

»Ich komme sehr gut alleine klar. Würde mich niemals so abhängig von einem Kerl machen, wie meine Mom es getan hat. Niemals. Lieber sterbe ich allein.«

Grandpa schüttelt den Kopf. »Ist es nicht viel schöner, die Momente mit jemanden zu teilen? Erinnerungen, aus denen unser Leben besteht.«

Ich hole mein Handy mit einem Grinsen im Gesicht aus der Tasche und lege es auf den Tisch. »Ich teile meine Erinnerungen sogar mit über 3.000 Menschen. Glaub mir, das ist viel besser als sie nur mit einem zu teilen.«

Grandpa starrt ausdruckslos auf das schwarze Gerät vor seiner Nase. »Eine ganze Welt in einem solch kleinen Ding. Du würdest begeistert sein, wie einfach es doch ist, mit Menschen in Kontakt zu bleiben. Dir mache ich keinen Vorwurf. Du kannst mit sowas nicht umgehen. Aber Dad hätte sich ruhig mal melden können.«

Grandpa schweigt einen Moment. Dann holt er aus seiner Hosentasche ein ebensolches Gerät. Okay, es hat keinen Touchscreen, dafür eine kleine Antenne und vermutlich eine bessere Akkuleistung als meines.

»Dein Dad hat dich angerufen. Er hat dir geschrieben. Er kam Livia und mich eines Winters besuchen. Du hattest weder zu deinem Geburtstag auf seinen Anruf reagiert, noch auf seine Weihnachtskarte geantwortet. Deine Mutter meinte, du würdest nicht mit ihm reden wollen. Damals musst du ungefähr zwölf Jahre alt gewesen sein. Ich erklärte deinem Vater damals, dass Zwölfjährige trotzig seien. Dass sie die Auswirkungen ihrer Entscheidungen nicht nachvollziehen können. Deshalb versuchte er es weiter. Und weiter. Erst vor ein oder zwei Jahren gab er schließlich auf.«

Ich muss schlucken. An eine solche Aussage meinerseits kann ich mich nicht erinnern. Am Anfang bin ich bei jedem Telefonklingeln in die Küche gestürzt. Aber meist war es einer der anderen Männer meiner Mutter, die kurze Zeit Vater spielten. Nie blieb einer lange und damit auch ihre Anrufe nicht konstant. Meine Mutter meinte, dass mein Vater keinen Kontakt zu mir wünschen würde. Für eine Mutter kann ich sie verdammt wenig leiden. Gerade werden die kindlichen Gefühle für sie noch weniger.

»Das habe ich nicht gewusst. Es hieß immer, er wolle keinen Kontakt zu mir, ich sei zu weit weg.«

Grandpa lässt meine Aussage unkommentiert. Sein Gesichtsausdruck wirkt zufrieden, als hätte er es die ganze Zeit gewusst. Eigentlich hatte ich meinem Dad den Roadtrip nicht vorgeschlagen, um ihm wirklich näher zu kommen. Er war das Mittel zum Zweck. Doch jetzt, wo er nicht dabei ist, habe ich das Gefühl, mein kaltes Herz für ihn ein bisschen auftauen zu lassen. Aber auch nur ein bisschen. Ein Regentropfen trifft meine Nase. Angeekelt rümpfe ich sie. Ein Weiterer setzt sich auf meine Stirn. »Los, lass uns dich zurück zum Auto bringen. Bevor dir nachher die Muskelkraft fehlt, dir trockene Kleidung anzuziehen. Du kannst dich doch alleine umziehen, oder?«

Ich gehe um die Bank herum, um ihm aufzuhelfen. Der Rückweg zum Auto fällt mir leichter, obwohl es bergauf geht. Es scheint, als hätte Grandpa neue Energie in der Natur getankt. Nachdem ich seine Autotür schließe, renne ich rasch zur Fahrerseite. Der leichte Schauer hat sich in einen Platzregen verwandelt. Wie kann man in wenigen Sekunden so nass werden?

Das Klatschen der dicken Regentropfen auf das Dach wird lauter. Der Regen wird zu Hagel. Die Körner, die an den Scheibenwischern hängen bleiben, sind erbsengroß.

»Willkommen in den Rockys.«

»Bei dem Regen macht es wirklich keinen Spaß mit dieser Schrottkarre zu fahren. Ist überhaupt noch Profil auf den Reifen?«, schimpfe ich einige Kilometer später.

»Wir sind gleich in Canmore«, beruhigt mich Grandpa.

Bald sehe ich die ersten Lichter in der Dunkelheit, die der Regen mit sich bringt. Das Schild des Stoneridge Mountain Resorts blinkt mir einladend entgegen. Ich setze den Blinker und biege in die Auffahrt des Hotels ab. Ein Schild am Parkplatz zeigt an, dass es keine freien Zimmer gibt. Kurz überlege ich, mein Glück doch zu versuchen, der Regen hält mich jedoch davon ab, auszusteigen. Ich hole mein Handy hervor und suche auf einem Hotelbuchungsportal, wo wir ein freies Zimmer finden. Die Preise sind doch hoffentlich für eine ganze Woche?

»Grandpa, sag mal, wie viel Geld haben wir für das Hotel?«

Er wühlt im Handschuhfach und wird fündig. Dreihundert Dollar lächeln mich an. »Hab hier ein Hotel in der Nähe für zweihundertfünfzig Dollar.«

»Und wo willst du die restlichen Nächte schlafen?«

Mir fällt das Handy aus der Hand. »Das ist unser Geld für den kompletten Roadtrip? Dann können wir morgen ja schon wieder heimfahren.«

Grandpa schüttelt den Kopf. »Jetzt wo wir hier sind, drehen wir doch nicht schon um. Komm, Mädchen. Du willst einem alten Mann doch ein bisschen Spaß gönnen.«

Wo sollen wir bitte mit so wenig Geld schlafen? Auch für die nähere Umgebung hat die Seite keine günstigeren Vorschläge.

Calgary nach Banff

»Okay, weißt du was. Wir fragen einfach nach. Vielleicht haben die doch ein Zimmer frei. Weil jemand kurzfristig abgesprungen ist und sie froh sind, es überhaupt zu vermieten, geben sie uns das bestimmt zum halben Preis«, schlage ich vor.

»Ich warte.« Grandpa zwinkert.

Soll ich mich etwa um alles alleine kümmern? Wütend steige ich aus dem Auto aus, schmeiße die Tür zu und renne durch den Regen zur Hotelrezeption. Zum Glück hagelt es nicht mehr.

»Guten Tag, wie geht es Ihnen? Was kann ich für Sie tun?«, begrüßt mich die Frau am Tresen.

»Hi, ich brauche ein Zimmer für zwei Personen für eine Nacht.« Meine nassen Unterarme stützte ich auf dem Tresen ab und lächle die Frau freundlich an.

»Es tut mir leid, wir sind leider ausgebucht. Aber ...«

»Sie haben doch bestimmt noch irgendwo ein kleines Zimmer frei? Mit getrennten Betten.« So schnell gebe ich nicht auf.

»Miss, es tut mir leid. Wirklich nicht. Sie können ...«

»Was kann ich?«, fahre ich die Frau an, die merklich zusammenzuckt.

»... Sie können vorne am Wapiti Campground nachfragen. Wenn Sie sich beeilen, bekommen Sie einen der nicht reservierungspflichtigen Campingplätze.«

Nervös presst die Frau ihre Lippen aufeinander. Ich liebe es, diese einschüchternde Wirkung auf Menschen zu haben.

»Hören Sie«, beginne ich. »Ich habe weder Lust zu campen bei diesen unterirdischen Temperaturen, noch habe ich eine Campingausrüstung dabei. Können Sie nicht ein paar Singles zusammenlegen – das wäre sowieso viel witziger – sodass mein Grandpa und ich heute Nacht ein bezahlbares Zimmer bekommen können?«

Ihre Lippen öffnen sich leicht, um einen kleinen Lacher hinauszulassen. Meine Augen signalisieren der Frau, dass mein Vorschlag todernst gemeint ist und sie schließt den Mund schnell wieder.

Sie holt tief Luft. »Unsere Zimmerpreise fangen ab hundertfünfzig Dollar aufwärts an.«

Jetzt grinse ich. »Das heißt, Sie haben noch Zimmer?«

»Nein.«

»Doch.«

»Nein, Miss, bitte gehen Sie jetzt. Am Campingplatz wird man bestimmt noch ein Plätzchen für Sie haben.«

Ich seufze und schaue die Dame traurig an. Es wird Zeit, auf die Tränendrüse zu drücken.

»Wissen Sie …« Eine Träne läuft mir die Wange hinab. »Mein Grandpa sitzt im Rollstuhl. Er hat MS. Wollen Sie ihm wirklich zumuten die Nacht in einem Zelt zu verbringen?«

Ich schniefe noch einmal, um meine Darbietung erneut zu unterstreichen. Die Frau blickt nervös nach draußen, von wo aus ihr Grandpa freundlich zuwinkt. Guter Cop, böser Cop. Gleich haben wir sie.

»Gibt es ein Problem?«

Die Stimme kommt mir bekannt vor. Ich fahre herum und blicke in das Gesicht des Grenzbeamten vom Flughafen.

»Sie?«, rufen wir beide gleichzeitig aus.

»Arbeiten Sie nicht am Flughafen?« Von meinem traurigen Gesicht keine Spur mehr.

»Gibt es ein Problem?« Der Grenzbeamte wendet sich der Frau hinter dem Tresen zu, die ziemlich eingeschüchtert wirkt.

Braucht man für die Zimmerreservierung nicht ein Ausweisdokument? Um den kanadischen Pass habe ich mich noch immer nicht gekümmert. Bevor er auf die Idee kommt, mich danach zu fragen, stoße ich mich vom Tresen ab.

»Ne, alles gut. Ihre Kollegin möchte nur einem alten Mann im Rollstuhl nicht behilflich sein.« Ich öffne die Tür und trete in den Regen.

»Aber das stimmt doch …«, höre ich ihre verzweifelte Stimme mir hinterherrufen.

Klatschnass steige ich in das Auto ein. »So Grandpa, wie sieht dein Plan aus?«

Kapitel 7

Eine Nacht im strömenden Regen im Auto zu verbringen, habe ich mir romantischer vorgestellt. In meiner Vorstellung liegen Jonas und ich auf der Rückbank, wärmen uns mit unseren nackten Körpern und niemand kann uns beobachten, weil die Fenster durch unsere Hitze von innen beschlagen sind. Der letzte Punkt entspricht sogar der Realität. Leider nimmt mein Grandpa die komplette Rückbank ein und im Kofferraum befindet sich sein zusammengefalteter Rollstuhl. Ich musste mit dem Fahrersitz vorliebnehmen.

An Schlaf war nicht zu denken. Wenn ich nicht genau wüsste, dass Grandpa eine Ferienpension in den Rocky Mountains betrieben hat, wäre ich davon ausgegangen, er wäre Holzfäller. Zumindest klingt sein Sägen, als hätte er die ganze Nacht gearbeitet. Noch einmal mache ich das nicht mit. Wäre der dämliche Grenzbeamte gestern nicht aufgetaucht, hätte ich uns noch ein Zimmer klar gemacht. Die Nummer mit Grandpa schien das Herz der Frau an der Rezeption allmählich erweicht zu haben. Vermutlich ist der Beamte ihr Ehemann und hat kein Problem damit, mich erneut in Handschellen zu legen. Aber nicht mit mir. Da teile ich mir lieber mit meinem schnarchenden Großvater ein Auto. Auch über Nacht. Die Lust auf Sex auf der Rückbank ist mir jedenfalls vergangen. Wer träumt schon von so was?

»Aufwachen«, rufe ich nach hinten. Grandpa murrt. Eigentlich bin ich der Morgenmuffel. Angesichts der Tatsache, dass ich nicht geschlafen habe, kann man das wohl kaum Morgen nennen. Die Wolken hängen noch immer tief im Tal und verdecken das Sonnenlicht, das ich dringend nötig habe. Zumindest meine Haut. Mir ist klar, dass ich niemals so gut aussehen werde wie Lola, aber mit mehr Bräune würde ich mich ihrem Antlitz nähern.

»Noch eine Nacht verbringe ich garantiert nicht mit dir im Auto«, erkläre ich Grandpa meinen Standpunkt.

»War doch nicht mal so unbequem«, murmelt er halb verschlafen. Er soll bloß nicht so tun, als sei er müde. Immerhin hat er im Gegensatz zu mir Schlaf abbekommen.

»Das mag sein«, antworte ich ihm. »Aber du schnarchst.«

»Deine Grandma hat das nicht gestört.«

»Die war vermutlich nach ... wie lange seid ihr verheiratet gewesen? Na egal. Auf jeden Fall war sie bestimmt taub bei dem Krach jede Nacht.«

Zu meiner Überraschung fängt Grandpa an zu lachen, statt wütend zu reagieren. »Das ist gut möglich. Wir besorgen dir nachher ein Zelt, Maddy.«

Ein Zelt? Sein Ernst?

»Du wirst keine günstigen Unterkünfte im Juli in den Rocky Mountains finden. Wir stecken mitten in der Hauptsaison.«

Ein Zelt. Wie lange wollen wir eigentlich unterwegs sein? Ist es noch weit bis zu den türkisblauen Seen? Ich habe vergessen nachzusehen.

Grandpa will zum Waschraum des Campingplatzes. Es gibt gespülte Toiletten und ein beheiztes Badezimmer. Grandpa schafft es sogar ohne meine Hilfe bis dorthin. Zwar recht langsam, aber es klappt. Im Spiegel blicke ich in mein müdes Gesicht. Dicke Ringe liegen unter meinen Augen. Auch Concealer wird mir nicht helfen. Bei dem Wetter kann ich gute Fotos sowieso vergessen, weshalb ich mir mit meinem Äußerem heute keine große Mühe geben muss.

Ich hänge mein Handy an die Steckdose, die eigentlich für einen Föhn gedacht ist. Den ich natürlich nicht dabei habe, weil ich dachte, dass es sowas in einem Hotel gibt. Blöd nur, dass ein freies Hotel das größere Problem zu sein scheint.

Wenigstens das Wasser in der Dusche ist warm. Meine Haare stecke ich mir nach dem Duschen zu einem Dutt hoch.

Ich klatsche mir ein wenig Make-up ins Gesicht, damit ich nicht mehr aussehe wie eine wandelnde Leiche. Dafür scheine ich länger gebraucht zu haben, wie gedacht. Als ich zurückkomme, sitzt Grandpa an dem Picknicktisch vor unserem Auto und kocht Kaffee. Wenigstens einer von uns, der an alles gedacht hat.

»Hier, schwarz wie du ihn magst«, sagt Grandpa und schiebt mir zwinkernd einen dampfenden Kaffee in einem pinkfarbenen Plastikbecher herüber. Ob ich ihm jetzt sagen soll, dass ich meinen doch lieber mit Milch trinke? Da Grandpa nicht an Milch gedacht hat, spare ich mir die Mühe und versuche, nicht das Gesicht zu verziehen, als ich an meiner Tasse nippe. Bei Kaffee geht's nicht um den Geschmack. Mein Körper verlangt nach Koffein.

»Lass uns zum Canadian Tire fahren. Dort bekommen wir dein Zelt«, schlägt Grandpa vor. Ich nicke, auch wenn ich den Laden als Kind immer schrecklich fand. Mom hat damals Gartenstühle dort gekauft, die wir vor unserem Trailer aufgestellt haben.

Der Canadian Tire ist genau so, wie ich befürchtet habe: Definitiv kein Laden für mich. Von Angelausrüstung, über handwerkliches Zeug und Gartenmöbel gibt es alles bis hin zur Campingausrüstung, vor der ich jetzt stehe. Grandpa hat mir die Hälfte seines Geldes in die Hand gedrückt und wartet im Auto. Ich stehe vor dem Regal mit haufenweisen Zelten und weiß nicht recht, welches ich nehmen soll. Die, die aussehen als könnte man in ihnen stehen, übersteigen bei Weitem mein Budget.

»Kann ich Ihnen helfen?«, fragt mich eine Frau, die nicht aussieht, als würde sie hier arbeiten.

»Brauche ein Zelt«, nuschle ich.

»Oh, Sie gehen campen?«

Ich nicke nur. Eindeutig zu müde für sinnlose Konversationen.

»Wie viele Personen sind Sie denn? Das hier ist gut geeignet für zwei bis drei Leute.«

Kann sie nicht einfach verschwinden?

Ich schnappe mir ein Zelt – nicht das, was mir die Frau gerade zeigt – und marschiere Richtung Ausgang.

»Passt schon«, rufe ich ihr über die Schulter hinweg zu.

Mit meinem neuen Schlafplatz steige ich ins Auto ein und schmeiße es auf den Rücksitz.

»Auf nach Banff«, fordert mich Grandpa auf. Er lotst mich zurück zum Highway (wobei das aufgrund des Mangels an möglichen Straßen keine Kunst ist) und ich folge den Schildern. Steile Felswände umgeben uns, lassen aber den Blick auf den neben der Straße liegenden See frei. Ich schaue fasziniert auf das glitzernde Wasser. Auch ohne die Sonne oder die Berge ein fesselnder Anblick.

»Achtung!«, ruft Grandpa.

Instinktiv trete ich auf die Bremse. Vor uns auf der Straße steht eine Herde weißer Bergziegen. »Oh, verdammt. Macht, dass ihr wegkommt!«, brülle ich durch das heruntergekurbelte Fenster. Die Bergziegen scheinen den alten Toyota keinesfalls als Bedrohung wahrzunehmen und nähern sich dem stehenden Auto.

»Lass sie doch«, meint Grandpa. Ich vergrabe mein Gesicht in den Händen. Nach dieser Nacht bin ich eindeutig zu müde für den Mist.

Als die Ziegen auf der Höhe des Autos angekommen sind, öffne ich die Tür und steige aus. Vorsorglich schließe ich sie wieder, bevor eine der Ziegen der Versuchung nachgibt, auf den Fahrerplatz zu springen.

»Macht, dass ihr wegkommt!«, rufe ich und wedel mit meinen Armen. Eine der Ziegen blökt und reckt ihren Kopf vor. Vermutlich sind sie es gewohnt von Touristen an der Straße gefüttert zu werden. Das lässt sie jeglichen Respekt verlieren und provoziert im schlimmsten Fall einen

Unfall. Vorsichtshalber drehe ich mich um, um zu kontrollieren, dass mein parkendes Auto gut einsehbar ist. Die Strecke von der wir kommen, verläuft in einer langen Gerade, sodass wir nicht Gefahr laufen, dass ein Auto uns übersieht. In die andere Richtung sieht es schlechter aus, denn vor uns liegt eine scharfe Kurve.

Inzwischen stehe ich umringt von diesen Monstern und versuche, sie erneut von der Straße zu scheuchen. Erfolglos. Vor mir ertönt das Rattern von Rädern auf Asphalt. Das klingt nach einem großen Gefährt. Weil ich nicht weiß, was ich sonst tun soll, laufe ich dem Truck entgegen und winke wild mit den Armen. Als ich in der Kurve ankomme, kann ich ihn sehen und er wird tatsächlich langsamer. Stirnrunzelnd fährt der Fahrer an mir vorbei und als er den Grund für meinen Aufstand erspäht, drückt er auf die Hupe. Ich halte mir die Ohren zu. Die Ziegen kämpfen mit ihrem Blöken gegen die Hupe des Trucks an. Ihre Stimmbänder sind ihm eindeutig unterlegen und als der Truck weiterrollt, springen die Ziegen im letzten Moment aus dem Weg. Ich beeile mich, zurück zum Auto zu kommen, solange der Weg frei ist. Wieder zurück auf meinem Fahrersitz, fällt mir Grandpa mit einer eindeutig zu großen Kamera auf.

»Sag mal, du hast doch keine Fotos von mir geschossen?« Ich bin entsetzt.

Grandpa nickt und ich greife nach der Kamera. »Zeig mal.«

Ohne auf seine Antwort zu warten, schnappe ich mir das Ding und starre es überfordert an.

»Wo kann ich die Bilder löschen?«

»Indem du die Klappe zum Film öffnest. Fällt Licht hinein, sind die Bilder zerstört. Aber denk noch einmal darüber nach. Es ist mein einziger Film.«

Gott, ich habe vergessen, dass der alte Herr direkt aus der Steinzeit kommt. Gönnen wir ihm seinen Spaß, er wird sie wohl kaum bei Facebook hochladen können. Dafür ist er ebenfalls zu alt.

»Wie viele Bilder sind noch frei?«, frage ich ihn.

»Insgesamt 36.«

»Ernsthaft? Und wie willst du da ein gutes Bild knipsen?« Ich gebe ihm die Kamera zurück.

»Ich knipse nicht, ich fotografiere. Darin liegt der Unterschied. Ich mache mir im Vorhinein Gedanken über mein Motiv und drücke nicht wild den Auslöser. Dann könnte ich mir auch eine Videokamera zulegen und die besten Bilder hinterher rausschneiden.«

Hinter mir hupt ein Auto, weshalb ich erschrocken zusammenfahre.

»Jaja, schon gut«, murmle ich und drehe den Zündschlüssel. Nachdem ich angefahren bin, fährt Grandpa fort: »Ich mag den Reiz, nur diese eine Chance für den perfekten Moment zu haben. Früher bin ich stundenlang durch den Wald gestreift, folgte einem Reh und beobachtete es. Erst als das Tier im richtigen Licht stand, setzte ich den Sucher an mein Auge und wartete darauf, dass das Reh den Kopf hob. Ein absoluter Nervenkitzel.«

Ich schnaube. »Für mich ist Achterbahnfahren ein Nervenkitzel. Oder in einem uralten Toyota über Straßen so schmal wie ein Feldweg zu fahren, während hinter mir so ein Arschloch keinen Abstand halten kann.«

Wütend trete ich auf die Bremse und erneut ertönt das Hupen von hinten. Ich lasse mich nicht beirren und bleibe auf der Fahrbahn stehen. Soll der Idiot mich doch überholen, statt mit meiner Stoßstange zu kuscheln. Als er merkt, dass ich nicht vor ihm anfahren werde, setzt er den Blinker – mitten im Nirgendwo, wo es außer mir und Grandpa keiner sieht – und fährt mit durchdrehenden Reifen an mir vorbei. Im Vorbeifahren zeigt er mir einen Vogel, während ich meinen Mittelfinger erhebe. Sein Gesicht kann ich durch die getönten Scheiben nicht erkennen. Aber er muss eindeutig ein Tourist sein. Kanadier wären niemals so unhöflich.

Ich gebe Gas, kann ihn mit dieser Schrottkarre jedoch nicht mehr einholen. Was soll's. Man sieht sich immer zweimal im Leben. Den schwarzen Luxusschlitten werde ich so schnell nicht vergessen.

Kurz vor Banff tauchen kleine Hütten aus Holz auf der Straße auf, die Gartenhäusern gleichen. Ich reihe mich in die Schlange für ›keine Passbesitzer‹ ein. Hoffentlich akzeptieren die hier meinen Deutschen.

»Guten Tag, wie viele Tage brauchen Sie?«, begrüßt mich eine Frau im grünen T-Shirt, die aus dem Fenster ihrer Gartenhütte schaut.

»Wie, wie viele Tage ich brauche?«

Die Frau lacht. »Na, wie lange wollen Sie im Banff Nationalpark bleiben?«

Ich zucke mit den Schultern. »Keine Ahnung, weiß ich noch nicht.«

»Miss, Sie müssen das auch noch nicht wissen. Wenn Sie jedoch mehr als eine Woche bleiben und weitere Nationalparks innerhalb eines Jahres besuchen, lohnt sich ein Jahrespass.«

»Bitte was?« Ich habe nicht die geringste Ahnung, wovon Madame redet.

Grandpa drückt mir Geld in die Hand. »Ich mach das schon. Sag der Dame, wir brauchen zwei Jahrespässe.«

»Alles klar, Sir«, antwortet die Frau, ehe ich etwas weitergeben kann. »Hier Ihre Nationalparkpässe, die bis Ende Juli nächsten Jahres gültig sind. Einfach in die Windschutzscheibe Ihres Fahrzeugs legen. Sie müssen die Pässe nicht die ganze Zeit mit sich führen. Einen schönen Aufenthalt im Banff Nationalpark.«

Ich schüttele den Kopf. Das Geld hätten wir gut in ein Hotelzimmer investieren können. Ich wusste gar nicht, dass man Eintritt zahlen muss, wenn man Natur sehen will. Für Achterbahnen ja, aber Seen und Berge? Die sind schließlich schon immer da gewesen.

»Wohin jetzt?«, will ich von Grandpa wissen.

»Fahr zum Tunnel Mountain Village.«

»Nicht nach Banff?«

»Tunnel Mountain Village liegt in Banff. Das ist der größte Campingplatz der Stadt. Zu meiner Zeit war er bereits Monate im Voraus ausgebucht«, erklärt Grandpa mit einem seligen Lächeln im Gesicht.

Ich zerstöre seine Tagträumereien ja nur ungern, aber ... »Wenn der Campingplatz früher bereits Monate im Voraus ausgebucht war, was lässt dich glauben, dass wir heute einen Platz bekommen?«

»Vertrau mir, ich hab da ein Gefühl.«

Schön, dass du noch was fühlen kannst, alter Mann.

Augenrollend setze ich den Blinker und biege an der nächsten Kreuzung ab. Ich fahre zum Tunnel Mountain Village I und halte erneut an einer dieser Gartenhütten. Gut sichtbar wedle ich mit unseren Pässen herum, doch die Frau deutet mir an, das Fenster herunter zu kurbeln. Ja, das geschieht bei dieser Karre nicht per Knopfdruck.

»Hi, wir haben bereits Pässe. Fürs ganze Jahr«, sage ich in meinem nettesten Tonfall.

Sie nickt, lässt mich trotzdem nicht die Schranke passieren. »Entschuldigung, aber unser Campingplatz ist bereits ausgebucht.«

Entnervt drehe ich meinen Kopf zu Grandpa. Ehe ich etwas sagen kann, fährt die Frau fort: »Aber am Tunnel Mountain Village II sollten ein paar Zeltplätze wieder geöffnet haben. Der Campingplatz wurde renoviert. Aber seien Sie vorsichtig, heute Morgen wurde ein Schwarzbär auf dem Gelände gesichtet. Kein Essen offen herumliegen lassen. Nutzen Sie am besten Bärenkanister.«

Auf was habe ich mich da nur eingelassen? Nicht nur, dass Grandpa hofft, in einer Woche noch hier zu sein – warum sonst die Jahrespässe? – jetzt darf ich mein Bett auch noch mit Bären teilen.

Wir haben Glück – oder eben auch Unglück, je nachdem wie man es nennen will – und auf dem zweiten Campingplatz sind tatsächlich noch Plätze frei. Während Grandpa erneut Kaffee kocht, versuche ich mein Zelt aufzubauen. Von Anleitungen halten die Kanadier wohl nichts. Anscheinend sind sie alle so erfahren im Campen, sodass sie wissen, wie man ein Zelt aufbaut.

Ich habe früher immer mal wieder im Garten gezeltet, wenn es mir im Sommer in unserem Trailer zu warm wurde. Aber da war ich noch ein Kind und meine Eltern halfen mir, das Zelt aufzubauen.

»Guten Tag, wie geht es euch?«, rufen uns die Nachbarn von Parzelle N26 rüber. Im Gegensatz zu uns haben sie einen großen Camper an ihrem Picknicktisch stehen und kein dämliches Zelt neben einem rostigen Toyota.

Die beiden kommen sogar zu uns herüber, als mein Grandpa einladend winkt. Warum tut er mir das an? Brauchen wir wirklich noch mehr Zeugen über mein Unvermögen ein Zelt aufzubauen?

»Hi, ich bin Lisa und das ist mein Mann Tim. Wir campen jedes Jahr hier. Seid ihr neu auf diesem Platz? Es ist fantastisch, was der Park daraus gemacht hat.« Die beiden nehmen unaufgefordert an unserem Tisch Platz und Grandpa zaubert, wer weiß woher, noch zwei Tassen hervor.

»Es geht doch nichts über einen guten Kaffee«, brummt Tim freudig.

»Haben leider nur Schwarzen da, meine Enkelin mag ihn so lieber, stimmts, Maddy?«, erklärt Grandpa. Sag mal, zieht der mich mit Absicht auf? Ich habe wirklich versucht, nicht allzu offensichtlich das Gesicht zu verziehen, als ich die schwarze Plörre getrunken habe. Grandpa beginnt mit den beiden ein Gespräch, während ich die Stangen des Zeltes zusammenstecke.

»Lass dir doch helfen, Mädchen.« Tim steht plötzlich neben mir. Ehe ich ihn anfauchen kann, dass ich sehr wohl in der Lage bin ein Zelt alleine aufzubauen, besinne ich mich zu einem Lächeln. »Zu zweit geht es einfach schneller.«

Tim nimmt mir die Stangen aus der Hand und fädelt sie durch die Laschen am Innenteil. Mich fordert er auf, schon einmal die Heringe für die Bodenplane festzumachen. Zum Glück ist der Boden weich und ich kann sie mit meinen Vans in den Untergrund drücken.

»Das hätten wir, du musst die Zeltwand nachher nur noch abspannen«, sagt Tim einige Minuten später zufrieden. »Wo sind dein Schlafsack und deine Isomatte?«

Verdammt. Ich habe nicht ernsthaft vergessen, einen Schlafsack zu kaufen?

»Ich geh mal im Auto schauen. Setz dich ruhig schon hin, bevor der Kaffee kalt wird.« Ich versuche, mir nichts anmerken zu lassen.

Ein paar Minuten tue ich so, als würde ich den Schlafsack im Auto suchen. Als ich mit leeren Händen zurückkomme und mich an den Tisch setze, schaut Tim mich verdutzt an. Bevor er etwas sagen kann, wende ich mich an Grandpa. »Sag mal, kann es sein, dass du den Schlafsack nicht eingepackt hast?«

Nach einem kurzen Zögern antwortet er ziemlich überzeugend in einem schockierten Tonfall: »Was du nicht sagst. Da hab ich den wohl zu Hause gelassen. Was machen wir denn jetzt?«

Ich zucke mit den Schultern, da meldet sich auch schon unser werter Herr Nachbar zu Wort: »Ach, das macht doch nichts. Lisa, Schatz, wir haben doch noch einen über, oder? Du weißt schon, den von Danny.«

Lisa springt auf und wühlt in ihrem Camper und kommt tatsächlich mit einem blauen Beutel zurück. »Hier Kind, den kannst du haben.« Ihr gutmütiger Ton zaubert mir ein gestelztes Lächeln ins Gesicht.

»Dankeschön, wie lieb von euch.« Ich muss hier weg. So viel Freundlichkeit hält kein Mensch aus.

»Sagt mal ihr beiden, was kann man hier in der Gegend alles erleben?«, will ich von unseren Besuchern wissen, während ich meinen Kaffee möglichst schnell leere.

»Oh, die heißen Quellen. Du musst unbedingt zu den Banff Hot Springs. Absolut großartig bei einem solchen Wetter.« Mit einer Geste deutet sie gen Himmel. Ich höre mir ein paar weitere Vorschläge an, habe aber insgeheim beschlossen, dass ich mir einen Wellnesstag gönnen werde. Als die beiden anfangen, Grandpa auf ihrem Tablet Bilder von besagtem Danny zu zeigen, verziehe ich mich langsam. Mein Großvater ist in besten Händen und ich will nicht das dritte Rad am Wagen sein. Okay, das Vierte am Dreirad, ihr wisst schon, was ich meine. Dann werde ich heute endlich ein Bild für meinen Instagram-Account schießen, mit dem ich Heather beeindrucken kann.

Kapitel 8

Könnt ihr euch vorstellen, dass es so arschkalt ist, dass das Wasser in der Luft gefriert und als Schneeflocke zu Boden fällt? Ja, könnt ihr, das nennt man Schnee. Aber wir haben Juli! J-U-L-I. Der wärmste Monat im Sommer. Und es schneit.

Den Stehkragen meines Mantels hochgeklappt, eile ich die Treppen zu den Hot Springs hinauf. Eigentlich dachte ich, man sitzt in einer heißen Quelle in einem Steinbecken irgendwo in der Natur. Aber hier werden die heißen Quellen in sprudelnde Geldquellen verwandelt. Das warme Wasser der Quelle wird in einen modernen Pool umgeleitet. Was mich heute nicht stört. Hauptsache es ist warm.

Ich passiere einen Souveniershop und steige die Treppen zum Eingang des Schwimmbeckens hinab. Eine kleine Schlange steht, wie im Phantasialand, in einem durch Bänder abgetrennten Wartebereich. Ungeduldig stelle ich mich hinten an und folge der Schlange im Zickzack nach vorne.

Die Eintrittspreise sind überraschend günstig. Gut, dass ich noch das Wechselgeld vom Zeltkauf in der Tasche habe. Dank des gesparten Schlafsacks. Von dem Geld kann ich mir was gönnen.

Als ich an der Reihe bin, fragt mich das Mädchen an der Kasse, ob ich einen der historischen Badeanzüge ausleihen will. An der Wand hinter ihr hängen ein paar Exemplare. Ich habe zwar meinen eigenen Bikini dabei, aber für ein Instagramfoto sieht es um einiges cooler aus, wenn ich authentisch wirke. Ich frage, wie viel er kostet. Da die Leihgebühr noch im Budget liegt, nehme ich ihn mit.

Zum Glück habe ich kein Problem damit, mich in der Sammelumkleide umzuziehen. Einige Mädchen an unserer Schule hatten das. Lola zum Beispiel. Sie meint, ihr Hintern sei zu dick und ohne eine kaschierende Hose, würde sie ihren Hintern garantiert niemandem zeigen. Nicht einmal mir. Ob Jonas ihn zu Gesicht bekommen hat? Schnell checke ich meine Nachrichten. Lola hat sich tatsächlich gemeldet.

21:05 Lola
Er küsst unglaublich!

Danke für die Information. Wollte ich schon immer wissen. Wirklich. Allerdings war der Plan es am eigenen Leib zu erfahren. Ich schicke ihr einen Kusssmiley, obwohl ich mich eher danach fühle, ihr den Kopf abzureißen. In meinem Kopf formt sich ein Plan. Ich muss Lola zeigen, dass mir das mit Jonas nichts ausmacht. Die wird noch staunen.

Der Badeanzug ist verdammt hässlich. Ich überlege kurz, doch noch meinen Bikini anzuziehen. Der dunkelblaue Anzug verdeckt sowohl mein Dekolleté als auch meinen Hintern mit seinen weit auslaufenden Shorts. Ein silbernes Band deutet die Trennung von Ober- und Unterteil an. Wie züchtig das Ganze ist.

Als ich mich mit dem unattraktivsten Badeanzug der Welt aus der Damenumkleide traue, läuft ein Mann in einem ebensolchen vorbei. Ich muss mir eine Hand vor den Mund halten, um nicht laut loszulachen. Ganz eindeutig: Männern steht der Badeanzug noch weniger als Frauen.

Meine Haare binde ich mir zu einem Dutt, damit sie nicht nass werden. Dann trete ich nach draußen ins Freie.

Es ist arschkalt. Von oben rieselt der Schnee und von unten steigt der Dampf des heißen Wassers auf. Die Hot Springs sind unglaublich. Man hat freie Sicht auf die Berge und den Tannenwald davor. Das wird ein einmaliges Bild auf Instagram abgeben.

Ich wate ins warme Wasser und halte mein Handy nach oben, damit es nicht nass wird. Schwimmen werde ich so nicht können, aber wer geht schon zum Schwimmen in heiße Quellen?

Am Rand suche ich mir ein freies Plätzchen, ganz in der Nähe einer Gruppe Männer, die zum Glück ihre eigenen Badehosen angezogen haben. Sieht wesentlich besser aus, obwohl sie einige Jahre älter sein müssen als ich. Aber auch mit Anfang dreißig kann man noch gut aussehen.

Mein Handy lege ich an den Beckenrand und lasse mich genüsslich nach unten gleiten. Eine Massagedüse sprudelt hinter meinem Rücken und ich schließe für einen kurzen Moment die Augen. Aber wirklich nur für einen Moment. Denn ich benötige noch jemanden, der ein Bild von mir vor dieser Kulisse schießt.

Ein Pärchen, das in meiner Nähe steht, fotografiert sich gegenseitig. Die Frau probiert dabei verschiedene Positionen aus und wechselt die Perspektive. Das wirkt recht professionell. Am besten lehne ich mich ebenso an den Beckenrand, wie ihr Mann, mit dem Oberkörper aus dem Wasser. Dann sieht man diesen komischen Ausläufer des Badeanzugs nicht auf den Fotos. Sie selbst trägt einen roten Bikini. Ich hätte mich auch für Meinen entscheiden sollen. Kurz überlege ich, ob ich mich noch einmal umziehe. Egal, ziehen wir das Ganze erst mal im historischen Badeanzug durch.

»Hey, was geht?« Einer der Typen hat sich zu mir gesellt. Genau, wie ich es beabsichtigt habe.

»Du lässt aber wenig Haut frei«, geht er gleich zum Eingemachten über.

Ich lege meinen Kopf schief und lächle ihn an. »Mehr Haut muss man sich erst verdienen.«

Dass ich auf seinen Flirt eingehe, entlockt ihm ein Grinsen.

»Wie heißt du?«, will er wissen.

»Madeleine.« Der falsche Name passt zu meinem Badeanzug.

»Hallo Madeleine. Wie kann ich mir einen tieferen Blick auf deine nackte Haut verdienen?«

Der will es ja gleich wissen. Ob er ein Hotelzimmer für die Nacht hat? Wenn er nett ist, gehe ich vielleicht mit ihm. Das würde mich von Jonas ablenken. Doch so einfach mache ich es ihm nicht.

»Wie gut bist du mit Photoshop?«

Er zuckt mit den Schultern. »Für dich lerne ich doch alles, Baby.«

Oh, sind wir jetzt schon so weit, dass er sich Kinder von mir wünscht? Das mit dem Hotelzimmer schlage ich mir doch aus dem Kopf. Irgendwie bekomme ich ein beklemmendes Gefühl in der Magengegend, je länger ich mit dem Typen rede. Für den Moment halte ich mein Lächeln noch aufrecht.

»Lass uns ein Foto zusammen machen, ja?«, bitte ich ihn. Er sieht schließlich gut aus. Hat einen muskulösen Sixpack, seine dunklen Haare sind nass und akkurat zurückgestrichen. Er trägt keinen auffälligen Bart. Kurz und knapp: Er könnte Unterwäschemodel sein.

Ich spreche das Pärchen von eben an und bitte explizit den weiblichen Part, ob sie ein Foto von uns beiden schießen kann. Doch die Frau scheint ein wenig schüchtern zu sein und reicht mein Handy an ihren Mann weiter. Ich lege meine Hände um den Hals des Unbekannten. Sein Name interessiert mich nicht. Dann strahle ich mit dem verliebtesten Lächeln in die Kamera, das ich zu bieten habe. Falls mich jemand fragen würde, wie sich Verliebtsein anfühlt, wüsste ich darauf keine Antwort. Denn ich verliebe mich grundsätzlich nicht.

Nach nur einem Foto gibt der Mann mir mein Handy zurück. Er hat das Bild nur aus einer Perspektive geschossen. Ich wusste, dass seine Frau das besser hinbekommen hätte. Macht aber nichts. Das Unterwäschemodel und die strahlende Madeleine im dampfenden Pool, mit den schneebedeckten Bergen im Hintergrund, sind drauf. Besser geht immer. Aber es wird reichen, Lola denken zu lassen, dass mir das mit Jonas egal ist.

»Danke!«, rufe ich dem Unterwäschemodel zu und wate dann in die Menschenmenge in der Mitte des Pools. Ich bin froh, mich von ihm entfernen zu können. Seine Hand ist während des Fotoshootings auf meinem Hintern gelandet. Ich mag es nicht, wenn ein Mann das unaufgefordert tut.

»Hey, warte!«, ruft er mir hinterher. »Was ist jetzt?«

Ich halte mein Handy hoch und schenke ihm einen Kussmund. »Such mich. Und wenn du gut mit Photoshop bist, wirst du erfahren, wie ich unter dem Badeanzug aussehe.«

Mit diesen Worten drehe ich ihm den Rücken zu und lasse mich am anderen Ende des Beckens nieder. Zum Glück folgt er mir nicht.

Ich hieve mich aus dem Wasser und setze mich im Schneidersitz an den Beckenrand. Mir ist ein bisschen schummrig von der Hitze der Therme. Während ich mich abkühle, lege ich einen Filter über das Bild. Schnell ist ein kurzer Text getippt und die richtigen Hashtags gesucht. #whatalife #loveandpeace #canadianstyle #happyholiday. Ich drücke auf Senden, bevor in Deutschland alle schlafen gehen. Hoffentlich sieht Lola das Bild noch. Sie wird neidisch sein auf meine angebliche Begleitung. Wenn sie wüsste, wie der Kerl hinter seinem strahlenden Lächeln ist.

Jetzt wo das Bild hochgeladen wurde, kann ich endlich die Wärme genießen. Ich lasse mich wieder ins heiße Wasser hinabgleiten und lege mein Handy erneut in sicherem Abstand zum Wasser an den Beckenrand. Die Augen zu schließen wage ich diesmal jedoch nicht, denn von der anderen Seite des Pools werden mir immer wieder böse Blicke zugeworfen, die ich mit einer hochgezogenen Augenbraue beantworte. Hoffentlich sucht er nicht sofort auf Instagram. Ich habe mit Absicht die passenden Hashtags für die Hot Springs weggelassen und einen falschen Standort hinzugefügt. Eine Schnitzeljagd sollte eine Herausforderung sein. Und diese soll er nicht gewinnen.

Die Schneeflocken werden heftiger. Als ich Heathers Bilder von diesen Bergen gesehen habe, habe ich mit keiner Minute daran gedacht, dass das Wetter schlecht sein könnte. Es ist kalt, es ist nass, es ist bewölkt und einfach eklig. Und ich bin mit dem wohl ältesten Kerl unterwegs, den es in die Rocky Mountains zieht, mit dem ich auch noch verwandt bin. Und nicht mit dem Unterwäschemodel, was ich die Welt glauben lasse. Ist es das wirklich wert? Sich tagelang für die perfekte Instagram-Inszenierung bei eisiger Kälte und schlechtem Wetter, durch die Berge zu quälen? Und das auch noch im Zelt, weil das Geld nicht für mehr reicht?

Meine Familie hatte noch nie viel Geld. Doch seit ich in Köln lebe, wurde es von Jahr zu Jahr weniger. Meine deutschen Großeltern sind der Meinung, dass jeder für seinen eigenen Lebensunterhalt aufkommen sollte, weshalb sie meine Mutter nie finanziell unterstützt haben. Aktuell geht es, seit ich den Job an der Tankstelle habe. Aber auch der deckt gerade einmal meine Kosten.

Insgeheim vermute ich, dass meine Mutter keinen Bock hatte, mich den Sommer über durchzufüttern und mich deshalb nach Kanada geschickt hat. Aber wer hat den Flug bezahlt? Die Kosten waren schließlich der Grund, warum ich nie nach Kanada zurückgegangen bin. Als ich zwölf war, wollte ich meine beste Freundin in Vernon besuchen. Wir hatten kein Geld für den Flug, weshalb ich in Deutschland bleiben musste. Ich brach daraufhin den Kontakt zu ihr ab. Was bringt mir eine Freundschaft am anderen Ende der Welt?

»Findest du nicht auch, dass es etwas zu heiß ist und wir uns dringend abkühlen sollten?«

Der schon wieder. Ich habe die Jagd eröffnet und er hat nicht einmal mit Suchen angefangen. Mit dieser plumpen Anmache wird er bei mir nicht landen können.

»Geht nicht, immerhin geht die Hitze von mir aus.« Sind das wirklich die Worte, um einen Kerl loszuwerden? Seine Aufmerksamkeit gefällt mir auf eine merkwürdige Art und Weise. Aber er hat etwas an sich, das mich selbst im vierzig Grad warmen Wasser frösteln lässt.

»Oh, ich weiß genau, wie ich deine Hitze bändigen kann.« Er grinst mich schäbig an. »Ich finde auf dem Parkplatz etwas, wo wir es uns gemütlich machen können. Kommst du?«

»Nein, danke.«Ich winke ab und mache Anstalten, den Pool zu verlassen. Seine Hand schließt sich um mein am Poolrand abgestütztes Handgelenk.

»Sag mal, hast du sie noch alle? Lass mich sofort los«, protestiere ich. Mein Herz schlägt automatisch schneller.

»So nicht, meine Hübsche. Erst deinen Ex neidisch machen und mich dann fallen lassen. Wenn du ihn eifersüchtig sehen willst, dann kann ich dir eine richtige Show bieten.« Sein Tonfall klingt bedrohlich.

Mit einem Ruck entziehe ich mich seinem Griff und klettere aus dem Pool. Als ich mit sicherem Abstand draußen in der Kälte stehe und mein Handy in der Hand halte, fauche ich ihn an: »Eigentlich bin ich lesbisch und will nicht, dass jemand etwas davon weiß. Dafür schieße ich Bilder mit heißen Typen. Wobei du nur dank des Wassers heiß ausgesehen hast. Inzwischen törnst du mich ganz schön ab.«

Wütend verzieht er die Augen zu Schlitzen. Ich gehe durch die Glastür ins Innere des Gebäudes, bevor er die Gänsehaut auf meinen Armen auf seinen Auftritt bezieht. Mir ist nur kalt, wirklich.

Da ich keine Lust habe mich weiterhin von Mr. Unterwäsche anbaggern zu lassen, verschwinde ich im Bereich für Damen und beschließe mich zu duschen. Zurück zu den heißen Quellen traue ich mich nicht. Ich könnte mich nicht mehr entspannen, wo ich überall seine Hände auf meiner Haut spüre. Der Gedanke, wie er mein Handgelenk gepackt hat, lässt mich erneut frösteln.

Zum Glück haben sie hier einen Föhn, auch wenn ich mein Glätteisen dummerweise im Auto gelassen habe. Zu einem Dutt zusammengebunden, wird keiner meine Locken zu Gesicht bekommen.

Unter der Dusche kann ich es nicht mehr vermeiden. Die Situation am Pool will mir nicht aus dem Kopf gehen. Ich drehe meinen Kopf Richtung Wand, damit niemand die Tränen sieht. Zum Glück sind es nicht viele. Nach ein paarmal tief durchatmen, habe ich mich wieder im Griff. Du bist wunderschön, du bist einzigartig, du wirst geliebt. Alles Lügen, die ich aufrechterhalte.

Wer bin ich schon? Das haben mich die Kinder in der Schule jeden Tag von Neuem spüren lassen. Ich war zu dumm für einen Schulabschluss, weil ich die Sprache nicht konnte. Ich war zu dumm meine Freundschaften über zwei Kontinente hinweg aufrecht zu erhalten. Mein eigener Vater wollte nichts mehr von mir wissen, auch wenn Grandpa da anderer Meinung ist. Aber auch er hat sich nie bei mir gemeldet. Mein Leben ist genauso verkorkst, wie das meiner Mutter. Wobei sie einen Grund hatte, warum ihr Leben verkorkst ablief: mich. Und nicht einmal die Ausrede habe ich vorzuweisen. Ich bin ein Nichts. Ein Niemand. Dem nur dreitausend anonyme Personen im Internet Anerkennung schenken. Aber auch nur, wenn ich täglich von Neuem interessant für sie bleibe. Poste ich einmal kein Bild, da verlieren sie das Interesse an mir und vorne steht wieder eine Zwei.

Wütend über mich selbst, wische ich mir die Tränen aus den Augen. Dann spüle ich das Shampoo aus meinen Haaren und wickle mich in ein Handtuch ein. Schluss mit Selbstmitleid. Ich werde der Welt schon noch zeigen, was sie ohne mich ist. Mich wird man nicht so schnell vergessen. Irgendwann wird jemand stolz auf meine Leistung sein. Und der beste Schritt, dies zu erreichen, ist, meine Followerzahl zu steigern.

Den vollkommen unnützen Badeanzug gebe ich an der Rezeption ab und marschiere aus dem Gebäude. Hinter mir ertönt eine bekannte Stimme. Automatisch laufe ich schneller. Mr. Unterwäsche ist ebenfalls fertig. Jetzt wird es Zeit, zu meinem Auto zu kommen.

Ich bin froh, als der mausgraue Toyota in meinem Blickfeld auftaucht. Zu rennen traue ich mich nicht, denn ich will nicht, dass es aussieht wie eine Flucht. Möglichst selbstbewusst schreite ich voran.

Im Toyota angekommen, verfluche ich das Auto dafür, dass es sich nicht von innen verriegeln lässt. Ich schmeiße meine Tasche neben mich auf den Beifahrersitz und stecke den Schlüssel ins Zündschloss. Nichts passiert. Das kann doch nicht wahr sein. Ist die Batterie etwa schon wieder leer?

Gleich darauf erkenne ich meinen Fehler. Ich habe das Licht angelassen, das ich wegen des Schneefalls angeschaltet habe. *Maddy! Wie kann man bloß so blöd sein?*

Ob ich mich vor dem Kerl verstecken sollte? Würde er so weit gehen, sich zu holen, was er sich von mir verspricht? Meine Abfuhr scheint er nicht akzeptiert zu haben.

Statt auszusteigen und mir ein Versteck zu suchen, mache ich mich klein auf dem Fahrersitz. Ich hole mein Handy heraus und scrolle durch die Instagram-Timeline. Hoffentlich muss er nicht an meinem Wagen vorbei. Sollte dies der Fall sein, sieht es so aus, als könnte ich mit dem Handy jederzeit jemanden um Hilfe rufen. Dumm nur, dass ich gerade einmal die Nummer meines Vaters und die von Heather abgespeichert habe. Mehr Kanadier kenne ich nicht. Und in Deutschland schlafen alle.

Das Internet ist langsam. Mühsam scrolle ich mich durch die Timeline und muss immer wieder warten, bis neue Beiträge geladen haben. Unter meinem Bild mit dem Unterwäschemodel habe ich bereits einige Kommentare erhalten. Nur heute bedeuten mir die ›Sweets‹ und ›Nice pics‹ nichts. Vermutlich wurden diese Kommentare von Chatbots erstellt. Nicht einmal ein echter Mensch lässt sich dazu herab, mir ein Kompliment zu machen.

Mein Handy piepst. Scheint der Akku zu sein. Wie soll ich den auch laden, ohne ein Hotelzimmer mit Strom? Die paar Minuten während des Duschens waren eindeutig nicht ausreichend. Ich sollte wirklich zusehen, dass ich zurück zum Campingplatz komme, bevor ich die Navigation nicht mehr anschalten kann. Banff ist zwar nicht besonders groß, aber der Campingplatz ist es. Vermutlich werde ich mich auf ihm schneller verirren, als in der Stadt.

Ich schmeiße mein nutzloses Handy auf den Beifahrersitz. Ob ich mich gefahrlos nach draußen wagen kann? Ich zittere, weil es eiskalt ist. Mir bleibt nichts anderes übrig. Und wer weiß: Vielleicht lässt er sich doch abwimmeln. Oder er ist schon längst über alle Berge. Wovor habe ich eigentlich solche Angst?

Ich schließe die Batterie erneut an das Auto an.

»Brauchst du Hilfe?« Das darf doch nicht wahr sein. Die Worte sagen etwas anderes, als die Stimme meint. Er hat mich gefunden.

Ich presse meine Lippen aufeinander, um mich zu sammeln. Kokett lächelnd drehe ich mich zu ihm um. »Sehe ich aus, als bräuchte ich welche?«

Er verschränkt die Arme vor der Brust und setzt sich auf die Kante der geöffneten Motorhaube. Dabei muss er seinen Kopf einziehen, um sich nicht zu stoßen. Sein Oberkörper ist in ein schwarzes Tank Top gehüllt. Friert der Kerl nicht?

»Dein Auto springt offensichtlich nicht an. Du kannst dich solange gerne in meinem Camper aufwärmen, wenn du verstehst, was ich meine.« Er zieht einen Mundwinkel nach oben. Sein Grinsen sieht diebisch aus.

Ich schließe die Klemmen an der Batterie zu meinen Füßen an, ehe ich die Schwarze mit dem Minuspol des Autos verbinde.

»Nein, danke«, fahre ich ihn an. Ich setze mich erneut auf den Fahrersitz und drehe den Zündschlüssel um. Mehr als ein Stottern hat das Auto nicht übrig für mich. Es klopft an der Fensterscheibe. Er hat sich vor der Fahrertür aufgebaut und sieht mich mit schief gelegtem Kopf an.

»Ich glaube, ich hab da noch was in meinem Camper, was dir helfen könnte«, erklärt er mir, als ich erneut aussteige. Er wirkt weniger bedrohlich als eben noch. Vielleicht will er mir wirklich nur helfen?

»Komm, lass uns mal nachschauen«, fordert er mich auf.

»Du hilfst mir wirklich nur mit meinem Auto, oder?« Ausgesprochen klingen die Worte ziemlich blöd. Sein Lachen bestätigt mir das. Um mich nicht noch weiter lächerlich zu machen, folge ich ihm zu einem abgeranzten Van. Das Fahrzeug ist in einem deutlich schlechterem Zustand als sein Eigentümer. Als er die Tür öffnet, bekomme ich den

Eindruck, er hat das Gefährt einem Hippie abgekauft. Ein schmales Bett befindet sich anstelle der Rücksitze hinten im Auto. Achtlos liegen überall Sachen herum. Unter anderem ein Didgeridoo, ein australisches Musikinstrument. Wie ein Australier spricht der Kerl aber nicht.

»Und was davon soll mir helfen, mein Auto ans Laufen zu bekommen?«, frage ich ihn herausfordernd, statt einzusteigen. Ich bin doch nicht blöd. Seine lüsternen Blicke vorhin sind mir nicht entgangen.

Er drängt sich an mir vorbei und deutet mir an, ebenfalls einzusteigen.

»Hab hier irgendwo Kabel gesehen«, murmelt er.

»Kabel habe ich selbst, falls dir das nicht aufgefallen ist«, fauche ich ihn an. »Was ich brauche, ist Strom. Vielleicht schwingst du deinen Hintern auf den Fahrersitz und lenkst das Ungetüm zu Meinem hinüber.«

»Ja, ja, ist ja gut. Steig schon ein, dann fahr ich ihn rüber.«

Er geht nach vorne durch und macht Anstalten, auf den Fahrersitz zu klettern. Allerdings ist sein Körperbau zu muskulös, weshalb er nicht an den beiden Sitzen vorbeikommt. Wirkt fast so, als würde er das gerade zum ersten Mal versuchen. Ein flaues Gefühl macht sich in meiner Magengegend breit.

»Ich warte an meinem Auto auf dich«, erkläre ich ihm und will die Hintertür des Vans schließen, als blitzschnell sein Fuß in der Tür erscheint.

»Rein jetzt mit dir«, fordert er mich in einem nicht mehr ganz so freundlichen Tonfall auf.

»Gehts noch?« Da packt er mich auch schon am Arm und zieht mich in den Van. Hinter mir knallt die Tür zu. Ich versuche mich aus seinem Griff zu winden. Grob schlingt er beide Arme um meinen Körper. Sein heißer Atem kitzelt die empfindliche Haut unter meinem Ohrläppchen.

»So nicht, mein Fräulein«, flüstert er mir ins Ohr und haucht im nächsten Moment einen Kuss in meine Halsbeuge. »Ich weiß, wie sehr du mich willst. Das habe ich bereits im Pool gemerkt. Jetzt ist das Spiel aber vorbei. Ich habe es gewonnen, verstanden?«

Ich zerre an seinen Armen, die keinen Millimeter nachgeben. Weshalb ich meine eigenen benutze und ihm meinen Ellenbogen in den Bauch ramme. Jaulend lässt er locker und ich schaffe es, mich mit einem Ruck aus seinem Klammergriff zu befreien. Aus dem Gleichgewicht gekommen, stürze ich auf den Boden. Blitzschnell drehe ich mich um und versuche aufzustehen. Doch sein bedrohlicher Blick fängt meinen. Ich fühle mich wie gelähmt. Passiert das gerade wirklich? Die Schnitzeljagd war darauf bezogen, dass er mich bei Instagram finden sollte, aber doch nicht hier. Ich sollte ihm das ganz dringend klarmachen.

Gerade öffne ich den Mund, um die Situation aufzuklären, da zerrt er an seinem Gürtel und öffnet seine Hose. Er hat das wirklich falsch verstanden.

»Stop, hör auf damit. Ich will nicht mit dir schlafen«, bringe ich hervor.

Meine Worte entlocken ihm ein Grinsen. »Ich steh auf Rollenspiele.«

»Ich aber nicht. Das ist kein Scherz. Hör auf damit.« Der Kerl ist krank. Vollkommen krank. Warum musste ich mir von all den Kerlen, die im Pool waren, ausgerechnet den aussuchen, dessen Gehirn ins Glied gerutscht ist?

Er hört nicht auf, sich die Kleidungsstücke vom Leib zu streifen. Mein Blick wandert durch den Van, um irgendetwas zu finden, was mir nützlich sein kann. Kräftemäßig bin ich dem Kerl vollkommen unterlegen. Und auf Worte scheint er nicht zu reagieren.

Er ist bis auf die Boxershorts vollständig entkleidet und lässt sich auf das Bett fallen. Mein Blick huscht zurück in die Ecke. Meine Hand tastet nach einem kleinen Gegenstand zu meiner Linken. Fest umgreife ich meine kleinen Retter.

»Setz dich zu mir«, fordert er mich auf. Mein Blick huscht zum Bettgestell. Wenn ich mich nicht gegen ihn wehren kann, muss ich ihn in Sicherheit wiegen. Und das schaffe ich nur, indem ich mitspiele.

Ich setze mich zu ihm auf das Bett. Seine Hand legt sich um mein Gesicht und damit unterbricht er meine Musterung des Innenraums. Ich habe gefunden, was ich gesucht habe.

Fordernd beginnt er mich zu küssen. Angeekelt öffne ich meinen Mund, und lasse seine Zunge eindringen. Mir wird schlecht. Trotzdem spiele ich mit, richte mich auf und drücke seinen Oberkörper auf das Bett, das aus einem fest verbauten Holzrahmen und einer durchgelegenen Matratze besteht.

»Warum nicht gleich so?«, gibt er zufrieden von sich.

Mit meinen Händen fahre ich zitternd von seiner nackten Brust über seine Arme, die ich ihm hinter den Kopf führe.

»Vertrau mir«, flüstere ich in sein Ohr und richte mich auf. Rittlings setze ich mich auf seine Hüften, während er meine mit seinen großen Händen packt. Ein unangenehmer Schauder durchläuft meinen Körper. So sollte sich das nicht anfühlen. Das hier ist vollkommen falsch.

Ich taste nach dem Gegenstand, den ich eben noch neben mich ins Bett gelegt habe. Meine Hände nesteln daran herum, damit es gleich schnell geht. Ich habe nur diese eine Chance, ehe er erkennt, was ich vorhabe.

Erneut greife ich nach seinen Händen und führe sie wieder über seinen Kopf. Er macht Anstalten, mir seine Arme zu entziehen. Mein ganzer Plan geht zunichte, wenn ihm das gelingt. Aus der Not heraus drücke ich meine Lippen auf seine, um ihn abzulenken. Ein wohliger Laut entweicht seiner Kehle, während ich Mühe habe, mein aufsteigendes Frühstück im Magen zu behalten. Seine Hände sind am Ende des Bettes angekommen. Ich lege die Schlinge um seine Handgelenke. Mit einem Ratsch ist seine erste Hand fest.

Er versucht mich von sich zu stoßen, doch ich ergreife seine zweite Hand und zurre sie am Bettgestell fest.

»Was zum ...«, beginnt er zu fluchen. Ein triumphierendes Lächeln legt sich auf mein Gesicht. Ich lege ihm einen Finger auf die Lippen und flüstere mit zitternder Stimme: »Wo ist der Schlüssel?«

Er knurrt mich an und beginnt heftig an den Kabelbindern zu zerren. »Du Miststück!«

Ich will mir gar nicht vorstellen, was er normalerweise für Spielchen hier drinnen treibt.

Da er mir offensichtlich nicht verraten will, wo die Schlüssel sind, werfe ich einen Blick in den Fahrerraum. Jackpot! Typisch Kanadier.

Ich klettere nach vorne und plumpse auf den Fahrersitz. Den noch steckenden Schlüssel drehe ich herum und ich lasse den Motor an. Während der fast nackte Kerl hinten im Van flucht, fahre ich den Camper zu meinem Auto rüber. Der Van wird genug Saft haben, um meines wieder zum Laufen zu bringen.

»Du Schlampe! ...«

»Halt die Klappe«, fahre ich ihn an.

Ich werfe einen Blick in den Seitenspiegel und merke, wie ein junger Mann mit blonden Locken in einer dieser Haremshosen hinter uns her läuft. Ob er wohl seinen Kumpel befreien will? Das Adrenalin schießt durch meine Venen, ich grinse wie verrückt und gebe extra Gas, ehe ich die Bremse mit voller Wucht durchtrete und vor Grandpas Auto zum Stehen komme. Von hinten ertönt ein Schmerzenslaut, um den ich mich nicht weiter schere.

Ehe Löckchen uns erreichen kann, öffne ich die Motorhaube und hole die Kabel aus Grandpas Auto. Gerade als ich den Minuspol verbinden will, reißt mich jemand von meinem Auto fort. Instinktiv ziehe ich mein Knie nach oben und ... treffe! Noch einmal lasse ich so was nicht mit mir machen.

Der blonde Mann geht vor mir in die Knie. Zwischen zusammengepressten Zähnen zischt er mir zu: »Das ist mein Auto. Du hast es gestohlen.«

Das ist also gar nicht das Auto des Unterwäschemodels? Er hat nicht nur versucht, mich gegen seinen Willen ins Bett zu kriegen, sondern auch ein Auto gestohlen?

Mit verschränkten Armen lehne ich mich gegen Grandpas Wagen. »Ich habe dein Auto gerettet und nicht gestohlen. Sieh einmal auf der Rückbank nach.«

Löckchen richtet sich halbwegs wieder auf und wirft einen Blick in den Innenraum seines Fahrzeugs. »Woher wusstest du ...?«

»Bitteschön, gern geschehen.« Ich wedle wohlwollend mit meiner Hand. »Da ist es ja wohl das Mindeste, dass dein Fahrzeug meinem Starthilfe gibt, oder?«

Der blonde Kerl schüttelt ungläubig den Kopf. Er passt in der Tat viel besser zum Inhalt des Autos. Und sein Akzent ist eindeutig australischer als der des Unterwäschemodels.

»Ich muss die Polizei rufen.« Aufgeregt fährt er sich durch die Haare. Ich nicke bestätigend und mache mich wieder an meiner Batterie zu schaffen.

»Danke, ähm, wie heißt du eigentlich?«, will er von mir wissen, während er sein Handy ans Ohr hält.

»Maddy«, erwidere ich und ergreife seine andere, ausgestreckte Hand.

»Ich bin Vince. Ja, hallo? Hier ist Vince Brewer. Mein Van wurde gestohlen, aber der Dieb ist bereits dingfest gemacht. Ja? An den Banff Hot Springs. Ja ...«

Ich lasse Vince in Ruhe telefonieren und setze mich währenddessen in mein Auto. Als ich den Schlüssel herumdrehe, springt der Motor diesmal an. Als ich gerade aussteigen will, beugt sich Vince über den Rahmen der geöffneten Tür. »Bleibst du nicht noch wegen einer Aussage? Du hast den Dieb schließlich festgenommen.«

»Sorry, bin illegal eingereist und kann mir keinen Ärger mit der Polizei erlauben, wenn du verstehst.« Ich zwinkere Vince zu.

Er schaut mich ungläubig an, hilft mir dann aber, die Kabel von den Polen zu ziehen und reicht sie mir ins Innere des Fahrzeugs. Die Tür habe ich inzwischen geschlossen und stattdessen das Fenster heruntergekurbelt.

»Danke Maddy«, bedankt sich Vince bei mir. »Man sieht sich immer zweimal im Leben. Ich werde mich beim nächsten Mal revanchieren.«

»Gern geschehen.« Ich erwidere sein Lächeln und in meiner Magengegend macht sich ein warmes Kribbeln breit. Schluss damit, Bauch.

Als ich anfahre, hält mich Vince nochmal an. »Aus welchem Land kommst du denn?«

»Aus Kanada. Ich bin Kanadierin.«

Ich liebe das Fragezeichen, das Vince im Rückspiegel meines Toyotas ins Gesicht geschrieben steht.

Kapitel 9

Am Campingplatz angekommen, finde ich diesen verlassen vor. Da ich keine Lust habe, Grandpa zu suchen, krabble ich in mein Zelt, das komplett durchnässt ist. Das Ding ist neu! Wie kann es jetzt schon undicht sein?

Ich fluche lauthals, bis der Camper unserer Nachbarn sich öffnet.

»Stan, sie ist zurück«, schallt Lisas Stimme über den Platz, als hätte sie mich gehört. Ob mein Fluchen lauter war, als der Generator des Campers?

Da mir nichts anderes übrig bleibt, schlendere ich zum Camper unserer Nachbarn.

»Hi«, begrüße ich die in der Tür stehende Lisa. »Warum ist mein Zelt nass?«

Lisa deutet mir an, reinzukommen. Der Camper ist sogar beheizt. Wahnsinn.

»Tim, Maddys Zelt ist nass«, übersetzt sie mich unnötigerweise für ihren Mann.

»Es hat gereschnet«, lallt er uns entgegen. Gott, haben die jetzt schon angefangen zu trinken?

»Sollte ein Zelt nicht wasserdicht sein?« Mein Tonfall hört sich an, als würde er die Schuld an dem Regen tragen.

Tim schaut mich mit glasigem Blick an. Leider ist der meines Grandpas nicht viel klarer.

»Nischt, wenn die Schnüre nisch ordentlisch abgespannd sin.«

Die Schnüre. Da war was.

Lisa legt mir beruhigend eine Hand auf den Unterarm. »Das trocknet bis heute Abend noch. Sieh mal, es hat aufgehört. Jetzt trink einen mit uns.«

Anhand ihres Atems rieche ich, dass auch sie etwas getrunken hat. Sie scheint mehr abzukönnen, als die beiden Herren, da sie sich noch klar artikulieren kann.

»Danke, trinke keinen Alkohol.« Ich hasse es, die Kontrolle zu verlieren. Dass ich keinen Alkohol trinke, würde man nicht meinen, wenn man ein Mädchen wie mich sieht. Ist aber so. Ich setze damit ein Alleinstellungsmerkmal, was auf Instagram gut ankommt.

»Ich gehe mal mein Zelt abspannen«, murmle ich. Auch wenn der Camper beheizt ist, es stinkt wie in einer Schnapsfabrik. Ich steige die zwei Stufen hinunter unter das Vordach des Luxuswagens.

»Morgen Johnston Canyon«, ruft mir Grandpa hinterher.

»Alsch ob du dort hoch köndescht.« Tim lacht lauthals. Dann schließt sich die Tür und die Fröhlichkeit ist damit weggesperrt.

Wütend trete ich gegen den nächstgelegenen Baum. Was für ein Scheißtag.

Ich hole mein Handy hervor und stelle fest, dass mein Akku inzwischen komplett leer ist. Wird ja immer besser. Das Wetter ist beschissen, dann werde ich fast von einem Typen vergewaltigt und jetzt gibt auch noch mein Handy den Geist auf. Und eine Story für meine Follower habe ich noch immer nicht. Wenn ich in Calgary geblieben wäre, dann hätte ich jetzt schon mehr Follower gewonnen, als auf diesem dämlichen Roadtrip.

Frustriert wickle ich mich in den leicht feuchten Schlafsack ein. Eine Träne kullert meine Wange hinab. Wütend wische ich sie weg. Ich ziehe das Kopfteil des Schlafsacks über meinen Kopf und ergebe mich meinen Schluchzern, die mich in unregelmäßigen Abständen in den Schlaf schütteln.

Der Duft von frisch gekochtem Kaffee weckt mich. Eindeutig zu früh am Morgen, wie mir meine verquollenen Augen zu sagen scheinen.

»Maddy!«, ruft Grandpa. Unwillig schlage ich den Schlafsack zurück. Auf dem harten und kalten Boden zu liegen hat meinen Knochen definitiv nicht gutgetan. Mir tut alles weh und auch strecken hilft nichts. Ich werde gleich unbedingt eine Sporteinheit einlegen müssen, um meine Muskeln zu lockern.

»Hier, dein Kaffee.« Grandpa schiebt mir eine volle Tasse zu, in der Milch nicht einmal mehr Platz gefunden hätte, wenn wir welche besitzen würden.

»Beeil dich, wir müssen los.« Ich setze die Tasse an meine Lippen und nehme den ersten Schluck. So langsam gewöhne ich mich an den bitteren Geschmack.

Grandpa schlurft mit dem Kochset zurück zum Auto. Sein Rollstuhl steht neben der Hintertür.

»Was hast du es heute so eilig?«, fahre ich ihn an, als er mich wenig später mit meiner gerade einmal halb geleerten Tasse dazu auffordert, das Zelt abzubauen. Mensch, ist der heute nervig.

»Wir sollten früh dort sein, sonst bekommen wir keinen Parkplatz mehr.«

»Dafür haben wir doch dich.«

Er schüttelt den Kopf. »Ich hab keinen Behindertenparkausweis dabei.«

»Ernsthaft? Das ist doch das einzig Coole an der Sache mit dem Rollstuhl. Dass du überall einen Parkplatz bekommst.«

Grandpa nimmt mir die Tasse ab und deutet auf mein Zelt. Augenrollend ziehe ich die Heringe aus dem Boden und lege die Stangen zusammen. Das nasse Zelt stopfe ich notdürftig in den Kofferraum, ehe ich Grandpas Rollstuhl einlade.

In dem Moment fahren Lisa und Tim winkend an uns vorbei. Das Vordach Ihres Campers nach wie vor aufgebaut. Merken die das nicht? Ich beginne heftig zu winken, was mir Lisa mit einer Kusshand quittiert. Nein, die sollen anhalten, sonst ...

Schon bleibt das Vordach an einem Baum hängen und wird komplett vom Camper gerissen. Ich hab ja versucht, sie zu warnen.

»Komm, Grandpa. Bevor wir helfen müssen, das Ding zu reparieren.«

Wir nehmen den anderen Ausgang des Campingplatzes, weil Lisa und Tim die komplette Fahrbahn blockieren.

»Ist ja richtig nett von dir, dass du die beiden versucht hast zu warnen«, lobt mich Grandpa.

»Ich bin immer nett«, pampe ich ihn an.

»Die alte Maddy hätte sich ins Fäustchen gelacht.«

Recht hat er. »Was meinst du mit alter Maddy? Ich bin erst achtzehn.«

»Nach einer Reise ist man immer ein neuer Mensch.«

Ich schnaube. »Anders vielleicht, aber nicht neu.«

Darauf erwidert Grandpa nichts.

Ich rutsche unruhig auf dem Sitz hin und her. Irgendeine Position wird es doch geben, bei der die Rückenschmerzen nicht so unerträglich sind.

»Daran bist allein du schuld«, werfe ich Grandpa vor.

»Weil du vergessen hast eine Matratze zu kaufen?«

»Nein«, sage ich gedehnt. »Weil wir so früh aufbrechen mussten und ich keine Zeit hatte, Sport zu machen.«

Grandpa nickt und setzt eine Miene auf, die mir nicht gefällt.

Ich presse die Lippen zusammen und schließe für einen kurzen Moment die Augen. Schlafen wäre schön. Erschrocken reiße ich sie wieder auf. Nicht im Auto.

»Warum nochmal hast du deinen Behindertenausweis nicht mitgenommen?«, will ich von Grandpa wissen, als wir auf den komplett überfüllten Parkplatz fahren und uns vermutlich wie die anderen Autos wieder Richtung Ausgang begeben können.

»Ich fühle mich nicht behindert.«

Gerade geht es einen weiteren Meter vorwärts. Juhu. Acht Uhr morgens in Kanada: Spiele das Spiel ›Such einen Parkplatz‹. Ist ja ähnlich, wie in Köln.

Das Auto vor mir rückt ein Stückchen zurück, was mich dazu verleitet die Hupe zu drücken. Nicht, dass der mir rückwärts in meinen Wagen fährt. Als ich mich zu Grandpa lehne, sehe ich den Grund für seine untypische Fahrerhandlung. Das Auto zu seiner Rechten versucht gerade auszuparken. Und der Glückspilz vor mir, wird sich diesen Parkplatz schnappen. Als der große Kombi in die frei gewordene Lücke gefahren ist, halte ich hinter ihm und ziehe die Handbremse an. Grandpa sieht mich verwirrt an.

»Wir haben zwar keinen Behindertenausweis, dafür einen Rollstuhl im Kofferraum.« Ich steige aus, bevor seine kanadische Höflichkeit zu protestieren beginnt.

Das Pärchen steigt aus dem Auto aus. Der Mann erinnert mich ein wenig an meinen Vater aus vergangenen Zeiten, mit seinen schulterlangen Haaren.

»Guten Morgen«, beginne ich mit meiner guten Sonntagsstimme. »Ich habe da eine Bitte an Sie. Mein Grandpa sitzt im Rollstuhl und wir können unmöglich wie alle anderen am Straßenrand parken. Würde es Ihnen etwas ausmachen, uns den Parkplatz zu überlassen?« Mit einer Geste deute ich auf den im Kofferraum liegenden Rollstuhl, der so groß ist, dass man ihn durch das hintere Fenster sehen kann.

Hinter mir hupt ein Auto, was ich komplett ignoriere.

»Aber natürlich, Schätzchen«, beruhigt mich die Frau und steigt wieder in ihr Auto ein. Kanadische Höflichkeit, sagte ich doch, auch wenn ihr Mann wenig begeistert aussieht. Als ich mich wieder auf dem Fahrersitz plumpsen lasse, schüttelt Grandpa den Kopf.

Fertig eingeparkt, lade ich erst den Rollstuhl aus dem Auto, ehe ich Grandpa die Tür öffne. Umständlich klettert er in sein Gefährt.

Nachdem ich die Tür abgeschlossen habe, stolziere ich davon. Die Räder des Rollstuhls sind zu hören, sodass ich mir, auch ohne mich umzusehen, keine Gedanken machen muss, dass Grandpa nicht hinterherkommt.

Es geht einen Weg hinab und das Rauschen eines Flusses wird lauter. Ich werde langsamer, weil das Geräusch des Wassers den Rollstuhl übertönt.

Eine Brücke führt über den Fluss und ich helfe Grandpa, sie zu passieren. Wie hat der alte Mann sich das vorgestellt? Ich hoffe, der Weg geht nicht so weiter wie bisher.

Die Besucherscharen verdichten sich. Und ich dachte, wir wären früh aufgestanden. Verrückte Menschen.

Vor mir taucht ein großer Holzrahmen auf, in dessen oberen Balken der Name Johnston Canyon geritzt ist. Ich bitte Grandpa kurz zu warten, als ich die Toiletten sehe. Zum Glück gibt es dort keinen Spiegel. Aufgrund von Strommangel konnte ich mir die Haare nicht glätten und ich will den Lockenwust auf meinem Kopf nicht sehen. Am Morgen habe ich mir die Haare wieder notdürftig zu einem Dutt zusammengerollt. Die Bad Hair Day Frisur schlechthin.

Auf dem Weg zurück zum wartenden Grandpa, laufe ich an einer Infotafel vorbei. Die Wanderung ist in ein, drei und sechs Kilometer eingeteilt. Dass wir einen Kilometer mit dem Mobilitätshelfer meines Grandpas schaffen, kann ich mir noch vorstellen. Aber die Upper Falls und Ink Pots werden wir heute wohl kaum sehen. Und dafür sind wir so früh aufgestanden?

»Auf geht's«, fordere ich Grandpa auf loszurollen. Wenn er den Rollstuhl aufgrund seiner schwächelnden Muskulatur hat, verstehe ich nicht, warum er keinen Elektrischen fährt.

Ich schlendere hinter Grandpa her, der auf dem zwar geteertem, aber trotzdem recht unebenem Weg nicht wirklich schnell vorankommt.

Immer wieder müssen wir auf schmalen Brücken laufen, deren Bodenplatten sich etwas gelöst haben und nach oben abstehen. Zweimal muss ich Grandpa helfen über eine solche Kante hinwegzurollen. Das ist doch Wahnsinn, was wir hier machen.

Leute quetschen sich an uns vorbei, bis der Weg schmaler wird und auch das nicht mehr möglich ist.

Hinter mir höre ich deutsche Stimmen.

»Boah, müssen wir jetzt hinter dem Alten da herkriechen?«

»Ne, echt jetzt? Der ist mit dem Rollstuhl doch voll lahm.«

Vermutlich wissen sie nicht, dass ich sie verstehen kann. Ich lasse noch ein paar Sticheleien gegen meinen Grandpa über mich ergehen, dann reicht es mir. Ich packe die Griffe des Rollstuhls und beuge mich zu Grandpa vor.

»Denen zeigen wir's«, erkläre ich ihm, ehe ich beginne zu schieben. Grandpa faltet seine Hände im Schoß zusammen. Ich fange an zu rennen, den Rollstuhl vor mir herschiebend. Die Menschen hinter mir müssen an Tempo zulegen, um Schritt zu halten.

Wir brettern um die Kurve eines hervorstehenden Felsens und ich schiebe Grandpa mit Schwung die nächste Steigung hinauf. Gerade erhöhen sich die Chancen, noch im Hellen am Ziel anzukommen.

Vor dem nächsten Felsvorsprung liegt eine etwas breitere Passage mit einer Bank. Ich lege nochmal einen Zahn zu und lasse uns beide dann ausrollen, um auf Höhe der Bank zum Stehen zu kommen. Triumphierend drehe ich mich zu den Lästermäulern um, die jetzt erst um die Kurve biegen. Sichtlich in Eile, um mit dem lahmen Rollstuhlfahrer mitzuhalten.

Als die beiden Deutschen an mir vorbeikommen, kann ich mir einen Kommentar nicht verkneifen. »Solltet euch besser auch einen Rollstuhl zulegen, damit ihr schneller seid.«

Die beiden ziehen sichtlich beschämt den Kopf ein und eilen weiter, ohne etwas zu erwidern.

»Was hast du gesagt?«, will Grandpa wissen, da er kein Deutsch versteht.

»Ach nichts«, lüge ich.

Grandpas Lächeln reicht von seinen Lippen bis zu seinen Augen und sogar seine Stirn ist mit deutlichen Lachfalten durchzogen. Neben den Altersfalten natürlich.

»Ich sagte doch, du bekommst deine Sporteinheit«, meint Grandpa zu mir. Ich ziehe nur die Augenbrauen hoch. »Wir sind gleich schon an den Lower Falls, das kannst du wohl kaum Sport nennen.«

»Danach kommen noch die Upper Falls«, klärt er mich unnötigerweise auf.

»Du willst nicht ernsthaft, dass ich dich ganze drei Kilometer zu den Upper Falls schiebe, oder?« Ich bin vollkommen entgeistert von seiner Idee. Sieht doch sowieso alles gleich aus hier.

Zu meinem Leidwesen nickt Grandpa. »Du meinst wohl sechs Kilometer. Zurück geht es auch noch. Ist das nicht eine ausreichende Sporteinheit für dich?«

Johnston Canyon
Wie alles begann

Hat er da etwa einen provozierenden Unterton in der Stimme? Ich glaub es ja nicht. Grandpa wird richtig frech.

»Dann sollten wir uns beeilen, bevor es wieder anfängt zu regnen.« Irgendwie kann ich ihm seinen Wunsch nicht abschlagen. Was auch immer es mit ihm und diesem verdammten Canyon auf sich hat.

Irgendwann lichten sich die Menschenmassen. Es wird verdächtig leer auf dem Weg. Nur noch selten drängeln sich ungeduldige Wanderer an uns vorbei, obwohl wir wieder ein normales Tempo angeschlagen haben. Ich bin zwar sportlich, aber den ganzen Weg schiebe ich Grandpa nicht in diesem Tempo.

»Müssten nicht so langsam mal die Lower Falls auftauchen?«

»Wir sind doch schon längst an ihnen vorbei.« Grandpa wirkt vollkommen unbeteiligt, als wäre er gar nicht sauer, sie verpasst zu haben.

»Echt jetzt? Warum sagst du denn nichts?«

»Da war doch ein Schild.«

»Hab ich nicht gesehen.« Wirklich nicht. Da war einmal eine Abzweigung, an der wir links gegangen sind, weil rechts so viele Menschen standen. So langsam verstehe ich den Spruch ›Der Masse folgen‹. Wo viele Menschen stehen, gibt es auch etwas zu sehen.

Weil die meisten Touristen anscheinend faul sind, hat sich niemand die Mühe gemacht den weiteren Weg zu asphaltieren. Durch den Regen ist der Waldboden aufgeweicht und ich muss immer mehr Kraft aufwenden, um Grandpa aus dem Schlamm zu schieben. Heute Nacht lassen wir den Rollstuhl lieber draußen stehen, damit der Regen ihn sauber wäscht.

»Wie weit ist es denn noch?« Meine zwischenzeitliche Euphorie, als wir den beiden Deutschen die Stirn geboten haben, ist verflogen.

»Du bist doch die mit dem Alleskönner Gerät«, weist Grandpa mich auf mein Handy hin. Ich schließe für einen kurzen Moment die Augen und hole tief Luft. Mein Handyakku ist noch immer leer. Das habe ich ganz vergessen. Wie soll ich denn jetzt ein Foto vom Canyon machen? Warum nehme ich den ganzen Weg auf mich, um am Ende nicht einmal ein Foto machen zu können? Wütend lasse ich den Rollstuhl an Ort und Stelle stehen und drehe mich einmal im Kreis.

»Maddy, was ist los?« Grandpa sieht mich geduldig an.

»Ich hab keinen Akku mehr.«

»Das ist doch nicht schlimm«, tröstet mich Grandpa. »Es kann nicht mehr weit sein.«

»Nein, du verstehst das nicht.«

»Dann erkläre es mir«. Er hat den Rollstuhl zu mir herumgedreht.

Ich denke kurz darüber nach, ihn einfach weiter zu schieben. Er versteht die Probleme der Jugend ja doch nicht. Sein Blick ist allerdings neugierig und er ist der erste seit Jahren, der mir ehrliches Interesse entgegenbringt. Meine Mom hat sich nicht darum geschert, was ich mache, warum meine Noten schlecht sind oder warum es nicht möglich war, eine Ausbildungsstelle zu finden. Die Ergebnisse zählen für sie. Und die liefere ich nicht, weshalb ich der Versager der Familie bin. Wahrscheinlich hat meine Mutter gehofft, mit einer Vorzeigetochter ihr eigenes Versagen wieder wettzumachen.

»Ich kann keine Fotos machen«, erkläre ich Grandpa.

»Du kannst meine Kamera benutzen. Aber bedenke, es sind nur noch 34 Bilder auf dem Film frei.«

»Nein, so meine ich das nicht.« Ich hole weiter aus. »Ich brauche die Bilder sofort. Damit ich sie hochladen kann. Weißt du, ich hab da so eine Seite im Internet. Da teile ich meine Erlebnisse mit über 3.000 Leuten. Und weil ich damit so erfolgreich bin, bekomme ich immer mal wieder kostenlose Produkte zugeschickt, damit ich sie mit meinen Fans teile. Das ist ein bisschen wie berühmt sein, verstehst du? Und jetzt habe ich dieses Mädchen kennengelernt. Sie sucht nach Nachwuchstalenten und wenn ich es schaffe, die Anzahl an Leuten, die sich für mein Leben interessieren, zu steigern, dann habe ich gute Chancen, bei ihr angenommen zu werden.«

»Das ist sowas wie ein Job, oder?«

Ich nicke und presse die Zähne zusammen, um die aufkommenden Tränen zu unterdrücken. Warum muss ausgerechnet jetzt der Akku leer sein? Ich brauche täglichen Content, um meine Reichweite zu vergrößern, damit ich bei Heather eine Chance habe.

»Ich habe da eine Idee«, versucht Grandpa mich zu beruhigen. »Du hast uns den Parkplatz organisiert, ich besorge dir Bilder zum sofortigen Gebrauch.«

Er wirkt bei diesen Worten so zuversichtlich, dass ich ihm einfach Glauben schenken muss. Was mich aber viel mehr wundert, ist, warum er mich nicht auslacht. Jeder andere erklärt mich für verrückt und fernab jeglicher Realität, wenn ich ihnen von meinem Micro-Influencer Status erzähle. Dass das doch nur ein Hobby ohne Perspektive sei. Dabei ist das Ganze richtig viel Arbeit. Es hat Jahre gedauert, bis ich überhaupt so viele Follower hatte, um kostenlose Produkte angeboten zu bekommen. Meist sind es auch nur Kleinigkeiten, wie eine Gesichtscreme oder einen Sport BH. Aber für mich ist es die Welt. Die ersten Erfolge, die ich in einem Leben voller Scheitern erlebe. Niemand dort weiß, dass ich im wahren Leben eine Versagerin bin. Dort bin ich ein Star. Ich kann sein, wer ich will. Ich muss mich nur richtig zu verkaufen wissen.

Grandpa hat recht. Nur kurze Zeit später wird das Rauschen des Wassers lauter und ein Steg ist in Sicht. Von dem besagten Upper Fall sehen wir allerdings nichts. Eine Gruppe von Menschen befindet sich auf dem Steg und alle halten ihre Handys in die Höhe, um sich selbst vor dem Wasserfall zu fotografieren. Grandpa und ich bleiben einen Moment stehen und beobachten sie dabei.

»Weißt du, Maddy«, beginnt Grandpa. »Früher waren alle begeistert von meinen Tier- und Landschaftsaufnahmen. Ich war der Einzige in unserem Freundeskreis, der überhaupt eine Kamera besaß. Außerdem war das Entwickeln der Fotos nicht gerade einfach. Hätte Livia mir nicht heimlich im Keller ihres Elternhauses eine Dunkelkammer eingerichtet, hätte ich dieses Hobby schnell wieder aufgegeben.«

So lange kennen die beiden sich schon? Sie haben ja quasi ihr ganzes Leben zusammen verbracht. Ihr Tod muss schmerzhaft für Grandpa gewesen sein.

»Ich bin immer wieder gefragt worden, ob ich da ein Kind oder dort eine Hochzeit fotografieren kann. Aber meine Leidenschaft ist und bleibt die Naturfotografie. Mit meinem Bild aus dem Johnston Canyon entdeckte mich damals auf einer Ausstellung eine Agentur. Sie verkaufen meine Aufnahmen noch heute. Den Shop, den du am Eingang gesehen hast, führt eine meiner ersten Farbaufnahmen als Postkartenmotiv.«

Den Shop muss ich mir unbedingt ansehen.

»Lass uns ein Bild für deine Fans schießen.« Grandpa lässt mir den Vortritt. Ich bin noch immer gespannt, wie er das anstellen will.

Der Steg ist überfüllt von Menschen, die sich bei ihrer Selfiesession nicht beeilen. Grandpa rollt selbstbewusst voran. Ihm machen die Leute Platz. Als wir am Ende des eingezäunten Stegs ankommen, sehe ich den Wasserfall, der sich hinter einem Felsvorsprung versteckt, was bei seiner gigantischen Größe eine echte Meisterleistung ist.

»Entschuldigen Sie, können Sie bitte ein Bild von mir mit meiner Enkelin machen?«, bittet er eine junge Mutter, die auf dem Steg mit ihren zwei Kindern zu kämpfen hat. Grandpa winkt den beiden Kleinen freundlich zu. Das Mädchen versteckt sich hinter ihrer Mutter und krallt sich an ihrem Bein fest.

»Aber natürlich«, stimmt die Frau zu und blickt sich nach einer Kamera von uns um.

Da bringt Grandpa seine zweite Bitte hervor. »Leider ist diese Batterie leer. Im Zelt gibt es nun mal keinen Strom. Können Sie das Bild mit ihrem Mobilfunkgerät aufnehmen und meiner Enkelin schicken?«

Das kleine Mädchen lugt grinsend hinter ihrer Mutter hervor und ich strecke ihr, von einem Zwinkern begleitet, die Zunge raus.

»Sicher, kein Problem«, stimmt die Mutter auch der zweiten Bitte zu. Ein gehbehinderter Großvater kann sehr praktisch sein. Ihm schlägt man keinen Wunsch ab. Vielleicht liegt es auch daran, dass er alt ist und jeder Tag sein letzter sein könnte. Ja ich weiß, ich bin gemein.

Grandpa sitzt fromm in seinem Rollstuhl, während ich brav lächelnd neben ihm stehe. Die Frau macht ein paar Fotos, dann nimmt sie ihr Handy runter.

»Oh, und jetzt bitte noch eines nur von meiner Enkelin. Sie wissen ja, wie schnell die Kinder wachsen, nicht wahr?«

Grandpa ist ein Genie!

Das vordere Bein leicht angewinkelt, drehe ich mich etwas seitlich ein, um schlanker auf dem Bild zu wirken. Dann strahle ich mit meinen Augen in die Kamera, während auf meinen Lippen nur ein geheimnisvolles Lächeln zu finden ist. Diese Pose habe ich oft vor dem Spiegel geübt. Funktioniert nicht nur auf Instagram, sondern auch bei Männern.

»Wohin soll ich die Bilder schicken?«, will die Frau von mir wissen. Ich speichere ihr schnell meine Handynummer ein und sie verspricht mir die Bilder nachher per WhatsApp zu schicken, wenn sie wieder Empfang hat. Das Mädchen hat sich inzwischen hinter ihrem Bein hervorgetraut und hüpft aufgeregt auf und ab.

Wir bedanken uns bei der Frau und ich schiebe Grandpa aus der Menschenmenge raus.

»Ich habe noch einen besonderen Fotospot, von dem nicht jeder weiß«, klärt Grandpa mich auf. Er deutet auf den steilen Hügel, der uns am Wasserfall vorbeiführt. Ich verkneife mir ein Stöhnen, weil er mir eben zu meinem Instagrambild des Tages verholfen hat. Meine Dankbarkeit wird aber nicht ewig währen.

Meine Kräfte nochmal zusammengebündelt, schiebe ich ihn den Hügel hinauf. Das Gelände ist mit einem Holzzaun eingezäunt und Grandpa deutet auf einen schmalen Trampelpfad dahinter.

»Soll ich dich etwa runtertragen?«, frage ich ihn entsetzt.

Grandpa wühlt in seiner Tasche, die er auf seinem Schoß transportiert hat. »Diesen Weg wirst du alleine gehen müssen. Nimm meine Kamera mit. Ich werde mich am Ende über die Bilder freuen. Aber maximal zwei Stück. Unsere Reise ist noch lange nicht zu Ende.«

Ich schüttle ungläubig den Kopf, nehme aber seine Kamera entgegen. Als ob ich wüsste, wie man ein solches Ding benutzt.

»Wenn ich den Film zerstöre, kauf ich dir einfach einen Neuen.«

»Bitte nicht«, ruft Grandpa mir hinterher, als ich über den Zaun geklettert bin. »Da sind wichtige Bilder darauf.«

»Was? Meinst du das von mir in einem Haufen Ziegen?«

»Zum Beispiel.«

Verrückter alter Mann.

Der Pfad ist steil und rutschig. Immer wieder muss ich mich an Bäumen abstützen, um nicht hinzufallen. Als ich unten ankomme, liegt der rauschende Fluss vor mir. Und eine Höhle. Meint Grandpa etwa sie mit dem besonderen Fotospot?

Um in die Höhle zu gelangen, muss ich über die Steine im Fluss springen. Vorsichtig setze ich meinen Fuß auf den Ersten. Springen wird nicht möglich sein, so rutschig sind sie. Vorsichtig taste ich mich von einem auf den nächsten. Die Kamera habe ich mir um die Schulter gehängt. Zum ersten Mal mache ich mir um einen Gegenstand mehr Sorgen, als um mein Handy. Wenn die Kamera ins Wasser fallen sollte, lösche ich Grandpas geschaffene Erinnerungen.

Ich erreiche das Innere der Höhle, wo eine Sandbank auf mich wartet. Der kuppelförmige Raum versteckt sich direkt unter der Aussichtsplattform, auf der Grandpa wartet. Vor dem Eingang der Höhle ist ein riesiger sandfarbener Fels, der von grünem Moos überzogen ist. Auch ein kleines Bäumchen wächst zum Trotze der Natur aus dem Felsen empor. Hinter ihm versteckt sich ein kleiner Wasserfall.

Ich hole Grandpas Kamera hervor. Leider habe ich keine Ahnung, was ich mit den ganzen Knöpfen anfangen soll. Gerade einmal der Auslöser beinhaltet eine mir bekannte Funktion.

Ich fokussiere mit dem Objektiv den Felsen mit dem Wasserfall dahinter und verwende die Höhle als Rahmen. Dann drücke ich den Auslöser. Der Verschluss der Kamera klingt etwas langsam. Ich kenne das vom Handy. Wenn es dunkel ist, verwackelt das ganze Bild. Deshalb lege ich vorsichtshalber die Tasche auf den Boden und stelle die Kamera darauf ab. Dann drücke ich den Auslöser erneut.

Zwei Bilder sollten genügen. Sonst bricht Grandpa die Reise frühzeitig ab, weil der Film voll ist. Und das will ich nicht, obwohl mir das Wetter bisher ziemlich auf die Nerven ging. Aber irgendwie gefällt es mir, mit dem alten Mann durch die Gegend zu reisen. Auch wenn wir noch so früh aufstehen mussten.

Kapitel 10

»Und Sie haben wirklich keinen Stellplatz mehr für ein Auto und ein kleines Zelt frei?«

»Nein, Miss. Tut mir leid. Wir sind bereits seit Januar ausgebucht«, erklärt mir die Dame in der Gartenhütte auf der Mitte der Straße am Lake Louise Campingplatz.

»Sie sind seit Januar für den kompletten Sommer ausgebucht?«

Sie nickt. »Lediglich im Oktober haben wir an einzelnen Tagen noch Campingplätze verfügbar.«

Mein Tonfall ist beißend. »Natürlich, kein Problem. Wir kommen im Oktober nochmal zurück. Eine Zeitmaschine wird uns dabei helfen die Zeit bis dahin zu überbrücken.«

»Miss, es tut mir wirklich leid«, versucht sie mich zu beruhigen. »Schauen Sie einmal hier. Auf dieser Karte sind alle weiteren Campingplätze in der Nähe eingezeichnet.«

Sie hält mir einen länglichen Flyer zum Ausklappen hin. »Die Campingplätze in dieser Gegend müssen alle vorab reserviert werden. Bis auf vereinzelte Glückstreffer am frühen Morgen sind sie restlos ausgebucht. Wenn ich Sie wäre, dann würde ich es an einem der ›First come, first serve‹ Campingplätzen versuchen.«

»Und wo finde ich diese Campingplätze?«

»Einer davon liegt auf halben Weg nach Banff und Weitere auf dem Icefield Parkway. Sie sind allerdings sehr spät dran, weshalb ich Ihnen empfehle, es im Yoho Nationalpark zu versuchen.«

Es ist gerade einmal Nachmittag. Es sei denn die kleine Digitaluhr in Grandpas Auto ist stehen geblieben. Würde ich dieser alten Rostlaube zutrauen.

»Können Sie nicht einfach für uns anrufen und einen Platz reservieren?«

»Es ist nicht dauerhaft ein Ranger vor Ort. Außerdem würde eine Reservierung dem ›First come, first serve‹ Prinzip widersprechen.«

Harte Nuss, diese Rangerin. Wenn ich nicht so dringend duschen müsste nach unserer Wanderung durch den Canyon, würde ich das Zelt einfach am Waldrand aufbauen.

Ich will gerade das Fenster hochkurbeln, da meldet sich die junge Frau erneut zu Wort. »Wildcampen kann ich Ihnen nicht empfehlen.«

Kann die Kleine etwa Gedanken lesen?

»Es gibt Bären in der Gegend.«

Ach ne, damit hätte ich in Kanada nicht gerechnet.

»Auf den Campingplätzen sind nachts Ranger mit Bärbangern unterwegs, um die Tiere fernzuhalten. Außerdem fehlt Ihnen der Schutz der Gemeinschaft, wenn Sie alleine campen.«

Und bei dieser Gefahr will sie trotzdem kein Auge für uns zudrücken? Welch Unding.

Hinter uns hat sich eine Reihe von Autos und Campern gebildet, die entweder glücklicherweise reserviert haben oder uns gleich folgen werden, um ebenfalls einen Campingplatz zu suchen. Grandpa schläft neben mir, seit wir aus dem Canyon zurückgekommen sind. Die Wanderung scheint anstrengend für ihn gewesen zu sein, obwohl ich diejenige war, die ihre Muskelkraft benutzen musste.

Ich verlasse den Campingplatz und halte am Straßenrand. Mein Navi kann ich vergessen, da ich nach wie vor keinen Handyakku habe. So langsam kribbelt es mir in den Fingern. Offline zu sein ist ein Zustand, den ich nicht kenne. Selbst in der Schule verbringe ich mehr Zeit am Handy als im Unterricht. Würde der Lehrer seinen Unterricht über Live Videos auf Instagram abhalten, hätte ich vermutlich mehr mitbekommen. Aber meine Mutter fand den Vorschlag mit der Online-Schule nicht so sinnvoll. Nicht, dass sie Angst hätte, ich würde dann nichts mehr lernen. Ich glaube eher, der monatliche Betrag hat sie abgeschreckt. Trotz Schulpflicht hätten wir diesen selbst zahlen müssen. Es gibt schließlich genügend staatliche Schulen.

Auf dem Flyer sind sowohl Wanderwege, Toiletten, Sehenswürdigkeiten und Campingplätze eingezeichnet. Wir befinden uns ganz unten auf der Karte. Alle Sehenswürdigkeiten für die kommenden Tage liegen vor uns. Ich erinnere mich, dass eine von Heathers Freundinnen vom Lake Louise geschwärmt hat. Den See möchte ich auf keinen Fall verpassen. Wenn er mir denselben Followerwachstum bringt, wie Andrea, dann geht es ein gutes Stück voran.

Den Yoho Nationalpark kann ich auf der Karte nicht finden. Da ich keine Ahnung habe, wo ich hinwill, fahre ich den Weg, den wir gekommen sind wieder zurück. Irgendwann taucht ein Schild auf, was uns ins Zentrum der Stadt führt. Ich folge ihm.

Die Straße wird voller und voller. Bald schon stockt der Verkehr und es geht nicht mehr voran.

Mein Magen knurrt und ich fahre an der Touristeninformation wieder raus. Vielleicht bekomme ich hier eine Karte, in der der Yoho Nationalpark eingezeichnet ist und ich etwas zu essen finde.

Grandpa schläft nach wie vor tief und fest. Ich lasse das Fenster ein Stück weit offen, damit er frische Luft bekommt.

Nachdem ich der Toilette einen Besuch abgestattet habe, stelle ich fest, dass es in der Touristeninformation Steckdosen gibt. Grandpa wacht auch nicht auf, als ich mein Ladekabel aus dem Auto hole. Hoffentlich geht es ihm gut und er ist wirklich nur erschöpft. Sein Atem geht regelmäßig. Das ist schon mal ein gutes Zeichen.

Als mein Handy endlich wieder genug Saft hat, dass ich es Anschalten kann, passiert nichts. Kein Empfang. Sind etwa meine Daten abgelaufen? Das kann nicht sein.

Ich öffne das WLAN. In das offene Netz der Touristeninformation logge ich mich ein. Vereinzelt kommen ein paar Nachrichten zu mir durch. Ich scheine nicht die Einzige mit einem Empfangsproblem zu sein, denn das WLAN ist ausgelastet. Mühselig öffne ich meinen Instagram Feed, der sich seit den Hot Springs in Banff nicht mehr aktualisiert hat.

Die Mutter mit den zwei Kindern hat mir die Bilder geschickt – die ich aber nicht laden kann.

Es erfordert eine Engelsgeduld, im Internet zu surfen. Da meine Nerven sich anfühlen, wie meine Kopfhaut, wenn der Friseur zu fest zieht, öffne ich Maps und suche nach besagtem Yoho Nationalpark. Die Karte habe ich scheinbar vorgeladen, denn endlich funktioniert etwas. Während ich versuche, mir die Wegstrecke einzuprägen, kontrolliere ich immer wieder den Ladevorschritt der beiden Bilder von heute.

Der Download bricht erneut ab. Meine Hand krampft sich um mein Handy und ich fluche lauthals. Dazu gesellt sich das Knurren meines Magens. Ich habe heute noch nichts gegessen. Das sollte ich dringend nachholen. Vor allem nach der Wanderung. Aber erst muss ich warten, bis mein Handy wieder im grünen Akkubereich ist. Irgendwie fühle ich mich den ganzen Tag ruhelos, wenn ich weiß, dass ich nicht danach greifen kann, um die Neuigkeiten zu checken. Ich habe auf Instagram bestimmt viel verpasst. Und einige Follower verloren. Dabei brauche ich jeden Einzelnen. Ich darf mir die Chance nicht entgehen lassen, in Heathers Agentur aufgenommen zu werden.

Mein Hinterkopf trifft auf die Wand, als ich seufzend aufgebe, einen Ladefortschritt zu erzielen. Der Akku ist inzwischen von rot auf gelb gesprungen. Noch ein paar Minuten. Einatmen, ausatmen. Ich schalte den Bildschirm erneut ein. Am Empfang hat sich nichts geändert. Nur ein paar WhatsApp Nachrichten sind durchgegangen.

Mein Magen knurrt erneut. Warum kann dieses verdammte Handy nicht schneller laden? Ist das denn zu viel verlangt?

Als ich spüre, wie mir die Galle hochkommt, weil mein Magen sich selbst verdaut, packe ich mein Ladekabel ein und gehe. Vielleicht finde ich etwas zu Essen samt Steckdose.

Im Yoho Nationalpark angekommen, wacht Grandpa auf. Wir fahren auf den ersten Campingplatz, den Kicking Horse Campground. Von meinem letzten Geld habe ich ein Sandwich für ihn besorgt.

Ich stelle den Motor ab und mein erster Blick wandert zum Handy. Noch immer kein Empfang. Warum habe ich mir eigentlich eine SIM-Karte gekauft?

»Das sieht nach einem guten Platz zum Bleiben aus«, meint Grandpa. Vermutlich der einzige Platz, an dem wir bleiben können, weil sonst alles ausgebucht ist.

»Hier, ein Sandwich. Ich such einen Zeltplatz.« Die Fahrertür knalle ich hinter mir zu. Im Gehen schalte ich den Flugmodus meines Handys ein, um Strom zu sparen.

In den typischen Hütten ist kein Personal zu finden. Ein großes Grillhäuschen lädt zum Verweilen ein. Dahinter befinden sich Toiletten und einige Campingplätze mit nummerierten Pfosten. An manchen hängen kleine Zettel mit An- und einem Abreisetag. Das Auto wird leider nicht auf den kleinen Platz passen. Ich finde einen Zeltplatz ohne Zettel. Der scheint noch frei zu sein.

Auf der anderen Seite der Grillhütte ist eine Infotafel. Ganz schön happig die Preise. Dafür, dass ich eine Nacht im Zelt schlafen muss, müssten die mich eigentlich bezahlen. Schmerzensgeld sozusagen.

Es handelt sich dabei um einen Selbst-Check-in. Ich fülle den Zettel aus und gehe samt Briefumschlag zum Auto zurück. Da werde ich Grandpa nochmal nach Geld fragen müssen.

Sein Sandwich hat er gegessen und ein satter Grandpa ist ein spendabler Grandpa. Er drückt mir ausreichend Geld in die Hand. Das Zelt ist noch nass, weil ich es in der Eile in den Kofferraum geschmissen habe. Ein paar Sonnenstrahlen dringen zu uns durch. Die ersten seit Tagen. Ich beschließe, das Zelt zum Trocknen an den Ästen aufzuhängen und Duschen zu gehen. Mit frischen Wechselklamotten und einem Handtuch gehe ich zu den Toilettenhäuschen. Auf der Seite für Damen befinden sich zwei Kabinen mit je einer Toilette. Zum Händewaschen muss man nach draußen gehen. Kein Spiegel, keine Dusche, kein Nichts. Das ist nicht lustig. Ich gehe herum und ohne anzuklopfen, stoße ich die Tür zu den Herrentoiletten auf. Eine Toilette und zwei Pissoire. Keine Dusche. Ohne eine Dusche kann ich meine Bilder am Lake Louise vergessen. All die Mädels auf den Bildern, haben perfekt gestylte Haare. So wie ich laut dem Rückspiegel aktuell aussehe, kann ich maximal beim Dschungelcamp gewinnen.

Suchend sehe ich mich auf dem Campingplatz um. Hier ist der Bereich für die Zelte. Weiter hinten ist der Platz für die Menschen, die vorab reserviert haben. Einige Camper stehen auf ihren Plätzen.

Ich laufe den Pfad entlang, der aussieht wie bei einem Campingwagenhändler. Die unterschiedlichsten Modelle sind zu finden. Aber keine Duschen. Ein Ehepaar röstet ein paar köstlich duftende Steaks auf dem Grill. Mir läuft das Wasser im Mund zusammen.

»Entschuldigen Sie«, spreche ich die beiden an. »Gibt's hier auch Duschen?«

Der Mann erhebt sich aus seinem Campingstuhl und wendet die Steaks. »Tut mir leid. Auf diesem Campingplatz nicht. Da müssen Sie wohl nach Golden fahren oder in einen der Gletscherseen springen.«

Kein Wunder, dass der Campingplatz noch frei ist. Wer campt schon auf einem Gelände ohne Duschen?

Ich steige zurück zu Grandpa, der wieder eingeschlafen ist, ins Auto. Der hat es gut. Bei dem wenigen Resthaar reicht ihm eine Katzenwäsche.

Ich starte den Motor und verlasse den Campingplatz erneut. Kurz fallen mir die Augen zu. Wenn ich nicht so dringend duschen müsste, hätte ich mich jetzt schlafen gelegt. So, wie ich aussehe, werde ich keine Fotos für meine Follower schießen können. Außerdem brauche ich Empfang, um überhaupt Neue zu gewinnen. Mein Kopf fühlt sich an, als hätte ihn jemand mit Watte ausgestopft. Das Sichtfeld verengt sich. *Tief durchatmen, Maddy*. Mir ist so verdammt schwindelig.

»Aufpassen!«

Ich reiße das Lenkrad herum. Grandpa neben mir stöhnt. Mein rechter Fuß erwischt die Bremse und tritt sie durch. Das Auto kommt zum Stehen. Ich zittere am ganzen Körper.

»Soll ich weiterfahren?«, fragt mich Grandpa. Für einen kurzen Moment scheine ich weggedämmert zu sein und bin dabei von der Fahrbahn abgekommen.

Ich kann mir ein Schmunzeln nicht verkneifen, obwohl der Moment alles andere als zum Lachen ist. Grandpa ist derjenige, der krank ist. Nicht ich. Und trotzdem versucht er, mich zu beschützen. Eigentlich sollte das umgekehrt der Fall sein. Ich muss auf ihn aufpassen.

Mein Herz rast und pumpt Adrenalin in meinen Körper. Wäre uns jemand im falschen Moment entgegengekommen, wären wir weg gewesen. Jetzt fühle ich mich wach. An Umkehren ist nicht zu denken. Ich muss dieses Foto posten und den Schaden begutachten, den meine Tage offline verursacht haben.

»Nein, nein, schon gut.«

Ich versuche mich zu beruhigen und gebe wieder Gas.

»War der Campingplatz etwa voll?«

»Nein, aber es gab keine Duschen.«

Ich starre stur geradeaus, um Grandpas vorwurfsvollen Blick nicht sehen zu müssen. Er wird mich vorwurfsvoll anstarren. So ist das immer. Keiner nimmt meine Probleme ernst.

»Eine warme Dusche kann manchmal Wunder bewirken«, erwidert er zu meiner Überraschung.

Kapitel 11

Golden erreiche ich nach einer vierzigminütigen Fahrt. Direkt an der Husky Tankstelle befindet sich der Truck Stop, wie ich es bereits erwartet habe. Nirgends sonst finden so viele Trucks einen Platz zum Parken. Da ich nur einen kleinen Toyota fahre, halte ich direkt vor der Tankstelle. Grandpa lasse ich im Auto, während ich im Gebäude abkläre, wie alles abläuft. Der Mann will mir eine der Duschen aufschließen, nachdem ich bezahlt habe. Schnell hole ich mein Waschzeug und sehe nochmal nach Grandpa.

»Willst du auch Duschen?«

Er schüttelt den Kopf. »Nein, nein, aber wenn du mir bitte meinen Rollstuhl holen würdest, damit ich in dem Diner etwas essen könnte.«

Ich nicke und hole den Rollstuhl aus dem Kofferraum. Vor der Beifahrertür entfalte ich ihn und warte, bis Grandpa aussteigt, damit ich das Auto abschließen kann.

»Was ist?« Grandpa rührt sich nicht.

Er seufzt. »Meinst du, du kannst einen der Herren bitten, mir aus dem Auto zu helfen?«

Ich stutze. Bisher hat er das doch immer alleine geschafft.

»Geht's dir gut?«

Grandpa gibt nach wie vor keine Regung von sich.

»Grandpa? Stan? Ist alles in Ordnung mit dir?«

In dem Moment kommt der Mann, der mir die Dusche aufschließen soll, aus der Tür.

»Brauchen Sie Hilfe?«

Ich gebe es nur ungern zu, aber vermutlich schon.

»Mein Grandpa, also, die letzten Tage war er vollkommen in Ordnung. Heute ist er so, ich weiß nicht. Können Sie mir helfen, ihn aus dem Auto zu bekommen?«

Sofort ist der Mann bei mir und ich schiebe den Rollstuhl zur Seite, damit er sich zu Grandpa beugen kann. Mein Herz schlägt in einem unruhigen Takt. Ich hätte mich besser mit seiner Krankheit auseinandersetzen sollen. Was ist, wenn er ein Medikament braucht? Ich weiß doch gar nicht, welche Pille für was da ist. Und was ist, wenn er ins Krankenhaus muss? Wenn ich jetzt nichts unternehme, könnte das sein Ende sein, oder?

»Sie scheinen ein bisschen erschöpft zu sein, was?« Der Tankwart hievt Grandpa in den Rollstuhl.

Grandpa winkt mit einer zitternden Hand ab. »Nur ein bisschen Ruhe und gutes Essen. Mehr brauch ich nicht.«

»Haben Sie Zucker?«, forscht der Tankwart weiter.

Grandpa räuspert sich. »MS«

Die Gesichtszüge des Tankwarts entspannen sich. »Ach, das hatte mein Großvater auch. Keine Sorge, wir bringen Sie erst mal ins Husky Restaurant und Anne wird Ihnen eine ordentliche Portion Poutine machen. Klingt das gut?«

Ich nicke dem Mann dankbar zu. Mein Herzschlag beruhigt sich etwas. Wenn Grandpa erstmal etwas gegessen hat, wird es ihm besser gehen.

Der Mann schiebt ihn um das Gebäude herum, bis wir am Eingang zum Husky Restaurant stehen. Einfaches Mobiliar gibt dem Laden eher den Charme eines Schnellimbisses. Die orangefarbenen Stühle hellen zusammen mit den großen Fenstern die Atmosphäre im Raum auf.

Der Tankwart stellt Grandpas Rollstuhl an einem der Tische ab.

»Ich gebe kurz Anne Bescheid, damit sie Ihnen etwas zu Essen bringt.«

Mit einer blonden Kellnerin kommt er zurück. Auf ihrem Namensschild steht tatsächlich Anne. Sie strahlt über das ganze Gesicht und begrüßt uns überschwänglich.

Beruhigend legt sie mir eine Hand auf den Unterarm. »Nehmen Sie Ihre Dusche, ich habe ein Auge auf Ihren Großvater.« Sie zwinkert mir zu. Wie betäubt folge ich dem Tankwart durch die Tür, die zur Tankstelle führt. Ich stolpere an den Süßwaren vorbei, an einem Gang entlang, in dem haufenweise CDs stehen und Schilder mit neunmalklugen Sprüchen hängen, bis wir in einem langen Gang ankommen, der eher aussieht, als wäre er nur für Mitarbeiter zugänglich.

»Hier, Ihre Dusche.« Der Tankwart schließt mir eine Tür ohne Aufschrift auf und ich lande in einem Badezimmer. Die Tür schließe ich hinter mir ab und lasse mich gleich darauf auf dem Klodeckel sinken.

Ich weiß, dass Grandpa krank ist. Aber er wirkte so fit die letzten Tage. Wie soll ich mit ihm umgehen, wenn er Phasen wie diese hat? Und was ist, wenn es keine Phase ist, sondern sein Zustand anhält? Dann sollten wir dringend zurück nach Calgary.

Ich packe das Handy aus meiner Tasche, hänge es ans Ladekabel und schalte das Internet an. Zum Glück funktioniert es wieder. Noch immer ist der WhatsApp Chat der Mutter geöffnet. Die Bilder haben nun geladen und ein selig dreinschauender Grandpa blickt mir entgegen. Daneben lächele ich zaghaft in die Kamera, als hätte ich Angst, zu viel Fröhlichkeit zu zeigen. Als würde das keiner sehen wollen. Neben Grandpa wirke ich verunsichert. Ich schließe für einen Moment die Augen und presse das Handy an die Brust. Mein Herz galoppiert wie der Hufschlag eines Pferdes auf der Flucht.

Um mich zu beruhigen, öffne ich den Chat mit Lola. Sie hat mich zugespamt. Jonas hier, Jonas da. Und dazwischen eine Frage nach dem Unterwäschemodel, an das ich nicht mehr gedacht habe. Ob ich Lola erzählen soll, dass der Kerl kein Nein akzeptieren wollte? Besser nicht, sonst wirft Lola mir wieder vor, dass ich selbst an meiner Situation die Schuld trage, weil ich mich Männern an den Hals werfen würde. Ich beschließe, ihr nichts von unserer missratenen Zusammenkunft im Camper zu erzählen. Stattdessen schreibe ich ihr, dass ich einen Autodieb dingfest gemacht habe und an die Polizei übergeben hätte.

Lola scheint noch wach zu sein, denn sie antwortet mit einem schockierten Smiley.

> *Lola, 01:00 Uhr*
> Erzähl mir alles!!!
> !!!!!!

Da ich nicht weiß, wie viel Zeit ich in dieser Dusche habe, antworte ich ihr mit einem ausweichendem ›Später‹ und poste stattdessen das Bild von mir im Canyon auf Instagram.

Ich traue mich nicht, das Bild von Grandpa und mir hochzuladen, da er mir die Show stehlen würde. Auch wenn ich eindeutig besser aussehe, ist seine Ausstrahlung auf dem Bild das Erste, was dem Betrachter ins Auge fällt. Bitter wird mir bewusst, dass Schönheit im Leben nicht alles ist. Aber es ist alles, was ich selbst unter Kontrolle habe.

Heather schreibt mir und lobt mich, für meine neuen Follower. Tatsächlich sind es einige mehr. Dabei habe ich nicht viel gemacht in den letzten Tagen. Die Fotos aus den Rocky Mountains scheinen gut anzukommen.

> *Heather, 16:15 Uhr*
> Wahnsinn, wie gut du wächst. Ich wusste doch, dass ich mich nicht in dir getäuscht habe. In dir steckt so viel Potenzial. Bitte bleib unbedingt dran. Ich habe in einer Woche ein Meeting mit meinem Boss. Meinst du, du schaffst die 5K bis dahin?

Nur kein Druck. Meine Followerzahl innerhalb von einer Woche fast verdoppeln? Wie soll ich das schaffen? Vor allem, wenn es hier nirgends Empfang zu geben scheint.

Ich öffne den Playstore. Ich weiß, dass es Apps gibt, mit denen man sich Follower kaufen kann. Für diesen Service muss man monatlich zahlen. Eigentlich war ich stolz darauf, mir meine Follower selbst erarbeitet zu haben. Aber wie soll ich Heathers vorgegebenes Ziel sonst erreichen?

Eine andere App verspricht mir eine fixe Followerzahl, für einen fest vereinbarten Betrag. So viel Geld ist das nicht. Ein paar Tankfüllungen vielleicht. Und das Geld bekomme ich später schließlich mehrfach zurück. Wenn ich für Heathers Agentur arbeite, werde ich die Investition schnell wieder raushaben.

Es ist das letzte Geld, das ich noch auf dem Konto habe. Mein Arbeitgeber hat mir mein Gehalt für den letzten Monat überwiesen. Viel ist es nicht, da ich einige Schichten aussetzen musste, wegen der Prüfungen. Aber zumindest die Hälfte meines Followerzieles hätte ich dann erreicht. Ich klicke auf Kaufen. Ein enges Gefühl macht sich in meinem Magen breit.

Als würde der Service so schnell Ergebnisse erzielen, gehe ich zurück in meine Instagram App. Mir fallen einige Kommentare ins Auge, die jemand unter meine Bilder geschrieben hat. Immer ein und dieselbe Person. Unter dem Bild mit dem Unterwäschemodel steht: ›Bei der scheiß Figur würde ich meinen Körper auch in so einem hässlichen Badeanzug verstecken wollen‹. Unter einem anderen, welches mich beim Joggen in Calgary zeigt, schreibt dieselbe Person ›Lauf, lauf, deinem Gewicht kommst du nicht davon, du fette Kackbratze‹.

Mir wird schlecht. Schlankheit ist ein Aspekt meines Lebens, auf den ich stolz bin. Und eigentlich sehen meine Follower das genauso. Sehe ich wirklich so dick aus, auf dem Bild? Ob ich es besser löschen sollte?

Meine Finger zittern und das fiese Herz droht aus meiner Brust zu springen.

›Was für eine Visage, dass du dich traust, davon Bilder zu posten‹, steht unter einem anderen Bild. Fiese Kommentare sind normal. Aber irgendwas kommt mir hier verkehrt vor.

Mein Finger schwebt einen Moment über dem Bild der kommentierenden Person. Dann klicke ich darauf.

Sein Gesicht kommt mir sofort bekannt vor. Es war schließlich das, was mir in den Hot Springs zuerst ins Auge gefallen ist. Schnitzeljagd beendet. Das Unterwäschemodel hat mich gefunden.

Was mache ich jetzt? Ob er mir folgen wird? Immerhin will ich Bilder und Videos live in meiner Story hochladen. Damit wüsste er immer, wo ich mich gerade befinde. Ein kalter Schauer läuft mir über den Rücken. Ich drücke auf die Pünktchen oben in der Ecke und blockiere seinen Account. Problem beseitigt. Trotzdem fühlt es sich verdammt beschissen an. Seine fiesen Kommentare gehen mir nicht mehr aus dem Kopf. Auch wenn er mich offensichtlich nur provozieren wollte, liegt doch immer ein Funken Wahrheit in einer solchen Lüge.

Was ist, wenn er mir über einen zweiten Account folgt? Jetzt, wo ich so viele Follower gekauft habe, kann ich unmöglich alle Neuen überwachen und die verdächtigen Personen blockieren. Er darf mich nicht finden. Und genau deshalb sollte ich die Bilder nicht in der Reihenfolge posten, in der ich gereist bin.

Ich schaue mir das Bild vom Johnston Canyon an. Vielleicht sollte ich es doch wieder offline nehmen? Der Beitrag hat allerdings schon die ersten Likes und scheint gut anzukommen. Was ist mir wichtiger: Heathers gestecktes Ziel zu erreichen oder in Sicherheit vor diesem Typen zu sein?

Da ich heute Nacht im Yoho Nationalpark übernachten werde, wird er mich nicht so schnell finden. Immerhin gibt es zwischen Banff und hier noch einige andere Campgrounds.

Der Strudel aus Gedanken bringt mich dazu, mein Handy wegzulegen und mit zitternden Beinen zur Duschkabine zu tapsen. Ich stehe so lange unter dem Wasserstrahl, bis meine Finger zu schrumpeln beginnen und warte nackt vorm Spiegel, bis der Dunst sich von den Scheiben verzieht. Meine nassen Haare wellen sich bereits wieder. Der Bernstein in meinen Augen hat seinen Glanz verloren. Meine Rundungen sind weiblich, mein Bauch ist schlank und leichte Ansätze von Muskeln sind zu erkennen. Die Hüften sind etwas zu breit, was dank meines gut geformten Hinterns nicht auffällt. Ich habe die perfekten Maße, ein symmetrisches Gesicht und Lippen, die zum Küssen einladen. Findet er mich wirklich hässlich oder ist er nur wütend, dass ich ihn an die Polizei ausgeliefert habe?

Ich tausche den Stecker des Ladegeräts gegen den von meinem Glätteisen. Ist es nicht so, dass man sich immer das wünscht, was man nicht haben kann? Ich habe in sanften Wellen fallende Naturlocken, die sich andere Mädchen mühselig mit Lockenstäben reindrehen. Während ich hier stehe und meine Haare dampfend zwischen zwei Metallplatten durchziehe, steigt mir der bereits vertraute Geruch nach verbranntem Haar in die Nase. Doch ich arbeite weiter, bis meine Mähne so glatt ist, wie Schneewittchens Haar. Erst dann ziehe ich mich an. Eine eng anliegende Leggins und darauf einen im Thrift Store gekauften Pullover, der mir bis über meinen Hintern reicht.

Ich will nicht noch einmal auf mein Handy schauen. Was ist, wenn er mich bereits mit einem anderen Account gefunden hat und mich wieder beleidigt? Was ist, wenn ich andere böse Kommentare bekomme und nicht weiß, ob er das ist? Doch ich kann meine Finger nicht vom Bildschirm lassen.

Die Likes für mein hochgeladenes Bild stagnieren. Vielleicht ist es doch nicht so das Wahre. Dann kann ich es auch wieder rausnehmen und laufe nicht Gefahr, dass er mich findet. Doch die steigende Followerzahl lässt mich zögern. Ob die neuen Follower durch das gepostete Bild kommen oder durch die gekaufte Leistung? Hauptsache die Anzahl steigt.

Ich schließe die App und öffne stattdessen den Chat mit Lola. Ein Kuss-Selfie mit Jonas lässt mich auch diese App schnell wieder verlassen. Stattdessen google ich nach Instagram-Spots in den Rocky Mountains. Ich presse die Lippen zusammen, als ich immer wieder den Lake Louise vorgeschlagen bekomme. Ist ja nicht so, als hätte ich heute versucht, direkt dort zu übernachten. Andrea scheint mit ihrer Empfehlung richtig zu liegen.

Yoho Nationalpark

Ich markiere mir auf der Karte die besten Spots für die nächsten Tage und lade mir vorsichtshalber eine Offlinekarte herunter. Wer weiß, wie der Empfang in den Bergen ist und ob das Signal stark genug sein wird. Vermutlich ist man in den Rocky Mountains so gut abgeschirmt, wie in unserem ehemaligen Klassenraum. Als die Schüler immer unkonzentrierter wurden, baute man Störer in der Schule ein, damit niemand mehr Empfang im Klassenzimmer haben würde. Lächerlicher Versuch, die Digitalisierung aufzuhalten. Zwei Jahre später musste alles rückgängig gemacht werden, weil das Internet zum festen Bestandteil unseres Unterrichts wurde.

Die Tür lasse ich hinter mir offenstehen und bringe zuerst alle Sachen ins Auto. Ich verfluche mich dafür, nicht zu rauchen, um noch etwas Zeit schinden zu können. Irgendwie traue ich mich nicht, in das Husky Restaurant zu gehen, für den Fall, dass es Grandpa nach wie vor schlecht geht. Ich fühle mich hilflos, komplett überfordert. Wie soll man mit einem kranken Menschen umgehen, wenn es ihm schlecht geht? Soll ich ihn bemitleiden oder soll ich so tun, als wäre nichts? Statt überhaupt irgendeine Reaktion zu zeigen, würde ich am liebsten davonlaufen.

Da fällt mir meine Rettung ins Auge. Der Van sieht noch genauso schäbig aus wie gestern. Statt dem Unterwäschemodel kniet der Typ mit den Wuschellocken in der Haremshose vor dem Auto. Die Motorhaube ist geöffnet und einige Kabel hängen zu Boden.

»Weit bist du ja nicht gekommen mit der Rostlaube.« Ich schlendere zu ihm rüber. Er hebt den Kopf und richtet sich auf, als er mich erkennt.

»Als ob dein Transportmittel es weiter schaffen würde«, kontert er grinsend.

Vince streicht sich das strubbelige Haar aus dem Gesicht und hinterlässt dabei schwarze Ölschlieren auf seiner Wange. Ob ich ihn darauf hinweisen soll, dass es hier Duschen gibt?

»Brauchst du Hilfe?« Ein Auto zu reparieren erscheint mir in diesem Moment leichter, als mich mit der Tatsache abzufinden, dass Grandpa vermutlich nicht mehr zu reparieren ist.

Vince zieht eine Augenbraue nach oben. »Kennst du dich mit dem Innenleben einer Motorhaube aus?«

»Vermutlich nicht. Ich bin eher die nette Assistentin, die dem Doktor das Skalpell reicht.«

Vince grinst mich an. »Dann reich mir mal die Sechskant-Nuss.«

»Die bitte was?« Während Vince sich über seine geöffnete Motorhaube beugt, schaue ich ihn verwirrt an.

»Als gute Assistentin sollten dir die Begrifflichkeiten des Werkzeuges bekannt sein«, nuschelt er in die Motorhaube hinein, gut genug, damit ich ihn verstehen kann.

»Vielleicht kommt mein reines Englisch mit deinem australischen Fachjargon nicht mit.« Herausfordernd verschränke ich die Arme vor meiner Brust.

»Soso, du hast also erkannt, dass ich Australier bin.«

Er hat ein verdammtes Didgeridoo in seinem Camper und nuschelt ein so grauenvolles Englisch, dass die Briten vor Scham im Boden versinken würden. Er kann nur aus Australien kommen. Außerdem haftet ihm ein Hauch Surferboyfeeling an, neben seiner Hippie-Optik. Zum Glück bekomme ich bei dem Anblick nicht das Bedürfnis mit ihm zu flirten. Rumalbern ist okay.

»In Deutschland kennt man diese Wörter vermutlich nicht. Ich meine dieses runde Teil mit dem Loch in der Mitte, wo eine Schraubenmutter rein passt.«

Statt mich nach dem beschriebenen Gegenstand zu bücken, entgegne ich empört: »Ich habe keinen deutschen Akzent! Ich bin Kanadierin.«

»Doch, hast du.«

»Hab ich nicht.«

»Gibst du mir jetzt die Nuss?« Vince dreht sich zu mir um und sieht mich erwartungsvoll an.

»Eine Kopfnuss kannst du gleich haben.«

Wieder schleicht sich dieses schelmische Grinsen auf sein Gesicht. »Also bist du aus Deutschland?«

»Ich bin Kanadierin, wie ich bereits sagte.«

»Zeig mir deinen Pass, das musst du mir beweisen.«

Pass. Da war etwas. Mit meinem Pass würde ich genau das Gegenteil beweisen. Stattdessen zücke ich mein Handy und beginne in meinen Fotos zu scrollen. Nach ganz unten. So weit unten, dass ich mich frage, ob ich das Bild überhaupt noch habe. Dann taucht das braune Pony vor mir auf. Triumphierend halte ich Vince mein Handy hin.

»Da, siehst du. Das bin ich als Kind auf meinem Pony auf unserer Ranch in Vernon.« Das Bild habe ich zu Hause in einem der alten Kartons meiner Mutter gefunden. Sie und Dad stehen hinter Copper, dem Pony, während ich strahlend auf seinem Rücken sitze. Ich habe es abfotografiert, weil ich Angst hatte, dass Mom es entsorgen könnte und ich damit alle Erinnerungen an die Vergangenheit verlieren würde. Ein bisschen Nostalgie schadet nie.

Vince bückt sich und ich weiche einen Schritt zurück, um ihm Platz zu machen. Als er sich aufrichtet, hält er mir ein fingernagelgroßes Metallteil vor die Augen. »Das ist eine Nuss.«

»Und ich bin Kanadierin.«

»Du bist auf jeden Fall als Kind mit deinen Eltern zum Ponyurlaub in Kanada gewesen.«

»Okay, du hast es nicht anders gewollt.« Mit der geballten Faust schlage ich ihm spielerisch auf den Hinterkopf.

»Autsch«, ruft Vince gespielt empört aus und lässt mit einem Klirren sein Werkzeug fallen. »Na warte.«

Quietschend renne ich auf die Rückseite seines Campers und springe durch die geöffnete Tür hinein. Bevor Vince mich erreichen kann, schnappe ich mir sein Musikinstrument und halte es wie eine Waffe vor mich. Vince sieht mich an, als würde ich es als Geisel halten.

»Was muss ich tun, damit du mir mein Didgeridoo wiedergibst?« Er sieht mich flehend an.

Neugierig schaue ich mich um. Mein Blick fällt auf das Kassettenfach im Vorraum.

»Was für Musik hast du da drin?«

»Rockmusik?« Es klingt eher wie eine Frage.

»Aber keine Kanadische, oder?«

Vince schüttelt den Kopf. »Ne, eher so Allerwelts-80er. Ich spiele dir gerne ein Ständchen auf meinem Didgeridoo vor, wenn du Musik hören willst. Die Batterie des Campers ist etwas schwach.«

Ich strecke meine Arme aus und halte ihm sein Instrument hin. Als er danach greift, lasse ich aber nicht los.

»Tausche deine Musikkassette mit meiner, wenn du dein Instrument heil zurückhaben willst. Und untersteh dich mir ein Ständchen vorzuspielen.«

»Deal. Wollte schon immer mal kanadische Rockmusik hören.«

»Bis du sie gehört hast.«

»So schlimm?«

Ich antworte ihm nicht und beginne stattdessen ›The Summer of 69‹ von Brian Adams zu singen. Statt mich auszulachen, stimmt Vince in meinen Gesang ein. Zum Glück ist das Holzrohr in seiner Hand ein Blasinstrument, sodass er nicht gleichzeitig singen und spielen kann.

Lachend lasse ich mich auf sein Bett fallen. Nach dem Refrain weiß ich leider nicht weiter, obwohl ich den Song in den letzten Tagen unzählige Male hören musste.

»Okay, Maddy aus Kanada mit dem deutschen Akzent ...«

»Ich habe keinen deutschen Akzent«, unterbreche ich Vince, nachdem er sich zu mir auf das Bett gesetzt hat.

»Mit dem deutschen Akzent ...«, redet er unbeirrt weiter.

»Ich bringe dich gleich zum Schweigen, wenn du weiterhin Lügen über mich verbreitest«, drohe ich ihm und setze meinen gefährlichsten Blick auf, mit dem ich Kinder an Halloween an unserer Wohnungstür auch ohne Kostümierung vergraule.

»... mit dem deutschen ...«, wiederholt er sich, doch diesmal starte ich rechtzeitig meine Kitzel-Attacke, um ihn zum Verstummen zu bringen. Irgendwann fallen wir lachend zu Boden, doch ich gebe nicht auf.

»Sag welchen Akzent ich habe.«

»Deutsch ...«

»Falsche Antwort.« Ich schnappe mir das Kopfkissen vom Bett und werfe es nach Vince. Er fängt dieses gekonnt auf, hat aber nicht damit gerechnet, dass ich das zweite gleich hinterherwerfen würde.

Als ich nach seiner Bettdecke greife, streckt er die Hände über den Kopf. »Ich ergebe mich.«

Ich halte in meiner Bewegung inne und sehe ihn herausfordernd an. »Das ist deine letzte Chance, die Wahrheit zu sprechen: Welchen Akzent habe ich?«

Vince presst die Lippen zusammen und zieht so merkwürdig seine Augenbrauen nach oben, dass ich wieder lachen muss.

»Du bist ganz schön hartnäckig.«

»Ich bekomme immer, was ich will«, erkläre ich ihm. »Und was ich nicht bekommen kann, will ich auch nicht.«

»Dann solltest du von mir besser nicht wollen, dass ich deinen deutschen Akzent leugne. Denn sonst würdest du gegen deine eigenen Prinzipien verstoßen. Ich bin nämlich ebenfalls sehr hartnäckig. Und ich kämpfe stets für die Wahrheit.«

Ich lege die Bettdecke zurück aufs Bett und reiche ihm die Hand. »Einigen wir uns auf ein Unentschieden?«

Er schlägt ein, doch statt ihm aufzuhelfen, ziehe ich meine Hand wieder weg. »Hilfe bekommen nur diejenigen, die es sich verdient haben.«

Vince setzt sich alleine auf und kommt, so gut es in diesem winzigen Van möglich ist, zum Stehen. »Ich weiß mir zum Glück selbst zu helfen. Aber jetzt mal im Ernst: Wie kommt's?«

Ich zucke die Schultern, während wir beide wieder aus dem Kofferraum des Vans rausklettern.

»Schüleraustausch?«

»Deutsche Mutter«, erkläre ich.

»Oh, also Wochenendbeziehung zum Vater?«

»Nein, die beiden wechseln sich alle acht Jahre ab, wer mich behalten darf.«

»Klingt ganz schön unbeständig.«

Ich wechsle das Thema. »Und was verschlägt dich vom warmen Australien ins kühle Kanada? Habt ihr nicht gerade Winter und ist es damit nicht bei euch genauso kalt wie hier?«

»Ich bin bereits seit einem dreiviertel Jahr in Kanada. Wollte mal einen richtigen Winter erleben und nicht so einen Pseudokalten, wie bei uns auf der anderen Erdhalbkugel.«

»Und da suchst du dir das kälteste Land der Welt aus?«

»Falsch. Dann wäre ich an den Nordpol gereist.«

»Du meinst wohl den Südpol.« Ich weiß nicht warum, aber es macht Spaß mit Vince rumzualbern. Ich muss bei ihm nicht über meine Worte nachdenken. Sie fließen mir einfach so über die Lippen. Und trotzdem bringe ich ihn zum Lachen und das Gespräch gerät an keiner Stelle ins Stocken. Er erzählt mir, dass er mit seinem Kumpel nach der Schule und einem angefangenen Studium zum Work and Travel nach Kanada aufgebrochen ist, bis dieser im Ski Resort ein Mädchen kennengelernt hat, mit der er jetzt auf einer Blueberry Farm arbeitet. Vince wollte aber lieber den Sommer damit verbringen, das Land zu erkunden und hat sich deshalb mit Juicy, ihrem gemeinsamen Van, auf den Weg in ein Abenteuer gemacht. Denn das ist es. Juicy bleibt nämlich ständig liegen, wird abgeschleppt und das Highlight natürlich: Gestohlen, damit ein dahergelaufenes Möchtegern-Unterwäschemodel es mit einer unbekannten Brünetten treiben kann. Vince erzählt jede Story, als wäre sie eine Geschichte aus einem Buch.

»Liebste Maddy!« Er stellt sich vor mich, als würde er eine Rede halten. »Natürlich ist mein ganzes Leben eine Geschichte. Wir sind die Autoren unseres eigenen Lebens. Und du bist der Leser, der mein Buch an einer beliebigen Stelle aufgeschlagen hat und in den Bann meiner Geschichte gezogen wird.«

»Klingt ja so, als würdest du wirklich schreiben.« Ich rümpfe die Nase. Bücher habe ich nie angefasst.

»Ich hab sogar eine Schreibmaschine dabei.«

»Hast du nicht.« Schon stürme ich zur Rückseite des Vans und sehe mich erneut im Innenraum um. Vince öffnet gelassen die Beifahrertür und deutet mir an, einen Blick zu wagen.

»Du glaubst doch nicht, dass ich mein Baby hinten verstauben lassen würde. Sie muss die Geschichten genauso sehen können wie ich, um hinterher die richtige Beschreibung des Farbtons vom Himmel zu erwischen.«

»Und welche Farbe, außer blau, hat der Himmel jetzt?«

Vince grinst und tätschelt seiner sogar angeschnallten Schreibmaschine den Kopf. »Es ist das pastellfarbene Blau, das besonders harmonisch strahlt, wenn die grauen Wolken sich als Regen zur Erde gelassen haben.«

»Du bist eindeutig verrückt, Vince Brewer.« Er verneigt sich, als hätte er gerade ein Theaterstück zum Besten gegeben.

»So bin ich. Sag mal, da hinten steht ein Rollstuhlfahrer an deinem Auto.«

»Oh Shit!« Fluchend drehe ich mich um. Das Auto ist zu weit weg, als dass ich Grandpas Gesichtsausdruck sehen könnte. Ob es ihm besser geht? Niemand ist bei ihm, also muss er selbst zum Auto gerollt sein. Das schlechte Gewissen überkommt mich, weil ich ihm nicht geholfen habe.

»Ich muss los. War nett, dich gesehen zu haben.« Ich winke ihm zu, während ich zu Grandpa eile.

»Wo sind denn deine Locken hin?« Grandpa mustert mich fragend, als ich keuchend vor ihm zum Stehen komme.

»Die wirst du erst nach der nächsten Dusche zu Gesicht bekommen.« Er scheint wieder der Alte zu sein. Langsam hievt er sich aus seinem Rollstuhl und lässt sich auf den Beifahrersitz sinken.

»Gut, dass wir morgen an einem See sind. Und in einem See kann man schwimmen.«

Kapitel 12

Habe ich schon einmal erwähnt, wie sehr ich die Sonne hasse? Gerade verwandelt sie mein Zelt in eine Sauna. Gestern noch durch den starken Regen abgesoffen, heute ertrinke ich in meinem eigenen Schweiß. Ich hasse campen.

Als ich meine private Sauna verlasse, um nicht wie die alte Hexe bei Hänsel und Gretel im Zelt zu verbrennen, ist Grandpa noch nicht wach. Oder noch nicht hier, weil er keine Kraft hat, sich in den Rollstuhl zu setzen, der neben der Beifahrertür steht. Angst schnürt meine Kehle zu, dass sein Zustand von gestern Mittag wieder zurückgekehrt ist. Aus Angst vor der Wahrheit schlurfe ich erst mal zum Toilettenhäuschen. Das Wasser ist eiskalt. Ich benetze mein Gesicht nur notdürftig damit. Schminken werde ich mich wieder im Auto, weil hier lediglich eine alufolienartige Beschichtung an der Wand hängt, die als Spiegel dient. Hier in der Wildnis ist die Reaktion der Leute auf mich mein Spiegel. Oder das Selfie auf meinem Smartphone.

Als ich wieder zum Zeltplatz komme, ist Grandpa mittlerweile wach und liest ein Buch. Ich habe ihn noch nie lesen gesehen. Aber irgendwas muss der alte Mann tun, wenn er nicht mehr aus dem Haus kommt.

»Machst du heute wieder Fotos?«

Ich ziehe in meinem in der Sonnenblende eingelassenen Spiegel, den Lidstrich. »Vielleicht.«

»Dafür wäre es besser, früher aufzustehen.«

»Hat uns gestern auch nichts gebracht.« Das Bild, das die Frau von mir am Canyon geschossen hat, war kein wirklicher Hammer.

»Aber heute scheint die Sonne«, erklärt er so schlicht, als sollte mir die Besonderheit hinter diesem Aspekt klar sein.

Ich zucke mit den Schultern, ehe ich mich dem anderen Auge widme. Brauner Lidschatten verleiht meinen Augen Tiefe. Der Lidstrich lässt sie größer wirken. Zum Glück besitze ich lange, dichte Naturwimpern, sodass ich auch ein paar Tage ohne Wimpernzange auskomme, die ich in Dads Wohnung gelassen habe.

»Das Morgenlicht ist nicht nur sanfter auf den Fotos, es sind auch weniger Menschen unterwegs, die im Bild stehen«, klärt mich Grandpa auf. Ich würde ihm anerkennend zustimmen, muss mich aber konzentrieren, um den Strich nicht zu verziehen. Nachdem ich den Stift abgesetzt habe, warte ich noch einen kurzen Augenblick, um die Farbe antrocknen zu lassen, ehe ich die Wimperntusche aus meiner Kosmetiktasche hole.

»Es ist trotzdem zu früh am Morgen.« Ich weise Grandpa auf die eindeutig unmenschliche Uhrzeit hin.

»Wir haben gleich Mittag.«

Wenn er früher loswill, dann hätte er nicht so lange schlafen sollen. Aber Grandpa wirkt nicht so, als wäre er nach dem gestrigen Tag scharf auf einen frühen Aufbruch.

»Wie auch immer.« Ich murmle vor mich hin und packe mein Schminkzeug weg. »Muss noch mein Zelt abbauen.«

»Du willst weiter?«

»Ja?« Ich verstehe seine Frage nicht.

Grandpa trommelt mit den Fingern auf seinem Bein. »Die ruhigen Parts in der Musik lassen uns Luft holen, bereiten uns auf das vor, was danach kommt. Wer bei einem Konzert nur die schnellen Parts miterlebt, der wird beim Tanzen rasch erschöpft sein. Wir brauchen ruhige Momente im Leben, um die Vorfreude auf das Kommende zu steigern.«

Wenn wir außer kanadischer Rockmusik aus den 80ern etwas anderes hätten, dann könnten wir meinetwegen auch ruhige Musik hören. Erst da fällt mir ein, dass Vince vergessen hat, mir seine Kassette zu geben. So ein Mist.

Grandpa sieht mich erwartungsvoll an. Ich weiß, dass es ihm nicht um Musik geht, sondern er mir etwas anderes mit seinen Worten sagen will.

»Gut, dann bleiben wir eben noch eine Nacht hier«, brumme ich, während ich den Motor starte. »Ich brauch einen Kaffee.«

Das kleine Café kurz vor dem Lake Louise ist zum Glück recht leer. Um diese Uhrzeit haben die meisten Menschen bereits gefrühstückt und für Mittagessen ist es zu früh. Perfekte Uhrzeit, um in Ruhe seinen Kaffee zu genießen. Als Grandpa mit der Bedienung spricht, kippe ich mir schnell etwas Milch in meinen, um mich gleich darauf zu ärgern, weil sich dadurch die Farbe des Kaffees verändert. Ehe Grandpa etwas bemerken kann, setze ich den viel zu heißen Kaffee an meinen Mund und nippe daran. Da Grandpa mich lächelnd ansieht und nicht den Eindruck macht, seine Augen von mir zu nehmen, stürze ich den Kaffee runter. Warum kann ich in seiner Anwesenheit nie mein Lieblingsheißgetränk genießen?

»Scheinst ja ziemlich müde zu sein.« Auf Grandpas Lippen liegt ein leichtes Lächeln. »Du kannst ruhig Milch trinken, jeder ändert einmal seinen Geschmack.«

Mit diesen Worten zwinkert er mir zu. Er hat es die ganze Zeit gewusst und kein Sterbenswörtchen gesagt. Listiger alter Mann.

Die Bedienung kommt mit einem belegten Brötchen für Grandpa zurück.

»Darf es bei Ihnen noch etwas sein, Miss?« Ihr breites Lächeln wirkt, als wäre ihre Wangenmuskulatur in dieser Stellung eingefroren.

»Tee«, brumme ich.

»Tee ist eine gute Wahl, Miss. Darf ich Ihnen die Sorten unseres Hauses empfehlen? Wir haben kanadischen Maple Tea, Grünen Tee aus China und eine Schwarzteesorte aus dem Hause Englands ältestem Geschlechts. Außerdem …«

»Bringen Sie mir einfach irgendeinen Tee. Aber mit Koffein.«

Die Bedienung scheint mich noch freundlicher anzulächeln als zuvor. Ich bekomme das Bedürfnis ihr die Augen auszukratzen.

»Sehr gerne, Miss. Der Schwarze Tee aus England ist eine hervorragende Mischung aus …«

Ich senke den Kopf zwischen meine Hände und stöhne auf. In meinem Kopf singe ich Rudolf das rotnasige Rentier, um ihre nervtötende Stimme zu übertönen. Als sie endlich den Tisch verlässt, lasse ich meine Hände auf die Tischplatte sinken.

»Wie kann man am frühen Morgen so gut gelaunt sein?«

»Wusstest du, Maddy«, geht Grandpa auf meine rhetorische Frage ein, »wir sind im Schnitt die fünf Menschen, die uns umgeben.«

Das wird eindeutig wieder eine Unterrichtsstunde im Fach: Leben wie Grandpa. Als ich ihn mit gerunzelter Stirn und einem angedeuteten Nicken auffordere fortzufahren, redet er weiter. »Deine Stimmung und dein Weltbild werden von den Personen beeinflusst, die dir am nächsten stehen. Wir geben uns gerne mit Menschen ab, die uns ähnlich sind. Weil wir damit uns selbst nicht infrage stellen müssen. Deine Grandma und ich waren uns zum Beispiel immer einig, dass die Natur ein wichtiger Bestandteil unseres Lebens ist. Dass wir gut mit ihr umgehen müssen, sie hegen und pflegen müssen. Wir hatten wenig Probleme und Sorgen im Leben, sodass wir genug Energie erübrigen konnten, um uns um die Natur zu kümmern. Dein Vater hingegen hat genug eigene Sorgen, sodass ihn der Gedanke an die Umwelt überfordert.«

»Soll das jetzt heißen du wirst auch so berühmt wie ich?« Mit einer hochgezogenen Augenbraue sehe ich ihn an. Meinen Grandpa mit einem Smartphone, dass will ich sehen.

»Was ich dir damit sagen will, ist, dass wir nicht immer etwas für unsere Stimmungen und Launen können. Manchmal werden diese von den Menschen beeinflusst, die uns umgeben. Mit wem hast du die meiste Zeit zu Hause verbracht?«

Auch wenn ich keine Lust habe, an Deutschland zu denken, kommt mir sofort Lolas Gesicht in den Kopf. Und Jonas. Mom, meine deutschen Großeltern. Großartige Gesellschaft. Nicht.

Als Grandpa weiterhin schweigt, denke ich an meine Kolleginnen an der Tankstelle. Immer zum Schichtwechsel arbeiten wir zu zweit. Und die zwei sind entweder zu spät, fallen komplett aus oder labern die ganze Zeit mit mir, statt die Kunden zu bedienen. Die eine meckert über den Ehemann, der sie mit der Grundschullehrerin zu betrügen scheint. Die andere ist überfordert mit ihrem Sohn. Beide erinnern mich sehr an meine Mutter. Sie hadern mit ihrem Leben. Dass der Traum von der eigenen, kleinen Familie zum Albtraum wurde.

In der Schule sitze ich neben Nicole, die sich mit Anfang dreißig nochmal dazu entschieden hat, das Abi nachzuholen. Sie ist geschieden, datet Männer über Tinder und scheint mit jedem Kerl einen Griff ins Klo zu tätigen. Die Zwei auf der letzten Klassenarbeit ist ihr nicht gut genug. Und eigentlich ist sie nur in Köln wegen ihrem Ex. Warum sie nicht zurück nach Düsseldorf geht, kann sie mir bis heute nicht erklären. Sie hasst die Stadt, ihren Nebenjob an der Kasse des Supermarkts und die Lehrer an der Schule. Alles Dinge, die sie ändern könnte. Doch darüber zu meckern, dass alles scheiße ist, ist einfacher, als den ersten Schritt zu tun.

Aber ich bin doch nicht wegen dieser Menschen in meinem Leben ein Morgenmuffel?

Grandpa fährt fort, als hätte er gespürt, dass meine Gedanken in einer Sackgasse angekommen sind. »Seine Zeit mit Menschen zu verbringen, die anders denken als wir, kostet Energie. Weil wir uns auf eine neue Weltsicht einlassen müssen. Auf ein neues Gemüt.«

Ich muss an die freudestrahlende Bedienung denken, die mir gerade den Tee gebracht hat. Grandpa sieht ihr wie zur Bestätigung nach. »Wir verfallen in einen immerwährenden Trott. Dabei müssen wir den Blick über den Tellerrand hinauswagen, um neue Dinge zu erleben und unseren Horizont zu erweitern. Weißt du, was deine Grandma und ich getan haben?«

Ich schütele den Kopf und bestätige ihm damit, dass ich noch zuhöre.

»Wir haben in Yukon sehr abgeschieden gelebt. Es gab nicht viele Menschen, außer unserer Kirchengemeinde und die Nachbarshöfe. Deshalb nahmen wir immer wieder freiwillige Helfer aus aller Welt an, die für Kost und Logie beim Reinigen der Zimmer halfen. Wir hätten diese Arbeit auch alleine geschafft. Doch es war schön, Menschen aus anderen Kulturen kennenzulernen. Da wir unseren kleinen Betrieb nicht alleine lassen konnten, um die Welt zu erkunden, holten wir die Welt zu uns.«

Bei dem Gedanken an Fremde in meinen eigenen vier Wänden, zieht sich mein Bauch unangenehm zusammen. »Hattet ihr keine Angst, dass sie euch ausrauben?«

»Was hätten sie schon stehlen sollen?«

»Geld?«

Er setzt die Tasse an seinen Mund und nimmt einen Schluck, während ich unschlüssig in meinem Tee rühre.

»Geld ist reproduzierbar. Aber Erinnerungen, die müssen erst geschaffen werden. Immer wenn wir einen Gast aus der Welt zu Besuch hatten, fühlten wir uns bereichert. Wir dachten nach, über das, was sie uns durch ihre Worte sehen ließen. Unsere Sinne wuchsen und auch die Offenheit Neuem gegenüber.«

»Soll ich jetzt Gäste aus aller Welt bei mir beherbergen?« Ich stelle mich dumm, obwohl ich genau weiß, was Grandpa mir mit seinen Worten sagen will.

»Nehmen wir einmal an, jemand will mit dem Rauchen aufhören. Was glaubst du, wer erfolgreicher bei diesem Vorhaben sein wird: Jemand, der die nächsten Wochen mit seinen nichtrauchenden Kollegen zu Mittag isst oder jemand, der sich seinen Tisch nur mit anderen Rauchern teilt?«

Die Antwort ist klar. »Der bei den Nichtrauchern.«

»Schlechte Laune tritt aufgrund eines Mangels hervor. Aggressionen sind eine Art Verteidigungshaltung. Ich denke immer daran, welche Eigenschaften ich an mir gut finde und welche ich gerne ändern möchte. Und dann höre ich den Menschen zu, die dort sind, wo ich hin will.«

Will ich wirklich so ätzend freundlich sein, wie die Bedienung in diesem Café?

Ich denke an früher zurück. An meine Kindheit in Kanada. Hatte ich damals schlechte Laune? Ich bin aufgestanden, bin in den Stall gegangen, um die Erste bei Copper zu sein. Ich habe mit meinen Freundinnen im Garten gespielt, bin mit dem Hund spazieren gegangen und habe die Katzen geärgert. In der Schule war ich strebsam. Hatte immer gute Noten. Was ist mit dem kleinen Mädchen aus Kanada passiert?

»Manchmal musst du dich deiner Vergangenheit stellen, um deine Zukunft leben zu können«, rät mir Grandpa, als wüsste er genau, an was ich denke.

Auf dem Gymnasium hatte ich in Deutschland zunächst keine Chance. Zu schlecht war mein Deutsch. Und auf der allgemeinbildenden Schule hatte kaum einer Interesse an seinen Noten. Die nächste Party war wichtig, sowie die Hausaufgabenkontrollen der Lehrer zu umgehen und im Rang der Schule möglichst weit aufzusteigen. Ich lernte Lola kennen, die alles tat, um gegen ihre Eltern zu rebellieren. Sie steigt nur mit vielen Männern ins Bett, weil sie es eigentlich nicht darf. Hätten ihre Eltern nichts dagegen, würde sie vielleicht nach der großen Liebe suchen, statt sich an dem Schwarm der besten Freundin zu vergreifen. Mein persönliches Umfeld ist eine Katastrophe. Kein Wunder, dass das Mädchen aus Kanada in mir starb.

Vielleicht fühle ich mich deshalb auf Instagram wohl. Dort folge ich Frauen, die dort stehen, wo ich hin will. Sie sind schön, sie sind reich, sie sind beliebt. Sie scheinen keine Probleme zu haben. Während ihres Roadtrips regnet es nicht, es gibt keine undichten Zelte und sie haben Duschen.

Als die Bedienung erneut an unseren Tisch kommt, schenke ich ihr ein zaghaftes Lächeln.

»Nein, danke, wir möchten nichts mehr. Bringen Sie uns bitte die Rechnung.«

Du weißt, dass du auf dem Weg zu einem der schönsten Seen Kanadas bist, wenn es in hundert Metern die Stunde vorwärtsgeht. Wieder geht es einen Meter voran, bevor sich der Verkehr erneut staut. Ich frage mich, ob die Autos, die uns entgegenkommen, bereits am See waren oder der Parkplatzsuche überdrüssig geworden sind.

Nervös trommele ich auf dem Lenkrad herum, während Brian Adams Stimme schon wieder meinen Gehörgang durchdringt.

Endlich auf dem Parkplatz angekommen, stelle ich mich auf einen der Behindertenparkplätze. Die Rangerin nickt mir freundlich zu, während ich Grandpa in seinen Rollstuhl helfe. Wer braucht schon einen Behindertenausweis, wenn er einen offensichtlich Behinderten dabei hat?

Ich schiebe Grandpa den flachen Weg bis zum See. Das Wasser hat den Farbton des Himmels, wenn eine leichte Wolkenschicht das Blau sanfter erscheinen lässt. Auf dem See fahren einige Menschen in Kajaks. Die Stelle mit der größten Menschentraube mache ich als den Kajakverleih aus und schiebe Grandpa zielstrebig darauf zu. Die Schlange hält mich nicht davon ab, mich trotzdem anzustellen. Das Schild mit der Preisliste, das mir wenige Minuten später ins Auge fällt, sehr wohl.

Ohne ein Wort zu verlieren, schiebe ich Grandpa wieder zu dem Punkt, wo der Weg vom Parkplatz am See endet. Zahlreiche Touristen haben sich am Ufer versammelt, schießen Selfies und einige haben Stative dabei, um die Kamera mit dem Fernauslöser zu bedienen. Sogar ein Fotograf mit einer riesigen, silbernen Scheibe steht dort mit einem asiatischen Model im roten Kleid. Ich komme mir neben ihr schäbig vor und schiebe Grandpa nach kurzem Zögern weiter in die entgegengesetzte Richtung. Als die Menschen am Ufer weniger werden, zücke ich mein Handy, um mithilfe der Spiegel App mein Make-up und vor allem meine Frisur zu kontrollieren. Ich schieße das erste Selfie, indem ich versuche, in die Kamera zu lächeln. Die Sonne blendet, weshalb ich Schatten unter den Augen habe.

»Darf ich das Bild sehen?« Grandpa hat seine analoge Kamera hervorgeholt. Ich bin, bis auf die Schatten unter den Augen, recht zufrieden. Die werde ich wegstempeln mithilfe einer App.

»Das Wasser läuft aus.«

»Bitte was?«

»Der Horizont auf deinem Bild sitzt schief. Es sieht aus, als würde das Wasser des Sees zur linken Seite auslaufen.«

Ich blicke erneut auf das Bild und jetzt stört mich die kleine Tatsache mit dem schiefen Hintergrund auch. Ich schieße ein neues Bild, um es Grandpa zu zeigen.

»Besser?«

»Schon, aber das Bild ist trotzdem langweilig. Es erzählt keine Geschichte.«

»Es ist ein Foto, kein Buch.«

»Aber ein Bild sagt mehr als tausend Worte.« Klugscheißer.

Da ich nicht weiß, was Grandpa meint, drücke ich ihm mein Handy in die Hand. »Zeig mir, was du meinst.«

Ich stelle mich an das Ufer des Sees und grinse in die Kamera. Ein wirkliches Grinsen trage ich selten auf den Lippen.

»Dreh deinen Körper nach links.«

Ich drehe mich ein, winkle das vordere Bein an und grinse nach wie vor in die Kamera.

»Auch den Kopf. Die langweiligsten Bilder sind die, in denen jemand in die Kamera schaut. Es sind schöne Erinnerungen an einen gemeinsamen Roadtrip. Aber du willst doch Bilder für dein Internet, nicht?«

Internet? Schön, dass sich Grandpa das in Erinnerung behalten hat. Ich schaue weg, sodass ich ihn selbst aus den Augenwinkeln nicht mehr sehen kann. Ich habe keine Ahnung, was er tut und fahre mir gedankenverloren durch die Haare. Sanft lasse ich sie über die Schulter fließen, damit sie auf dem Foto gut aussehen. Als Grandpa nichts sagt, drehe ich mich wieder zu ihm. Das Klicken des Auslösers ist zu hören. Er hat seine analoge Kamera vor dem Auge.

»Hey, ich dachte, du machst welche für mein Internet?« Empört schaue ich ihn an.

»Ich war mir nicht sicher, ob es funktioniert hat, deshalb habe ich meine Kamera verwendet.«

Ich greife nach meinem Handy und schalte den Bildschirm an. Ein paar Bilder sind tatsächlich drauf. Ein paar ist gut. Grandpa hat gefühlt den Finger nicht mehr vom Auslöser genommen. Er hat eine Dauerschleife aufgenommen. An einem Bild bleibe ich hängen. Eines, auf dem ich mir mit beiden Händen durch die Haare fahre, um sie zu richten. Ich mag die Pose. Sie wirkt nicht so gestellt, wie der Rest. Ich wirke in meiner blauen Leggins wie eine Sportlerin, die sich für ihren großen Lauf einen Pferdeschwanz binden will.

»Grandpa, ich mag deine Arbeit sehr. Du bist engagiert.« Ich greife nach seinem Rollstuhl und schiebe ihn weiter.

»Als Lehrer oder als Fotograf?«

»Beides?«

»Dann lernen wir als Nächstes, wie man die richtige Lokation findet. Und Achtung, es wird dich fernab von getretenen Pfaden führen.«

»Für dich wohl eher bereits Gerollten.«

Grandpa gibt ein kehliges Lachen von sich und ich stimme mit ein. Hätte in diesem Moment jemand ein Foto von uns merkwürdigem Paar gemacht, ich würde es ihm abkaufen. Und normalerweise gebe ich nicht einmal im Phantasialand Geld für die Fotos aus.

Irgendwann öffne ich die Notiz-App auf meinem Handy, um Grandpas Weisheiten mitzuschreiben. Ich lerne Dinge über die Fotografie, die ich unterbewusst bereits richtig gemacht habe. Aber ich lerne auch Dinge, von denen ich noch nie im Leben gehört habe. Er erklärt mir die Funktion einer Blende und endlich verstehe ich, warum manche meiner Bilder verwackeln. Fotografie heißt, Malen mit Licht. Von einer Instagram-Selfie-Queen werde ich zur Künstlerin. Wir erklimmen Berge, um eine andere Perspektive zu gewinnen und ich finde mich mit seiner analogen Kamera in der Hand auf dem Boden wieder, um die Welt aus den Augen eines Frosches zu sehen. Ich bleibe in der warmen Sonne auf der Wiese sitzen, um mir Notizen zu machen. Der Flugmodus meines Handys verhindert, dass der Akku sich zu schnell leert.

Selten hat mir Lernen so viel Spaß bereitet. Wie von selbst stelle ich die Blende von Grandpas analoger Kamera ein und schieße ein Bild von ihm, wie er in seinem Rollstuhl am Ufer sitzt und die Kajakfahrer betrachtet. Früher wäre mir nicht eingefallen ein Bild zu schießen von jemanden, der nicht in die Kamera schaut. Aber sein Profil wirkt in diesem Moment so entspannt und sein Blick weit. Auch wenn er mit den Gedanken nach innen gekehrt zu sein scheint, ist sein Geist offen.

Ich schieße noch ein paar Fotos mit meinem Handy, um Grandpa einen Moment der Ruhe zu gönnen. Bevor er einschlafen kann, schnappe ich ihn mir und wir fahren zum nächsten See.

Der Moraine Lake ist gut ausgeschildert. Blöd nur, dass die Straße gesperrt ist. Ein paar Ranger stehen vor der Absperrung und ich fahre rechts ran, um mich nach der Dauer der Sperre zu erkunden.

»Die Straße zum See ist sehr eng und bietet keine Wendemöglichkeit«, erklärt einer der Ranger. »Deshalb lassen wir immer nur so viele Autos vorbei, wie Parkplätze frei werden.«

»Und wann wird wieder einer frei, damit ich durch kann?«

Er zuckt mit den Schultern. »Das kann ich Ihnen nicht sagen.«

»Mein Grandpa sitzt im Rollstuhl.« Ich versuche, meinen Trumpf auszuspielen, doch den Ranger interessiert das nicht.

Enttäuscht fahre ich weiter.

»Da oben war ein Parkplatz.« Grandpa weist mich auf die kleine Parkbucht oberhalb der Abfahrt zum Moraine Lake hin. »Von da aus haben wir die ausparkenden Autos im Blick.«

»Gewiefter alter Mann.« Ich lobe ihn und wende auf der Fahrbahn.

Auf dem Parkplatz komme ich mir vor, wie ein Cop bei der Observation. Einige Minuten später räumen die Ranger die Absperrung zur Seite und winken die ersten Autos vorbei. Ich starte den Motor erneut und gebe Gas. Wir sind das letzte Auto, das vorbeigelassen wird.

Bis zum See dauert es drei weitere Songs kanadischer Rockmusik aus den 80ern. Jetzt verstehe ich, was der Ranger mit fehlenden Wendemöglichkeiten gemeint hat. Trotzdem ärgere ich mich, dass sie uns nicht sofort vorbeigelassen haben. Ob ich nun auf dem Parkplatz wie ein Raubtier auf der Lauer liege oder hier im Stau stehe, ist mir doch egal.

Lake Louise

Ein Parkplatz ist auf jeden Fall schneller zu finden, als beim Lake Louise. Ich schiebe Grandpa an der rechten Seite des Sees entlang. Das Wasser des Moraine Lakes hat die Farbe des Abendhimmels zur blauen Stunde. Es ist viel dunkler und gibt zu den leicht schneebedeckten Bergen einen guten Kontrast. Ich hole mein Handy heraus und schieße ein paar Fotos mit dem Steg, an dem man sich ein Kajak ausleihen kann. Dabei fällt mir eine Anhöhe ins Auge, auf der viele Menschen auf den Felsen herumklettern.

»Ich will da hoch.« Aufgeregt schaue ich Grandpa an. Er nickt mir auffordernd zu und reicht mir seine Kamera. Der Felshaufen sieht nicht aus, als wäre er für Rollstühle geeignet. Ich lasse Grandpa am See zurück und suche den Eingang. Wie befürchtet beginnt der Aufstieg mit Treppenstufen. Auch wenn ich dem alten Mann dankbar für seine Fototipps bin, hochtragen würde ich ihn nicht.

Ein Schild weist mich darauf hin, dass hier eine Bärenzone beginnt. Der Zutritt ist nur als Gruppe gestattet, da die Gefahr alleine zu groß ist, von einem Bären überrascht zu werden. Früher durfte ich nur singend in den Wald. Weil mein Gesang so schrecklich war, dass selbst ein Bär davor davonlaufen würde. Damit hat Dad mich zumindest immer aufgezogen. Heute weiß ich, dass ich einfach Selbstgespräche hätte führen können. Allein eine menschliche Stimme lässt die meisten Bären die Flucht ergreifen. So schrecklich kann mein Gesang jedenfalls nicht gewesen sein.

Da mir immer wieder Menschen entgegenkommen, wage ich den Aufstieg alleine. Der Fotospot ist so beliebt, dass ich ja doch nicht allein bin.

Der mitternachtsblaue See wird von schneebedeckten Berggipfeln umrahmt, die sich hinter einem Tannenwald verstecken. Vor lauter Fotografieren habe ich nicht bemerkt, wie spät es bereits geworden ist. Die Sonne versinkt hinter dem Gebirge und taucht die Landschaft in ein warmes Licht. Ich gehe am Rand auf und ab, um einen natürlichen Rahmen zu finden, den Grandpa mich vorhin gelehrt hat. Erst benutze ich seine Kamera, bevor ich mein Handy raushole.

»Soll ich ein Foto von dir machen?« Ein Mädchen in meinem Alter steht plötzlich neben mir. Sie trägt ein blau kariertes Karohemd und hat ihre blonde Locken lässig im Nacken zusammengebunden, sodass ein paar vereinzelte Strähnen lose in ihr Gesicht fallen. Diese Lässigkeit wirkt eindeutig zu professionell, um durch Zufall entstanden zu sein.

»Klar.« Ich überreiche ihr mein Handy.

»Ach, du kommst aus Deutschland?«, spricht sie mich im nächsten Moment auf Deutsch an. Ist mein Akzent wirklich so schlimm? Als sie meinen verwirrten Blick sieht, deutet sie auf mein Handy. »Es ist auf Deutsch eingestellt.«

Ein anderes Indiz, das mich verrät. Vince hat sich meinen Akzent also wirklich nur eingebildet.

»Ich bin Sophie. Komme ursprünglich aus Nürnberg, und du?«

»Maddy, ursprünglich aus Kanada.« Sophie macht große Augen. »Wohne aber derzeit in Köln.«

»Ach, wie cool!« Sophie schaut mich begeistert an. Ich finde das zwar eher weniger cool und zucke deswegen nur mit den Schultern.

»Bist du alleine unterwegs?«

Was soll ich jetzt sagen? Dass ich mit meinem Grandpa auf Reisen bin? Das klingt noch uncooler als in Köln zu wohnen. Ich beschließe, das Thema zu wechseln und deute auf eine Stelle hinter der Mauer, an der gerade ein paar Jungs Fotos gemacht haben.

»Kannst du dort ein Foto von mir schießen?« Mit dem Finger zeige ich auf die Stelle und Sophie nickt.

Flink klettere ich über die Steine und posiere mit in die Luft gestreckten Armen. Sophie wechselt die Perspektive und schießt ein paar Fotos. Sie wirkt noch professioneller als Grandpa.

»Bist du Fotografin?«, will ich von ihr wissen, als sie mir mein Handy überreicht und ich mir die Fotos ansehe. Ich hätte nicht gedacht, dass meine Handykamera so eine gute Qualität hat.

»So was in der Art.« Sophie zieht eine kleine Karte aus der Hosentasche ihrer Jeans. »Ich bin Influencerin, falls du mal jemanden für eine Kooperation brauchst.«

»Wirklich?« Das überrascht mich. Erst begegne ich Heather und jetzt ihr. Eigentlich habe ich mir Influencer immer so vorgestellt wie Andrea oder Emily. Aber Sophie zu begegnen und festzustellen, dass sie so normal ist wie ich, überrascht mich. Sie entspricht nicht einmal dem klassischen Schönheitsideal. Dafür besitzt sie eine natürliche Ausstrahlung.

Auf Sophies Visitenkarte sind zwei ihrer Fotos abgebildet. Das eine ist eine Rückansicht von ihr, in einem weißen Pullover in den Bergen. Ein Blumenkranz schmückt ihr Haar und sie hält die Hände gen Himmel gestreckt, als wäre sie gerade erst aufgestanden und müsste sich dehnen. Auf dem anderen springt sie über eine Felsspalte, über einen großen Abgrund. Das Ganze sieht ziemlich abenteuerlich aus.

»Deine Fotos sind großartig.«

»Danke, die hat Felix geschossen, mein Freund. Er wartet dort hinten auf mich.« Sie zeigt auf einen winkenden jungen Mann, der oben an die Mauer gelehnt dasteht. Ich nicke ihm kurz zu.

»Ich muss dann mal los. Müssen morgen früh raus, um am Peyto Lake Bilder zu machen.« Sophie hebt die Hand zum Gruß. Nach ein paar Schritten dreht sie sich nochmal zu mir um. »Wenn du möchtest, kannst du gerne mit uns mitkommen. Wir treffen uns um sechs.«

Hat sie mich das gerade wirklich gefragt? Ich darf mit ihnen mitkommen? Sie ist laut den 90K auf ihrer Visitenkarte so was wie ein Superstar. Und ich darf sie begleiten?

»Mal sehen.« Als ich den beiden den Rücken zudrehe, kann ich das Grinsen nicht mehr davon abhalten sich in mein Gesicht zu stehlen. Ich darf morgen mit einer Influencerin den Tag verbringen! Heather wird beeindruckt sein.

Kapitel 13

Der schäbige Van ist das Erste, was mir auffällt, als ich in der Abenddämmerung mit Grandpa zurück auf den Campingplatz fahre. Dank ihm ist kein Parkplatz mehr frei. Vermutlich hatte Vince dasselbe Campingplatzproblem wie wir. Ohne weiter darüber nachzudenken, parke ich Grandpas Rostlaube hinter der Schrottkarre. Die beiden passen gut zusammen. Hoffentlich bildet sich Vince nichts darauf ein. Aber irgendwie freue ich mich, ihn wiederzusehen.

Während ich Grandpa in seinen Rollstuhl helfe, geht die Heckklappe des Vans auf und Vince Lockenkopf schaut heraus. In der Hand hält er eine Kassette. Grinsend läuft er auf uns zu.

»Die habe ich dir doch versprochen.«

»Neue Musik, alter Mann.« Triumphierend werfe ich die Kassette auf die Ablage vor der Windschutzscheibe. »Du rettest mir damit die nächsten 300 Kilometer Fahrt. Spätestens dann bin ich auch von dieser Musik genervt und du kannst sie wieder zurückhaben.« Damit drücke ich ihm unsere Kassette mit kanadischer Rockmusik in die Hand.

Vince lacht und stellt sich meinem Grandpa vor. »Schön Sie kennenzulernen.«

»Die Freude ist ganz meinerseits. Leiste uns doch Gesellschaft am Lagerfeuer.« Grandpa lädt ihn einfach ein, ohne mich vorher gefragt oder mir von einem Lagerfeuer erzählt zu haben. Da ich mich noch immer in einer Hochstimmung befinde, ist mir egal, dass er über meinen Kopf hinweg entscheidet. Als wir vom Moraine Lake zurückgefahren sind, haben die Ranger Feierabend gemacht. Ein ewig langer

Stau zog sich die schmale Straße entlang. Angesichts der Tatsache, dass es inzwischen fast dunkel ist, werden die meisten der Wartenden den See nicht mehr bei Tageslicht erreichen. Was für ein Glück, dass ich so einen gewieften, alten Mann an Board habe.

Aber nicht nur meine Freude darüber, dass wir es ohne Stau zum See geschafft haben, sondern auch Sophies Einladung für morgen, lässt meine gute Laune nicht abebben. Wir sind im Schnitt die fünf Personen, die uns umgeben. Und ich werde den Tag morgen mit erfolgreichen Stars verbringen. Wenn Grandpa wüsste, wie dankbar ich ihm für diese Worte bin.

»Na, dann bringen wir dich mal zur Feuerstelle, damit ich mich auf die Suche nach Holz begeben kann.« Ich schiebe den alten Herren zum Zeltplatz. Gestern hat ein Ranger mir Feuerholz angeboten, das ich allerdings abgelehnt habe. Heute werde ich nicht Nein sagen. Auch wenn wir keine Marshmallows haben.

»Ich glaube, das Holz im Wald ist nicht trocken genug für ein Feuer«, merkt Vince an.

»Sehe ich so aus, als würde ich mir mein Feuerholz selbst hacken?«

Vince muss lachen. »Der Ranger war vorhin schon da. Ich glaube nicht, dass er so schnell zurückkommen wird.«

Das ist mir egal. Irgendwo wird er das Zeug gebunkert haben.

Eine Hütte mit dem Schild ›Kein Zutritt‹ weckt meine Neugierde. Als Vince sieht, was ich vorhabe, hält er mich am Unterarm gepackt zurück. »Ich glaube, ich habe eine bessere Idee.«

Vince nimmt meine Hand und ein angenehmes Kribbeln macht sich um mein Handgelenk breit. Er zieht mich mit sich, zurück zum Zeltplatz. Als er meine Hand loslässt, um Grandpa zu holen, streift mich ein kühler Lufthauch. Ob er sie heute Abend erneut ergreifen wird?

Am Zeltplatz unserer Nachbarn sitzen ein alter Mann mit sonnengebräunter Haut und ein Mädchen an einem Feuer. Das Mädchen könnte vom Alter her seine Tochter sein, allerdings hat sie viel zu helle Haut. Vince begrüßt die beiden, wie alte Bekannte und deutet mir, mich auf einen umgelegten Baumstamm zu setzen. Ich achte darauf, dass neben mir genug Platz für ihn bleibt. Nachdem er Grandpa an das Feuer gestellt hat, nimmt er diesen Platz auch tatsächlich ein.

»Das ist der Häuptling der Redwood Indianer und eine Frau aus seinem Stamm namens Lakota. Habe die beiden vorhin beim Abendessen kennengelernt. Das sind Maddy und ihr Großvater Stan«, stellt Vince uns einander vor. Ich nicke den beiden First Nations zu. Wie man die Indianer in Kanada nennt. Das Mädchen scheint in den Stamm eingeheiratet zu haben.

Der Häuptling reicht mir eine Schale, aus der nach Salbei riechende Dämpfe aufsteigen. Ich hebe abwehrend die Hände, weil ich mit diesem abergläubigen Zeug nichts zu tun haben will. Vince nimmt die Schale an meiner statt entgegen, als der Häuptling seine Hand nicht senken will. Er stellt sie auf seinem Schoß ab und fängt mit den Händen den Rauch ein, um ihn zum Gesicht zu führen. Dann verteilt er den Dampf wie Seife auf dem Gesicht und atmet ihn tief ein.

Skeptisch mustere ich ihn. »Was machst du da?«

Lakota antwortet an seiner Stelle. »Das ist Teil unserer Reinigungszeremonie. Der weiße Salbei enthält heilende Kräfte, die negative Energien vertreiben. Es ist unser Weg, um in Kontakt mit Mutter Erde und dem Heiligen Geist zu treten. Der Geist der Pflanze öffnet das Herz und lässt es sehen. Wir lernen, die Welt zu schätzen und auf respektvolle Weise zu behandeln.«

»Aha.« Was soll ich anderes dazu sagen? Als Vince mir die Schale anbietet, reiche ich sie sofort an Grandpa weiter. Grandpas Hände zittern ein wenig, trotzdem schafft er es, sich in Salbeidünsten zu baden. Gut, dass ich mein Zelt für mich alleine haben werde.

Vince dreht sich zu mir um, als Grandpa fertig ist. »Was ist mit dir?«

»Ich will nicht.«

»Warum nicht?«, bohrt Vince nach.

Ich schüttele den Kopf, als mir der Häuptling erneut die Schale hinhält. »Ich glaube nicht an so einen Quatsch.«

Vince gibt nicht auf. »Aber es schadet dir auch nicht es zu versuchen, oder?«

Genervt greife ich nach der Schale, sammele ein wenig Rauch in meiner Handfläche und wasche förmlich damit mein Gesicht.

»Zufrieden?« Herausfordernd sehe ich Vince an, während ich dem Häuptling die dampfende Schale zurückgebe.

»Jetzt schon. Weißt du, Maddy, manchmal tut es gut, offen für Neues zu sein. Für andere Kulturen und deren Bräuche. Es ist ein merkwürdiger Schritt uns dazu zu überwinden, Dinge anzunehmen, an die wir nicht glauben. Aber das Einzige, was uns passieren kann, ist, dass unser Horizont erweitert wird. Von nun an wirst du nie wieder Salbei riechen können, ohne an diesen Abend zu denken. Auch wenn die Reinigung nicht funktioniert, weil das alles wirklich Aberglaube ist, hast du dir damit ein unvergessliches Erlebnis geschaffen.«

Und ich dachte schon, Grandpa wäre der Einzige, der mit Lebensweisheiten um sich wirft. Reden alle weit gereisten Leute so?

»Wann musstest du dich überwinden, etwas zu tun, was du eigentlich nicht wolltest?«, frage ich Vince.

Vince denkt einen Moment nach. »Chinesisch essen.«

»Ernsthaft? Was soll daran bitte schwierig sein?«

»In China gilt es als unhöflich, leise zu essen.«

»Muss man sich beim Essen unterhalten? Wie grauenvoll.« Meine Stimme klingt gespielt entsetzt.

»Nein, nicht reden. Schmatzen, schlürfen oder sich lautstark die Nase putzen, wenn das Essen zu scharf war.«

»Bäh, das ist ja richtig eklig.«

Vince zieht eine Augenbraue nach oben. »Siehst du? Sagte ich doch. Auch ich musste mich zu etwas überwinden.«

Ich schüttele mich innerlich. Da kann ich mich glücklich schätzen, dass ich nur wie ein Erkältungsbad rieche. Mein Essen werde ich nicht lautstark schmatzend zu mir nehmen.

»In Indien, da isst man ohne Besteck«, fährt Vince fort.

»Dafür hat man Stäbchen?«

Vince schüttelt den Kopf und grinst.

»Nicht – dein - Ernst!«

»Doch, man isst alles mit den Fingern. Reis mit Soße, Hähnchenspieße ...«

Notiz an mich selbst: Nicht nach Asien fliegen, wegen merkwürdiger Esskulturen. Warum reisen Leute nochmal so gerne?

Der Häuptling hat eine Flasche ohne Etikett mit einer durchsichtigen Flüssigkeit geholt, die mit einem Korken verschlossen ist. Er gießt Grandpa einen Schluck aus der Flasche ein. Vince und ich lehnen ab.

»Ich dachte, man müsse Dinge anderer Kulturen probieren«, stichel ich. Vince verzieht das Gesicht. »Bei Alkohol hört der Spaß auf. Vor allem bei selbst Gebranntem. Ein Schluck und du darfst mich in meinen Camper tragen.«

Besser nicht. Es reicht schon, dass ich Grandpa nachher irgendwie in das Auto befördern muss. Wobei, mit dem Rollstuhl könnte ich Vince ebenfalls abtransportieren.

Nach einer weiteren Runde Schnaps, fängt der Häuptling an zu singen und Lakota stimmt mit ein. Ein paar Minuten lauschen wir den indianischen Gesängen, die eine Abwechslung zu Brian Adams rauer Stimme sind. Vince verlässt meine Seite, um sein Didgeridoo zu holen. Ich werde das Ding tatsächlich in Aktion erleben. Dass ich in den kanadischen Rocky Mountains Indianergesänge, begleitet von dem Instrument der australischen Ureinwohner, hören würde, hätte ich niemandem geglaubt. Und auch nicht, dass ich ohne mein Handy auskommen würde oder einen Typen wie Vince anziehend finden könnte. Moment mal? Ich finde Vince doch nicht attraktiv? Ich ... na ja ... eigentlich fühle ich mich nur ein bisschen zu ihm hingezogen. Aber das muss nichts heißen.

Die Klänge des Didgeridoos bringen meinen ganzen Körper zum Vibrieren. Lakota beginnt mit den Händen im Takt zu den bassartigen Tönen zu klatschen und Grandpa stimmt etwas außerhalb des Taktes mit ein. Mein Fuß beginnt zu wackeln. Bitte was? Halt still, dummer Fuß.

Vince wird schneller. Ein bisschen erinnert er mich an einen Beatboxer mit einem langen Rohr, statt einem Mikrofon. Er wechselt den Takt und der letzte Ton in der Folge hält für eine kurze Zeit an, ehe er in einem noch rasanterem Tempo fortfährt.

Irgendwann ergebe ich mich der Energie des Abends. Meine Hände beginnen im Takt zu klatschen und auch meinem Fuß erlaube ich es, dem Drang nachzugeben, im Takt mitzuwippen. Vince steht auf und schwingt seine Hüften im Takt der Musik. Lakota erhebt sich ebenfalls und beginnt zu tanzen. Sie dreht sich wild im Kreis und klatscht mit den Händen über ihrem Kopf. Grandpa wirkt zufrieden. Sein Kopf zuckt vor und zurück und auch seine Hände halten nicht still. So viel Bewegung habe ich schon lange nicht mehr von dem alten Mann gesehen.

Es ist ein Abend mit fremden Menschen. Wir sind unter uns. Am nächsten Morgen wird nichts bleiben, außer der Erinnerung. Es kann mir egal sein, was die anderen von mir denken. Ich hole tief Luft und springe über meinen imaginären Schatten. Ja, es ist kein Song aus den aktuellen Charts. Es ist merkwürdige Ureinwohnermusik. Aber sie lädt zum Tanzen ein.

Ich springe mit Lakota um Vince herum. Wir schwingen unsere Hüften und versuchen mit dem Takt mitzuhalten, den Vince immer wieder ändert, um uns zu ärgern. Einzig der Häuptling sitzt still am Lagerfeuer und singt. Als würde er wissen, was Vince als Nächstes vorhat, passt sein Gesang zum Takt des Blasinstruments.

Vince' Musik nimmt wieder den Beatboxstyle an und Lakota und ich versuchen, es ihm lachend nachzutun, auch ohne Instrument. Beatboxer brauchen schließlich auch keines.

Ich bin vollkommen verschwitzt, als ich mich wieder ans Lagerfeuer sinken lasse. Vince legt das Didgeridoo zur Seite und stützt sich mit den Armen an der Holzbank ab.

»Scheinst ja doch ein Faible für australische Musik zu haben«, zieht er mich auf.

»Aber nur heute Abend. Morgen bin ich wieder ganz die Alte.«

Wir grinsen uns an, was dafür sorgt, dass mein Herz nicht aufhören will zu rasen.

Lakota bietet meinem Grandpa ihre Schlafpritsche im Tipi an, die vermutlich bequemer ist als das Auto. Sie selbst wird auf ihren Fellen am Boden schlafen, beteuert aber, dass das kein Problem für sie darstellt. Sie hilft ihm ins Tipi und der Häuptling geht neuen Salbei holen, da der Dampf aus der Schale erloschen ist. Laut Lakota hat er getrocknete Pflanzen in seinem Zelt hängen.

»Ich stinke nach Salbei. Überall.« Warum hat mich Vince auch zu dieser Räucherzeremonie überredet? »Da war bestimmt irgendeine Droge drin. Normalerweise tanze ich nicht.«

Mein Gegenüber mustert mich gespielt skeptisch. »Ich glaube, du riechst eher nach Schweiß, wegen der Tanzeinlage.«

Ich hebe meinen Arm und rücke näher an ihn ran. »Willst du mal riechen? Ich könnte wetten, meine letzte Dusche ist nicht so lange her wie deine.«

Vince verzieht das Gesicht. Er kitzelt mich an der Taille, um mich dazu zu bringen, meinen Arm wieder zu senken. Kichernd wehre ich mich gegen seine Hände.

Rücklings fallen wir auf den Boden. Den Blick nach oben gerichtet, schauen wir zu den Sternen hinauf.

»Ich habe noch nie so viele Sterne gesehen.« Gott, klingt das kitschig. Wie in einem Film. Pärchen kabbelt sich, Pärchen entdeckt die Sterne, Pärchen k... Halt stop! Hör auf damit, Maddy.

»Bei uns im Outback in Australien scheinen sie ebenfalls so kräftig wie hier.«

»Dann ist das nichts Neues für dich, wenn du sie jeden Tag sehen kannst.«

»Ich wohne ja nicht im Outback. Das halte ich für ein Gerücht, dass jeder Australier im Outback leben muss.«

Ich wende meinen Kopf vom Himmel ab und drehe ihn zu Vince. Sein Blick ist Richtung Sterne gerichtet, als könnte er durch sie seine Heimat sehen. Wie ich damals, als sie mir Trost spendeten, weil ich glaubte, dass ich nicht so weit weg von zu Hause sein kann, wenn meine Freunde dieselben Sterne sehen, wie ich. Im Vergleich zu der Entfernung der Sterne liegt zwischen Deutschland und Kanada nur ein Katzensprung.

»Wo wohnst du dann?«

»Aktuell in einem Van, der wenige Meter entfernt von hier, von einem uralten Toyota zugeparkt wurde.«

Ich boxe Vince in die Seite.

»Aua!«

»Das meine ich nicht.«

»Ich weiß, aber irgendein Mysterium muss mich ja umgeben, oder?«

»Hast du etwa Angst, dass ich dich nicht interessant genug finden könnte?«

Vince grinst mich an. Ich scheine spannender geworden zu sein, als der Sternenhimmel. Pluspunkt für Maddy.

»Vielleicht«, flüstert er. Sein Tonfall jagt mir einen Schauer über den Rücken. Diesmal ist es ein Angenehmer.

»Was machst du hier?« Ich meine, mich zu erinnern, dass er in eine andere Richtung unterwegs war.

»Ich habe dir neue Musik versprochen und mein Versprechen gleich zweimal erfüllt.«

»Das hast du. Ich bin dir aber nichts schuldig.«

»Und wenn doch?« Vince' Gesicht ist auf einmal so nah. Ehe ich mich versehe, liegen seine Lippen auf Meinen. Im ersten Moment erstarre ich und die Erinnerung an *ihn* kommt hoch. Doch Vince ist sanft, fast fragend. Er wartet darauf, was ich als Nächstes tun werde. Ein Lächeln legt sich auf meine Lippen, das ich gleich darauf im Kuss ertränke.

Es mag der Rausch des Tanzes sein, vielleicht hat mich auch der Indianer mit dem Räuchersalbei verhext. Ich schalte jegliches Denken in diesem Moment aus und öffne den Mund, um Vince Zunge Einlass zu gewähren. Seine Hand legt sich um meinen Hinterkopf, um mich noch enger an sich zu ziehen. Ich verschränke meine Arme hinter seinem Nacken. Der Kuss wird intensiver und ich klettere auf Vince' Schoß.

»Komm mit«, fordert er mich atemlos auf, als wir uns kurz voneinander lösen. Er steht auf und hält mir die Hand hin. Ohne zu zögern, ergreife ich sie. Heute bin ich nicht ich. Ich bin der Durchschnitt der Personen, die mich umgeben. Heute bin ich die Maddy, die sich vom Rausch des Lagerfeuers leiten lässt und mit einem Jungen mit wilden Locken eng umschlungen in einen Campervan stolpert. Die zusammen mit ihm auf die schmale Schlafpritsche fällt, ihre Hand unter sein T-Shirt schiebt und seine Brust liebkost. Ich bin die Maddy, die nicht protestiert, als seine Hände mein Oberteil packen und es mir über den Kopf ziehen. Heute lasse ich mich fallen. Genieße eine unvergessliche Nacht. Bin mit einem Jungen zusammen, bei dem ich niemals in Erwägung gezogen hätte, ihm zu erlauben, mir nahe zu sein.

»Du machst mich verrückt«, flüstert Vince in mein Ohr und beißt spielerisch in mein Ohrläppchen.

Ja, ich bin die Maddy, die einen jungen Mann mit voller Absicht verrückt macht und es sogar genießt.

Kapitel 14

Es ist hell. Fuck.

Ruckartig setze ich mich auf und bereue meine intuitive Bewegung im nächsten Moment. Der Mann neben mir regt sich. Ich halte inne und warte darauf, dass er mich wieder an sich drückt, wie er es diese Nacht unzählige Male getan hat. Doch er greift nur nach der Decke und zieht sie sich über den Kopf. Ein Glück.

Vorsichtig schwinge ich meine Beine von der schmalen Schlafpritsche und suche nach meinem Handy. Es liegt in meiner Jackentasche. Ich schaue auf das Display. Es ist fünf Uhr morgens. Seit ich die kanadische SIM-Karte besitze, stimmt auch die Uhrzeit wieder.

Meine Blase drückt. Ein Glück, sonst hätte ich vermutlich komplett verschlafen. An den Mann im Bett verschwende ich keinen weiteren Gedanken. Er wohnt in Australien, ich in Deutschland. Es ist besser, wenn wir uns nicht wiedersehen.

Leise klaube ich meine Kleidung zusammen und eile zu den Toilettenhäuschen. Die Zeit, mich fertigzumachen, bleibt mir nicht, denn ich muss vor dem Aufbruch noch mein Zelt abbauen.

Nachdem ich alles zusammengesucht habe, belade ich das Auto. Warum ist Grandpa nicht da? Oh nein. Er hat die Nacht im Tipi verbracht. Ob ich ihn wecken soll?

Ich darf das Treffen mit Sophie und Felix auf keinen Fall verpassen. Das ist meine Chance von den Großen zu lernen und neben den gekauften Followern, noch ein paar echte zu gewinnen. Grandpa wäre dabei sowieso hinderlich. Aber ich muss ihm zumindest eine Nachricht zukommen lassen, dass ich ihn später wieder einsammele. Zettel und Stift standen nur leider nicht auf meiner Packliste.

Ich krame ein Taschentuch aus der anderen Jackentasche hervor und hole meinen Eyeliner aus der Schminktasche. Dann schreibe ich Grandpa eine Nachricht.

Bin mit Freunden am Peyto Lake. Komme später zurück und hole dich.

Das muss genügen. Ich lege die Nachricht vor den Eingang des Tipis und beschwere sie mit einem Stein. Hoffentlich regnet es nicht. Wobei der Eyeliner wasserfest ist. Dass das Taschentuch weggewaschen wird, bereitet mir mehr Sorgen.

5:30 Uhr. Ich schalte die Offlinenavigation meines Handys an. Noch kann ich es pünktlich schaffen.

Eigentlich lege ich keinen großen Wert auf Pünktlichkeit. Auf der Arbeit löst mich niemand rechtzeitig ab. Aber wer weiß, wie Felix und Sophie ticken. Sie werden bestimmt nicht auf mich warten.

Die Straßen sind angenehm leer und ich quäle den Toyota ein weiteres Mal den Berg hoch. Der Peyto Lake liegt zum Glück recht nah am Anfang des Icefield Parkway, der landschaftlich eindrucksvollsten Straße Kanadas.

Am Lake Louise biege ich links ab und gebe Gas. Noch eine Viertelstunde. Ich rase an Bergen und Bäumen vorbei, passiere Wasserfälle und Seen. Einmal verreiße ich das Lenkrad und lande auf der Gegenfahrbahn, weil ein paar Rehe am Straßenrand stehen. Vielleicht sollte ich einen Gang runterschalten. Die Zeit, in der noch keine Menschen auf den Straßen unterwegs sind, gehört den Tieren.

Etwas langsamer fahre ich um eine Kurve und im selben Moment trete auf die Bremse. Die Reifen kommen quietschend zum Stehen. Der Bremsweg hat genau gereicht. Am Straßenrand steht ein Truck mit einem Camperaufsatz. Zwei Personen laufen auf der Straße herum und schießen Fotos. Die Frau posiert auf dem gelben Mittelstreifen, eingerahmt von Tannen an den Seiten und dem vom Morgenlicht angestrahlten Bergen im Hintergrund. Und direkt hinter dem Fotografen stehe ich. Das war knapp. Wie kann man denn so verrückt sein und mitten auf der Straße Fotos schießen?

Ich will gerade wütend die Hupe drücken, da dreht sich die Frau um, sodass ich sie erkennen kann. Es ist Sophie. Ich habe es rechtzeitig geschafft.

Statt zu hupen, parke ich das Auto rückwärts hinter dem Camper.

»Oh, Maddy, du bist es«, begrüßt Sophie mich, nachdem ich ausgestiegen bin. »Schön, dass du es geschafft hast.«

Schön, dass ich euch nicht überfahren habe.

»Ja, war sowieso schon wach.« Ich stelle mich neben Felix. Sophie ist aufwendig geschminkt. Um ihre Schultern hängt ein karierter Poncho und auf dem Kopf trägt sie die Damenvariante eines Cowboyhutes. Sie passt in dieses Szenario, wie die Bären und Elche in den Wäldern.

»Treffen wir uns gleich am Peyto Lake?« Ich muss mich dringend zurechtmachen. Zwar trage ich noch das Make-up von gestern Abend, aber einige Stellen sollte ich ausbessern. Ich glaube, heute ist der Tag, an dem ich das roséfarbene Kleid tragen werde. Die perfekte Gelegenheit, auf die dieses Kleid nur gewartet hat.

Sophie nickt. »Ja, wir brauchen noch ein paar Minuten. Fahr ruhig schon einmal vor und halte uns einen Parkplatz frei.«

Am Parkplatz angekommen, klappe ich die Sonnenblende runter und schiebe den Spiegel auf. Zum Glück sieht mein Make-up nicht allzu schlimm aus. Ein paar dunkle Schatten unter den Augen von der Wimperntusche sind schnell weggetupft. Den Lidstrich ziehe ich sauber nach. Und meine Wangenknochen bringe ich mit etwas Rouge hervor. Der pinkfarbene Lipgloss wird perfekt zu dem Kleid passen. Ein Kontrollblick auf meine Haare zeigt, dass ich dringend eine Steckdose bräuchte. Das sind weder Locken, noch ist allzu viel von der Behandlung mit dem Glätteisen übrig. Spontan beschließe ich sie zu einem

Fischgrätenzopf zu flechten. Ich trage ein Kleid in den Bergen, was soll's?

Der mir bereits bekannte Truck hält neben mir, als ich gerade das Kleid in meinen Tagesrucksack stopfe.

»Die Bilder sind der absolute Hammer. Unsere Kooperation wird der Renner. Ich wette mit dir, dass uns der höchste Umsatz in diesem Monat zu verdanken sein wird«, schwärmt Felix, als die beiden aussteigen.

»Hi«, begrüße ich ihn, als er die Tür zur Schlafkabine öffnet.

»Hey Maddy. Schön, dass du heute mit dabei bist. Ich hoffe, du weißt, auf was du dich da eingelassen hast.« Er hält mir seine Hand hin, während er sich mit der anderen am Eingang der Schlafkabine festhält. »Wir müssen nur schnell ein paar Sachen umpacken und Sophie muss sich umziehen.«

Ich nicke und lehne mich wartend gegen meinen Toyota.

»Bin sofort wieder da.« Sophie klingt gehetzt, als sie hinter Felix im Camper verschwindet. Wenige Minuten später springt sie komplett umgezogen daraus hervor. Sie trägt eine kurze Hose und ein schwarzes T-Shirt mit einem aufgedruckten Wald auf ihrer Brust.

»Wir arbeiten aktuell für eine Kooperation mit einer kanadischen Modekette. Sie pflanzen Bäume für jedes verkaufte Kleidungsstück. Wenn du dort was bestellen willst, sag Bescheid, wir haben Rabattcodes. Der Versand innerhalb Kanadas ist günstiger als nach Deutschland. Wie lange bist du denn noch hier?«, will Sophie wissen.

Felix wirft ihr eine gepackte Tasche zu, die sie ächzend auffängt. Und ich dachte schon, ich würde mit viel Gepäck reisen.

Wir eilen los, da Felix etwas von zu vielen Touristen und schlechtem Licht redet. Es geht immer weiter bergauf und Sophie flucht, dass sie nichts anderes eingepackt hat und nun das Shirt für den Auftrag vollschwitzt. Ich biete ihr meine karierte Bluse an, die ich im Rucksack habe. Ohne Scham zieht sie sich das Shirt über den Kopf und steht nur noch mit BH bekleidet vor mir.

»Ist dir nicht kalt?« Ich reiche ihr die Bluse.

»Nö, es geht. Du gewöhnst dich daran. Ich musste schon im Winter Fotos für eine Kooperation machen, das war kalt, sage ich dir.« Sie knöpft die Bluse vorne zu und wirft Felix das Shirt zu.

»Danke dir. Ohne dich hätten wir echt viel Arbeit mit der Bildbearbeitung am Ende.« Sophie lächelt mich dankbar an. Jetzt habe ich etwas für sie getan, da werden die beiden mir bestimmt ein paar Fragen beantworten.

»Wie lange seid ihr denn schon Influencer?«

Felix denkt nach. »Seit einem Jahr so richtig. Davor haben wir aber auch schon viel gearbeitet. An so große Kooperationen, dass man davon leben kann, kommt man nicht so schnell ran. Wir haben über Jahre hinweg Content generiert und unsere Followerbase aufgebaut. Nachdem wir durch Zufall an eine bekannte Modekette geraten sind, können wir uns vor Aufträgen kaum noch retten. So ist das im Leben, du musst eben an die richtigen Leute geraten.«

Ob ich ihnen erzählen soll, dass Heather mir einen schnelleren Erfolg verspricht? Bei ihr hat sich das nicht nach so viel Arbeit angehört.

Wir passieren den Aussichtspunkt, an dem ein paar Touristen stehen. Doch Felix und Sophie marschieren weiter, als würde es ihn nicht geben. Ehe ich fragen kann, erklärt mir Sophie: »Wer besondere Bilder will, muss sich abseits ausgetrampelter Pfade wagen.«

Das habe ich gestern schon einmal gehört. Ob Grandpa auch ein guter Influencer gewesen wäre, wenn es zu seiner Zeit schon Internet gegeben hätte?

An einem blauen Pfeiler biegen wir nach rechts ins Gebüsch ab. Der schmale Pfad scheint eher für Bergziegen, als für Menschen gedacht zu sein.

Felix kontrolliert unseren Weg noch einmal auf seinem Handy, ehe er zielstrebig weiter voran stapft.

Ab und zu erhasche ich zwischendurch einen Ausblick auf den Peyto Lake. Wider Erwarten sind wir ziemlich weit entfernt vom See. Und zwar Höhenmeter. Wir befinden uns auf einem Berg, von dem man auf den See blicken kann. Wenn ich mich den beiden nicht angeschlossen hätte, hätte ich meine Bilder für Instagram an dem Aussichtspunkt geschossen, wie alle Touristen es tun. Aber jetzt bin ich kein Tourist mehr. Ich bin auf dem besten Weg meine Karriere aufs nächste Level zu heben. Vielleicht kann ich dann meinen ätzenden Job bei der Tankstelle kündigen.

»Was für Jobs kann man denn mit, sagen wir mal 3.000 Followern bei Instagram, bekommen?« Fragend schaue ich Sophie an.

»Wir hatten damals nur kostenlose Produkttests. Weißt du, unser Business baut nicht nur auf Instagram. Da wir eine Weltreise gemacht haben, haben wir uns eine Existenz als digitale Nomaden aufgebaut. Das Ganze ist ein Mix aus aktivem und passivem Einkommen. Dass wir nur von Instagram Leben können, war wirklich ein Zufall und gelingt den Wenigsten.«

Die Hälfte von dem, was Sophie redet, verstehe ich nicht. Was sind denn bitte digitale Nomaden und von unterschiedlichen Einkommensarten habe ich auch noch nichts gehört. Ich frage Sophie danach. Sie schlägt sich die Hand gegen die Stirn. »Oh man. Ich vergesse immer, dass das nicht für alle Leute alltäglich ist. Unter uns Reisenden gehört es zum Leben dazu. Digitale Nomaden sind Menschen ohne festen Wohnsitz, die mit ihrem Laptop Geld verdienen und dabei um die Welt reisen. Das Leben war uns nach ein paar Jahren zu anstrengend, weshalb wir wieder zurück nach Deutschland sind. Reisen kann ganz schön stressig sein. Und ein digitales Startup zu gründen ist vom Strand in Bali nicht einfacher als in Deutschland.«

»Und was ist aktives Einkommen?«

»Das ist das Geld, was du für deine aktuell ausgeübten Tätigkeit erhältst. Der ganz normale Brotjob also. Du erbringst jetzt eine Arbeitsleistung und wirst auch jetzt dafür bezahlt.«

Sophie hält einen Zweig zur Seite, damit er mir nicht ins Gesicht schlägt. »Beim passiven Einkommen steckst du einmal Arbeit in eine

Sache und dann fließt das Geld über Jahre hinweg. Wie bei einem Autor. Er schreibt einmal ein Buch und auch in zehn Jahren werden noch Leser dieses Buch kaufen. Wir haben damals mit dem Verkauf unserer Reisefotos begonnen, sie auf verschiedene Stockfotoplattformen hochgeladen. Die ersten Jahre kam nicht viel bei rum, aber inzwischen können wir davon zumindest unsere Miete bezahlen.«

»Das ist ja abgefahren.« Geld, das reinkommt, ohne, dass ich dafür arbeiten muss. Vermutlich sollten wir das mal der Regierung als die neue Altersvorsorge vorschlagen.

»Und welche Jobs habt ihr sonst so?« Ich will alles wissen.

Sophie schmunzelt. »Ich bin froh, dass du fragst. Viele Leute glauben, dass wir nur ein paar Bildchen auf Instagram posten müssen und dann reich sind. An sich drehen sich die meisten Aufträge um Werbung. Wir platzieren ein Produkt in unseren Bildern, bereiten Content für die Händler vor, drehen Videos, schießen Fotos für Kataloge und die Webseiten, schreiben Beiträge für Zeitschriften und Blogs und gerade fangen wir damit an, eigene Onlinekurse zur digitalen Selbstständigkeit anzubieten.«

»Ihr führt mein absolutes Traumleben.« Wenn ich ein Emoji wäre, hätte ich jetzt Herzchenaugen. »Was sind das für Onlinekurse?«

»Wir wollen Leuten beibringen, wie sie Geld mit Sozialen Netzwerken verdienen können. Es gibt auch viele unseriöse Agenturen, die im Schneeballsystem arbeiten und einem ein schnelles Einkommen versprechen. Mit unserem Onlinekurs wollen wir darüber aufklären und den Leuten einen richtigen Weg zeigen, ohne dabei abgezockt zu werden.«

Ehe ich sie nach diesen unseriösen Agenturen fragen kann, bleibt Felix stehen und winkt uns zu sich.

»Sieht so aus, als wäre dieser Felsen kein Geheimtipp mehr.« Felix zeigt auf eine Gruppe Männer, von denen einer versucht auf einen spitzen Felsen zu klettern. Dabei stellt er sich ganz schön dämlich an und braucht die Anfeuerungsrufe seiner Kumpels.

»Ach verdammt, dabei sind wir so früh.« Sophie klingt frustriert.

Einer der Kerle winkt uns zu und Felix grüßt freundlich zurück.

Er spricht uns auf Englisch an. »Der Felsen ist genial. Wenn ihr es schafft, auf dessen Spitze zu klettern, sieht es auf dem Foto aus, als würdet ihr im See stehen.«

Felix Gesichtsausdruck nach zu urteilen, war genau das sein Plan. Ich hingegen bin total überrascht von dieser Lokation. Eindeutig besser als das Geländer am Aussichtspunkt.

»Wie lange braucht ihr denn noch?« Felix blickt besorgt in Richtung Himmel. Die Sonne taucht die Landschaft in ein magisches Morgenlicht. Allzu lang wird das Licht aber nicht mehr so sanft sein.

»Ihr könnt gerne vor.«

»Ansgar, komm da runter und lass den Mädels den Vortritt«, ruft er seinem Kumpel zu, der mit dem Bauch auf dem Felsen liegt. Ein anderer steht neben ihm und zieht an dessen Hosensaum. Wütend tritt der Liegende nach ihm.

Sophie knöpft sich die Bluse auf und bekommt anerkennende Pfiffe der Männer, bevor sie sich ihr Shirt wieder über den Kopf zieht. Felix holt währenddessen seine Drohne aus dem Rucksack und wendet sich an mich. »Kannst du mit einer Kamera umgehen?«

»Klar.« Die Lüge geht mir leicht über die Lippen.

»Okay, ich muss nämlich die Drohne fliegen. Ich zeige dir, wie wir die Fotos von Sophie brauchen. Warte, ich stelle die Kamera noch schnell ein.«

Felix drückt mir seine Spiegelreflexkamera in die Hand, die fast so schwer ist, wie ein Wasserkasten. Grandpas Analoge ist dagegen ein Fliegengewicht.

Sophie klettert grazil auf den Felsen und bleibt an dessen Spitze sitzen. Bei ihr sieht das um einiges eleganter aus als bei den merkwürdigen Kerlen. Die stehen neben mir und johlen ihr zu, dass sie ihr Shirt besser wieder ausziehen soll. Felix startet die Drohne und fliegt sie mithilfe seines Smartphones über den See. Er ruft Sophie zu, wie sie posen soll und kontrolliert die ersten Bilder, die ich schieße. Für die nächsten wandere ich den Berg ein bisschen weiter hoch, damit ihr Kopf nicht mitten im Horizont steckt. *Zwei Drittelregelung, Grandpa, ich habe aufgepasst.*

Wir arbeiten hochkonzentriert Hand in Hand. Felix lässt die Drohne außerhalb unserer Sichtweite fliegen, um weitere Landschaftsaufnahmen zu generieren, während ich Sophie einen Hoodie bringe, der ebenfalls abgelichtet werden soll.

»Zoom diesmal ein bisschen ran, damit wir nur ihren Oberkörper und den See im Hintergrund haben«, weist Felix mich an. Ich zeige ihm verschiedene Fotos. »Du bist ja ein echtes Naturtalent. Die Fotos sind fast besser als meine.«

Ich strahle bei seinen Worten. Wir bitten die Typen, sich mit uns zusammen hinter dem Busch zu verstecken, damit wir auf der Drohnenaufnahme nicht zu sehen sind, wenn Felix sie zurückfliegt. Sophie ruft ihm zu, dass er sich beeilen soll, weil ihre Muskeln sie nicht mehr lange oben halten würden.

»Willst du auch noch Bilder von dir?« Felix ist inzwischen richtig freundlich zu mir. Anfangs schien er ein bisschen genervt zu sein, dass Sophie mich angeschleppt hat und ich ihre Zweisamkeit störe. Jetzt, wo ich ihm meinen Wert bewiesen habe, ist seine Abneigung mir gegenüber verflogen.

Statt zu antworten, greife ich meinen Rucksack und verschwinde im Gebüsch. Ganz so hemmungslos wie Sophie bin ich nicht, als dass ich mich vor versammelter Mannschaft umziehen würde. Ich zögere kurz, ob ich wirklich das Kleid anziehen soll. Irgendwie komme ich mir ein bisschen lächerlich dabei vor. Auf der anderen Seite kenne ich keinen der hier Anwesenden und wer weiß, ob ich jemals einen von ihnen wiedersehen werde. Ich hole das Kleid raus, da ich weiß, dass meine Follower es lieben werden.

Als ich hinter dem Gebüsch hervorkomme, mit meinem bodenlangen Kleid, gelten die anerkennenden Pfiffe mir. Ich laufe rot an.

»Wow, Maddy, das Kleid ist der Wahnsinn! Und die Farbe harmoniert wundervoll mit dem Blau des Sees. Ich bin echt neidisch.« Sophie sieht mich begeistert an.

»Wenn ich jetzt meinen Anzug dabeihätte, könnten wir auf den Bergen tanzen, Baby«, ruft mir einer der Kerle zu. Ich ignoriere ihn und Sophie begleitet mich bis zum Felsen.

»Das Raufklettern ist ein bisschen schwierig. Am besten du bleibst erst mal sitzen, bis du dich sicher fühlst. Stürz bloß nicht ab.«

Jetzt wo ich direkt vor dem Felsen stehe, sehe ich, wo das Problem liegt. Die spitze Kante ist oben und zu beiden Seiten fällt er steil hinab. Ich werde meine Füße nicht eben abstellen können und kann nur hoffen, dass ich nicht abrutsche. Wobei ich im Gegensatz zu den Männern zumindest nicht auf meinen Weichteilen landen werde.

Tief durchatmend ziehe ich mich auf den großen Felsen hinauf. Durch das lange Kleid kann ich nicht auf allen vieren zur Spitze robben. Stattdessen recke ich meinen Hintern in die Höhe, um mich vorne weiterhin mit den Händen festhalten zu können. Das bringt mir erneute Pfiffe ein, aber die Angst vor dem Absturz ist so groß, dass ich meine volle Konzentration beim Klettern brauche. Unter mir geht es zwei Meter in die Tiefe. Wenn ich falle, lande ich auf spitzen Felsen, was die viel größere Gefahr bedeutet.

Am Rand des Steinbrockens angekommen, richte ich mich vorsichtig auf. Meine Beine sind ziemlich wackelig. Ich traue mich nicht, mich umzudrehen, um zu überprüfen, ob Sophie noch hinter mir steht. Ihre Stimme ertönt von weiter weg, weshalb sie vermutlich wieder bei Felix ist. »Kannst du die Arme nach oben nehmen? Ja, genau so und jetzt nur die Ellenbogen in die Luft und umfasse mit der linken Hand das rechte Handgelenk. Leg sie auf dem Kopf ab und dreh dich ein bisschen nach links. Perfekt. Oh Maddy, ich wünschte, du könntest dich sehen. Du siehst großartig aus!«

Ich folge Sophies Anweisungen nur zaghaft, um nicht das Gleichgewicht zu verlieren. Bei den meisten Posen, die sie vorschlägt, komme ich mir komplett bescheuert vor.

»Kannst du die Haare öffnen?«, ruft mir Felix zu. Ich löse die Haargummis und entwirre den Zopf. In sanften Wellen fallen mir die Haare über den ausgeschnittenen Rücken. Da es früh am Morgen ist, weht ein kalter Wind und die Sonne wärmt nur bedingt. Trotzdem läuft mir der Schweiß die Stirn hinab. Seit wann habe ich Höhenangst?

Ich bin ganz schön erleichtert, als Sophie mir zuruft, dass ich wieder runterkommen darf. Diesmal ist es mir egal, ob das Kleid dabei kaputt geht. Ich robbe auf allen vieren rückwärts vom Felsen. Als ich festen Boden unter den Füßen habe, lasse ich mich auf einen der Steine sinken und hole tief Luft. Sophie springt wild in die Hände klatschend auf und ab und deutet auf Felix' Kamera.

Zwei der Kerle kommen zu mir nach unten.

»Deine Bilder kann ich auf Instagram finden, was?«, will der eine wissen.

Ich nicke. »Die werden wohl nicht zu verwechseln sein.«

»Geh du zuerst, Aike.« Der andere Kerl tritt zur Seite. Ich erhebe mich, um Aike Platz zu machen, damit er auf den Felsen klettern kann.

»Sahst ja schon ein bisschen unbeholfen aus da oben«, ruft er mir spöttisch zu, während er freihändig an die Spitze des Felsen läuft, als würde er eben sein und nicht aus einer scharfen Kante bestehen.

»Bin halt nicht lebensmüde.« Gekonnt gekontert ist das nicht gerade. Insgeheim ärgere ich mich, dass ich so zaghaft geklettert bin. Von hier unten und mit Aike auf dem Felsen sieht die Situation nicht mehr so bedrohlich aus.

»Ich wette, dass ich sogar einen Handstand auf der Spitze hinbekomme«, gibt Aike an. »Aus dem Bild mit euch.«

Ich schüttele über so viel Leichtsinn den Kopf. Verrückter Kerl. Sein Freund hält mir den Arm hin, damit ich mich an ihm abstützen kann. Mit meiner anderen Hand halte ich den Saum des Kleides.

»Komm, hör auf mit dem Scheiß.« Ansgars Stimme ertönt über den Platz. Gerade noch rechtzeitig drehe ich mich um, um zu sehen, wie Aike beim Handstand nach vorne überkippt. Ich schlage mir die Hand vor den Mund, um einen Schrei zu unterdrücken.

Aike schlägt mit dem Rücken auf dem Felsen auf und rutscht nach vorne ab und damit aus unserer Sichtweite. Sein Freund entreißt mir seinen Arm und stürmt auf seinen abgestürzten Freund zu. Ich beeile mich, hinterherzukommen, werde aber aufgrund meines Kleides von seinen anderen beiden Freunden überholt.

»Scheiße, Aike, sag doch was!«, schreit der Erste ihn an.

Ich komme schlitternd zum Stehen und sehe, wie die Jungs um einen bewusstlosen Aike herumstehen. Blut breitet sich unter seinem Kopf aus. Sein Körper ist merkwürdig verdreht. Aber er atmet.

»Ich hole Hilfe«, ruft uns Felix zu und beginnt in die entgegengesetzte Richtung zu rennen. Ich greife nach meinem Handy und schalte den Flugmodus aus. Der Empfang ist allerdings so tot, dass nicht einmal ein Notruf rausgeht.

»Wir müssen die Blutung stoppen«, meint einer von Aikes Freunden.

»Quatsch, man soll einen Verletzen doch nicht bewegen.«

»Aber uns bleibt nichts anderes übrig. Was glaubst du denn? Hier wird doch kein Rettungshubschrauber landen«, ruft Ansgar verzweifelt.

Etwas packt meinen Arm. Es ist Sophie, die mich mit weit aufgerissenen Augen ansieht. »Lebt er noch?«

Ich bekomme kein Wort raus und nicke nur. Eben noch habe ich auf diesem Felsen gestanden. Hätte ich ihn eindringlicher warnen müssen, damit er keine Dummheiten macht? Er hat den Handstand schließlich angedroht, um uns zu beeindrucken. Ich hätte ihn da eigenhändig runterziehen müssen. Was ist, wenn er das nicht überlebt? Wenn auf seinem Grabstein stehen wird ›tot wegen des perfekten Fotos‹?

Ich merke jetzt erst, dass ich am ganzen Körper zittere und Sophie schluchzt neben mir auf.

»Los, heben wir ihn gemeinsam hoch«, fordert einer der Jungs mit einer Geste, um die anderen aus ihrer Schockstarre zu lösen.

Sophie schüttelt den Kopf. »Lasst ihn besser liegen. Nicht, dass sein Rücken verletzt ist.«

Sie eilt zu ihrem Rucksack, um eine Decke aus der Vordertasche zu ziehen. »Die ist sauber. Deckt ihn am besten damit zu.«

Ansgar fängt an zu weinen. Der, der mir eben noch den Berg hinaufgeholfen hat, nimmt Sophie die Decke ab. Er wickelt seinen Freund in der Decke ein und spricht ihn an.

»Hörst du mich Aike?«

Aber Aike hört nicht. Still liegt er da. Das Grau der Steine färbt sich rot, während sich das Rot des Morgens verzieht und der Tag endgültig über uns hereinbricht.

Ich weiß nicht, wie lange wir dort gewartet haben, bis Felix zusammen mit der Bergrettung zurückkommt. Sie laden Aike auf eine Tragbahre, transportieren ihn durch den Wald zum Krankenwagen, der bereits auf dem Parkplatz wartet.

»Kopfverletzungen bluten immer am schlimmsten« , erklärt einer der Sanitäter, um mich zur beruhigen. Noch können die Sanitäter nicht sagen, ob er es überleben wird. Ansgar fährt mit seinem Freund ins nächste Krankenhaus.

Das Bild von seinem leblosen Körper und dem Blut, das Sophies Decke rot gefärbt hat, bekomme ich nicht mehr aus dem Kopf.

»Das hätte einer von uns sein können«, flüstere ich.

Sophie presst die Lippen zusammen. Ihr steht der Schock ebenso wie mir ins Gesicht geschrieben.

»Ach was«, meint Felix. »Ihr seid auch nicht so verrückt gewesen und habt Kunststückchen auf dem Felsen veranstaltet.«

Trotzdem war es gefährlich. Und das alles nur für ein Foto, um auf Instagram mehr imaginäre Freunde zu generieren, von denen kein einziger einen kennt. Ist es das wert, dafür sein Leben zu riskieren?

»Kommt«, fordert Felix uns auf. »Ich werde uns Tee kochen. Du zitterst ja noch immer.«

Wir lassen uns auf dem Rand des Kofferraums von Grandpas Auto nieder. Der Tee ist fertig, doch das Zittern hört nicht auf. Ich kann nicht einmal sagen, dass mir kalt ist. Ich spüre nichts mehr. Innerlich bin ich leer.

Heute sollte der Tag werden, an dem ich ein gutes Stück auf meinem Weg nach oben zurücklegen würde. Aber stattdessen frage ich mich, ob ich an der Kreuzung in die falsche Richtung abgebogen bin. Soll ich wieder zurück und den anderen Weg nehmen? Oder soll ich es weiter versuchen?

»Hier, vielleicht heitert dich das auf.« Felix reicht mir die Kamera. Ich schaue auf den Bildschirm und sehe, wie ich auf dem Todesfelsen stehe. Statt mich darüber zu freuen, wie die Königin der Welt auszusehen, schlucke ich schwer. Ich bin nicht abgestürzt. Ich lebe noch. Dieses Mantra wiederhole ich immer und immer wieder in meinem Kopf.

»Maddy?« Die kratzige Stimme kommt mir bekannt vor. Es ist Grandpa. Ich wische mir über die Augen. Er steht mit seinem Rollstuhl vor mir. Schluchzend falle ich ihm um den Hals.

»Was machst du denn hier?«

»Vince hat mich gefahren.«

Erschrocken blicke ich mich um.

»Er ist nicht hier, musste weiter, der Junge.«

Mein Herz zieht sich krampfhaft zusammen. Was erwarte ich auch? Ich bin heute Morgen ohne ein Wort abgehauen. Das Einzige was ich ihm zurückgelassen habe, ist mein im Rollstuhl sitzender Großvater.

Peyto Lake

Vermutlich will Vince nichts mehr von mir wissen. Meinen Körper hat er für eine Nacht besessen. Er hat bekommen, was er wollte. Oder er hat einfach gemerkt, was für ein nichtskönnendes Geschöpf ich bin und hat sicherheitshalber Reißaus genommen. Das Beste für ihn.

Sophie streift meinen Oberarm. »Maddy, wir müssen weiter. Unser Auftrag hat leider eine ziemlich enge Deadline.«

Ich nicke mit zusammengepressten Lippen.

»Wir werden dir die Bilder schicken.« Sophie umarmt mich zum Abschied. »Es wird ihm bestimmt bald besser gehen.«

Wird es nicht. Aber das kann uns egal sein. Wir sind nur Unbekannte aus einem Meer von leeren Gesichtern. Menschen, die sein Leben zufällig gestreift haben, wie Regentropfen an einem Gewittertag die Haut.

Als die beiden fortgefahren sind, nickt Grandpa mir zu. »Komm, lass uns auch fahren.«

Ich blicke auf seinen Rollstuhl. Wenn Aike Glück hat, wird er bald einen Ebensolchen brauchen. Wenn nicht …

Kapitels 15

»Maddy?«

Die Musik läuft weiter. Genauso wie die Erde sich weiterdreht. Nur ich scheine in der Zeit stehen geblieben zu sein. Gefangen an einem Ort voller Möglichkeiten. An einem Ort, der mir das Gefühl gegeben hat, alles zu können. Endlich die Abzweigung auf den richtigen Weg gefunden zu haben. Doch jetzt stecke ich im Treibsand. Alles unter mir scheint wegzubrechen. Das Fundament, auf dem meine Träume bauten. Jetzt sind sie weg, wie die Sterne dem Sonnenlicht weichen, das unaufhörlich auf mich herabbrennt.

»Hilfst du mir in den Rollstuhl?«, durchbricht Grandpa den Strudel meiner Gedanken. »Dann sehe ich mich nach einem Zeltplatz für uns um.«

Ich nicke und bin ihm dankbar dafür, dass er keine Fragen stellt. Manch einer würde behaupten, dass Reden in einer solchen Situation hilft. Doch was soll ich sagen? Mir ist selbst klar, was passiert ist. Dass wir dumm sind, Träumen hinterherzujagen, die in den Sternen geschrieben stehen, wo wir doch keinen Raumanzug tragen. Es sinnlos ist, trotzdem in die Atmosphäre einzudringen, und ich mich nicht wundern brauche, dass einem dort oben die Luft zum Atmen fehlt. Hirnrissig, waghalsig, ein Risiko, das es nicht wert ist, dafür sein Leben zu lassen.

Ob ich jemals erfahren werde, was mit dem jungen Mann passiert ist? Ob mich irgendwann eine Dankeskarte erreicht, weil ich zitternd neben ihm ausgeharrt habe? Ihn nicht alleine ließ. Und sonst rundherum nutzlos war. Ob er überhaupt in der Lage sein wird, jemals wieder Karten zu schreiben? Oder, ob alles vergebens war? Das Ausharren in der Stille. Das blutdurchtränkte Shirt. Der schweißtreibende Aufstieg der Männer mit der weißen Trage. Ich weiß es nicht. Weiß nur, dass ich nichts mehr denken will.

Ich öffne die Tür. Leise, nicht so schwungvoll wie immer. Nehme Rücksicht auf das Auto, dem ich sonst keine Vorsicht entgegenbrachte. Helfe Grandpa in seinen Rollstuhl, umsichtiger als in den letzten Tagen. Gehe mit ihm, halte Ausschau nach einem freien Platz.

Wir sind nicht weit gefahren. Nur bis zum nächsten Campingplatz. Waterfowl Lakes heißt er. Die Moskitos schwirren um meine Ohren, setzen sich nieder auf meinem Arm. Ich lasse sie gewähren. Glaube, dass ich es verdient habe, zu leiden. Weil ich überlebt habe. Ich nicht diejenige war, die gefallen ist. Was sind schon ein paar Moskitostiche, wenn man dadurch merkt, dass man noch am Leben ist?

»Es scheint alles besetzt zu sein.« Kraftlos wende ich mich an Grandpa. Die Rettungsaktion hat länger gedauert, als gedacht. Obwohl seit seinem Sturz Tage vergangen zu sein scheinen. Dabei sind es nur wenige Stunden.

Grandpa deutet mir an, mich zu setzen. Ich komme seiner stummen Bitte nach und lasse mich auf den Boden sinken. Rupfe Gras aus der Erde, um es in meiner Hand zu zerpflücken. Beobachte die Autos, die nach uns eintrudeln und sich sinnlos suchend umblicken. Beobachte die Moskitos, die in Ruhe mein Blut trinken. Vielleicht werde ich morgen zu einem von ihnen. Ein stechendes, nerviges Biest.

»Ich habe einen Platz für uns gefunden.« Grandpa ist zurück. Ich weiß nicht wie viel Zeit vergangen ist. Die Sonne steht unverändert am Himmel. Ihre Strahlen brennen sich in meine Haut.

Ohne die Frage zu stellen, wie er das gemacht hat, stehe ich auf. Hole mein Zelt aus dem Auto und schlurfe Grandpa hinterher. Er bleibt vor einem kleinen Stellplatz mit einem Tisch, einem Grill und einem Zelt stehen. Die zwei Fahrräder deuten darauf hin, dass kein weiteres Fahrzeug erwartet wird. Und auch wir lassen unser Auto für den Moment am Parkplatz stehen.

Eine rothaarige Frau kommt aus dem Zelt gekrochen. Sie richtet sich stöhnend auf und kommt zu uns herüber.

»Hi, ich bin Caroline.« Ich ergreife ihre Hand, die sie mir entgegenstreckt. Eine weitere Gestalt klettert aus dem Zelt. Er stellt sich als John vor. Die beiden helfen mir schweigend, mein Zelt aufzubauen. Ich bin ihnen dankbar für ihr Schweigen. Keine Fragen, woher ich komme und wohin ich gehe. Sie lassen mich einfach meinen Gedanken nachhängen.

Ob auf Instagram schon ein Post ist, dass es Aike gut geht? Ach was. Seine Kumpels haben bestimmt Besseres zu tun, als von dem Umfall zu berichten. Aber vielleicht denken sie an die Helfer. Die, die wissen möchten, ob er überlebt hat.

»Maddy?« Caroline sieht mich fragend an. Anscheinend habe ich ihre Frage nicht gehört.

»Ich wollte wissen, ob du Lust hast, mit mir bis nach Saskatchewan River Crossing zu fahren. Ich habe einen Bärenhunger. Du auch?«

Ich habe heute tatsächlich noch nichts gegessen. Ohne mich zu fragen, steigt Caroline auf der Fahrerseite von Grandpas Auto ein. Er und John seien Fliegenfischen gegangen. Wo zum Teufel die beiden nun die Ausrüstung herhaben, ist mir egal. In dem Diner, das Caroline aufsuchen will, wird es WLAN geben. Und dann werde ich herausfinden, was mit Aike passiert ist. Ich lasse mich auf den Beifahrersitz sinken. Caroline fährt los.

Saskatchewan River Crossing ist ein kleiner Ort mit der einzigen Tankstelle auf dem Icefield Parkway. Was auch das einzige Sehenswerte an diesem Platz ist. An der Tankstelle befinden sich ein Souvenirladen und zu unserem Glück auch ein kleines Diner. Caroline bestellt für uns, während ich an einem der Tische Platz nehme.

Noch bevor Caroline mit dem Essen von der Theke zurückkommt, habe ich mein Handy eingeschaltet. Zum Glück gibt es Steckdosen am Tisch.

Als ich auf das pinke Symbol klicke, keuche ich überrascht auf. Ich habe über 1000 Follower gewonnen. Das ist der Wahnsinn. Mir fehlen im Vergleich zu letzter Woche nur noch ein Bruchteil, um in Heathers Agentur aufgenommen werden zu können. Ungläubig scrolle ich durch die Profile meiner unzähligen neuen Wegbegleiter.

Sophie hat mich auf einem Bild verlinkt. Das Bild habe ich von ihr geschossen, während Felix die Drohne geflogen hat. Die beiden sind zwar groß, aber durch sie kann doch keine so hohe Wachstumsrate zustande kommen?

Eine Mail ploppt in den Benachrichtigungen auf.

Vielen Dank für Ihren Kauf von ...

Jetzt weiß ich, wo all die unbekannten Menschen herkommen. In Golden habe ich mein letztes Geld auf dem Konto dafür ausgegeben, sie zu kaufen. Das heißt, es ist nicht mal mein Verdienst, dass sie da sind. Es fühlt sich an, als wenn das reiche Mädchen ihren Freundinnen auf dem Schulflur teure Geschenke macht, um ihre Loyalität zu halten. Angst überkommt mich, dass ich nun regelmäßig solche Summen investieren muss, damit meine Followerzahl nicht wieder sinkt.

Von Aike finde ich keine Spur. Dafür hat mir Sophie einige Bilder von heute geschickt. Wie eine Königin stehe ich da, auf dem Todesfelsen und breite die Arme aus, während mein Kleid wie eine Schleppe im Wind weht. Ob ich das Bild posten soll? Es fühlt sich falsch an. Heute kam vermutlich ein Mann an genau dieser Stelle ums Leben. Kann ich da weiterhin Bilder posten und alle Welt im Glauben lassen, dass alles in Ordnung ist?

Heathers Name taucht immer häufiger in den Benachrichtigungen auf. Ich habe keine Lust, ihr zu antworten. Ein Rauschen macht sich in meinem Ohr breit, blendet für mich die Geräusche des Diners aus. Begleitet wird es von einem nervigen Piepsen in meinem Ohr und …

»Maddy?« Carolines fragender Stimme. »Alles in Ordnung bei dir?«

Ich schüttele den Kopf, um das Piepsen loszuwerden. »Ja, ja, alles gut.«

Caroline stellt eine Portion Poutine vor meiner Nase ab. Die Pommes mit Bratensoße und Käse sind ziemlich ungesund, aber ich traue mich nicht, etwas zu sagen. Mit jedem Bissen nimmt das Rauschen ab und die Geräusche der anderen Besucher dringen wieder zu mir durch.

Caroline hat sich nur ein Sandwich geholt und zieht einen Stapel Postkarten aus ihrer Tasche. Während sie ihr Sandwich Bissen für Bissen verschlingt, füllt sie die kleinen Karten mit Worten.

»Wäre es nicht einfacher, eine WhatsApp-Nachricht zu schreiben?«, frage ich, verwundert über ihren Enthusiasmus. Einen Stift fasse ich maximal in der Schule an. Warum wir dort noch nicht auf Laptops umgestiegen sind, kann nur daran liegen, dass sich in unserer Gegend in Köln niemand einen Laptop leisten kann. Eingeschlossen der Schule.

»Schreiben ist wie Meditation für mich. Ich werde mir den Worten viel bewusster, als wenn ich sie schnell in mein Handy eintippe.«

»Aber die landen daheim sowieso nur in einem Karton.« Wer hängt sich so was noch an die Wand?

Caroline lächelt und legt den Stift ab, um einen Schluck ihres Kaffees zu trinken. »Aber in zehn Jahren wird man die Postkarte noch in dem Karton finden. Eine WhatsApp Nachricht wird man sich nach zehn Jahren wohl kaum noch ansehen. Wir kommunizieren so viel über das Handy, wobei nichts vom Kommunizierten richtig in Erinnerung bleibt.«

»Arbeitest du in einem Schreibwarenladen?« Niemand anders würde freiwillig noch Zettel und Stift dem Smartphone vorziehen.

»Ich arbeite bei der Cancer Society. Dort habe ich auch John kennengelernt.« Sie lächelt bei dem Gedanken an ihren Ehemann liebevoll. »Zu dem Zeitpunkt habe ich Stammzellenspender akquiriert. Dafür wurde ich zu Mitarbeiterversammlungen in große Firmen eingeladen. Und John hat mein Vortrag so sehr überzeugt, dass er mich als erster nach der Veranstaltung ansprach, dass er Spender werden will.«

Klingt jetzt nicht nach einer großen Lovestory. Caroline fährt fort: »Einige Monate später tauchte sein Name in unserer Datei auf. Allerdings nicht als Spender, sondern als Patient. John erkrankte selbst an Leukämie. Von dem Zeitpunkt an registrierten wir immer mehr Spender aus seiner Firma. Jeder wollte seinem Arbeitskollegen helfen. John erreichte mit seiner Krankheit weit mehr Spender, als ich es je gekonnt hätte. Weil die Menschen einen persönlichen Bezug zu ihm haben.«

»Es ist schon traurig, dass erst etwas passieren muss, damit die Leute bereit sind, was zu tun.«

»Ja, wohl war.« Caroline seufzt. »Was machst du beruflich?«

Ich zucke mit den Schultern. »Weiß ich noch nicht.«

»Gibt es denn etwas, was dir richtig Spaß macht?«

Ich schüttele den Kopf. »Für das, was ich machen will, habe ich mir durch meine schlechten Noten leider den Zugang verbaut.«

»Noten sind doch nicht alles im Leben.«

»Eben doch.« Ich sehe frustriert auf meinen leeren Teller. »Wenn mich jemand fragt, was für einen Schulabschluss ich habe oder welchen Notendurchschnitt, dann erhalte ich erst gar keine Einladung zu einem Vorstellungsgespräch. Mit so einer Versagerin wie mir, will sich kein Unternehmen rumärgern. Nicht mal die Schule habe ich auf die Reihe bekommen, wie soll ich dann im Berufsleben funktionieren?«

Caroline schüttelt den Kopf. »Weißt du, ich sage immer, dass ein Studium nicht für alle geeignet ist. Nicht jeder lernt gleich. Dem einem fällt es schwerer, dem anderen leichter. Das muss aber nicht heißen, dass derjenige, dem es schwerfällt, automatisch dümmer ist als der, dem es leichtfällt. Da spielen verschiedene Faktoren eine Rolle. Und mit der

Schule ist es ähnlich. Wer schlechte Noten hat, weil es ihm schwerfällt zu lernen, muss nicht automatisch dumm sein.«

Ich stelle die Ellenbogen auf den Tisch auf und stütze den Kopf in die Hände. »Klar, meine Eltern tragen die Schuld. Immerhin musste ich als Zehnjährige ohne wirkliche Deutschkenntnisse auswandern. Wäre der Unterricht auf Englisch gewesen, hätte ich bestimmt bessere Noten gehabt.«

»Das ist natürlich keine einfache Voraussetzung für einen guten Schulabschluss. Aber sieh mal: Du hast ihn geschafft.« Caroline versucht mich aufzuheitern. Und irgendwo hat sie Recht: Zumindest die Realschule habe ich beendet. Das Fachabi darf ich noch mal wiederholen. Obwohl es auch nur ein Lückenfüller ist, weil ich keine Ausbildungsstelle gefunden habe. »Du hast es geschafft, obwohl du nicht mal wirklich die Sprache beherrscht hast. Das ist eine großartige Leistung von dir. Du darfst dich nicht mit den anderen Schülern vergleichen, die bereits Deutsch sprechen konnten. Die hatten es viel leichter im Leben. Aber wer es immer nur leicht hat im Leben, der kann nicht lernen stark zu sein. Und starke Menschen werden von Unternehmen gebraucht.«

»Das klingt ja alles schön und gut, aber das bringt mir nichts, wenn mir keiner eine Chance gibt, meine Fähigkeiten unter Beweis zu stellen.« Die Lage ist aussichtslos. Ich habe es so oft versucht. Und mit jeder Absage sank mein Selbstwertgefühl ein bisschen mehr. Weder als Bürokauffrau noch im Einzelhandel wollte man mich. Meine Großeltern in Deutschland haben recht: Ich bin eine Versagerin. Zwar bin ich nicht so dumm, wie meine Mutter, die sich mit achtzehn Jahren hat schwängern lassen, dafür bin ich zu dumm einen Brotjob zu finden. Die Erwartungen, die sie damals an meine Mutter hatten, kann ich als ihr Enkelkind ebenfalls nicht erfüllen. Kein Akademikerkind in der Familie. Die absolute Schwachstelle in einer Familie mit Ärzten und Rechtsanwälten im Stammbaum.

»Vielleicht solltest du abseits der herkömmlichen Wege suchen.«

Ich sehe Caroline fragend an.

»Über Praktika oder Empfehlungen. Baue Beziehungen auf.«

Ob das was bringt? »Können wir bitte das Thema wechseln?«

Caroline nickt verständnisvoll. »Eine Sache noch: Vielleicht solltest du einen Brief schreiben.«

»An wen?«

»An dich selbst.« Als sie meinen verwirrten Blick sieht, erklärt sie mir: »Einen Brief an dein Zehnjähriges Ich. Das damals aus seinem gewohnten Umfeld gerissen wurde, und ein komplett neues Leben beginnen musste.«

Was soll ein dämlicher Brief an mich selbst bringen? Was soll ich überhaupt reinschreiben? *›Hallo liebe 10-jährige Maddy, es tut mir leid, dir sagen zu müssen, dass dein Leben, wie du es kanntest, nun enden wird. Du wirst von einer kleinen Streberin zu einer Versagerin. Deine Freunde werden nichts mehr mit dir zu tun haben wollen, weil du zu weit weg wohnst. Und deine neuen Freunde werden keine sein, weil sie deine Sprache nicht verstehen. Du bist anders als sie. Tut mir leid, dass du dein Leben verbocken wirst. Aber das macht dich stärker. Deine Maddy.‹*

Ich stehe auf. »Muss mal an die frische Luft.«

Ohne auf eine Antwort zu warten, verlasse ich das Gebäude und bleibe am Auto stehen.

Aus meiner Jackentasche ziehe ich mein Handy. Mein Finger schwebt über der Notizapp. Doch in dem Moment verschwindet der Bildschirm vor mir und Heathers Foto nimmt ihn ein. Ruft sie etwa an, weil ich ihr noch nicht auf ihre Nachrichten geantwortet habe?

Zögernd klicke ich auf den grünen Knopf und halte das Handy an mein Ohr.

»Oh Maddy! Du bist ja der Wahnsinn«, begrüßt sie mich begeistert.

»Ja, bin ich?« So ganz verstehe ich nicht, auf was sie hinauswill. Vielleicht hätte ich ihre Nachrichten zuerst lesen sollen.

»Ich wusste, dass ich meine Karten goldrichtig gesetzt habe. Weißt du, unser Meeting wurde vorverlegt. Doch als ich gesehen habe, was für einen krassen Zuwachs du bekommen hast, da habe ich dich meinem Boss direkt vorgestellt. Wenn du bis Sonntag die 5K-Marke geknackt hast, dann bist du im Team. Ist das nicht großartig?«

Abwechselnd durchlaufen mich heiße und kalte Schauer. Das ist der Moment, auf den ich die letzten Jahre gewartet habe. Die Beziehung, von der Caroline eben noch gesprochen hat. Doch irgendwie fühlt sich das alles falsch an. Sophies Worte kommen mir in den Sinn. Heather ist ein vertrauenswürdiger Mensch. Niemals würde sie mich über den Tisch ziehen, oder? Außerdem, wie könnte sie mich überhaupt damit betrügen? Ich kann mir nicht vorstellen, wie so eine Agentur unseriös arbeiten kann.

»Jetzt habe ich dich aus den Latschen gehauen, nicht wahr?« Heathers Grinsen kann ich förmlich in ihrer Stimme hören.

Ich zwinge mir ein Ebensolches ab, damit sie mir meine Unsicherheit nicht anhört. »Wow, das überrascht mich wirklich. Danke ... dafür, dass du an mich geglaubt hast. Also wirklich.«

Heather ist in ihrem Überschwang gar nicht mehr zu bremsen. Sie spricht von Kunden aus der Gesundheitsbranche, wie viel Geld ich verdienen kann, wie einfach der Job ist und dass sie mir die größte Chance in meinem Leben verschafft. Die Worte prasseln an mir ab, wie der Regen der vergangenen Tage. Statt mich über die Chance zu freuen, sehe ich bereits, wie der Regen sie davonwäscht. Wie die Kreidebilder, die wir als Kind auf die Straße gemalt haben.

Meine Follower sind gekauft. Wie soll ich es in den wenigen Tagen schaffen, erneut so viele Follower zu generieren? Und vor allem hier, wo es doch gar keinen Empfang gibt.

Meine Gedanken schweifen ab, zu dem jungen Mann auf dem Felsen. Ist es das wirklich wert? Vielleicht hatte Aike denselben Traum, wie ich. Er wollte andere beeindrucken, weshalb er sich zu einer solch waghalsigen Tat verleiten ließ.

Heather verabschiedet sich von mir, weil sie noch zwei anderen Kandidatinnen von ihrem Glück berichten will. Ich bin also nicht die Einzige. Ob Heather immer so viele Neutalente am Start hat?

Eine Hand legt sich auf meine Schulter. Es ist Caroline.

»Mensch, bist du blass geworden. Lass uns lieber zurück zum Campingplatz fahren, bevor du mir umkippst.«

Kapitel 16

Ich wache gefühlt mitten in der Nacht auf, doch es ist schon hell. Was hier nichts heißen muss. Da ich dringend zur Toilette muss, ziehe ich den Reißverschluss meines Zeltes auf und tapse zu der Holzhütte in der Mitte des Campingplatzes. Früher war der Gang zur Toilette immer der erleichternde Moment, in dem ich Zeit für Social Media hatte. Doch heute habe ich weder Empfang, noch Lust darauf, auf mein Handy zu starren. Und damit auf die enorm hohe Anzahl an Follower, die mir im Nacken hängt. Wie soll ich das bloß schaffen? Und vor allem, wie wird Heather reagieren, wenn sie erfährt, dass mein Leben nur erstunken und erlogen ist?

Als ich zurück auf dem Campingplatz bin, packen Caroline und John gerade alles ein.

»Wir müssen weiter.« John streckt mir zur Verabschiedung die Hand entgegen. »Grüß deinen Grandpa von uns. Wir wollen ihn nicht wecken, da er so friedlich schläft.« Mit seinem Kopf deutet er auf den alten Toyota mit einem noch älteren Grandpa darinnen.

Caroline umarmt mich und drückt mir einen Umschlag in die Hand.

»Lies ihn.« Sie sieht mich eindringlich an. Mein Nicken muss ihr als Versprechen reichen.

Da ich nicht mehr schlafen kann, gehe ich joggen, um die Kalorien des Poutine wieder loszuwerden. Falls ich doch eine Chance habe, von der Agentur angenommen zu werden, muss ich unbedingt in Form bleiben. Ich höre erst auf zu rennen, als es vor meinen Augen flimmert und ich mich an einem Baumstamm abstützen muss, damit ich nicht das Gleichgewicht verliere. Tränen laufen mir über die Wangen. Sobald meine Sicht wieder klarer wird, renne ich weiter.

Zurück am Campingplatz wartet schon das Frühstück auf mich. Statt den Toast zu essen, greife ich lediglich nach meiner Tasse Kaffee.

Grandpa stellt seine leere Tasse auf dem Tisch ab. »Lass uns heute mal einen ruhigen Tag machen.«

»Aber nicht hier. Die Moskitos fressen mich auf.«

Wir fahren bis zum Columbia Icefield. Die Höhenmeter reichen aus, um die Plagegeister von uns fernzuhalten. Ich kurbele das Fenster des Autos herunter. Erst jetzt merke ich, wie verschwitzt ich bin. Dass Grandpa sich noch nicht beschwert hat, führe ich auf sein Alter und die damit abnehmenden Sinneswahrnehmungen zurück. Die Hoffnung auf eine Dusche am nächsten Campingplatz gebe ich auf, als wir auf dem überschaubaren Gelände nach einem freien Stellplatz suchen. Ein paar wenige sind noch frei, jedoch hängt an ihnen einer dieser Zettel an den Pfosten. Ich verliere so langsam wirklich die Geduld, weshalb ich aus dem Auto aussteige. Draußen ist es trotz der Sonne eisig kalt.

»Was ist los?«, ruft mir Grandpa hinterher.

»Lass mich mal machen.« Besser ist, wenn er nicht weiß, was ich vorhabe. Ich bin froh, dass ich etwas zu tun habe.

Ich kontrolliere das Datum auf dem Zettel, an einem der freien Campingplätze. Der Regen hat die Zahlen verschwimmen lassen. Mich vergewissernd, dass niemand zuschaut, reiße ich den Zettel ab. Dann gehe ich zum nächsten Platz und lege ihn dort auf den Boden. Sollen die beiden sich doch um ihren Platz streiten. Schnell fülle ich einen Zettel für Grandpa und mich aus und hole das Auto.

»Maddy?« Grandpa sieht mich vorwurfsvoll an.

»Frag einfach nicht, ja?«, bitte ich ihn und steige erneut aus. Ehe ich ihm seinen Rollstuhl bringe und mir eine Moralpredigt anhören darf, baue ich mein Zelt auf. Wenn ich einmal in meinen eigenen vier Wänden liege, wird er mich dort nicht mehr rausbekommen.

Er klopft von innen an die Scheibe des Autos.

»Ja, ja, schon gut«, rufe ich ihm zu und gehe zum Kofferraum. »Aber wehe du sagst ein Wort.«

Grandpa ist tatsächlich still, nachdem er in seinem Rollstuhl sitzt.

»Lass uns noch ein bisschen spazieren gehen.« Ehe er widersprechen kann, schnappe ich mir seinen Rollstuhl und wir fahren los. Bald höre ich das Plätschern von Wasser. Ein kleiner Wasserfall taucht vor unseren Augen auf. Ich überprüfe mit dem Finger die Temperatur. Schnell ziehe ich ihn wieder zurück. So eitel bin ich nun doch nicht, um mich in diesem Eiswasser zu waschen.

Grandpa und ich gehen weiter, bis wir am Ende des Rinnsals einen See finden. Ich lasse mich auf der Bank nieder und ziehe Carolines Briefumschlag aus meiner Jackentasche. Grandpa starrt wie gebannt auf den See. In seinem Schoß ruht die Kamera.

Caroline hat mir eine der größeren Postkarten in den Umschlag gepackt. Statt einer Adresse ist sie über zwei Seiten mit Text gefüllt. Ich beginne zu lesen:

Liebe Maddy,

ich schreibe dir diese Zeilen, damit du etwas hast, an das du dich klammern kannst, wenn es dir einmal schlecht gehen sollte. Ich habe einen ähnlichen Brief daheim liegen, den mir ein Indianer gab, dessen Stamm ich für ein Wochenende besuchte.
Als ich dich zusammen mit deinem Großvater gesehen habe, warst du mir sofort sympathisch. Weißt du, ich mochte meinen eigenen Grandpa sehr. Leider ist er viel zu früh von uns gegangen. Ich hätte gerne mehr Zeit mit ihm gehabt. Aber trotzdem hätte ich mich niemals dazu bereit

erklärt, mit ihm durch die Rocky Mountains zu fahren. Dass du deinem Grandpa einen seiner sehnlichsten Wünsche erfüllst und die Zeit mit ihm, anstatt mit einer deiner Freundinnen verbringst, zeugt von Großherzigkeit deinerseits. Du bist eine unglaublich starke, junge Frau. Auch wenn der Weg vor dir nicht immer klar erkennbar ist, wirst du deinen Weg finden. Und wenn du dir zur Not dort Wege erschaffst, wo vorher keine waren. Du bist stark genug, auch dieses Hindernis zu meistern. Ich wünsche dir alles erdenklich Gute. Versprich mir eins: Vertraue. Auf dich und deine Fähigkeiten. Der Rest wird sich von alleine ergeben.

Deine Caroline

Ich lasse die Postkarte sinken. Auf der Vorderseite ist ein Bär abgebildet. Ein Tier, das Stärke ausstrahlt. Genau die Kraft, die mir Carolines Worte zuschreiben. Vielleicht habe ich viele Steine in den Weg gelegt bekommen. Und statt ein Haus daraus zu bauen, habe ich Umwege eingeschlagen, um sie zu umgehen. Andere wären vermutlich darüber geklettert. Aber auch ein Umweg führt letzten Endes ans Ziel. Auch wenn ich es nur ungern zugebe: Carolines geschriebene Worte helfen mir, zu vertrauen. Ich nehme mir selbst das Versprechen ab, dass ich diese Postkarte noch in zehn Jahren, in einem der Kartons zu Hause finden werde. In meiner eigenen Wohnung. Nicht mehr in Köln, sondern irgendwo auf dem Land. Eigentlich war die Stadt noch nie so mein Ding.

»Schau«, flüstert Grandpa mir zu. Mein Blick folgt dem Lauf seines Objektives. Das Klicken des Auslösers ertönt und ich nehme wahr, was er mir zeigen will. Der Kopf eines Elches fährt hoch, als er die Kamera ebenfalls hört. Abwartend sieht das Tier uns an. Ein gewaltiges Geweih thront auf seinem Kopf. Ich halte die Luft an, um ihn nicht zu verschrecken. Schnaufend bläht der Elch die Nüstern auf. Grandpa drückt ein weiteres Mal den Auslöser. Das ist dem Elch zu viel. Er dreht auf dem Absatz um und verschwindet im Wald.

»Das war der Wahnsinn!« Jetzt, wo der Elch vertrieben ist, wage ich es, wieder zu atmen.

Grandpa zwinkert mir zu.

»Es ist zu schade, dass man sich die Bilder auf deiner Kamera nicht sofort ansehen kann. Das wäre zu genial!«

Grandpa dreht seinen Rollstuhl vom See weg und beginnt auf eigene Faust zurück zum Campingplatz zu rollen. Dieses Erlebnis scheint ihm die Kraft gegeben zu haben, um den Weg ohne meine Hilfe zu rollen. Um ihn zum Gehen zu bringen, bräuchte es vermutlich eine ganze Elchherde.

»Lässt die Kamera sich wirklich nicht öffnen und hinten wenigstens das Negativ ansehen?«

Grandpa hält an. Es ist totenstill um uns herum.

»Öffne niemals die Filmdose einer Kamera, hörst du Maddy. Niemals außerhalb der Dunkelkammer.« Seine Stimme klingt eindringlich. Als wäre dieser Satz die wichtigste Regel der Welt.

»Verstanden, alter Mann.«

Er mustert mich eindringlich und nachdem er beschlossen hat, dass ich es ernst meine, rollt er weiter.

»Soll ich dich nicht doch schieben?«, biete ich an, als Grandpa erneut an einem Stein hängen bleibt. Er hätte sich die Räder eines Mountainbikes auf seinen Rollstuhl ziehen lassen sollen.

»Wir sind schon da.« Grandpas Stimme klingt krächzend. Seine Stimme wird immer schwächer.

Auf dem Zeltplatz vor uns steht ein Van. Das ist unmöglich unserer. Dabei kommt mir der Van schrecklich vertraut vor. Ein Schauer läuft mir den Rücken hinab. Ich weiß nicht, ob ich mich freuen oder schämen soll.

Im nächsten Moment springt Vince aus seinem Van hervor. Er grinst Grandpa an. Für mich scheint er keinen Blick übrig zu haben. Ich schüttele mich, was die Kälte in meinem Nacken jedoch nicht vertreibt.

»Ihr steht auf meinem Campingplatz.« Vince zeigt auf unseren Wagen, der sich hinter seinem Van versteckt. Warum musste ich sein Zettelchen abmachen? Hätte ich nicht einen der anderen Campingplätze erwischen können?

»Du irrst dich.« Mit meiner Hand deute ich auf den Zeltplatz. »Unser Zelt ist schon aufgebaut. Fahr lieber noch was weiter und schau, ob du einen anderen Campingplatz findest.«

Vince legt den Kopf schief und zieht eine Augenbraue nach oben. »Oder ich zeige mich gütig und ihr dürft den Platz mit mir teilen.«

Oder du verschwindest einfach von hier, schreie ich ihn in Gedanken an. Wie kann man bloß seine Wut über sein eigenes Verhalten so sehr auf einen anderen Menschen projizieren? Die Angst, dass Vince mich hassen könnte, weil ich ihn ohne ein weiteres Wort habe sitzen lassen, ist so groß, dass ich ihn lieber mit meinem zickigen Verhalten dazu bringe, mich zu hassen.

»Es wäre besser, du gehst.« Ich verschränke meine Arme vor der Brust. Grandpa rollt an mir vorbei, statt mir Rückendeckung zu geben.

»Ich koche schonmal Kaffee«, ruft er hinter Vince Van hervor. »Deinen wieder mit Milch, Vince?«

Oh nein. Noch unbeliebter hätte Grandpa sich nicht machen können.

Vince tritt einen Schritt auf mich zu und kommt eine Nasenlänge vor mir zum Stehen. »Oder wir teilen uns heute Nacht den Zeltplatz.«

Wütend starre ich zu ihm hoch. Ich muss den Kopf in den Nacken legen, um ihm weiterhin in die Augen sehen zu können. Damit trage ich mein Haupt wenigstens stolz erhoben.

»Von mir aus. Solange es nicht das Bett sein muss.« Im selben Moment bereue ich meine Worte. Vince Bett ist um einiges bequemer als mein Zelt. Und die Nacht mit ihm war ... schön. Warum fällt es mir nur so schwer, das zuzugeben?

»Ist besser so, du muffst ganz schön.«

Wow, der hat gesessen. Abrupt wende ich mich von ihm ab und stapfe zu Grandpa. Er füllt das kochende Wasser bereits in drei auf dem Tisch stehende Tassen. Daneben liegen zwei Milchkapseln, die im Diner auf dem Tisch lagen. Ich greife mir eine der Tassen mit Milch und nippe daran. Als Vince zu uns an den Tisch kommt, wende ich mich demonstrativ ab.

»Was ist los, Maddy?« Vince sieht mich fragend an, während Grandpa rollend den Tisch verlässt und sich an den Rand unseres Zeltplatzes begibt. Diesmal zelten wir ganz oben auf einem Berg und Grandpa kann das komplette Tal überblicken. Noch immer mit der Kamera im Schoß hält er Ausschau nach möglichen Tieren, die Vince und ich hoffentlich nicht vertreiben.

»Wir hatten eine schöne Nacht zusammen«, fährt Vince fort, als ich nicht antworte. »Du bist diejenige, die am Morgen einfach abgehauen ist. Das ist nicht schlimm. Wir müssen das nicht wiederholen. Ich fände es nur nett, mich ganz normal mit dir unterhalten zu können. Wenn ich etwas falsch gemacht habe, dann sag es mir. Ich will nicht, dass du dich unwohl fühlst. Wenn es dein Wunsch ist, dann suche ich mir auch einen anderen Campingplatz für die Nacht.«

Vince Worte treiben mir die Tränen in die Augen. Ich will nicht, dass er geht. Er hat nichts falsch gemacht, aber er kommt aus Australien, was am Arsch der Welt liegt. Und eigentlich ist er überhaupt nicht mein Typ und lässt mein Herz trotzdem schneller schlagen, wenn ich in seine blauen Augen sehe. Ach, verflucht.

»Lass deinen Van hier stehen.« Ich nehme einen weiteren Schluck aus meiner Tasse. Vince' Blick lässt Meinen nicht los. Dann merke ich, dass er zu meinem Kaffee wandert. Ein diebisches Grinsen stiehlt sich in mein Gesicht. »Sorry, hab ihn angenippt, jetzt gehört er mir.«

Vince schüttelt seine blonden Locken. »Wie kann man das Zeug bloß pur trinken?«

»Mit Müdigkeit, Vince, ganz viel Müdigkeit.«

»Da scheine ich nicht müde genug zu sein.«

»Oh, das tut mir aber leid. Wolltest du gerade ins Bett?« Ich strecke Vince die Zunge raus, woraufhin er anfängt zu lachen.

»Ich habe es wirklich vermisst, mich von dir aufziehen zu lassen.«

»Mich kann man eben nur vermissen.«

Etwas schlägt dumpf auf den Boden auf. Der braune Kaffee sickert in den Waldboden. Die Tasse rollt ein Stück den Hügel hinab, ehe sie an einem Stein hängen bleibt.

»Grandpa?« Besorgt schaue ich ihn an. Sein Kopf ist zur Seite gekippt und er hängt schief im Rollstuhl.

Ich springe auf, um so schnell wie möglich bei ihm zu sein und gehe vor ihm in die Hocke. Seine Gesichtszüge sind schlaff, aber er atmet tief und fest.

»Geht es ihm gut?« Vince steht neben mir.

Ich nicke, richte mich auf und antworte ihm im flüsternden Tonfall, um Grandpa nicht zu wecken: »Nur eingeschlafen.«

Vince nickt erleichtert und hebt Grandpas Tasse auf. »Wir sollten ihn ins Bett bringen.«

Ich habe nicht die geringste Ahnung, wie wir ihn in das Auto kriegen sollen. Vorsichtig greife ich nach Grandpas Hand. Sie ist eiskalt. Im Auto wird es nicht viel wärmer sein. Hat er überhaupt schon seine Medikamente genommen?

»In meinem Van habe ich eine kleine Gasheizung.« Vince scheint meine Gedanken zu lesen. Er nimmt Grandpa auf den Arm, als wäre der alte Mann ein Fliegengewicht. Im Van legt er ihn in sein eigenes Bett und deckt ihn mit der Bettdecke zu, die wir uns vor kurzem noch geteilt haben. Die Gasheizung schaltet er ebenfalls ein, ehe er hinter sich vorsichtig die Tür zuzieht.

»Und jetzt schieß mal los: Wie kommt es, dass dein Grandpa sich im Rollstuhl durch die Rocky Mountains quält?«

»Sentimentalität?« Meine Antwort klingt mehr nach einer Frage. Vince zieht eine Augenbraue nach oben, um mir zu zeigen, dass er mir nicht glaubt. Statt uns erneut an den Tisch zu setzen, lade ich ihn ein, im Auto Platz zu nehmen. Nicht viel wärmer, aber wenigstens windstill.

»Ihm geht's nicht gut, oder?«

Ich schüttele den Kopf. »MS.«

»Oh, das ist heftig. Hatte meine Tante auch. Sie ist mit 60 daran gestorben.«

»Mit 60 schon?« Meine Stimme klingt entsetzt. Grandpa ist älter als sie. Dabei hat er die Krankheit auch nicht erst seit gestern.

»Die Krankheit verläuft bei jedem anders. Dein Grandpa besitzt einen starken Willen. Euer Roadtrip scheint ihm einerseits Kraft zu geben, andererseits laugt er ihn aus.« Soll das jetzt ein Vorwurf sein? Ich bin mir nicht sicher, was Vince versucht, mir zu sagen.

»War seine Idee.«

»Ihm scheint viel an diesem Gebirge zu liegen.« Vince Blick schweift über das vor uns liegende Tal.

»Ich glaube, es sind nicht mal unbedingt diese Berge.« Mein Blick folgt dem seinen. »Es ist das Abenteuer an sich. Mein Dad bemuttert ihn daheim wie einen Invaliden. Als würde er allein gar nicht mehr in der Lage sein, etwas zu tun. Aber immer nur daheim zu hocken und auf den Tod zu warten, ist auch keine Lösung. Wir haben schließlich nur dieses eine Leben.«

Vince nickt. »Du hast recht. Und selbst wenn der Roadtrip an seinen Kräften zehrt: Lieber ein Jahr intensiv gelebt, als zehn Jahre in den eigenen vier Wänden eingesperrt zu sein.«

Ich hoffe, er hat recht. Mit diesem Roadtrip riskiere ich das Leben meines Grandpas. Eigentlich ist dieser Trip viel zu anstrengend für seine Gesundheit. Hätten wir nur ein Hotelzimmer für ihn, in dem es warm ist und er ein gemütliches Bett hat. Stattdessen schläft er auf der Rückbank seines Autos. Und ich mache mir Sorgen darüber, nicht regelmäßig duschen zu können.

»Vielleicht hätten wir besser in Calgary bleiben sollen.«

Vince schüttelt den Kopf. »Sag das nicht. Ich war mit deinem Grandpa an den Takakkaw Falls und seine Augen haben geleuchtet. Er hat den Anblick des Wasserfalls in sich aufgesogen, als müsse er sich jedes Detail einprägen, weil er genau weiß, dass es das letzte Mal sein wird, dass er diesen Wasserfall sieht. Er nimmt Abschied mit diesem Roadtrip. Abschied von dieser Welt.«

»Sag sowas nicht.« Ich falle Vince ins Wort. Ich will nicht daran denken, Grandpa zu verlieren, wo ich ihn doch gerade erst gefunden habe. Die einzige Person in meiner Familie, die mir keine Vorwürfe macht, dass ich existiere. Ein Mensch, bei dem ich mich nicht für meine bloße Existenz entschuldigen muss. Auch wenn wir früher nicht viel Zeit zusammen verbracht haben, so ist er mir in den letzten Tagen ans Herz gewachsen.

Vince legt eine Hand auf meinen Unterarm. Sein Daumen streicht beruhigend auf und ab. Wir schweigen, wissen beide, dass er recht hat. Wer soll mit Grandpa einen solchen Trip unternehmen, wenn ich wieder zurück in Deutschland bin? Vielleicht sollte ich einfach nicht zurückgehen. Ich könnte auch hierbleiben. Kanada war schon einmal meine Heimat. Und letzten Endes ist die Heimat nicht der Ort, an dem man lebt, sondern die Menschen, die einem ein Zuhause geben.

»Es tut mir leid, dass ich einfach abgehauen bin«, platzt es aus mir heraus.

»Kein Ding.« Vince winkt ab. Aber ich höre, dass es ihm doch etwas ausmacht.

»Nein, bitte. Ich weiß, ich könnte meine Verabredung vorschieben und dass ich dich nicht wecken wollte.« Was auch tatsächlich der Fall war. »Aber selbst dann hätte ich eine Nummer zurücklassen können. Oder eine Nachricht. Ich weiß, wie doof es sich anfühlt verlassen zu werden, ohne zu wissen, was man eigentlich falsch gemacht hat.« Ich denke an meinen Dad und dass er selbst jetzt vor mir flieht, wo ich bei ihm in der Wohnung lebe.

»Habe ich das denn?«

Ich schüttele den Kopf. »Nein, hast du nicht.«

Wir schweigen. Ich fühle mich nicht dazu bereit, ihm zu erzählen, dass ich Angst habe. Angst verlassen zu werden. Angst, einen Menschen zu verlieren, der mir etwas bedeutet. Dass ich lieber diejenige bin, die jemanden verlässt, als diejenige, die verlassen wird. Aber ich muss Vince meine Ängste nicht beichten. Er versteht sie auch so.

Vince holt einen Stift aus seiner Hosentasche hervor. Er zieht meinen Jackenärmel zurück, sodass mein Unterarm frei in seiner Hand liegt. Dann schreibt er mir mit dem Stift eine Nummer auf den Arm.

»Melde dich, wenn du willst. Wenn nicht, auch okay. Nur die Ausrede, dass du meine Nummer verloren hast, zählt nicht, wenn ich nichts von dir höre.«

Ich muss lächeln. Ich bin froh, dass Vince mir den Raum gibt, frei zu entscheiden, ob ich bereit bin für eine Freundschaft über Kontinente hinweg. Es ist schon verrückt, wie sich zwei Menschen vom jeweils anderen Ende der Welt in einem komplett anderen Land begegnen.

Wir lassen Grandpa in Vince' Van schlafen. Obwohl ich angeblich stinke (tue ich leider wirklich), teilt Vince sich mit mir das Zelt. Wir kuscheln uns in meinen Schlafsack und breiten eine seiner Decken über uns aus. Zu zweit ist die Nacht weniger kalt.

»Wir brauchen aber einen Platz für einen Rollstuhl in Ihrem Bus«, fordere ich, als ich drei Tickets für das Columbia Icefield entgegennehme.

»Unsere Busse sind nicht für Behinderte vorgesehen.« Die Frau am Schalter sieht uns entschuldigend an.

»Kein Problem, er ist ja nicht behindert, sondern nur mobilitätseingeschränkt.« Mit diesen Worten machen wir uns auf den Weg zum Bus, der uns auf das Eisfeld bringen soll. Der Busfahrer guckt ganz schön doof, als wir mit dem Rollstuhl angerollt kommen. Ehe er widersprechen kann, hilft Vince Grandpa dabei, in den Bus einzusteigen, während ich den Rollstuhl zusammenfalte und hinterherspringe. Der Busfahrer schüttelt nur den Kopf und schließt die Tür hinter uns. Dann geht es los.

Mit dem eigenen Auto hätten wir es niemals auf das Columbia Icefield geschafft. Dazu braucht man schon Schneeketten. Und die sind erst ab September wieder Pflicht in den Rocky Mountains. Selbst dann hätten diese geldgeilen Menschen uns nicht mit dem eigenen Fahrzeug aufs Eis gelassen. Wie sollen sie ohne die absurd teuren Tickets Geld verdienen?

Der Bus kämpft sich langsam auf dem Eis vorwärts. Deutlich sind die Spuren zu sehen, auf denen unzählige Busse zuvor gefahren sind. Als der Bus neben den anderen gelben Ungetümen hält, steigen wir aus. Auf der riesigen Eisfläche verteilt stehen überall Touristen. Sie schießen Fotos, während sie auf dem Eis des Gletschers laufen. Dabei sehen sie ganz schön affig aus. Das perfekte Foto ist wichtiger als der Spaß am Erlebten. Ich presse meinen Kiefer zusammen, weil ich selbst zu einem dieser Menschen gehöre.

»Der Gletscher ist über die letzten Jahrhunderte immer weiter zurückgegangen«, erklärt mir Vince.

»Wegen des Klimawandels?«

»Unter anderem. Aber auch der Massentourismus mit all den Leuten, die mit Bussen auf das Eis gefahren werden, trägt dazu bei, dass das Gletschereis weiter zurückgeht.«

»Moment.« Ich unterbreche ihn. »Warum sind wir dann hier hoch gefahren?«

Vince deutet auf Grandpa, der im Eis stecken geblieben ist. »Er hätte es wohl kaum geschafft hier hoch zu laufen.«

Trotzdem überkommt mich ein schlechtes Gewissen. So gern ich Grandpa dieses Erlebnis schenken möchte, kommen doch Zweifel auf. Ist es das wirklich wert? Nur für ein Abenteuer, der Natur noch weiter zu schaden, die durch uns Menschen bereits in Mitleidenschaft gezogen wird?

Vielleicht sollte ich genau das meinen Followern erzählen. Ich brauche einen Post für heute, der Heather beeindruckt. Vielleicht nimmt sie mich aufgrund meiner Inhalte doch in ihrer Agentur auf, statt auf das Followerziel zu bestehen. Unter all den Menschen mit ihren Kameras in der Hand, werde ich die einzige sein, die kein Foto schießt und trotzdem am meisten zu sagen hat. Mein Plan gefällt mir.

Ich schnappe mir Grandpas Rollstuhl und gemeinsam mit Vince Hilfe schieben wir ihn über das riesige Eisfeld. Eigentlich habe ich gehofft, heute eine Schneeziege zu sehen. Aber bei der Anzahl an Menschen wird sich keine aus ihrer Felsspalte wagen.

Ich schubse den Rollstuhl einmal an und mit Schwung rollen wir den Berg hinab. Ich stemme meine Füße in das Eis, schaffe es aber nicht, den Rollstuhl zu bremsen. Vince rennt mir hinterher, versucht mich zu packen, doch Grandpa und ich rollen weiter davon. Ich reiße den Rollstuhl herum, sodass Grandpa seitlich schlitternd zum Stehen kommt.

Ein Glucksen dringt an mein Ohr. Grandpa scheint seinen Spaß zu haben. Ich zwinge mich dazu, zu schweigen, um ihm durch meine Zweifel nicht den Tag zu verderben.

Keuchend holt Vince uns ein.

»Gott, ich dachte, ihr rollt den Berg hinab und kommt nicht mehr zum Stehen.« Er scheint sich wirklich Sorgen gemacht zu haben. Wie süß.

»Alles unter Kontrolle.« Ich schenke ihm ein beruhigendes Lächeln. »Du darfst mir helfen, Grandpa wieder zum Bus zu schieben.«

Vince Blick hätte mich vermutlich getötet, wenn wir nicht aufeinander angewiesen wären, um Grandpa wieder zu dem gelben Ungetüm zu bekommen. Die ersten Touristen steigen bereits wieder ein. Irgendwie habe ich mir für den Preis mehr erwartet. Einmal auf dem Eisfeld rollen, die Instagramselfies machen und zurück in den Bus. Ich ärgere mich nicht über das rausgeschmissene Geld. Eher darüber, dass man für die wenigen Minuten Spaß des Einzelnen, den Rückgang des Gletschers riskiert. Sollte das ewige Eis nicht eher geschützt werden?

Wir drei sind die Letzten, die den Bus erreichen. Der Fahrer wirft einen genervten Blick auf den Rollstuhl, dessen Räder voller Eis stecken.

Das Ehepaar vor uns scrollt auf dem Handy die Fotos von eben durch. Ich bin froh, meine Entscheidung getroffen und kein Foto auf dem Gletscher stehend geschossen zu haben. Zwar habe ich keine so große Reichweite wie andere, trotzdem nehme ich Einfluss auf die Leute. Für ein Selfie auf Gletschereis zu steigen, möchte ich ihnen nicht vorleben.

»Der Ausflug hat sich allein schon gelohnt, um das wütende Gesicht des Busfahrers zu sehen, als er den Rollstuhl voll mit Eis gesehen hat, was nun in seinem Bus schmilzt.« Grandpa grinst.

»Besser das Eis wäre geblieben, wo es hingehört«, entgegne ich Grandpa.

Der Mann vor uns dreht sich um: »Man sollte die Zeit jetzt noch nutzen den Gletscher zu besichtigen. In ein paar Jahren wird das nicht mehr möglich sein. Wir fliegen nächste Woche nach Madagaskar. Das Land wird auch nicht mehr ewig für Touristen zugänglich sein. Und Venedig erst, wenn der Meeresspiegel weiter ansteigt. Reisen Sie, solange sie noch können.«

Vince beugt sich zu mir rüber und flüstert in mein Ohr: »Fällt dir der Widerspruch in seinen Worten auf?«

Ich weiß, auf was Vince hinauswill. Wäre es nicht besser, weniger zu reisen, um die Umwelt zu schonen, statt jetzt die Urlaubsziele abzuklappern, die sowieso zu sehr unter dem Menschen zu leiden haben?

Als wir aus dem Bus aussteigen, legt Grandpa seine faltige Hand auf meine. »Du musst das nicht für mich tun.«

Mein Herz schlägt schneller. Als ob ich irgendwas für jemand anderen tun würde.

»Mir hätte der Anblick von hier auf das Eis gereicht«, erklärt mir Grandpa.

Ein schlechtes Gewissen breitet sich in mir aus. Da mache ich einmal was für andere und schon ist es falsch.

Vince boxt mich spielerisch in die Seite. »Hey, alles gut. Danke für den Ausflug. Manche Fehler muss man eben begehen, um daraus zu lernen. Für uns drei wird es der letzte Gletscher sein, den wir mit Füßen betreten haben, oder? Wer weiß, ob wir ohne dieses Erlebnis auf das Wunderwerk der Natur geachtet hätten.«

Vince hat recht. Schnell schieße ich noch ein Foto mit meinem Handy von dem mit Touristen überfüllten Gletscher.

»Bist du auch eine von denen, die ständig alles, was sie tun, mit dem Handy dokumentieren müssen?«, will Vince wissen.

Ich verschränke die Arme vor der Brust und sehe ihn herausfordernd an. »Jetzt sag nicht, du hast noch nie ein Urlaubsbild auf Facebook gepostet.«

»Hab ich nicht.«

»Im ernst?« So ganz kaufe ich ihm das nicht ab.

»Doch. Ich lebe Social-Media-Frei. Und glaub mir: Das fühlt sich gut an.«

»Und du vermisst nichts?«

Vince zuckt mit den Schultern. »Wie kann man etwas vermissen, was man nie hatte? Ich habe mich von Anfang an nicht auf diesen Wahn eingelassen. Das Leben bietet so viele Möglichkeiten. Warum sollte ich es im Internet verbringen?«

»Du bist verrückt, Vince Brewer.« Kopfschüttelnd sehe ich ihn an. Auf seinem Gesicht breitet sich ein diebisches Grinsen aus.

»Wer zuerst am Honeymoon Lake ist?«

Ehe ich antworten kann, rennt Vince schon auf seinen Van zu.

»Hey, das ist nicht fair. Du musst nicht erst einen Rollstuhlfahrer verladen!«

»Dafür habt ihr dann sechs Räder und ich nur vier«, ruft er mir noch zu, ehe er seinen Van erreicht.

»Sehr witzig, Hippie Boy, sehr witzig.«

Dass er bereits ohne Grandpa und mich davonfährt, kommt mir sehr gelegen. Wie soll ich ihm nach dieser Unterhaltung erklären, dass ich noch einen Post für Instagram abschicken muss? Besser, er bekommt nicht mit, dass ich eines dieser Mädchen bin, dem das Leben eben nicht so viel zu bieten hat.

»Ich muss nochmal zur Toilette.« Ich lade Grandpas Rollstuhl in den Kofferraum und haste dann auf das Gebäude zu. Statt den Symbolen mit den kleinen Männchen zu folgen, bleibe ich hinter der Eingangstür stehen und hole mein Handy heraus. Das WLAN ist zum Glück schnell genug. Ich wähle das Foto mit dem Gletscher, auf dem etliche Busse geparkt stehen und tippe meinen Text dazu.

Ich weiß, dass Grandpa im kalten Auto auf mich wartet. Trotzdem muss ich noch ein paar Likes und Kommentare verteilen, um meine eigene Reichweite zu steigern. Außerdem suche ich immer wieder nach Aike. Doch sein mir bekanntes Gesicht taucht nicht in der Timeline auf. Ob ich Sophie nach ihm fragen soll?

Schnell werden die Herzchen mehr. Auch Heather hat den Beitrag geliked. Gespannt warte ich auf einen Kommentar oder einer Nachricht von ihr. Als nach weiteren Dutzend Herzchen kein Kommentar von ihr kommt, beiße ich mir auf die Lippe. Ob der Beitrag ein Fehler war? Hätte ich doch besser ein Foto auf dem Eis gepostet? Ist es nicht das, was die Leute sehen wollen?

Wütend schmeiße ich mein Handy in die Ecke. Meine Hände zittern. Warum schlägt mein Herz so schnell? Das bereits bekannte Rauschen in meinen Ohren breitet sich aus. Was ist bloß los mit mir? Ich hole tief Luft und schließe die Augen. Atme ein und aus.

»Miss, das haben Sie verloren.« Ich öffne die Augen wieder. Ein gedrungener Chinese steht vor mir. In seiner Hand mein Handy. Unversehrt. Hätte es nicht kaputtgehen können? Dann wäre all der Stress vorbei. Meine Chance bei der Agentur wäre vertan. Und vielleicht ist das auch besser so.

»Danke.«

Von Heather kam noch immer kein Kommentar.

Kapitel 17

Unser nächster Zeltplatz hat einen ganz beschissenen Namen. Einen Namen, bei dem man wirklich auf falsche Gedanken kommen könnte. Was sich bestätigt, als ich aus dem Auto aussteige und Vince sehe, der bereits auf einer Bank sitzt und den Hochzeitsmarsch trötet. Ich verdrehe die Augen, um ihm zu zeigen, wie albern ich sein Verhalten finde. Insgeheim habe ich mir aber dasselbe gedacht, als ich den Namen Honeymoon Lake gehört habe.

»Ich hatte schon Angst, du hättest kalte Füße bekommen. Darf ich die Braut zu ihrem Zeltplatz geleiten?« Vince bietet mir seinen Arm an. Ich würde die Augen ja noch weiter verdrehen, nur leider scheint diese Geste bei ihm keinerlei Wirkung zu zeigen. Den Kommentar über unsere Verspätung ignoriere ich.

»Führ lieber den Brautgroßvater zu seinem Kaffeetisch.« Grandpa winkt Vince zu sich heran, während ich das Zelt aufbaue. Im Auto suche ich nach den Heringen, die nicht mehr in die restliche Verpackung des Zeltes gepasst haben (ein Zelt passt niemals in die Packung zurück, aus der es gekommen ist). Den Blick auf mein Handy, das im Fußraum liegt, vermeide ich. Ob Heather doch noch den Beitrag kommentiert hat? Was ist, wenn ich durch mein Statement mehr Follower verloren habe, als gewonnen? Ich habe es verbockt. Ganz eindeutig.

»Wie sieht es aus mit ein bisschen Bewegung, liebste Braut?« Vince reicht mir die Hand, nachdem ich den letzten Hering im Boden versenkt habe. Grandpa und er haben ihre Kaffeetassen leer getrunken, während ich meine Tasse nicht angerührt habe, weil mein Herzschlag noch immer viel zu unregelmäßig ist.

»Nichts lieber als das.« Ich bin froh, dass ich mich ablenken kann, um nicht weiter an meinen Fehler von heute zu denken. Der Tag hat so gut angefangen. Ich hatte da oben auf dem Gletscher wirklich das Gefühl, eine richtige Entscheidung getroffen zu haben. Doch jetzt bin ich mir nicht mehr so sicher. All die Zweifel, ob ich damit meine Karriere ruiniert habe, bevor sie überhaupt beginnen konnte, bringen mich noch um den Verstand.

»Kommst du mit, Grandpa?« Fragend sehe ich ihn an. Grandpa winkt ab und rollt zum nächsten Campingplatz hinüber. Gerade packt eine Familie ihre Kochutensilien aus. »Mal sehen, was es dort zu Essen gibt.«

Ich hole Vince ein, der schon Richtung See gegangen ist.

»Du solltest unbedingt eine Abkühlung nehmen. Du stinkst wie ein Iltis.«

Empört stoße ich ihm in die Seite. »Sagt der Richtige.«

Das ist zwar gelogen, denn Vince riecht nach Tannennadeln und ein bisschen nach Kaminfeuer. Ich hingegen glaube seiner Behauptung. Immerhin bin ich gestern bis zur Erschöpfung gejoggt. Natürlich riecht man danach nicht mehr wie ein Gänseblümchen.

Vince und ich laufen los. Ich finde einen ausgetrampelten Pfad, der um den See herumführt. Der Regen der letzten Tage hat den Boden in einen Morast verwandelt. Immer wieder bleiben meine Füße im Matsch stecken.

»Sag mal, hast du unsichtbare Gummistiefel an oder wie schaffst du es, dass deine Füße nicht im Matsch ertrinken?« Vince ist einige Meter zurückgefallen und zieht gerade seinen verschlammten Turnschuh aus einer Pfütze.

»Stell dich nicht so an.«

Zielstrebig stapfe ich weiter durch das Unterholz. Hüpfe von einer Wurzel zur nächsten halbwegs trockenen Stelle. Einmal nur versinkt mein Schuh bis zum Knöchel im Matsch. Nachher kann ich meine Laufschuhe zum Baden mit in den See nehmen. Der Honeymoon Lake ist zum Glück kein Gletschersee und sollte nicht zu kalt sein.

Ich halte an, um auf Vince zu warten.

»Und jetzt?«, frage ich Vince, der im Gegensatz zu mir, kaum außer Atem ist.

Vor uns ist der komplette Weg überflutet. Der See ist über das Ufer getreten und ein Durchgang nicht mehr zu erkennen.

»Entweder nasse Füße oder ...«

»Wir kehren auf keinen Fall um!«, falle ich Vince sofort ins Wort.

Er grinst mich an und geht an mir vorbei. »Dann können wir nur noch klettern. Du hast doch nicht ernsthaft geglaubt, dass ich aufgeben würde.«

Um ehrlich zu sein, schon. Aber das binde ich ihm nicht auf die Nase.

Vince greift nach dem Ast eines Baumes und hangelt sich daran nach vorne.

»Achtung, bei deinem Gewicht kracht er gleich«, warne ich Vince, als der Ast gefährlich unter der Last nachgibt.

Schon hat Vince nach dem nächsten Ast gegriffen und zieht sich zu einer aus dem Wasser ragenden Wurzel. Dort verweilt er einen Augenblick, in dem er sich zu mir umdreht. »War nur ein Härtetest: Wenn die Äste mein Gewicht halten, dann halten sie auch deins.«

Ich nicke ihm auffordernd zu, dass er weiterklettern soll. Vince blickt sich suchend um und entdeckt eine Stelle, an der ein ins Wasser gefallener Ast liegt, den er vorsichtig testet. Als der Ast sich unter seinem Gewicht nicht zur Seite dreht, wagt er es, den Baum loszulassen und balanciert freihändig über die Wasserstelle. Mit einem letzten Satz landet er auf dem trockenen Teil des Weges.

»Jetzt du«, fordert er mich heraus. Ich muss springen, um an den Ast zu kommen, an dem Vince sich entlanggehangelt hat. Die Strecke lege ich schneller zurück, als der Australier und lande sanft auf der Wurzel. Dann wage ich es, einen Fuß auf den Ast im Wasser zu setzen. Gleichgewicht halten war noch nie meine Stärke, aber vor Vince will ich mir keine Blöße geben.

»Maddy, Stopp.«

Mit ausgestreckten Armen balanciere ich mich aus und hebe den Blick. Panik ist in Vince' Gesicht geschrieben. Ich traue mich nicht zu atmen, nicht wissend, was die Angst in ihm auslöst.

»Da ist ein Bär«, flüstert er.

Hektisch überbrücke ich die letzten Meter zu Vince und schreie laut auf.

»Und da flüsterst du noch?«, brülle ich ihn entsetzt an. Vince reißt erschrocken die Augen auf. Meine lauten Worte zeigen Wirkung, denn der Bär verschwindet im Gebüsch.

»Sag mal, hast du in Bärenkunde nichtaufgepasst? Laut sein, viel miteinander reden! Die Bären mit der menschlichen Stimme vergraulen. Auf keinen Fall flüstern, du Idiot.« Meine Schimpftirade endet, da Vince lauthals lacht.

»Sorry, kenne mich nur mit Urwaldschlangen und giftigen Spinnen aus.«

»Deshalb sollte man keine Australier allein in den kanadischen Wald schicken.« Man geht doch nicht in einen Wald, in dem Bären hausen, ohne zu wissen, wie man sich ihnen gegenüber am besten verhält.

»Keine Sorge, ohne dich habe ich hier noch keinen Waldboden betreten. Und du bist ja Kanadierin, wenn dein deutscher Akzent nicht gerade das Gegenteil behauptet.«

Wütend starre ich ihn an. »Ich – habe – keinen – deutschen – Akzent!«

»Keine Sorge, im australischen Dschungel würde ich natürlich der Deutschen, als auch der Kanadierin bei Schlangenbegegnungen mit Rat und Tat zur Seite stehen.«

»VINCE!«

»Jetzt schrei nicht so. Wobei, etwas Gutes hat es: Einem Bären werden wir heute garantiert nicht noch einmal begegnen.«

Wütend schubse ich ihn. Meine Hände landen auf seiner Brust. Er umfängt mit seinen Händen die Meinen und wirft mich mit einem Ruck herum. Ich kralle mich an seinem T-Shirt fest, bis wir beide das Gleichgewicht verlieren und platsch ...

»Jetzt sind wir so schön über das Wasser gelaufen.« Wütend bespritze ich Vince mit Wasser, woraufhin er in meine Wasserschlacht mit einsteigt.

»Das war alles geplant.« Vince schleudert mir eine erneute Ladung Wasser entgegen. »Damit du mit deinem Gestank nicht noch weitere Wildtiere anlockst. Pumas soll es hier geben. Muss man die auch anschreien?«

»Das einzige Raubtier, das dir gefährlich werden kann, bin ich«, drohe ich Vince. Er packt meine Arme, damit ich ihn nicht weiter nass spritzen kann. Stattdessen strampele ich mit den Beinen. Vince scheint sich nicht anders zu helfen zu wissen und presst seine Lippen auf meine. Erschrocken halte ich die Luft an und höre auf, im Wasser zu strampeln. Der Griff um meine Arme lockert sich und ich öffne leicht die Lippen, als ich Vince Zunge an meinem Mund spüre. Seine Hände lassen meine Arme los und ich schlinge sie um seinen Nacken. Mein Herzschlag gleicht dem eines Marathonläufers. Ein wohliges Stöhnen entweicht meiner Kehle. Ich zucke zusammen. Ruckartig löse ich mich von Vince und gehe mit dem Kopf unter Wasser. Ich tauche unter Vince hinweg und schwimme auf den See hinaus. Nass bin ich sowieso. Das kalte Wasser hilft mir, die Hitze abzukühlen, die der Kuss mit Vince in mir hervorgerufen hat.

»Hey, wo willst du hin?«, ruft mir Vince hinterher. »Lass mich nicht mit dem Bären alleine.«

»Ich fliehe«, rufe ich ihm zu, während ich im Wasser treibend auf ihn warte, was im Kontrast zu meinen Worten steht.

»Aber doch nicht ohne mich.« Vince kommt mir kräftigen Schwimmzügen näher.

Ehe er mich erreichen kann, rudere ich weiter auf den See hinaus. »Nein, aber vor dir.«

Vince lacht und beginnt zu kraulen, um mich einzuholen. Da hat er nicht mit mir gerechnet. Ich lege ebenfalls los. Mich ans Ufer haltend, schwimme ich zu unserem Startpunkt. Hinter mir höre ich Vinces rudernde Arme. Dem Geräusch nach zu urteilen ist er eindeutig schneller als ich. Bis das Geräusch ganz verstummt. Ich halte ebenfalls inne.

»Vince?« Ich sehe ihn nicht mehr. Panisch schaue ich mich um. Ein paar Kreise ziehen sich über das Wasser an der letzten Stelle, an der ich Vince vermute. Ich drehe um und schwimme zu ihr zurück. Jeden Moment rechne ich damit, dass Vince unter mir auftaucht und mich unter Wasser zieht. Doch nichts passiert.

»Gewonnen.« Seine Stimme ertönt vom Ufer. Na warte, dem zeig ich's.

Ich kraule zum Ufer, an dem Vince auf und ab springend auf mich wartet.

»Pass auf, Prinzessin. Ist kalt hier draußen«, ruft Vince mir zu, ehe ich mich aus dem Wasser erhebe.

Plötzlich bleibe ich stehen. Ich deute mit dem Finger auf etwas, was hinter Vince steht. Vorsichtig dreht er sich um. In dem Moment springe ich ihn von hinten an und schlinge meine Beine um seine Hüfte.

»Du kämpfst nicht mit fairen Mitteln.« Lachend halte ich mich an ihm fest.

»Aber du? Lässt mich glauben erneut von einem Bären anvisiert zu werden.« Vince ergreift meine Ellbogen und zieht mich einmal über seinen Kopf, bis ich mit einem Rumms auf dem Boden aufkomme. Einen kurzen Moment weicht alle Luft aus meinen Lungen. Mit der nächsten Einatmung schwinge ich meine Beine rückwärts über den Kopf und schlinge sie Vince um den Hals, um ihn zu mir nach unten zu ziehen.

Lachend landen wir beide auf dem Boden. Vince beugt sich über mich und seine Augen fixieren erneut meine Lippen. Diesmal ziehe ich ihn zu mir heran und drücke meine Lippen auf seine. Vince erwidert den Kuss. Seine Hand umfasst meinen Hinterkopf. Spielerisch gleiten seine Finger durch mein Haar. Mein Herz schlägt schneller, als ich den Kuss intensiviere. Ein heißer Schauer durchläuft meinen Körper. Erst, als ich das Gefühl bekomme, nicht mehr atmen zu können, drücke ich Vince sanft von mir.

»Wir brauchen ein Safeword«, murmelt Vince.

»Bitte was?« Mit Sex hat das hier nichts zu tun. Das war eine einmalige Sache. Vielleicht sollte ich ihm das nochmal klar machen.

»Na, falls doch mal ein echter Bär hinter mir steht.«

Ich muss lachen. Ja, da hat er recht.

Zitternd erhebe ich mich. Ob das von der Kälte kommt oder noch Nachwirkungen von unserem Kuss sind, kann ich nicht genau sagen. »Los, trag deine Braut zur Türschwelle, damit sie sich trockene Kleidung anziehen kann.«

Vince murrt, legt aber seinen Arm unter meine Kniekehle und hebt mich hoch. »Eigentlich soll man die Braut *über* die Türschwelle tragen.«

»Und eigentlich trägt die Braut auch ein Hochzeitskleid.«

»Als ob du sowas freiwillig anziehen würdest.«

Touché. Denn Heiraten ist nach wie vor ein No-Go für mich. Aber zum Glück muss man nicht jeden Kerl gleich heiraten, solange es Kondome gibt.

Kapitel 18

Diesmal laufe ich nicht davon. Ich lasse mich treiben und genieße den Moment. Die Gedanken an das was kommen mag, sind wie Wolken über den Bergen der Rocky Mountains hängen geblieben. Das Gebirge schirmt jegliche Form der Außenwelt von mir ab, sodass ich meine Welt genießen kann. Jetzt, hier, gerade in diesem Moment, wie sie kommen mag. Ich schaffe es sogar für einen Moment, den Beitrag und Heathers Deadline zu vergessen.

Wir fahren zu den Athabasca Falls. Wasserfälle so gigantisch, dass Vince sie mit den Niagarafällen vergleicht. Dort entdecken wir ein Schild. Mount Edith Cavell. Ein nicht geläufiger Name. Nicht, dass ich irgendetwas in den Rocky Mountains kennen würde. Aber Vince scheint einen Reiseführer gefressen zu haben. Nur der Mount Edith Cavell ist ein schwarzes Loch für ihn. Eine Wissenslücke, nach deren Schließung er giert.

Es sind nicht viele Kilometer, aber die Straße ist eng. Zum Glück haben wir Vince' Campervan auf dem Parkplatz am Icefield Parkway zurückgelassen. Grandpas Wagen wirkt bereits zu groß für die Straße.

Wir kennen nur den Namen unseres Ziels. Wir wissen nicht, was uns erwartet. Vorfreude kribbelt in meinem Bauch. Vince' Neugierde ist ansteckend. Er weckt das Kind in mir, dass ich vor über acht Jahren verschlossen und in Kanada zurückgelassen habe.

»Vielleicht gibt es einen See«, rate ich, was uns am Mount Edith erwarten wird.

Vince sitzt hinter mir auf der Rückbank von Grandpas Wagen. Grandpa ist wieder eingenickt und verpasst die abenteuerliche Fahrt.

»Seen gibt es überall.« Vince lehnt sich nach vorne. »Du musst schon spezifischer werden. Welchen Blauton wird er haben?«

In den letzten Tagen habe ich türkisblaue Seen gesehen, nachtblaue Seen, Seen die aussehen wie der Spiegel des Himmels und auch Seen so klar wie ein Kristall.

»Ein sturmgrauer See fehlt noch«, werfe ich meinen Tipp in die Runde. Grandpas Vorschlag geht im Schlaf unter.

»Ich tippe auf Milchblau«, rät Vince.

»Die Wette gilt.« Ich halte Vince meine Hand nach hinten, damit er einschlagen kann. »Was bekommt der Gewinner?«

»Frag lieber nach der Bestrafung des Verlierers.«

Mit einem Seitenblick zu Grandpa fällt mir sofort etwas ein. »Der Verlierer darf den Rollstuhl auf unserer heutigen Wanderung schieben.«

»Und der Gewinner nimmt Stan huckepack?«, schlägt Vince vor.

»Blödmann!«

»Du musst deine Bedingungen schon klarer formulieren, wenn man dir nicht die Worte im Mund verdrehen soll.«

Ich schmunzel still in mich hinein. Zu unserer rechten Seite taucht ein Parkplatz auf, der bereits mit diversen Autos, Motorrädern und kleineren Campern gefüllt ist. Da ich keine freie Lücke finde und die Straße noch weiter führt, springt Vince schnell aus dem Auto und sieht nach, was wir verpassen.

»Das ist der Start einer mehrtägigen Wanderung.« Vince gibt das Zeichen zum Weiterfahren, als er wieder ins Auto springt. Wir fahren weiter, bis wir eine Baustelle erreichen. Und die Baustelle ist der Parkplatz. Die Behindertenparkplätze sind komplett zugestellt. Ich kurbele das Fenster runter und frage einen der Bauarbeiter, wo wir unseren im Rollstuhl sitzenden Großvater entladen sollen. Er ist so nett und fährt den Truck zur Seite, damit wir seinen Parkplatz haben können.

»Grandpa?« Vorsichtig wecke ich den alten Mann. Sein Rollstuhl steht fertig aufgeklappt neben der Beifahrertür.

Blinzelnd öffnet Grandpa die Augen. »Wo sind wir?«

»Am Mount Edith Cavell.«

Sofort wirken seine Augen ein bisschen wacher. »Helf mir in den Rollstuhl, Kind.«

Er legt einen Arm um meine Schultern und ich stütze ihn, bis er sich in seinen Rollstuhl fallen lässt. Wie ein Sack Zement sitzt er dort.

»Alles gut bei dir?« Von der aufflackernden Wachheit ist nichts mehr zu sehen. Grandpa wirkt so müde, wie die Welt es mit uns Menschen ist. Vince kommt zurück und teilt mir mit, dass der Weg bis zum ersten Aussichtspunkt nur einen Kilometer weit ist. Da Grandpa mir nicht antwortet, beschließe ich, dass wir zumindest bis dahin wandern. Vielleicht wird die Natur seinen Geist wiederbeleben.

Der Weg ist alles andere als behindertengerecht. Vermutlich hat man deshalb keinen Wert auf den Erhalt des Behindertenparkplatzes gelegt.

Da Vince und ich den Gewinner unserer Wette noch nicht ermitteln konnten, ziehen und schieben wir Grandpa den Weg gemeinsam hinauf.

Vince schaut mich grinsend an. »Ich könnte jetzt sagen, dass ich gewonnen habe.«

»Und wie willst du mir das beweisen?«

»Vielleicht habe ich ein Foto von der Infotafel gemacht. Und dort ist ein milchblauer See zu sehen.«

Wir ziehen Grandpa eine weitere Stufe hinauf, bis der Weg endlich ohne Steigung fortgesetzt wird. Dafür ist er steinig, was das Schieben des Rollstuhls nicht gerade erleichtert.

»Das behauptest du doch nur so.« Ich widerspreche ihm, doch insgeheim weiß ich, dass Vince nicht lügt. Er ist keiner dieser Sorte. Und genau deshalb hilft er mir mit Grandpa, obwohl er eigentlich schon gewonnen hat. Wenig später taucht der Beweis leibhaftig vor meinen Augen auf. Es handelt sich um einen Gletschersee, der direkt der Antarktis entsprungen zu sein scheint. Eisschollen schwimmen im trüben

Wasser. Nur die Pinguine auf ihnen fehlen, um mich wie auf einem anderen Kontinent zu fühlen.

Am Aussichtspunkt angekommen, machen uns die Menschen respektvoll Platz. Ich tippe Grandpa an der Schulter an. Regung kommt in seinen Körper.

»Der Angel Glacier.« Grandpa weiß genau, wo wir sind, obwohl er den halben Weg verschlafen hat. »Wie klein er doch geworden ist.«

Grandpa kramt seine Kamera aus der Tasche, die wir ihm in den Schoß gelegt haben. Er dreht am Objektiv, kontrolliert die eingestellte Belichtungszeit und wartet einen Moment, als müsse er den Anblick, den er festhalten will, noch einen Augenblick genießen. Dann drückt er den Auslöser.

Ich sehe, wie sich ein Stück Eis löst und lautlos in den milchblauen See fällt. Dann erst dringt der Schall zu mir durch. Ich höre das Knacken des Eises und das Geräusch, wenn ein Stück Vergangenheit vom Himmel fällt. Der Weg des Schalls braucht so lange, um Gehör zu finden, dass der Moment bereits unwiderruflich vergangen ist. Grandpa packt die Kamera wieder ein.

»In einigen Jahren werden wir keine Gletscher mehr sehen können.« In Grandpas Stimme schwingt Bedauern mit.

Aufmunternd klopfe ich ihm auf den Oberarm. »Ach Grandpa. Ich nenn dich zwar immer alter Mann, aber so alt bist du nicht, dass du das hier nicht nochmal sehen wirst.« Meine Worte sollen tröstend klingen. Dabei weiß ich genau, dass niemand anderes so verrückt sein wird wie ich, und ihn im Rollstuhl durch die Rocky Mountains schiebt.

Mount
Edith Cavell

»Ich rede nicht von meinem Ablaufdatum.«

Grandpa starrt auf die im Wasser treibenden Eisschollen. »Sondern vom Ablaufdatum der Gletscher.«

Grandpas Worte mögen auf die Gletscher bezogen sein. Doch irgendwie werde ich das Gefühl nicht los, dass auch er Abschied nimmt. Die

Falten in seinem Gesicht wirken heute zahlreicher als an den Tagen zuvor. Seine Augen sind tiefer in ihren Höhlen verborgen, als scheuen sie das Licht. Er atmet schwer und unregelmäßig.

»Grandpa, ist wirklich alles in Ordnung mit dir?« Die Besorgnis in meiner Stimme kann ich nicht länger verbergen, sodass auch Vince ihn aufmerksam mustert.

Grandpa starrt eine Weile ins Leere. Sein Blick ist auf die schwimmenden Eisschollen im milchblauen See gerichtet, ohne eines von beiden überhaupt wahrzunehmen.

»So wie die Welt enden wird, werde auch ich irgendwann nicht mehr sein. Das ist aber nichts, vor dem man sich fürchten muss.« Seine Stimme ist zittrig, doch seine Worte klingen bestimmt.

»Lasst uns einen Campingplatz suchen, bevor alle Stellplätze vergeben sind.« Grandpa wartet darauf, dass wir seinen Rollstuhl wieder den Berg hinab schieben.

Wir kommen an einer Holzbank vorbei. Neugierig mustere ich die eingekerbte Aufschrift. Ein gewisser Marc Sanderson hat diese Bank gesponsort.

»Ist das nicht ein schöner Ort für die ewige Ruhe?« Grandpas Blick folgt meinem. »Ein Fleck Erde mitten in der Natur und anstelle eines Grabsteins eine Parkbank, die zum gemütlichen Verweilen einlädt. Statt Blumen ans Grab zu bringen, tut ein jeder Besucher etwas für sich selbst. Die Natur zu besuchen, einen Spaziergang zu unternehmen und die Gedanken schweifen zu lassen: Viel besser als ein trübsinniger Friedhof, oder nicht?«

Ich höre den unterschwelligen Wunsch aus seinen Worten. »Hör auf vom Tod zu reden, solange er noch nicht da ist. Grandpa, du bist vielleicht nicht mehr ganz mobil, aber du bist noch fit. Nicht jeder Paarundsiebzigjährige unternimmt einen Roadtrip durch die Rocky Mountains.«

»Das liegt nicht an der Fitness. Es liegt an den Grenzen, die unser Geist uns auferlegt. Jeder vernünftige Mensch hätte mir geraten, daheim zu sitzen und auf meinen Tod zu warten.«

Ich schnaube, während ich mir seinen Rollstuhl schnappe und Grandpa weiter schiebe. »Soll das jetzt heißen, dass ich unvernünftig bin?«

»Irgendwie schon«, feixt Vince.

»Danke, sehr hilfreich. Und ich dachte, du gibst mir Rückendeckung?« Vince schlendert neben uns her, weil ich die Wette verloren habe und Grandpa alleine schieben muss. Was ich ohne Vince' Anwesenheit sowieso hätte tun müssen. Oder wollen. Auch wenn es eine Verpflichtung ist, aber ohne den alten Mann wäre ich jetzt nicht hier. Ich kann ihn nicht einfach zurücklassen.

»Wir haben zwar unseren Honeymoon am See verbracht, allerdings haben wir vorher vergessen, Wedding Hill zu besuchen. Ich bin dir also rein formell gesehen keine Rückendeckung schuldig.« Vince grinst schelmisch.

Mit aufgerissenen Augen schaue ich Vince an. »Das denkst du dir gerade aus.«

»Nur weil du keinen Berg namens Hochzeitshügel kennst, heißt es nicht, dass es keinen gibt.«

»Psst«, zischt Grandpa uns zu. Gerade will ich ihn aufklären, dass wir nur herumalbern, da entdecke ich den Grund für seinen Wunsch nach Stille. Auf dem Weg vor uns sitzt ein Murmeltier. Es geht auf die Hinterbeine und schaut uns an. Es ist nicht viel größer als eine von Vince' Händen. Scheint noch ein Baby zu sein. Wie gebannt stehen wir da und warten darauf, dass das Murmeltier sich zuerst rührt. Es scheint sich zu entspannen und sinkt auf alle Viere hinab. Dann verschwindet es hinter einem Stein, um gleich darauf um die Ecke zu lugen, ob wir noch da sind.

Grandpa holt in langsamen Bewegungen die Kamera heraus, während ich in die Knie gehe und dem Murmeltier die Hand hinhalte. Eigentlich dürfen die Tiere nicht gefüttert werden, allerdings halten sich nicht alle Touristen daran. Entweder ist das Murmeltier bereits gewohnt, Essen aus der Hand eines Menschen zu holen oder seine kindliche Neugierde siegt: Das Murmeltier nähert sich vorsichtig meiner Hand. Das Klicken des Auslösers lässt es kurz innehalten. Dann bahnt es sich seinen Weg weiter zu mir vor und dreht direkt wieder um, als es bemerkt, dass ich nichts Essbares in der Hand halte.

»Was für drollige Kerlchen die doch sind«, ereifert sich Grandpa. Eine Familie mit Kindern ist im Anmarsch und wir setzen unseren Weg zurück zum Auto fort.

»Ich glaube, ich habe beide erwischt. Auf dem Foto meine ich.« Grandpa packt die Kamera weg. »Bin doch kein Jäger.«

Wo war denn da ein zweites Murmeltier? Verwirrt sehe ich Vince an, doch der zuckt nur ahnungslos mit den Schultern. Das muss ich mir auf dem Bild ansehen. Vermutlich war ich zu fixiert auf das Eine, dass ich das Andere nicht bemerkt habe.

Kurz vor der Stadt Jasper soll ein weiterer First come – First serve Campingplatz sein. Leider deutet ein Schild auf eine Baustelle hin und es wird auf den Campingplatz Overflow verwiesen. Da ich keine Ahnung habe, wo dieser Campingplatz liegt, folge ich dem Van vor mir, um Vince nicht aus den Augen zu verlieren. Wir haben sein Fahrzeug beim Erreichen des Icefield Parkway wieder eingesammelt.

In der Stadt befürchte ich kurz, ihn zu verlieren. Als eine Ampel hinter ihm auf Gelb springt, drücke ich das Gas durch, um noch bei Dunkelgelb drüber zu kommen. Von Grandpa kommt kein Kommentar zu meinem Fahrstil. Er schläft schon wieder. Vince setzt den Blinker und parkt in einer freien Lücke am Straßenrand. Ich suche mir ebenfalls eine und warte an das Auto gelehnt auf den Australier, der zu uns geschlendert kommt.

»Kaffee?«, fragt er.

Ich nicke begeistert und klopfe an Grandpas Fensterscheibe.

»Schlafen kannst du in der Nacht.« Zögernd hebt er den Kopf und greift nach dem Türgriff. Schnell öffne ich die Tür für ihn, während Vince den Rollstuhl aus dem Kofferraum befördert.

Im Tim Hortons nehmen wir Platz und Vince besorgt uns fingerförmige Donuts und Kaffee. Endlich ein vernünftiges Getränk. Nichts gegen Grandpas Instant-Kaffee, aber gegen Tim Hortons kommt er einfach nicht an.

»Tut mir leid, ich muss mal mein Handy anschalten und das WLAN nutzen«, entschuldigt sich Vince. Grandpa sitzt vornübergebeugt am Tisch und rührt in seinem Kaffee.

Mein Blick wandert zu meinem Handy. Die vergangenen Stunden mit Vince haben so gutgetan. Kein einziges Mal hat er sein Handy gezückt, um sich selbst in Szene zu setzen. Und trotzdem habe ich das Gefühl, dass seine Erinnerungen an vergangene Tage viel lebendiger sind, als die all der anderen Touristen, die die Welt nur durch die Kamera ihres Smartphones wahrnehmen. Und ich teile diese Erinnerungen, diese Lebendigkeit mit ihm. Will ich das mit einem Blick auf mein Handy zerstören? Mich dem stellen, was Heather mir sagen wird.

Mein Dad wird bestimmt wieder zu Hause sein und sich fragen, ob es uns gut geht. Na ja, nach mir vermutlich eher weniger, aber für Grandpa interessiert er sich dafür umso mehr. Ich rede mir ein, dass es nur das ist, als ich den Flugmodus rausnehme und mich mit dem WLAN des Tim Hortons verbinde.

Nervös starre ich den Bildschirm an. Erst sind es nur zehn, dann zwanzig, dann mehrere hundert Nachrichten, die allein in WhatsApp auf mich einstürmen. Die meisten sind von Lola. Instagram scheint auch nicht still geblieben zu sein. Ich sehe, dass mein Vater mir geschrieben hat. Schnell antworte ich ihm, dass es Grandpa und mir gut geht und wir in Jasper sind. Hoffentlich entbindet mich das von meiner Auskunftspflicht ihm gegenüber.

Immer wieder ploppen neue Benachrichtigungen auf Instagram für mich auf. Auch Heathers Namen habe ich gesehen. Vielleicht hatte sie gestern keine Zeit, um meinen Beitrag ausführlich zu lesen und hat das jetzt nachgeholt.

Ich öffne die App, was zu einem Ansteigen meines Herzschlags führt.

»Autsch, das ist übel«, holen mich Vince' Wort wieder zurück in die Realität. »Da ist einer vor ein paar Tagen, bei dem Versuch ein Selfie zu schießen, von einem Felsen abgestürzt.«

Ich will ihn korrigieren, dass der Versuch beinhaltete, einen Handstand auf einer Felskante zu machen. Im letzten Moment zögere ich. Mein Magen zieht sich zusammen. Vielleicht ist es besser, wenn er nicht weiß, dass ich dabei war.

»Wo hast du das denn gelesen? Dachte, du hast kein Social Media.«

»Hab ich auch nicht. Das heißt aber nicht, dass ich von gestern bin. Nachrichten und Mails checke ich online.« Vince scrollt weiter runter in dem Artikel, den er wohl geöffnet hat.

»Und, hat er überlebt?«

»Scheint so. Außer schweren Verletzungen schreiben sie nichts weiter.«

Ich atme erleichtert aus. Wenigstens nicht tot. Auch wenn das nur ein geringer Trost ist. Aber selbst wenn Aike den Rest seines Lebens im Rollstuhl verbringen muss: Grandpa hat das auch nicht von einem Abenteuer abhalten können.

Vor dem Privatchat mit Heather bleibt mein Finger in der Luft stehen. Was sie mir wohl geschrieben hat? Ob sie sauer wegen meines Beitrags ist? Oder nur, weil ich dem Followerziel kaum einen Schritt nähergekommen bin? Ich halte die Luft an, während ich meinen Finger auf den Bildschirm senke. In dem Moment stößt mich Vince in die Seite. Mit seinem Kopf deutet er auf Grandpa, der trotz des Kaffees in seiner Hand wieder eingeschlafen ist.

Mein Handy beginnt zu vibrieren. Ich fahre zusammen. Diesmal ist es nicht Heather, die mich anruft. Es ist mein Dad. Mein Finger schwebt über der grünen Taste. Ich spüre Vince verwirrten Blick. Ich hätte ihn sowieso anrufen müssen. Zögernd nehme ich das Gespräch an.

»Ist das dein Ernst?« Dads Stimme tönt durch den Hörer, weshalb ich das Handy von meinem Ohr weghalte. »Ihr seid in Jasper!?«

Ich öffne den Mund, um etwas zu sagen, doch Dad gibt mir keine Zeit, um zu antworten.

»Bist du des Wahnsinns? Maddy! Dein Großvater ist schwer krank. Nur weil du deinen Dickschädel durchsetzen musstest, heißt das nicht, dass du das Leben deines Grandpas riskieren sollst. Wenn du keine Lust hast, auf ihn aufzupassen und lieber deinem Teenagerkram nachgehen willst, dann hätte ich ihn für die Zeit ins Pflegeheim gegeben, statt ihn jemandem so Verantwortungslosen wie dir ...«

Ich halte das Handy von meinem Ohr weg und lasse ihn weiter ins Nichts brüllen. Wenn der wüsste, dass ich eigentlich sein Auto stehlen wollte ...

Vince sieht mich besorgt an, doch ich winke nur ab. Wenn ich jetzt auflege, würde Dad vermutlich weiterhin ins Telefon brüllen. Es ist ihm egal, ob jemand zuhört oder nicht. Nur so wird er seine Wut los.

Als es am Ende der Leitung still wird, nehme ich das Handy erneut an mein Ohr. »Grandpa geht es gut. Wir brauchen noch ein bisschen, bis wir wieder zurück sind. Mehr wollte ich dir nicht sagen. Tschüss.«

Gerade will ich auflegen, da bemerke ich Grandpas ausgestreckte Hand. »Lass mich mal.«

Schnaubend reiche ich ihm das Handy, das er sich erst mal falsch herum ans Ohr hält. Vince dreht es in seiner Hand um, damit Dad ihn auch versteht.

»Hallo Dave. – Mir geht's so gut wie seit langem nicht mehr. – Du glaubst doch nicht, dass unsere Maddy das Auto gestohlen hätte. Ich musste sie förmlich zwingen, in meine alte Betty einzusteigen. – Ja, die jungen Leute, die machen sich was aus Optik. – Nein, nein, mir geht es gut. – In einem Hotel? Du glaubst doch nicht im Ernst, dass ich die Natur hinter vier Wänden aussperren würde. Das haben wir noch nie so gemacht. – Vielleicht in ein paar Tagen. – Ja, ich war im Johnston Canyon. Maddy und ich haben alle abgehängt. Sportliches Mädchen, deine Tochter. – Ach, die blauen Pillen sind schon seit zwei Tagen alle. – Ich fühle mich gut. – Ja, ich geb sie dir. Bis später, Dave.«

Vince hält während des ganzen Gesprächs meinen Blick gefangen. Seine Miene wirkt besorgt. Ehe Grandpa mir das Telefon zurückgibt, genehmige ich mir noch einen Schluck meines Kaffees, bevor er kalt wird.

»Maddy, hörst du mich?«

Ich antworte nicht, weil ich noch den Schluck Kaffee im Mund habe. Doch scheinbar war das eine rhetorische Frage.

»Hör zu: Das Medikament aus der blauen Dose ist leer. Dein Großvater braucht es, um seine Entzündungen im Zaum zu halten. Ohne das Rezept eines Arztes kommst du nicht an das Medikament ran.«

Seine Worte lassen mich das fühlen, was er bewusst nicht ausspricht: Ich bin verantwortungslos. Hätte mich besser mit Grandpas Medikation auseinandersetzen sollen. Vermutlich ist er deshalb so müde und schläft selbst mit einem Kaffee vor seiner Nase ein.

»Ich will, dass ihr morgen ohne Umwege nach Hause kommt«, fordert mein Vater mich auf. Seine Worte dulden keinen Widerspruch.

»Okay.« Ich verabschiede mich von ihm und lege auf. Vince' Blick ruht noch immer auf mir. Er greift nach meiner Hand, die ich samt Handy auf den Tisch sinken lasse.

»Es ist nicht deine Schuld«, versucht er mich zu trösten. Dad war laut genug, sodass er jedes Wort verstehen konnte.

Grandpas Kopf ist gesenkt und er scheint bereits wieder ins Land der Träume abgetaucht zu sein. Warum habe ich das nicht eher bemerkt?

»Doch. Ich habe mich kein Stück für seine Krankheit interessiert. Hätte aufmerksamer sein müssen. Hätte ...«

Vince Daumen streicht beruhigend über meinen Handrücken. »Nein, hättest du nicht. Gerade weil du das alles nicht hast, hast du deinem Großvater das größte Geschenk gemacht, was du ihm hättest machen können: Sich normal fühlen.«

Ich schüttele den Kopf, doch Vince erstickt meine Erwiderung im Keim. »Ich weiß, wie es deinem Grandpa geht. Als ich in jungen Jahren an Leukämie erkrankte – keine Sorge, ich bin wieder gesund«, fügt Vince schnell hinzu, als ich erschrocken die Augen aufreiße. »Damals habe ich mir gewünscht, nicht von allen wie ein rohes Ei behandelt zu werden. Meine Eltern bemutterten mich, fassten mich mit Samthandschuhen an. Ich durfte nicht mehr mit meinem Bruder spielen oder Schulfreunde empfangen.«

»Aber genau wegen dieser Vorsichtsmaßnahmen hast du überlebt«, erinnere ich ihn.

Vince streicht energischer mit dem Daumen über meine Hand. »Das schon. Aber ich wäre fast daran zerbrochen. Ich war isoliert von der Außenwelt. Alles, was mir einen Grund zum Leben gab, kam nicht mehr an mich heran. Mein Lebenswille versiegte mit jedem Tag der Einsamkeit. Erklär mal einem Zehnjährigen, dass er nicht mit Gleichaltrigen spielen darf und immer vorsichtig sein muss. Für einen Zehnjährigen ist das die Hölle.«

Vince nickt mit seinem Kopf in Grandpas Richtung. »Dein Großvater ist da nicht anders. Er ist vielleicht kein kleines Kind, aber ein echtes Arbeitstier. An dem Tag, den wir zusammen verbrachten, erzählte er mir, dass er sein Leben lang auf seiner Ferienranch gearbeitet hat. Und erst der Tod seiner Frau und die schlimmer werdende Krankheit ihn zum Aufhören zwang. Wenn es nach ihm gegangen wäre, dann wäre das sein Ende gewesen. Aber er wollte deinen Vater nicht alleine lassen. Weshalb er seinem Drängen nachgab und nach Calgary zog. Kannst du dir vorstellen, wie es für einen hart arbeitenden Mann sein muss, den ganzen Tag über nichts zu tun?«

Ich verstehe. Klar habe ich aufgehört auf das Wohl anderer zu achten, weil niemand auf meines achtete. Aber wenn mich jemand brauchte, der mir viel bedeutet, war ich für denjenigen da. Wie für Lola. Normalerweise. Das schlechte Gewissen überkommt mich. Ihre vielen, von mir noch ungelesenen Nachrichten deuten darauf hin, dass die Sache mit

Jonas nicht gut läuft. Sonst würden die Textnachrichten, die Bildnachrichten nicht überwiegen.

»Grandpa?« Besorgt sehe ich zu ihm herüber. Mit nach vorne gesunkenem Kopf und geschlossenen Augen sitzt er da. Als er mich hört, öffnet er sie langsam.

»Ich bin wach.«

»Ja, das glaube ich dir.« Zögernd, ob die nächste Bitte wirklich zu seinem Besten ist, frage ich: »Sollen wir die Nacht heute lieber in einem Hotel verbringen oder möchtest du noch mal campen?«

Grandpa zögert. Dreht seinen Kaffeebecher in der Hand. Dann bricht er das Schweigen. »Ein weiches Bett wäre wirklich nicht verkehrt.«

Ich nicke erleichtert, dass ich den richtigen Vorschlag gemacht habe. Auf meinem Handy suche ich nach einem freien Zimmer.

»Dann geht es für euch morgen schon zurück, was?« In Vince' Stimme schwingt Enttäuschung mit.

»Scheint so.« Ich scrolle weiter, unschlüssig, ob ich für zwei oder drei Personen ein Zimmer suchen soll. »Was ist mit dir?«

Vince scheint mit sich zu ringen. Er antwortet nicht sofort.

»Was?« Auffordernd sehe ich ihn an.

»Ich hab ein Jobangebot in Vernon.«

»Ist das gut?«

»Ziemlich.«

»Und warum freust du dich dann nicht?«

»Weil ich eigentlich noch ein bisschen reisen wollte. Aber wenn ich den Job will, muss ich nächste Woche schon anfangen.« Vince legt sein Handy zur Seite.

»Was willst du dir denn noch ansehen?«

»Oh, im Wells Gray Provincial Park gibt es ein paar gigantische Wasserfälle, die man sich nicht entgehen lassen sollte, wenn man in Kanada ist.«

Ich werfe Vince einen vorwurfsvollen Blick zu. Er beeilt sich zu sagen: »Also nicht so toll, wie das, was ihr bisher gesehen habt.«

Grandpa scheint bereits wieder eingenickt zu sein. Ich nehme Vince die Entscheidung ab, indem ich ein Zimmer für zwei Personen buche.

»Dann solltest du dich besser heute noch auf den Weg machen«, schlage ich ihm vor. »Gibt eh kein Zimmer mehr für drei.«

Vince nickt. Er wirkt geknickt. »Irgendwie schade. Hatte mich gerade an eure Gesellschaft gewöhnt.«

»So ist das Leben.«

Wir verlassen den Tim Hortons. Unschlüssig bleibe ich an unserem Auto stehen. Vince hilft mir, Grandpa nach innen zu verfrachten.

»So«, fange ich den Anfang vom Ende an.

»Das wars dann wohl?« Vince hat seine Hände in den Hosentaschen versenkt. Ob er mich nochmal küssen wird?

»Scheint so.« Warum werde ich das Gefühl nicht los, dass wir beide mehr sagen wollen, aber statt den Worten kommt nur Unsinn aus unseren Mündern?

»Du hast ja meine Nummer.« Vince drückt mich kurz an sich. Kein Kuss also. »Würde mich freuen, wenn du dich mal meldest.«

»Bestimmt.« Ich denke an die Zahlen auf meinem Arm. Sehen kann ich sie nicht, da es eindeutig zu kalt ist, um die Jacke auszuziehen, obwohl die Sonne scheint.

»Gehen Maddy und du jetzt?« Grandpa hat das Fenster des Autos runtergekurbelt.

»Nein, Maddy lasse ich dir hier.« Vince beugt sich nochmal zu Grandpa vor, um den alten Mann zum Abschied die Hand zu schütteln.

Mit den Händen in den Hosentaschen schlendert er zu seinem Van. Als er an uns vorbeifährt, hupt er nochmal kurz. Dann ist der Moment vorbei und mit ihm verschwindet auch Vince aus meinem Leben.

Kapitel 19

Mit Grandpa fahre ich zu dem Hotel, das ich während des Kaffeetrinkens gebucht habe. Die Dame an der Rezeption ist so nett und tauscht unser Zimmer im zweiten Stock ohne Aufzug gegen eines im Erdgeschoss – was hier in Kanada dem ersten Stock gleichkommt.

Oben angekommen, scheint Grandpa seine Kräfte wieder mobilisiert zu haben.

»Unser letzter Abend, was?« Trauer schwingt in seiner Stimme mit.

»Aber nur hier in den Rockys, alter Mann.«

»Dann lass uns den Abend rocken. So nennt ihr jungen Erwachsenen das doch?«

Ich zwinge mir ein Grinsen ins Gesicht und wir suchen die Hotelbar samt Restaurant auf. Ich habe nicht mitgezählt, aber scheinbar ist von Grandpa's Bargeld noch genug vorhanden. Oder der alte Mann hat mich ausgetrickst und wir hatten die ganze Zeit mehr als gedacht. Wenn Dad mir die Schuld gibt, dass wir draußen in der Kälte geschlafen haben, dann kann er sich bei seinem eigenen Vater bedanken.

Nach dem Essen genehmigen wir uns beide ein Glas Wein. Vermutlich werde ich nach einem Viertelliter schon sturzbetrunken sein, weil ich sonst nie trinke. Aber was soll's. Vince ist weg, Heather sitzt mir im Nacken, Grandpa geht es meinetwegen schlecht und mein Vater ist stinksauer auf mich. Ich habe allen Grund, meine Gefühle in Alkohol zu ertränken.

Die Bar füllt sich zunehmend. Irgendwann bleibt ein Pärchen an unserem Tisch stehen und deutet auf die zwei freien Stühle. Ich nicke, um ihnen anzudeuten, dass sie die beiden mitnehmen können. Scheinbar habe ich etwas falsch verstanden, denn statt zu gehen, nehmen die beiden an unserem Tisch Platz.

»Wenn das mal nicht der Stan ist«, ruft der Mann erfreut aus, als er Grandpa erkennt. Grandpas Gesicht erhellt sich. Er scheint die beiden zu kennen, die sich als Jack und Amber vorstellen – Stammgäste seiner Ferienranch.

Die drei fangen an, angeregt über alte Zeiten zu reden, sodass ich es mir erlaube vom Tisch aufzustehen. Der Wein macht mich mutig. Ich werde Heathers Nachrichten lesen.

Noch während des Gehens öffne ich das Chatfenster.

Gestern, 14:35 Heather
Toller Beitrag. Richtig schön authentisch =)
Was ist denn mit deiner Reichweite los?

Gestern, 19:45 Heather
Maddy, du musst mehr in der Story posten. Bei dir ist es viel zu still

11:25 Heather
Die Deadline ist morgen. Was soll ich denn meinem Boss erzählen? Ich habe ihm versprochen, dass du das schaffst. Du kannst mich jetzt nicht enttäuschen!

18:26 Heather
Sag mal? Gehts noch?
Ich biete dir die Chance deines Lebens und du ignorierst mich?
Weißt du eigentlich, wie ich jetzt dastehe?

Der Chat verschwimmt vor meinen Augen. In meinen Ohren piepst es, wie in einem Krankenhaus, nachdem ein Patient einen Herzstillstand erlitten hat. Kraftlos sinkt meine Hand nach unten, während ich das

Restaurant verlasse und auf die Terrasse trete. Unruhig sehe ich mich um. Ich bin allein. Ganz allein mit meinem Problem mit Heather. Grandpa möchte ich damit nicht belasten. Ihm geht es schon schlecht genug. Die Gedanken wirbeln in meinem Kopf. Streifen mein Bewusstsein, doch ehe ich sie greifen kann, verschwinden sie wieder. Wie ein Strudel ziehen sie mich immer tiefer. Eine Träne läuft meine Wange hinunter.

Bloß nicht ohnmächtig werden, rede ich mir in Gedanken gut zu. Mit dem Rücken an der Wand lasse ich mich langsam zu Boden gleiten. Starre das Teufelsding in meiner Hand an.

Ich bin eine Versagerin. Die Realschule eher mäßig abgeschlossen, keine Ausbildungsstelle gefunden und nun durchs Abi gerasselt. Eigentlich dachte ich, dass ich endlich etwas gefunden habe, in dem ich gut bin. Doch Heathers Nachrichten behaupten das Gegenteil. Ich bin eine Versagerin. Versagerin. Versagerin.

Ehe die Gedanken drohen, mich hinab in die Tiefe zu ziehen, fasse ich einen Entschluss.

Ich atme tief durch, um meine lautlosen Schluchzer unter Kontrolle zu bringen und die Tränen versiegen zu lassen. Dann greife ich nach meinem Handy und wähle Lolas Nummer.

»Boah Maddy, weißt du, wie spät es hier ist? Ich muss morgen auf meinen Bruder aufpassen. Da muss ich früh aufstehen«, murmelt Lola schlaftrunken ins Telefon. Mein Herz hört auf zu galoppieren, als ich ihre vertraute Stimme höre.

»Ich weiß, sorry, hatte die letzten Tage keinen Empfang«, bringe ich hervor.

»Die Hölle.« Sie klingt ein bisschen wacher.

»Wem sagst du das. Wie geht es dir?« Meine Stimme klingt schon etwas gefasster. Doch Lola ist zum Glück zu verschlafen, um mir etwas anzumerken.

»Du verbringst eindeutig zu viel Zeit mit Kanadiern. Wenn du hören willst, dass es mir gut geht, dann frag einfach nicht.«

»Ich frage aber, weil es mich interessiert.«

Als hätte sie nur darauf gewartet, legt Lola los. Was für ein Arschloch Jonas sei und wie froh ich sein könnte, dass sie ihn für mich ausgetestet hätte. Mit der doofen Zicke Miriam hat sie ihn im Kino erwischt, an dem Tag, als sie ihren Flug nach Lyon verpasst hat. Lolas Geplapper ist so beruhigend wie das Rauschen eines Wasserfalls. Ich merke ich, wie sie mir fehlt und bin ihr nicht mehr böse, dass sie sich Jonas geschnappt hat. Wirklich ernsthaft war mein Interesse an ihm nicht. Irgendwo sind Lola und ich uns ähnlich. Sie hat so viele Geschwister, mit denen sie sich die Aufmerksamkeit der Eltern teilen muss, sodass sie sich manchmal nur wie eine Nanny vorkommt. Und ich, das ungewollte Einzelkind, das die Schuld am Versagen der Eltern trägt. Uns beiden fehlt die Aufmerksamkeit, die wir woanders suchen.

»Lola?«, unterbreche ich ihren Redeschwall.

»Mhm?«

»Hab dich lieb.«

»Jetzt wirst du aber sentimental.« Lola lacht. »Aber ich vermisse dich auch. Der Sommer ist einfach kein Sommer ohne dich. Aber jetzt erzähl du mal. Was geht bei dir?«

Ich weiß nicht, wo ich beginnen soll. Aber ich erzähle Lola von Bergen, Wasserfällen, Wanderungen mit Rollstuhl und dummen Typen die einen Handstand am Rand einer Klippe üben. Von Männern, die mir Hilfe vorgaukeln, um mich dann ins Bett zu kriegen. Lolas Kommentare spiegeln meine Gefühle während dieser Momente wider. Und ich weiß, warum sie meine beste Freundin ist. Nicht, weil sie mich braucht und ich eben da war, sondern, weil auch ich sie brauche. Ohne Lola hätte ich die Schulzeit nicht überstanden.

»Maddy, nimms mir nicht übel«, würgt Lola mich ab, »aber ich muss dringend schlafen. In nur wenigen Stunden wird der kleine Quälgeist an meine Zimmertür klopfen und mich um den restlichen Schlaf bringen.«

»Schon gut. Ich muss zusehen, dass ich Grandpa ins Bett bekomme.« Jetzt, wo ich die mir bekannte Stimme gehört habe, fühle ich mich besser. Mein Geist ist leer. Das Gedankenchaos versiegt. Ich habe Lola alles erzählt. Alles, bis auf die eine Sache. Die Sache, die ich gleich beenden werde.

»Echt krass, dass du es so lange mit dem Alten aushältst.«

»Dafür hätte ich deinem kleinen Bruder schon längst den Hals umgedreht.«

Lola stimmt mir lachend zu. Wir verabschieden uns voneinander, ehe ich zurück zum Restaurant schreite. Mit festen Schritten gehe ich hinein.

Vom Tisch dringt lautes Gelächter zu mir rüber. So glücklich wie hier, habe ich Grandpa in der Wohnung in Calgary kein einziges Mal erlebt.

»Da ist sie ja wieder.« Jack winkt mich zu sich.

Ich nehme auf meinem freien Stuhl Platz, der – oh Wunder – sogar noch da steht.

»Maddy, dein Grandpa hat mir gerade von deinen ersten Reitversuchen auf einem Pferd erzählt.«

Ich lächle zaghaft, weil ich mich im Gegensatz zu Grandpa, nicht daran erinnern kann.

»Wie alt war ich denn da?«, frage ich Grandpa. Er hebt sein Weinglas an die Lippen und schwankt leicht. Scheint wohl auch nicht mehr Alkohol zu vertragen als ich.

»Drei Jahre schon. Erinnerst du dich? Danach warst du nur ein weiteres Mal zu Besuch in Yukon.«

Ich versuche mich an meinen zweiten Besuch in Yukon zu erinnern. Als Mom und Grandma sich gestritten haben. Wir sind früher abgereist, weil Mom sich nicht vorschreiben lassen wollte, wie sie ihr Kind erziehen soll. Vielleicht wäre mit Grandmas Hilfe ein besserer Mensch aus mir geworden. Wenn ich Mom das erzählen würde, schmeißt sie mich hochkant aus der Wohnung. Bei dem Gedanken muss ich schmunzeln. Ich sollte ihr die Tatsache wirklich unter die Nase reiben.

»Du warst damals ganz verliebt in Mr. Bowjack«, erzählt Grandpa.

»War das der Nachbar?«, will Amber wissen.

Grandpas Lachen geht in ein Husten über, das er mit einem weiteren Schluck Wein erstickt.

»Nein, nein, außer für den Vince hat sie für keinen Mann geschwärmt. Nicht, dass ich wüsste zumindest.«

Ich versteife mich bei Grandpas Worten. Er wendet sich mir zu. »Mr. Bowjack war unser Pony. Die Pferde auf der Ranch, wo ihr gelebt habt, waren damals alle noch zu groß für dich. Und auf Mr. Bowjack konntest du ganz ohne Hilfe deiner Eltern klettern. Was du zum Anlass genommen hast, abzuhauen. Über die komplette Koppel seid ihr geritten. Bis Mr. Bowjack ohne dich zurückkam.«

Ich habe wirklich keine Erinnerungen mehr an diese Geschichte. Ein Gefühl von Geborgenheit streift den Rand meiner Erinnerung. Ich denke an Grandmas warmes Lachen, ihre herzliche Art. Mehr ist da nicht.

»Und wer ist dieser Vince?« Amber sieht mich mit einem herausfordernden Wackeln ihrer Augenbrauen an.

»Niemand«, und »Maddys Herzblatt«, sagen Grandpa und ich gleichzeitig. Ich funkle ihn böse an.

»Soso.« Ambers Tonfall klingt, als würde sie Grandpa mehr Glauben schenken, als mir.

»Guter Junge, der Vince.« Grandpa klopft mit der Faust auf den Tisch. Amber mustert mich fragend. »Und warum ist er nicht mit dir hier?«

Ich zucke ungerührt mit den Schultern. »Müssen morgen wieder zurück nach Hause. Und er hat einen Job in Vernon erhalten. So trennen sich die Wege.«

Amber legt ihre Hand tröstend auf meine. Streicht mit ihrem Daumen über die Stelle, die Vince vorhin gestreichelt hat. Ich entziehe ihr meine Hand und nehme zur Ablenkung einen Schluck Wasser.

»Wo kommt denn das zweite Glas Wein her?« Grandpa starrt auf das Weinglas vor sich.

Ich schaue ihn verwirrt an. »Da ist nur eins.«

Grandpa kneift die Augen zusammen. »Stimmt. Wenn du zweimal am Tisch sitzt und doch nur eine Person bist, dann ist auch nur ein Weinglas vorhanden, wenn ich zwei sehe.«

»Sag mal, hast du Alice im Wunderland verschluckt oder was ist hier los?« Ich unterdrücke den Drang, den Kopf zu schütteln.

»Da hat aber einer zu tief ins Glas geschaut«, meint Jack.

»Wie viele Gläser hatte er denn schon?«, will ich wissen.

»Zwei. So viele wie hier stehen. Also eigentlich keins. Sonst wären sie ja weg.« Grandpas Blick geht durch mich hindurch, als wäre ich für ihn nicht mehr anwesend.

Jack schaut mich fragend an. »Ist alles in Ordnung mit ihm?«

Ich bin mir nicht sicher, weshalb ich aufstehe und Grandpa eine Hand auf die Stirn lege. Fieber hat er keins.

»Grandpa, was hältst du davon, wenn ich schnell für uns zahle und wir ins Bett gehen? War ein langer Tag heute.«

Grandpa stiert weiter auf sein halb volles Glas Wein. Als versuche er, ein Rätsel zu lösen. Amber winkt ab und bietet an, unsere Rechnung zu übernehmen. Ich bedanke mich bei ihr und wir verabreden uns zum Frühstück, damit sie sich von Grandpa verabschieden können. Gerade scheint er die beiden nicht mehr wirklich wahrzunehmen.

Wie mechanisch helfe ich Grandpa ins Bett, in dem er sofort einschläft. Eigentlich bräuchte er dringend eine Dusche. Wenn er so in Calgary ankommt, bringt Dad mich um. Als ob das einen Unterschied machen würde. Morgen früh werde ich Grandpa etwas früher wecken. In der Hoffnung, dass er fit genug ist, alleine duschen zu gehen.

Ich schließe die Tür zum Badezimmer hinter mir und entledige mich meiner Kleidung. Das nervige Piepsen ertönt erneut in meinem Ohr. Ich platziere mein Handy auf dem Waschbeckenrand, um beide Hände auf die Ohren pressen zu können. Doch das Geräusch wird immer lauter, begleitet von einem Rauschen in meinem Ohr. Ich sehe in den Spiegel. Mein Blick ist leer, die Hände noch immer auf die Ohren gepresst.

Ein letztes Mal rufe mir das Gespräch mit Lola in Erinnerung, das mich in meinem Entschluss bestärkt hat. Ich werde es beenden. Jetzt!

Meine braunen Augen sehen mich entschlossen an. Ich greife nach dem Handy auf dem Waschbeckenrand. Betrachte es. Mein Mund spiegelt sich im Panzerglas wider. Meine Lippen sind fest zusammengepresst. Mit aller Wucht schmeiße ich es auf den Boden. Springe darauf, lasse mich auf die Knie fallen und hämmere mit den Fäusten auf das schwarze Teil ein, bis der Bildschirm zerspringt.

Achtlos lasse ich es auf dem Boden liegen, gehe in die Duschkabine und drehe das Wasser heiß auf. Meinen Gedanken lasse ich freien Lauf. Statt meinem zerstörten Handy nachzutrauern, fühle ich mich das erste Mal seit Wochen befreit. Keine Heather mehr, für die ich unwirkliche Ziele erreichen soll. Keine unbekannten Menschen, die sich mehr für mein Leben zu interessieren scheinen, als meine eigenen Verwandten. Nicht der Druck, ihnen gefallen zu müssen. Ich darf einfach nur Ich sein, hier in diesem Moment.

Gründlich schäume ich mich ein und verharre so lange unter dem Wasserstrahl, bis die Scheiben der Duschwand und auch der Spiegel im Bad komplett beschlagen sind. Ich werde das schaffen. Bin ich doch nicht der erste Mensch, der ohne soziale Medien auskommt. Vince schafft es doch auch, glücklich zu sein. Obwohl wir zwei grundverschiedene Menschen sind, etwas haben wir doch gemeinsam. Warum sonst, spüre ich dieses Kribbeln im Bauch, wenn ich an ihn denke? Ein Lächeln stiehlt sich in mein Gesicht. Und das, obwohl ich gerade mein Handy zerstört habe. Ein Grund, der mich vor ein paar Tagen noch komplett aus der Fassung gebracht hätte. Und jetzt stehe ich grinsend da und fühle mich befreit.

Ich steige aus der Dusche und wickle mich in ein Handtuch. Während ich mir die Zähne putze, warte ich darauf, dass die Scheibe wieder frei wird. Nach und nach verblasst der Dunst und meine blasse Haut kommt zum Vorschein. Mein Blick fällt auf die schwarzen Flecken auf dem Arm. Ich verharre in der Regung und spucke schnell die Zahnpasta aus.

»Scheiße, scheiße, scheiße!« Ich fluche gedämpft vor mich hin, um Grandpa nicht zu wecken. Das war Vince' Nummer. Ich habe einfach Vince' Nummer abgewaschen.

Verzweifelt starre ich auf meinen Arm. Bis auf ein paar undeutliche Flecken ist dank meines unfreiwilligen Bads im See nicht mehr viel übrig geblieben. Die heiße Dusche hat der Farbe den Rest gegeben. Wie soll ich ihn jetzt noch finden?

Gerade habe ich der digitalen Welt abgeschworen. Aber das soll nicht heißen, dass ich keinen Kontakt mehr zur Außenwelt will. Vince war der einzige Mensch in meinem Alter, der sich nichts aus seiner Selbstdarstellung im Internet macht. Er tut mir gut. Könnte mir helfen die Zeit des digitalen Detoxes zu überstehen. Doch jetzt habe ich keine Chance mehr, ihn zu erreichen.

Schnell ziehe ich mir meine Schlafsachen über und lasse mich auf die Fliesen im Badezimmer sinken.

Meine Kehle schnürt sich bei dem Gedanken zu, dass er denken muss, er sei nur eine schnelle Nummer für mich gewesen. Eine kurzweilige Begleitung für den Trip. Ein Mensch, mit der Bedeutung einer Eintagsfliege in meinem Leben. Dabei ist Vince viel mehr als das. Er ist der Mensch, der sieht, wie ich außerhalb meines Smartphones bin. Bei dem ich mich nicht für meine bloße Existenz entschuldigen muss. Es klingt verrückt: Wenn ich mir meinen Traummann ausgemalt habe, war Vince weit entfernt von der Liste potenzieller Kandidaten. Aber wenn ich einmal ehrlich zu mir selbst bin, wusste ich bisher immer nur, was ich nicht will und nicht das, was ich will.

Um die sich anbahnenden Tränen zu unterdrücken, atme ich tief durch und verlasse das feuchtwarme Badezimmer. Ich lege mich neben Grandpa ins Bett, doch ich kann nicht einschlafen. Er schnarcht lauthals, was aber nicht der Grund ist, warum ich kein Auge zubekomme. Ich habe das Gefühl, einen wichtigen Teil von mir verloren zu haben, den ich gerade erst gefunden habe.

Neben dem Fenster entdecke ich einen kleinen Tisch. Da ich sowieso keinen Schlaf finden werde, setzte ich mich auf den dazugehörigen Stuhl. Ein Stift liegt in der Schale neben einigen Visitenkarten und Bestellzetteln für Essen. Weil ich kein Papier finden kann, ziehe ich eines der Taschentücher aus dem Spender. Dann beginne ich zu schreiben. Das Licht der Straßenlaterne spendet mir Licht.

Liebes 10-Jähriges Ich,

ich weiß, dass es schwer wird für dich, dein gewohntes Umfeld zu verlassen, deine Freunde nicht mehr zu sehen und auch deinen Dad als Bezugsperson zu verlieren. Es ist nicht deine Entscheidung und du kommst dir vor, wie der Bauer auf einem Schachbrett, der für ein größeres Ziel geopfert wird. Du glaubst, dass deine Mom glücklicher sein wird. Die letzten Monate hat sie nur geweint. Und du wirst merken, dass manche Entscheidungen einen Menschen nicht glücklicher machen. Aber du hast diese Entscheidung nicht getroffen. Deshalb bist du auch nicht dafür verantwortlich.

Du weißt, dass du ein Fehler warst. Der Fehler einer sorglosen Nacht zwischen zwei Menschen. Aber dafür kannst du nichts. Auch wenn dir anderes weiß gemacht wird.

Aber weißt du was? Deine Eltern lieben dich trotz allem, irgendwie. Denn sie haben ihre Entscheidung für dich getroffen, obwohl es auch andere Wege gab, die sie hätten gehen können. Es wird nicht einfach für dich sein und manchmal wirst du die Anschuldigungen glauben, dass du die Schuld an Fehlern anderer trägst. Ich möchte, dass du weißt, dass du ein großartiges Mädchen bist. Dass sich deine Eltern bewusst für dich entschieden haben. Dass du trotz all der Hindernisse auf deinem Weg, diesen weiter gehen wirst. Mit Umwegen und Verzögerungen. Aber wer lernt, Probleme zu lösen, der wird gerissener. Nur weil du Umwege gehen musst, heißt das nicht, dass du dumm bist. Du kommst

vielleicht später ans Ziel als andere, aber dafür kommst du gestärkt aus deinem Weg hervor.
Du wirst das schaffen. Ich weiß, dass du das schaffst, weil du schon immer stärker warst, als du dachtest. Ich glaube fest an dich. Geh deinen Weg, wie er kommen mag. Rück deine Krone zurecht, Prinzessin.

Deine Zukunfts-Maddy

Erleichtert lege ich den Stift zur Seite. An den Stellen mit den i-Punkten sind Löcher im Tuch. Aber meine Schrift ist lesbar, soweit ich das in dem schummrigen Licht erkennen kann. Mom hat Dad damals kennengelernt. Sie hat sich für die Liebe zu ihm und ihrem Kind entschieden. Damals hätte sie zurück nach Deutschland gehen können, einen Arzt aufsuchen und ihr Leben wie geplant führen können. Aber sie hat sich dagegen entschieden. Und nach zehn weiteren Jahren traf sie eine egoistische Entscheidung: Zurück nach Deutschland gehen und ihr Kind mitnehmen. Wer bin ich, dass ich ihr vorwerfen könnte, dass sie einmal im Leben an sich selbst gedacht hat? Dass sie für sich zurück nach Deutschland gehen wollte. Immerhin hat sie ihre Lebenspläne bis dahin für mich geändert.

Die alte Wut auf meine Mutter verraucht. Stattdessen macht sich Dankbarkeit in mir breit. Dafür, dass ich leben darf. Dass ich hier bin. Auch wenn es Menschen gibt, die mir etwas anderes weismachen wollen, bin ich kein Fehler. Ich bin die bewusste Entscheidung meiner Mutter. Aber definitiv nicht ihr Fehler.

Als ich mich wieder ins Bett lege, lausche ich Grandpas regelmäßigem Schnarchen. Ich nehme mir fest vor, herauszufinden, warum Mom mich diesen Sommer nach Kanada geschickt hat.

Kapitel 20

Amber und Jack winken uns vom gestrigen Tisch aus zu. Ich habe Grandpa tatsächlich unter die Dusche bekommen. Zwar mit dem kompletten Rollstuhl – der gerade eine Spur aus Wassertropfen hinter sich herzieht – dafür habe ich jetzt einen Grandpa in einem vorzeigbaren Zustand.

»Gut siehst du aus, Stan«, erwähnt Amber, nachdem wir uns zu ihnen gesetzt haben. »Sehr erholt.«

»Was so ein paar Tage in den Bergen alles bewirken können.«

Nachdem Grandpa zielstrebig nach einem Frühstücksei greift, lange auch ich kräftig zu. Amber und Jack erzählen von ihren Enkelkindern, die etwa in meinem Alter sein müssten. Irgendwie werde ich das Gefühl nicht los, dass sie mich mit ihrem Enkel aus Vancouver unbekannterweise verkuppeln wollen, damit ich über Vince hinwegkomme.

»Aber das macht nichts«, beendet Amber ihre Erzählung zwischen zwei Bissen von ihrem belegten Brötchen. »In der heutigen Zeit seid ihr jungen Leute alle gut vernetzt. Da wirst du bestimmt bald etwas von deinem Vince hören.«

Mein geknickter Gesichtsausdruck lässt Amber innehalten. »Du hast doch seine Nummer, oder?«

Langsam bewege ich den Kopf von einer zur anderen Seite. Den Löffel lasse ich in meiner Schale mit Porridge sinken.

»Das gibt's nicht!«, ruft Jack aus. »Dabei findet man heutzutage doch alles im Internet.«

»Ihn nicht«, zerschlage ich Jacks Hoffnungen. Nicht nur, weil ich jetzt kein Handy mehr habe. Meine Entscheidung von gestern fühlt sich noch immer richtig an. In mir drinnen ist es ruhig. Keine Gedanken, die sich drehen oder Stimmen, die darauf pochen, dass ich noch ein Foto schießen oder eine Story posten muss.

Amber sieht mich fragend an. »Hat er denn wenigstens deine Nummer?«

Wieder ein Kopfschütteln meinerseits. »Ich hatte seine. Damit ich sie nicht verliere, hat er sie auf meinen Arm geschrieben. Doch dann bin ich Duschen gegangen und habe nicht weiter darüber nachgedacht. Jetzt ist sie weg.«

Amber faltet bestürzt die Hände zusammen. »Aber du weißt, dass er in Vernon arbeiten wird. Von Calgary ist das nur wenige Stunden entfernt. Du kannst ihn auf seiner Arbeitsstelle besuchen.«

Jack schluckt einen Bissen seines Brötchens runter. »Ach was. Vernon ist groß. Und Farmen gibts da viele. Soll die Kleine etwa alle Farmen abklappern?«

Amber schaut betrübt auf ihren Teller.

»Er kommt auch erst in einer Woche in Vernon an. Bis dahin wollte er noch irgendeinen Nationalpark mit Wasserfällen besuchen.«

»Wells Gray«, ergänzt Grandpa.

Ambers Augen strahlen. »Dann fahr ihm hinterher! Wells Gray ist nicht weit entfernt. Bis heute Nachmittag solltest du dort sein. Und es gibt nur eine Straße, die er genommen haben kann. Dort wirst du ihn viel leichter finden, als in Vernon.«

Klingt ja ganz nett, aber ... Mein Blick wandert zu Grandpa hinüber. Sein Ei und das Brötchen hat er gegessen. Gerade schlürft er seinen Kaffee. Neben der Tasse liegt eine weiße Pillenpackung. Mit wesentlich weniger Inhalt als in den Tagen zuvor. Und die Blaue fehlt komplett.

»Ich muss Grandpa heute noch nach Hause bringen. Und danach verfrachtet mein Vater mich bestimmt ins erste Flugzeug zurück nach Deutschland. Er verzeiht mir nie, dass ich Grandpa mit auf diesen Roadtrip genommen habe.«

Jack klopft mir mit seiner Pranke auf die Schulter. »Als ob Stan etwas mit sich machen lassen würde, was er nicht genau geplant hat. Gerissen wie ein Fuchs ist er, der Stan.«

Vielleicht sollte ich Jack mitnehmen und bei meinem Vater vorschicken. Einem gestandenen Mittsechziger schenkt man mehr Vertrauen, als der eigenen Tochter, die noch grün hinter den Ohren zu sein scheint.

Als hätte Amber meine Gedanken gelesen, zwinkert sie mir verschmitzt zu. Dann beugt sie sich zu ihrem Mann vor und flüstert ihm etwas ins Ohr. Jacks Gesicht hellt sich auf und er schlägt mit der flachen Hand auf den vollen Frühstückstisch. Zum Glück ist meine Tasse Kaffee bereits leer, sodass lediglich sein eigener die Tischdecke einweicht.

»Maddy, fahr deinen Vince suchen. Deinen Grandpa bringen wir nach Hause.« Jacks Worte klingen wie ein Befehl.

Trotzdem widerspreche ich: »Aber ...«

»Nichts da«, meint Amber. »Wir müssen sowieso nach Calgary. Und statt über Edmonton zurückzufahren, fahren wir eben nochmal denselben Weg über den Icefield Parkway. Es gibt sowieso immer wieder etwas Neues zu entdecken.«

»Was sagst du, Stan?«, wendet sich Jack an seinen alten Freund. »Maddy verbringt noch ein paar Tage ohne dich in der Natur und wir machen uns heute einen schönen Tag, ehe wir deinem Sohn einen Besuch abstatten?«

Für Grandpa scheint das Ganze bereits beschlossene Sache zu sein. Er hebt seine Kaffeetasse, als wäre sie ein Bierglas und prostet Jack zu. »Maddys Reise ist noch nicht zu Ende.«

»Auf dass du deinen Freund finden wirst.« Auch Amber hebt ihr Glas mit Orangensaft. Jack blickt mich auffordernd an.

Ich greife nach meinem Glas. »Ist ja gut. Ihr habt gewonnen. Ich werde Vince finden.«

»Auf die Liebe«, ruft Amber begeistert aus und ihr Glas trifft Grandpas Tasse.

»Jetzt übertreibst du's aber«, kommentiert Jack, als wir ebenfalls anstoßen.

»Ich mein ja nur.« Amber zwinkert mir zu.

»Da endet unser Roadtrip.« Ich stehe mit den Händen in den Taschen neben dem Truck von Jack und Amber. Die beiden verladen gerade Grandpas Rollstuhl im Camperaufsatz. Grandpa sitzt bereits auf dem Beifahrersitz.

»Jedes Ende ist ein neuer Anfang.«

Ich verdrehe die Augen und tätschle ihm das Knie. »Jaja, der Anfang von Maddy allein auf der Straße.«

Grandpa zwinkert mir zu. Ich zwinkere zurück.

»Sag mal, Stan, fahren wir nicht an diesem einem Canyon vorbei? Der, der auf dem Bild in unserer Lieblingshütte zu sehen ist. Oh, da können wir bestimmt kurz halten«, plappert Amber, die mich zum Abschied nochmal drückt, als würden wir uns schon ewig kennen. Grandpa schüttelt abwehrend den Kopf. Ohne mich wird er diesen Canyon bestimmt nicht befahren können.

»Denk an die Höchstgeschwindigkeit. Wir sind hier nicht in Deutschland.« Jack klingt fast wie ein besorgter Vater.

»Mach ich.« Vielleicht.

Ich gehe rückwärts zu Grandpas Auto und winke den Dreien zu, damit sie endlich abfahren. Der Truck setzt vorsichtig zurück und rollt Richtung Ausfahrt. Als ich mich zu meinem Auto umdrehe, sehe ich, dass die Bremslichter aufleuchten und eine aufgeregte Amber aus dem Truck gestürzt kommt. In der Hand hält sie Grandpas analoge Kamera.

»Hier, acht Bilder sollten noch frei sein, meint dein Grandpa.« Sie drückt mir die Kamera in die Hand. Aus einem Impuls heraus flitze ich nach vorne zum Truck und drücke Grandpa nochmal an mich.

»Wir sehen uns in Calgary.« Ich löse mich aus der Umarmung.

»In Calgary«, stimmt Grandpa mir zu. »Ich hoffe Jack und Amber haben andere Musik zu bieten. Die ganzen Hard Rock Klassiker kann ich alle in- und auswendig.«

Ich kann mir das Grinsen nicht verkneifen und sehe, wie Grandpa mir ein letztes Mal zuzwinkert. Nachdem der Truck nicht mehr zu sehen ist, schlendere ich zurück zu dem uralten Toyota.

»Wenn du menschlich wärst, dann würde man dich jetzt Sugardaddy nennen«, kläre ich das Auto über unseren Altersunterschied auf.

Ich gebe es nur ungern zu, aber der alte Mann wird mir fehlen. Um ehrlich zu sein, bin ich nicht mal wirklich sicher, ob ich den Nationalpark ohne seine Hilfe finden werde.

»Du bist allein nach Kanada geflogen, da wirst du es auch in diesen Nationalpark schaffen.« Das Auto antwortet mir nicht. »Oh man, ich bin keine fünf Minuten alleine und schon rede ich mehr, als in den ganzen Tagen davor. Und nun hören wir AC/DC zum dreihundertsten Mal.«

Ich schiebe die Kassette in das Fach und drehe die Musik auf. Die Töne von Dirty Deeds ertönen. Jetzt kann es losgehen.

Aufgrund der geringen Auswahl an vorhandenen Straßen werde ich mich auch ohne ein Navi zurechtfinden. Ich bereue nicht, dass ich mein Handy gestern Nacht zerstört habe. So befreit wie gerade, habe ich mich noch nie in meinem Leben gefühlt. Die Berge ziehen an mir vorbei, Tannenwälder werden von noch mehr Tannenwäldern abgelöst.

Einen Australier in Kanada zu suchen, ist in etwa so, wie einem Bären in den Rockys zu begegnen. Man weiß, dass sie da sind, eigentlich ist man froh, wenn sie einem fernbleiben, doch wenn man einem begegnet, hat man am Ende etwas zu erzählen. Jetzt, wo ich nach diesem einen Australier suche, komme ich mir vor, als versuche ich einen Raben am Himmel auszumachen. Er könnte einfach überall sein.

AC/DC wird von Guns N' Roses abgelöst. Zu meiner rechten Seite taucht Zivilisation auf. Eine Touristeninformation, mit einem voll besetzen Parkplatz davor, wirkt zwischen den Tannen und den Bergen wie eine Großstadt. Und der verranzte Van zwischen all den Trucks wie Aschenputtel auf dem Ball des Prinzen. Moment: Das ist Vince' Van!

Ich trete in die Eisen und werde mit einem Ruck nach vorne geschleudert. Der Anschnallgurt hält mich davon ab, durch die Windschutzscheibe auszusteigen. Zum Glück war niemand hinter mir. Ich wende das Auto auf der Straße und fahre zurück zur Einfahrt des Touristencenters. Dass ich Vince so schnell finden würde, hätte ich nicht gedacht.

Im Gebäude herrscht reges Treiben. Neben Infobroschüren, gibt es auch ein kleines Museum, das über den Mount Robson Nationalpark informiert. Suchend halte ich Ausschau nach Vince. Wenn sein Van auf dem Parkplatz steht, hat er entweder über Nacht keinen Zeltplatz mehr bekommen und hat hier geschlafen, oder aber er hat den Zeltplatz heute Morgen verlassen, um wandern zu gehen. Vielleicht gab es am Wanderweg keinen Parkplatz mehr und deshalb hat er den Van hier gelassen.

»Kann ich Ihnen helfen?« Ein Ranger in dem grünen Polohemd der Mitarbeiter lächelt mich freundlich an. »Sie sehen aus, als würden Sie nach etwas suchen.«

»In der Tat.« Ich gehöre nicht zu der Sorte Mensch, die im Supermarkt zu stolz dazu sind, nach dem Aufenthaltsort von Tampons zu fragen. Warum sollte ich mich nun genieren, einen hinreißenden Ranger nach einem anderen Mann zu fragen? »Wissen Sie, seit wann der Van dort draußen steht?«

»Der Weiße?«

Ich nicke.

»Seit gestern.«

»Wissen Sie das eigentlich bei allen Fahrzeugen so genau, die draußen parken?«

Der Ranger lacht. »Nein, nur bei dem. Zufällig hat der Inhaber des Vans.« Sein bedeutungsvoller Blick trifft auf meinen. »Gestern nach einer Genehmigung gefragt, den Berg Lake Trail zu wandern.«

»Dafür braucht man eine Genehmigung?«

»Nicht unbedingt. Da es sich um eine Mehrtageswanderung handelt, muss man den Zeltplatz vorab buchen. Mit vorab meine ich allerdings mehrere Monate im Voraus.«

»Also hat er keine Genehmigung bekommen?«

Der Ranger zuckt nichtssagend mit den Schultern.

»Das heißt jetzt ja oder nein?« Langsam werde ich ungeduldig.

»Schon mal was von Datenschutz gehört?«

Ich verdrehe die Augen. »Kommen Sie schon. Wir sind hier nicht in Deutschland. Sie haben mir ja keinen Namen verraten. Sagen Sie mir einfach, ob gestern jemand eine Genehmigung erhalten hat, um den Berg Lake Trail zu wandern oder nicht. Wobei, ich kann mir die Antwort selbst geben: Hat er, oder?«

Der Rancher schüttelt lachend den Kopf. »Was halten Sie davon, wenn wir zusammen essen gehen?«

»Was?« Hat er mich gerade allen Ernstes um ein Date gebeten, wo ich ihn offensichtlich nach einem anderen Kerl frage? »Hatte der Inhaber des Vans etwa anderen Frauenbesuch, weshalb Sie mich jetzt trösten wollen?«

»Ich habe keine Chance, was?«

»Nein, ihr Arbeitsplatz ist leider zu weit ab vom Schuss.«

»Aber hier gibt es WLAN.«

»Was mir gerade nichts nützt. Also: Berg Lake Trail?«, führe ich ihn zurück zu unserem eigentlichen Thema.

»Sagen wir es mal so«, wählt der Ranger seine Worte mit Bedacht. »Gestern war eine Gruppe junger Leute hier, die versucht hat, ihren zusätzlichen Zeltplatz ›umzutauschen‹. Einer ihrer Freunde ist krank geworden. Und ein anderer Besucher des Touristencenters, hat rein zufällig nach einem Zeltplatz gefragt und diesen vielleicht bekommen.«

»Das heißt also, dass die Gruppe gestern los ist, dort übernachtet hat und wann zurückkommt?«

Der Ranger schüttelt den Kopf. »Datenschutz.«

Ich stöhne laut auf. Der Berg Lake Trail ist zwanzig Kilometer lang – one way. Mit Gepäck schafft man vielleicht die Hälfte. Das heißt, dass Vince wahrscheinlich heute an seinem Ziel ankommen wird, dort übernachtet, sich morgen auf den Rückweg macht und dann übermorgen wieder hier ist. Wollte er nicht eigentlich in den Wells Gray?

Ich werde entweder bis dahin hier ausharren müssen oder ich laufe ihm entgegen. Dann benötige ich allerdings einen ebensolchen Pass und Wanderausrüstung.

Der Ranger unterbricht meine Gedanken, als er erneut fragt: »Was ist mit dem Essen?«

Nachdenklich starre ich aus dem Fenster der Touristeninformation. Ich bin wegen Vince hier, so nett der Ranger auch ist.

In diesem Moment fährt ein Pferdetrailer an der Touristeninformation vorbei. Das bringt mich auf eine Idee.

»Kann man den Berg Lake Trail auch reiten?« Auffordernd sehe ich den Ranger an.

Er seufzt. »Das war wohl ein Nein.«

»Kann man?« Ich lasse nicht locker.

»Ja, kann man. Allerdings nur mit einer der Ranches, die eine Genehmigung ...«

»Danke, das reicht schon«, unterbreche ich ihn und stürme aus dem Gebäude. Vermutlich blickt mir der junge Mann kopfschüttelnd hinterher. Schnell bin ich an meinem Auto und fahre dem Pferdetrailer auf einer geteerten Straße hinterher. Den Schildern nach zu urteilen, gelangen wir gleich an den Parkplatz des Berg Lake Trails.

Rein zufälligerweise parke ich neben dem Pferdetrailer. Während fünf Mädchen zusammen mit einer Frau mittleren Alters und einem, auf einem Grashalm kauenden Cowboy, die Pferde ausladen, tue ich so, als studiere ich die Infotafel. Wie schaffe ich es, sie dazu zu bringen, mir eines ihrer Pferde zu überlassen? Mit einem Pferd bin ich schneller als zu Fuß. Außerdem würde ich wie eine Prinzessin auf ihrem hohen Ross angeritten kommen, um meinen Prinzen zu finden. Romantik pur, oder?

Plötzlich reißt sich eines der Pferde los. Ohne darüber nachzudenken, stelle ich mich ihm in den Weg. Der Braune reißt seinen Kopf hoch, als ich ihm mit ausgebreiteten Armen in den Weg springe. Schlitternd kommt er vor mir zum Stehen.

»Ruhig, mein Guter. Alles ist in Ordnung.« Ich greife nach seinen lose herabhängenden Zügeln und fahre ihm mit der Hand über den Hals. Der Braune schnaubt tief.

»Na sieh mal einer an. Eine Pferdeflüsterin.« Der Cowboy tritt neben mich, was das Pferd dazu bringt, nervös zur Seite zu tänzeln.

»Hoooo.« Beschwichtigend rede ich auf das Pferd ein.

»Danke fürs Einfangen.« Der Cowboy will nach den Zügeln greifen, doch der Braune verdreht die Augen und wirft den Kopf zurück. Ich lasse ihn ein paar Schritte zurückweichen, ehe ich ihn von dem Cowboy wegdrehe.

»Er scheint Angst vor dir zu haben. Ich bringe ihn mal besser zurück.« Das Pferd folgt mir, während der Cowboy lässig mit den Schultern zuckt und seinen Grashalm von einer Seite seines Mundes zur anderen schiebt.

»Schau mal, Mallory. Sie hat Dandy eingefangen«, ruft eines der Mädchen, das etwa in dem Alter sein müsste, wie ich damals, als ich Kanada verlassen habe.

Die Frau, eindeutig die Chefin hier, kommt auf Dandy und mich zu. Ihr blondes Haar trägt sie zu einem geflochtenen Zopf, der ihr über die Schulter fällt. Im Gegensatz zu dem Cowboy stürmt sie nicht auf ihr Pferd zu, sondern bleibt in wenigen Schritten Abstand stehen und wartet, bis sich das Tier ihr nähert.

»Danke, dass du Dandy eingefangen hast.« Sie lächelt mich freundlich an und ich reiche ihr die Zügel.

»Gern geschehen.« Ich drehe meine Augen in die Richtung des Cowboys. »Das Pferd scheint ihn nicht sonderlichzu mögen.«

Die Frau verdreht die Augen. Scheint wohl nicht einfach zu sein, gutes Personal zu finden.

»Ich bin Mallory, die Besitzerin der Willow Ranch, die die Reitausflüge in der Gegend organisiert.« Sie reicht mir ihre Hand.

»Maddy.« Ich ergreife ihre Hand. »Pferdefängerin in Not.«

»Du hast unseren Reitausflug gerettet«, bedankt sich eines der Mädchen. »Dandy ist letzte Woche erst fortgelaufen und wir haben Ewigkeiten gebraucht, um ihn einzufangen. Danach konnten wir nur die Hälfte des Trails reiten.«

»Reitet ihr denn sonst immer den Ganzen?« Ich wende mich ihr zu.

Das Mädchen nickt aufgeregt. »Ich war schon zweimal am Berg Lake. Und du?«

»Leider noch gar nicht.«

Das Mädchen reißt erschrocken die Augen auf, als würde ich ihr erzählen, dass ich Taylor Swift nicht kenne.

»Dann reite doch mit uns. Mallory, kann sie nicht mit uns kommen? Sie hat den Berg Lake noch nie gesehen!«

Statt Mallory antwortet der Cowboy, der sich gegen den Trailer gelehnt hat. »Lass sie doch. Ich halte hier die Stellung.«

Was für ein fauler Sack. Aber mir soll es recht sein. Mallory zögert jedoch. »Ich weiß doch gar nicht, ob Maddy überhaupt Zeit hat.«

»Kein Problem.« Ich will nicht, dass sie denkt, dass sie meine Zeit stiehlt.

»Kannst du denn reiten?«

Ich nicke. Mallory seufzt und wirft dem Cowboy einen schnellen Blick zu, für den die Sache schon beschlossen zu sein scheint. Er schlendert Richtung Fahrerkabine davon.

»Jake ist wirklich ein faules Stück. Wenn du magst, kannst du gerne mit uns ausreiten. Aber wir werden heute den kompletten Berg Lake Trail reiten und erst am Abend zurückkommen.«

Ein Grinsen macht sich in meinem Gesicht breit. Vince, ich werde dich finden.

Mein letztes Mal im Sattel eines Pferdes – wie soll es anders sein – war hier in Kanada. Ich bin auf einer Farm aufgewachsen, natürlich habe ich viel Zeit im Sattel verbracht. Allerdings ist diese Zeit verdammt lang her. Trotzdem scheint etwas von meinem alten Wissen hängen geblieben zu sein. Als Dandy bockt, halte ich mich auf seinem Rücken wie ein Profi. Mit beiden Händen am Sattelhorn festgekrallt. Ich sagte ja, wie ein Profi, nicht wie ein Cowboy.

Jake ist am Parkplatz geblieben. Er hat es sich auf der Rückbank des Trailers bequem gemacht. Die Mädchen plappern aufgeregt durcheinander, sodass Mallory sie zur Aufmerksamkeit zwingen muss. Der Pfad vor uns ist schmal, sodass wir hintereinander reiten müssen. Dafür ist Abstand zum Vordermann zwingend einzuhalten. Was das Mädchen vor mir nicht ganz zu kapieren scheint, denn ihr Pferd kuschelt mit dem Schweif des Rappens davor. Unwillig legt das Tier die Ohren an.

»Gib Acht auf deine Knie.«

»Oh, halte ich sie nicht richtig?«, fragt das Mädchen und dreht sich im Sattel zu mir um.

Ich zucke mit den Schultern. »Keine Ahnung, aber wenn der Rappe vor dir auskeilt, dann schwebt dein Knie in hoher Verletzungsgefahr. War mal einen Monat auf Krücken unterwegs deswegen.«

Erschrocken greift das Mädchen nach den Zügeln ihres Pferdes und hält ihr Tier zurück, bis der Abstand eine Pferdelänge beträgt. Dass nicht ich diejenige auf Krücken war, sondern meine damalige beste Freundin, brauche ich ihr nicht zu erklären. Die Lektion hat gesessen.

Es ist schön, mal wieder im Sattel zu sitzen. In Deutschland wollte ich meine Karriere als Cowgirl unbedingt fortsetzen, musste aber feststellen, dass Reiten nur ein Hobby für wohlhabende Leute ist. In Kanada hat gefühlt jeder ein Pferd im Vorgarten stehen.

Was ich an Pferden immer mochte, war, dass sie ein Spiegel der eigenen Gefühle sind. Wie Dandy unter Jake keine Lust auf diesen Ausflug hatte, ist er unter mir tiefenentspannt. Denn genau so fühle ich mich. Vollkommen entspannt.

»Lasst uns antraben«, verkündet Mallory. Dann sieht sie mich an. »Du reitest hinter den Mädchen, ich gehe voraus.« Sie treibt ihr Pferd in einen flotten Trab und drängt sich auf dem inzwischen breiter gewordenen Pfad nach vorne.

Mit jedem zurückgelegtem Meter, rücken meine Gedanken in den Hintergrund. Ich beginne die frische Luft zu genießen, der leichte Wind, der mir um die Nase weht und Dandys rhythmisches Schaukeln, in das ich mich langsam einfinde. Ich schaffe es inzwischen sogar, eine Hand vom Sattelhorn zu lösen und schwinge im Takt des Pferdes mit, statt ihm unbeholfen in den Rücken zu fallen.

Jeden Wanderer, den wir überholen oder der uns entgegenkommt, mustere ich genau. Aber Vince muss schon viel weiter sein.

»Wir werden am Kinney Lake eine Rast einlegen. Du kannst dich gerne an Jakes Satteltaschen bedienen«, erklärt mir Mallory, die eines der Mädchen hat vorreiten lassen und nun auf meiner Höhe reitet.

Ein Holzunterstand taucht auf. Die Mädchen schwingen sich eifrig aus den Sätteln, binden ihre Pferde an den Holzbalken an und lockern die Sattelgurte. Mühsam stehe ich in den Steigbügeln des Westernsattels auf, um mich ebenfalls auf den Boden gleiten zu lassen. Meine Beine spüre ich nicht mehr, weshalb ich mich mit den Händen am Sattel festhalte, als meine Füße den Boden berühren.

»Sorry, Brauner. Ich wusste nicht mehr, dass diese Muskeln überhaupt noch existieren.« Dandy senkt den Kopf und sucht nach Grashalmen. Ich binde ihn bei den anderen Pferden an und lockere den Sattelgurt.

Die Mädchen haben bereits die Lunchpakete ausgepackt. Da ich gerade erst vom Frühstück komme, lehne ich dankend ab und versuche stattdessen, mit einem Spaziergang wieder Blut in meine Beine zu pumpen.

Der Kinney Lake wird von schroffen Felsen umzingelt. Am Ufer des Sees sind mit Holzrahmen Zeltplätze ausgewiesen, für die mein Zelt zu groß gewesen wäre. Es sind auch gerade einmal zwei Hände voll an Zeltplätzen vorhanden. Jetzt weiß ich, warum man hier vorab reservieren muss.

Ein Pärchen packt gerade ihr Zelt zusammen.

»Ein traumhafter Ort, nicht?«, fragt mich das Mädchen lächelnd. Sie rollt die Stangen des Zeltes in der Zeltplane ein. »Richtig cool, dass du mit dem Pferd unterwegs bist.«

»War ein ziemlicher Zufall. Eigentlich bin ich auf der Suche nach einem Freund.«

»Echt? Ist er verloren gegangen?« Das Mädchen klingt erschrocken.

Ich kann mir ein Lachen nicht verkneifen. »Nein, nein. Alles gut. Ein Australier geht nicht so schnell verloren. Er ist gestern erst gestartet und ich habe ihn leider … verpasst.«

Mount Robson
Nationalpark

»Achso. Ja, gestern war ein Australier hier. Der ist heute Morgen mit einer Gruppe Bergsteigern aufgebrochen. So ein Blonder, nicht?«

Bergsteiger? Vince wird doch nicht etwa den Berg hochklettern wollen?

»Weißt du, wo sie heute übernachten werden?«

Das Mädchen zuckt mit den Schultern, während sie das Zelt in seine Verpackung stopft. Dass das passt, ist ein wahres Wunder. Ich hätte genauer aufpassen sollen. Mit meinem Zelt klappt das nie.

»Maddy?«, ruft eines der Mädchen aus der Reitgruppe nach mir.

»Ich komme.« Zum Abschied hebe ich die Hand. »Danke für deine Hilfe. Ich muss weiter. Viel Spaß noch beim Wandern.«

»Ach, nicht dafür. Viel Erfolg. Ich hoffe, du findest deinen Freund.«

Das hoffe ich auch. Und vor allem, dass ich dafür keine Felswand hochklettern muss.

Schon nach der ersten Stunde zurück im Sattel, bereue ich meine Entscheidung, den kompletten Trail mitreiten zu wollen. Wer hätte gedacht, dass trotz meines regelmäßigen Sportes so viele Muskeln unbeansprucht bleiben?

Irgendwann biegen wir auf einen Pfad ab, der nur für Reiter begehbar ist. Der Wanderweg für Menschen führt außen herum.

»Lasst uns galoppieren«, ruft Mallory von vorne. Mir tut Dandy jetzt schon leid. Ich lasse meine Füße aus den Steigbügeln gleiten, weil ich den Galopp ohne sie besser sitzen kann. *Mit dem Hintern den Sattel auswischen*, erinnere ich mich an die Worte meines Vaters, der mir die ein oder andere Reitstunde gegeben hat. Eine Sache, die wir damals gemeinsam hatten. Überraschend schnell finde ich mich in den Takt der schnellen Gangart ein und schwinge im Rhythmus der klappernden Hufe mit.

Die Pferde vor mir kommen abrupt zum Stehen. Eines der Mädchen schreit, als ihr Pferd zur Seite tänzelt und sie dabei aus dem Sattel fällt. Ich setze mich in Dandys Sattel zurück und nehme die Zügel an. Da ich meine Füße nicht in den Steigbügeln habe, kralle ich mich mit der freien Hand am Horn fest, um nicht ebenfalls aus dem Sattel geschleudert zu werden. Als Dandy stoppt, gräbt sich das Horn schmerzhaft in meinen Magen.

»Ist alles gut? Was ist passiert?«, frage ich, als Mallory aus dem Sattel springt und zu dem gestürzten Mädchen läuft. Es ist das Mädchen, das sich dafür eingesetzt hat, dass ich überhaupt mitreiten kann. Mallory hilft ihr auf und sie klopft sich den Staub von der Kleidung. Tränen laufen ihr über das Gesicht.

»Was tut dir weh, Jenny? Kannst du alles bewegen?« Mallory beugt sich besorgt zu dem Mädchen. Ich steige ebenfalls ab und drücke einem der anderen Mädchen die Zügel meines Pferdes in die Hand und eile zu den beiden. Jenny fängt richtig an zu schluchzen. Als ich bei ihr bin, gehe ich in die Hocke und lege einen Arm um sie. Jenny fährt sich mit der Hand über die verheulten Augen und versucht ihre Schluchzer zu kontrollieren.

»Was tut dir weh?«, fragt Mallory erneut.

»Nichts«, bringt Jenny zwischen zwei Schluchzern heraus.

»Bestimmt nur der Schock.« Mallorys Worte klingen eher wie eine Frage, als wie eine Feststellung. Sie sieht mich mit gerunzelter Stirn an.

»Meine Hose ist total dreckig.« Jenny schnieft und heult erneut auf.

»Die kannst du doch zu Hause waschen. Das sind Flecken, die wieder rausgehen«, beruhige ich sie.

Doch Jenny schüttelt den Kopf. »Aber ich brauche die Hose doch heute. Wir wollten Fotos am Berg Lake machen. Und jetzt sehe ich total schmutzig aus. So kann ich mich doch nicht zeigen.«

Mallory richtet sich auf und stemmt die Arme in die Seiten. Gerade, als sie zu einer Schimpftirade ausholt, unterbreche ich sie mit einer beschwichtigenden Handbewegung. »Das verstehe ich. Lass dich mal ansehen. Dreh dich einmal.«

Jennys Schluchzer verstummen zu einem leisen Wimmern. Da sie sich mit den Armen abgefangen hat, ist die Hose am Knie aufgescheuert. Braune Matschflecken zieren die hellblaue Jeans, die in Jennys staubigen Cowboystiefeln steckt. Von hinten ist das Unglück nicht ganz so groß.

»Was hältst du davon, wenn wir nachher mal ein paar ausgefallenere Bilder machen? Weißt du, mein Grandpa hat mir das Fotografieren beigebracht und gesagt, dass die spannendesten Bilder die sind, wo der Mensch nicht in die Kamera blickt. Ich werde nachher ein paar Fotos von dir machen und du wirst sehen, dass von den Matschflecken kaum etwas zu sehen sein wird. Und die Schuhe machen wir schnell im See sauber. Klingt das nach einem Plan?«

Jenny schnieft noch einmal, ehe sie mir ein zustimmendes Lächeln schenkt. Mallory verdreht die Augen. Für sie sind die Probleme der jungen Mädchen nicht nachvollziehbar. Doch ich kenne sie nur zu gut. An Jennys Stelle hätte ich bis gestern noch genauso reagiert.

Jenny steigt mit Mallorys Hilfe wieder auf ihr Pferd. Nachdem das Mädchen die Füße in die Steigbügel gesteckt hat, wirft Mallory ihr noch einen letzten, warnenden Blick zu.

»Du hast uns trotzdem einen riesigen Schrecken eingejagt. Ich habe geglaubt, dass du dich verletzt hast. Gib das nächste Mal früher Bescheid, wenn deine Kleidung das Einzige ist, was verletzt wurde.«

Vor den Hufen ihres Pferdes liegt ein blaues Armband. Irgendwie kommt es mir bekannt vor. Es sieht aus, wie eines dieser Freundschaftsbändchen, die man sich gegenseitig flechtet. Solche, wie Vince sie an seinen Handgelenken trägt.

»Ist das Armband von dir?«, frage ich Jenny, als sie ihr Pferd von der Stelle wegtreibt, sodass ich das Armband aufheben kann. Sie schüttelt den Kopf, was mir ein Lächeln ins Gesicht zaubert. Das kann nur eines heißen: Vince war hier.

Kapitel 21

Während Mallory mit ein paar der Mädchen das Essen kocht, klettere ich mit den anderen beiden die Felsen hinauf. Der nächste Rastplatz befindet sich am Berg Lake. Dank des Wanderwegs, der ein Stück weit in die Berge führt, haben wir eine unglaubliche Aussicht auf den See, in dessen klarem Wasser sich die schneebedeckten Bergspitzen spiegeln.

Jenny und ein blondes Mädchen haben sich bunte Sonnenbrillen aus ihren Satteltaschen geholt. Die von Jenny ist rahmenlos mit pinkfarbenen Brillengläsern, in denen sich der türkisblaue See spiegelt. Sie zieht die Brille vor bis auf die Nasenspitze und sieht mich mit hochgezogenen Augenbrauen an.

Ich drehe meinen Zeigefinger einmal im Kreis. »Dreh dich mal mit dem Rücken zu mir.«

»Aber dann sieht man mich doch nicht«, protestiert die Braunhaarige.

»Vertrau mir einfach. Das waren auch meine ersten Worte, als Grandpa diese verrückte Idee geäußert hat.«

»Also wenn dein Grandpa wie meiner ist, dann mach ich meine Fotos lieber selbst. Ich habe einen Selfiestick dabei.«

»Jetzt dreh dich endlich um. Und mit dem Kopf wieder etwas mehr zu mir. Nur mit dem Kopf, der Unterkörper bleibt so. Oder willst du, dass man deine Flecken sieht?« Das Argument überzeugt sie und sie folgt tatsächlich meinen Anweisungen. Über die Schultern blickt sie mich an.

»Kannst du die Sonnenbrille nochmal so auf die Nase ziehen, wie eben?«, frage ich Jenny. Völlig entgeistert sieht sie mich an, während ich mit ihrem Smartphone ein Foto schieße. Ich muss lachen über ihren Gesichtsausdruck und Jenny stimmt mit ein.

Immer weiter taut sie auf und nachdem sie die ersten Bilder gesehen hat, wird sie mutiger. Zusammen mit ihrer Freundin springt sie in die Luft, während ich versuche, den richtigen Moment abzupassen. Die Flecken auf der Hose fallen durch das leichte Streiflicht kaum auf.

Der Ruf, dass das Essen fertig ist, beendet unsere Fotosession. Bevor wir das zubereitete Mahl zu uns nehmen, stellen sich alle zusammen am Ufer des Sees neben den Pferden auf. Ich hole Grandpas Kamera aus der Tasche. Die Mädchen sind ganz aufgeregt, weil sie diesmal nur eine Chance haben, um gut auszusehen. Der Moment gewinnt an Bedeutung. Wir zählen laut bis drei und alle öffnen gleichzeitig ihre Augen und lächeln in die Kamera.

Während ich die Nudeln mit dem gegrillten Hähnchen esse, wandert mein Blick über den Berg Lake. Der See liegt klar vor mir. Kein Windhauch bringt das Wasser in Bewegung. Doch hinter den Bergen ziehen die Wolken bedrohlich auf.

Ich stehe auf und gehe zum Ufer. Ein roter Fleck an der Felswand fesselt meine Aufmerksamkeit. Der Punkt bewegt sich. Es scheinen Bergsteiger zu sein, die die Spitze des Berges erklimmen wollen. Hat das Mädchen am Kinney Lake vorhin nicht erwähnt, dass Vince mit einer Gruppe von Bergsteigern unterwegs sei?

Aufgeregt eile ich in die Richtung, in der ich die Bergsteiger gesehen habe.

»Maddy, wo willst du hin?«, ruft mir Mallory hinterher.

»Ich muss schnell was nachsehen, bin gleich wieder da.«

»Aber beeil dich. Wir müssen gleich los. Das Wetter bereitet mir Sorgen.«

Ohne ihr zu antworten, renne ich los. Der rote Punkt kommt näher, bis ich eine Gestalt ausmachen kann. Eine Weitere steht am Boden und sichert den Mann am Felsen.

Vollkommen außer Atem komme ich vor dem Mann mit dem Seil in der Hand zum Stehen.

»Huch, welcher Teufel ist denn in dich gefahren?«, fragt der Mann mich erschrocken.

»Ist Vince bei euch?«

»Vince? Meinst du den Australier?«

Ich nicke aufgeregt. Jetzt schlägt mein Herz nicht nur wegen des Sprints Purzelbäume.

»Der ist nach einer Nacht am Kinney Lake umgekehrt. Wollte nur die erste Etappe mit uns wandern, weil er heute zum Wells Gray weiterfährt.«

Das darf doch nicht wahr sein.

»Aber was ist mit seinem Armband? Ich habe sein Armband hier gefunden.« Hektisch krame ich in meiner Tasche und ziehe das blaue Bändchen hervor.

»Ach das, das hat er Erik geliehen, weil dessen Schnur zur Befestigung der Tasse gerissen ist.«

Entgeistert sehe ich ihn an. Warum ist Vince nicht mehr bei ihnen? Er ist doch gestern gemeinsam mit den Bergsteigern aufgebrochen. Warum sollte er das tun, wenn er dann wieder umdreht?

»Kann ich das wiederhaben?«

»Was?« Mit geöffnetem Mund stehe ich vor ihm. Der Bergsteiger in der roten Hose ist auf dem Felsplateau angekommen und das Sicherungsseil lockert sich.

»Na, das Bändchen.« Er streckt die Hand danach aus. Völlig perplex überlasse ich es ihm.

»Danke. Wir müssen weiter. Da zieht ein Unwetter auf.«

Noch vor Sonnenuntergang kommen wir am Parkplatz an. Allerdings nicht mehr vor Anbruch des Regens. Wir werden bis auf die Knochen nass. Als die Pferde verladen sind, drücke ich die Mädchen noch einmal zitternd an mich.

»Komm gern jederzeit bei mir auf der Ranch vorbei«, lädt Mallory mich zu sich ein. »Leute, die sich besser auf dem Pferd halten können als Jake – und die noch dazu so einen guten Draht zu den Mädchen haben, – können wir immer gebrauchen.«

War das gerade ein Jobangebot? Während in Deutschland alle nach meinem letzten Schulzeugnis fragen und sich dann nie wieder melden, wird hier in Kanada lediglich auf die Leistung geachtet, die ich erbringe. Das Gefühl, meine Zukunft durch meine Vergangenheit ruiniert zu haben, rollt sich zu einem kleinen Ball zusammen und legt sich am Rande meines Bewusstseins schlafen.

»Danke, das werde ich.« Wer weiß, sollte ich Vince nicht finden, besuche ich die Willow Ranch vielleicht wirklich.

An der Touristeninformation steht kein weißer Van mehr. Vince ist tatsächlich weitergefahren. Und ich habe keine Chance mehr, ihm wenigstens eine Notiz an die Windschutzscheibe zu klemmen.

Wenn Vince heute weitergefahren ist, dann werde ich mich ebenfalls auf den Weg machen. Ich verlasse den Mount Robson Nationalpark und fahre die Straße weiter Richtung Wells Gray. Die Heizung habe ich voll aufgedreht, um meine Kleidung wieder zu trocknen. An einer Kreuzung halte ich an. Der Nationalpark ist nicht ausgeschildert, weshalb ich auf gut Glück links abbiege, um den Schildern in den nächsten Ort zu folgen.

An einem Diner halte ich an, um noch etwas zu Abend zu essen. Meine schmerzenden Muskeln tragen mich in das sonst recht leere Restaurant. Ich gebe eine Bestellung auf, die mir die Kellnerin gleich darauf bringt.

»Bist du alleine unterwegs?«, will sie wissen.

»Scheint so.«

»Stört es dich, wenn ich mich zu dir setze?« Ohne auf eine Antwort von mir zu warten, nimmt sie auf dem Stuhl neben mir Platz.

»Ich würde mich das ja nicht trauen, so ganz alleine zu reisen.« Die Kellnerin sieht mich mit großen Augen an.

»Würde ich an deiner Stelle auch nicht tun«, warne ich sie mit einem Augenzwinkern. »Soll böse Menschen da draußen geben.«

Gut, dass ich eine von den Bösen bin. Das sage ich aber nicht laut.

Die junge Frau nickt zustimmend. »Da die Täter noch auf freiem Fuß sind, würde ich mich erst recht nicht trauen.«

»Moment mal. Welche Täter?« Noch habe ich niemandem etwas getan. Eigentlich sollte das ein Scherz sein.

Das Mädchen steht auf und holt eine Zeitung, die sie mir auf den Tisch legt, ehe sie sich wieder setzt. Auf der Titelseite steht, dass zwei Touristen in Kanada ermordet worden sind und die beiden Täter auf der Flucht in Alberta gesichtet wurden. Die Zeitung ist von heute Morgen.

In meiner Brust zieht sich etwas zusammen. Um mir meine aufkommende Angst nicht anmerken zu lassen, deute ich auf ein Wort in der Zeitung.

»Sie waren zu zweit, die Opfer. Mit Begleitung bin ich also auch nicht sicher.«

Was die Täter aber bestimmt nicht davon abhalten wird, auch eine alleinreisende Frau um die Ecke zu bringen.

»Ich weiß. Am besten man verlässt das Haus erst gar nicht, bis sie gefasst sind.« Das Mädchen klingt, als würde sie das ernst meinen.

»Und was soll das bringen?«, frage ich sie. »Die Täter waren vorher auch auf freiem Fuß. Ohne, dass jemand wusste, dass sie als Nächstes jemanden umbringen würden. Ist das nicht viel gefährlicher als ihnen jetzt zu begegnen und zu wissen, was sie vorhaben?«

»Schon wahr. Kannst du dich denn verteidigen, wenn sie dich angreifen sollten?«

Ich winke sie mit meinem Zeigefinger näher zu mir heran. »Welches Körperteil greifst du bei einem Mann zuerst an, um dich zu verteidigen?«

Ihr Blick schnellt nach unten und ich nicke bestätigend. »Und wenn du da nicht drankommst: Finger in die Augen.«

»Das ist echt eklig.«

»Ist es. Finden die Typen bestimmt auch, weshalb sie entweder vor lauter Schmerzen oder vor Ekel von dir ablassen.«

Zum Glück habe ich meinen Salat bereits gegessen. Obwohl es meine eigenen Worte sind: Spätestens jetzt ist mir der Appetit vergangen.

»Ich wünschte, ich wäre so mutig wie du.« Die Kellnerin seufzt. »Oder wie der Australier, der vorhin hier war. Der reist auch alleine.«

»Blonde Haare?«

»Ja!«

Gut, dass ich nach dem Ausritt einen Bärenhunger hatte. Manchmal befördert dich eine Pause in doppelter Geschwindigkeit nach vorne.

Das drückende Gefühl in meiner Brust bleibt. Zwei Mörder sind auf freiem Fuße und ich reise alleine durch die Gegend. Ich habe noch nie jemandem die Augen ausgekratzt und wüsste gar nicht, ob ich das in dem Moment wirklich könnte.

Hoffentlich finde ich Vince heute Abend schon. Dann sterbe ich wenigstens nicht allein. Und wer weiß? Immerhin haben wir bereits einen Verbrecher dingfest gemacht.

Die kleine Stadt Clearwater erreiche ich dank der Wegbeschreibung der Kellnerin nach einer weiteren Stunde Fahrt. Es hat bereits wieder angefangen zu regnen und die Dämmerung tut ihr Übriges, um die Situation noch bedrohlicher wirken zu lassen. Der Regen würde jegliche Spuren eines möglichen Mordes davonspülen.

An der Tankstelle schalte ich den Motor aus und bleibe im Auto sitzen. Zähle langsam bis zehn. Und wieder von vorne. Da mein Tank fast leer ist, ringe ich mich schließlich dazu durch, auszusteigen. Außerdem brauche ich etwas zu essen. Beim Tankwart bezahle ich mein Benzin und hole ein paar Sandwiches für den kommenden Tag. Der Tankwart erklärt mir, dass es zwei Campingplätze gibt und sich an einem sogar ein Restaurant befindet. Obwohl der Mann freundlich ist, bin ich froh, als ich das Kassenhäuschen wieder verlasse. Das bedrückende Gefühl im Nacken, dass in jedem Menschen eine dunkle Seite steckt, die nur noch nicht zum Vorschein gekommen ist, lässt mich nicht mehr los.

Ich tanke das Auto voll und drehe die Kassette zum wiederholten Male um. Innerhalb einer Kassettenseitenlänge fahre ich bis zum ersten Campingplatz. Das Wetter ist echt eklig. Eigentlich hätte ich mir ein romantisches Wiedersehen am See zum Sonnenuntergang vorgestellt. Aber der Regen macht die Situation weder romantisch, noch ist eine Sonne zum Untergehen da.

Da es inzwischen komplett dunkel ist, werde ich heute nicht mehr zum zweiten Campingplatz fahren. Mit etwas Glück ist Vince ebenfalls hier gelandet. Ich entdecke zwei freie Stellplätze, was um diese Uhrzeit einem wahren Wunder gleicht, jedoch keinen Camper. Auch wenn es nicht so aussieht, als würde außer mir um diese Uhrzeit noch einer anreisen, parke ich auf einem der freien Plätze und stelle den Motor ab.

Ich weiß nicht, ob ich an so was wie Schicksal oder Vorhersehung glauben soll. Ob es ein Zeichen ist, dass mir Vince immer wieder knapp entwischt. Dass es besser wäre, wenn ich ihn nicht finde, sondern stattdessen nach vorne blicke. Aber letzten Endes ist man allein für sein Schicksal verantwortlich. Ich bin die einzige Person, die darauf Einfluss nehmen kann. Wenn ich ihn jetzt nicht suche, werde ich mich mein ganzes Leben lang fragen, was gewesen wäre wenn ...

Ein Knall ertönt. Ich fahre zusammen. War das ein Gewehr? Das hat sich nicht wie eine Pistole angehört. Wer in Vernon aufwächst, weiß, wie sich ein Gewehr anhört. Damals wusste ich aber genau, wann Jagdsaison ist und wann nicht. Darf man so nah an einem Campingplatz überhaupt jagen?

Unkontrolliert fange ich an zu zittern. Ob ich nachsehen soll, was das war? Wenn da wirklich einer schießt, wäre es dumm, im dunklen Wald herumzulaufen. Aber was ist, wenn das wirklich die Mörder sind, von denen die Kellnerin mir vorhin erzählt hat? Was ist, wenn jemand Hilfe braucht?

Tief atme ich die aufgewärmte Luft im Auto ein, um mich zu beruhigen. Vielleicht schlafe ich heute Nacht besser im Auto. Dann sollte ich zumindest meinen Schlafsack nach vorne holen. Auch wenn er mir im Ernstfall keine Sicherheit bieten kann, habe ich mit ihm das Gefühl, dass ich sicherer bin. Noch ein tiefer Atemzug, dann rappele ich mich auf und klettere nach hinten auf die Rückbank, als ein zweiter Schuss ertönt. Gefolgt von einem Schrei.

Ich halte auf dem Rücksitz inne. Das klingt nicht so, als würde jemand jagen. Ein Mensch wurde verletzt. Warum sonst sollte jemand schreien? Ich sollte den Nationalpark auf dem schnellsten Weg wieder verlassen, doch ich kann mich nicht rühren. Warum habe ich meinen Schlafsack noch nicht hervorgeholt, in dem ich mich verstecken kann?

Aike kommt mir in den Sinn. Die Stunden, die ich an seiner Seite ausgeharrt habe. Ohne zu wissen, was zu tun ist. Noch nie habe ich mich so hilflos gefühlt. Wenn ich an der Stelle der Person wäre, die geschrien hat, würde ich mir wünschen, dass mir jemand zu Hilfe eilt.

Mir gefällt die Richtung nicht, auf die das gerade herausläuft. Wie ferngesteuert greife ich nach dem Türgriff und stoße die Tür auf. *Maddy, du bist doch geisteskrank.*

Suchend blicke ich mich um. Es ist fast dunkel. Nur noch Schemen sind zu erahnen. Aus welcher Richtung kam der Schrei?

Zitternd tapse ich durch das Unterholz. Ob ich rufen soll? Aber was ist, wenn der Mörder mich dann hört und ebenfalls angreift?

Das Laub knirscht unter meinen Füßen. Eine Hand schließt sich um mein Handgelenk. Die Luft bleibt mir im Hals stecken.

»Bist du verrückt?«, zischt mich eine Stimme an.

Ich fahre herum und ziehe mein Knie instinktiv nach oben. Mein Angreifer stöhnt auf, da ich ihn getroffen habe. Er lässt meinen Arm los, um sich die Weichteile zu halten. Der Mann sieht meinem Vater aus früheren Zeiten nicht unähnlich. Wie ein netter Familienvater und nicht, wie ein kaltblütiger Mörder. Und bewaffnet ist er auch nicht.

Beschwichtigend hebt er eine Hand nach oben. »Bist du verrückt, allein im Dunkeln durch den Wald zu laufen?«

Ich trete einen Schritt zurück. »Dasselbe könnte ich Sie fragen.«

»Ich habe dich den Weg in den Wald entlanglaufen sehen und wollte dich holen, bevor es der Bär tut.« Die Energie in der Stimme des Mannes kehrt zurück. Die Wirkung meines Tritts scheint nachzulassen.

»Bär?« Ob man versucht hat den Bären zu erschießen? Aber wer hat dann geschrien?

»Ja, das haben die Ranger doch vorhin erzählt. Dass ein Bär sich seit ein paar Tagen viel zu nah am Campingplatz aufhält und sie versuchen, ihn mit Bärbangern zu vertreiben. Heute Abend haben sie allerdings einen Jäger gerufen, da der Bär angefüttert wurde und seine Scheu vor Menschen verloren hat.«

»Oh, da war ich wohl noch nicht da.« Wollte ich gerade ernsthaft einem Lebensmittel stehlenden Bären zu Hilfe kommen? Ich muss wirklich verrückt sein.

Der Mann schüttelt den Kopf. »Lass uns zum Campingplatz zurückgehen, ehe man uns noch mit einem Bären verwechselt.«

Mit wesentlich schnelleren Schritten als vorhin folge ich dem Mann.

»Bist du immer so lebensmüde und läufst einer Gefahr in die Arme? Wenn man Schüsse hört, dann rennt man doch nicht auf sie zu. Gerade in der Dunkelheit.«

Er hat vollkommen recht. So langsam wird mir bewusst, dass es sich hierbei zwar nicht um die vermeintlichen Mörder handelt, ich mich aber dennoch in große Gefahr gebracht habe. Meine blaue Daunenjacke ist recht dunkel, sodass mich niemand erkannt hätte.

Zurück am Campingplatz mustert der Mann mich kritisch. Hoffentlich mache ich auf ihn nicht den Eindruck eines verschreckten Rehs.

»Komm erst mal mit, das Lagerfeuer glimmt noch. Dann kannst du dich aufwärmen.«

Anscheinend sehe ich doch aus wie eines. Und vielleicht hat er damit gar nicht mal so unrecht. Ein bisschen Gesellschaft und ein warmes Feuer können nicht verkehrt sein.

»Hast du herausgefunden, wer da geschrien hat?« Eine Frau steht vom Lagerfeuer auf und kommt auf uns zu. Zwei Kinder sitzen mit Stöcken in der Hand am Feuer und sehen uns neugierig entgegen.

Der Mann deutet auf mich. »Sie hier. Lief wie eine Verrückte in den Wald.«

Die Augen geweitet, kommt die Frau auf mich zu und nimmt mich in den Arm. »Sowas macht man doch nicht. Kein Wunder, dass du Angst hattest. So ganz allein unterwegs.«

Ich drücke die Frau behutsam von mir. Erst jetzt wird mir bewusst, warum der Mann im Wald war.

»Moment mal. Sie haben nach der Ursache des Schreis gesucht?«, frage ich den Mann, der mich im Wald aufgelesen hat.

Er nickt.

»Ich auch.« Erneut macht sich das flaue Gefühl in meiner Magengegend breit. »Der Schrei kam nicht von mir. Ich wollte der Person ebenfalls zu Hilfe kommen.«

Erschrocken schlägt die Frau die Hand vor den Mund. Der Mann flucht.

»Peter, geh nochmal nachsehen. Und du, du setzt dich erst mal zu uns.« Mütterlich legt sie den Arm um mich und zieht mich zum Feuer. Ich lasse mich neben den beiden Kindern nieder, die mir sofort einen gerösteten Marshmallow hinhalten.

»Ihr Mann meinte, es wäre ein Bär.«

Die Frau nickt. »Ja, wir dachten auch, dass die Jäger ihn erwischt haben. Aber dann ertönte dieser Schrei.«

»Den habe ich auch gehört. Und wegen der herumlaufenden ...« Die Frau presst ihren Finger auf die Lippen, um mir zu signalisieren, dass ich das mit den Mördern besser nicht vor ihren Kindern erwähne.

Zwei Marshmallows später ist Peter noch immer nicht zurück. Seine Frau steht auf und blickt in die Ferne. Als ob sie in der Dunkelheit etwas sehen könnte.

»Ihm ist bestimmt nichts passiert«, versuche ich sie und auch mich selbst zu beruhigen. »Immerhin ist kein weiterer Schuss gefallen.«

Eines der Kinder springt auf, krümmt die Finger zu Klauen und fletscht die Zähne.

»Das ist nicht lustig, Jonah«, rügt seine Mutter ihn. »Da draußen ist wirklich ein Bär, was ist, wenn ...«

»Denken Sie das nicht.« Meine eigenen Worte kommen nicht bei mir an, um mein Gedankenkarussell zu stoppen. Ein Bär würde ihn lautlos töten. Deshalb auch kein Schuss.

»Ich hätte ihn nicht allein in den Wald gehen lassen sollen.« Besorgt blickt sie Richtung Wald.

Die Kinder haben sich wieder dicht aneinandergedrängt auf dem Baumstumpf vor dem Lagerfeuer niedergelassen. Scheinbar haben sie den Ernst der Lage begriffen und sind nun ebenso nervös wie wir.

Nervös knetet die Frau ihre Hände. »Ich hätte ihn begleiten sollen.«

Beruhigend lege ich meine Hand auf ihren Unterarm. Sie ist eiskalt.

»Machen Sie sich keine Vorwürfe. Wenn Sie gemeinsam da draußen wären, wer hätte dann auf ihre Kinder aufgepasst? Außerdem glaube ich, dass Peter zu der Sorte Mensch gehört, der sein eigenes Wohl zugunsten anderer Menschen zurückstellt.«

Ein zaghaftes Lächeln legt sich auf ihr Gesicht. »Ja, das ist er.«

Ein Rascheln lässt uns zusammenfahren.

»Kam das aus dem Gebüsch?«, will die Frau wissen. Die Kinder springen auf und rennen zu ihrer Mutter. Das Mädchen fängt an zu weinen.

»Psst ...« Ich hebe einen Finger an meinen Mund. Ein erneutes Rascheln ist zu hören. Meine Finger krallen sich in das Holz, auf dem ich sitze. Zu keiner Regung bin ich mehr fähig. Meine Muskeln sind angespannt, damit ich jeden Moment losrennen kann. Eigentlich müssten wir jetzt laut sein, um den Bären zu verscheuchen. Aber solange die Mörder auf freiem Fuß sind, ist das nicht die schlauste Idee.

Eine Gestalt tritt aus dem Gebüsch hervor. Ihre Umrisse werden im Schein des Feuers immer deutlicher. Die Frau keucht auf und dem Mädchen entfährt ein Schluchzer. Warum zum Teufel bin ich nicht einfach in meinem Auto geblieben?

»Ich bin es nur.«

»Peter?«, flüstert sie.

»Hab die Ranger gefunden. Die waren wohl auch ganz erschrocken wegen des Schreis. Eine Frau hat vergessen die Handbremse ihres Autos anzuziehen und es ist gegen einen Baum gerollt. Das ist ihr aufgefallen, als sie wegen des ersten Schusses aufgewacht und aus ihrem Zelt gekrochen ist.«

Die Anspannung fällt von mir ab. Wie ein nasser Sack sinkt mein Körper in sich zusammen.

»Was für ein Schreck«, kommentiert seine Frau die Story und legt die Hand auf ihre Brust. Das kann sie aber laut sagen. Die Kinder fallen ihrem Vater um die Hüfte und seine Frau lacht erleichtert.

Peter schiebt die beiden Kleinen von sich und nimmt zwischen seiner Frau und mir Platz.

»Ich finde das sehr mutig von dir, dass du so ganz allein in den Wald bist, um zu helfen«, lobt Peter mich. »Sei nur das nächste Mal ein bisschen vorsichtiger.«

Das muss er gerade sagen, der uns den Schrecken unseres Lebens verpasst hat. Aber es tut gut, die lobenden Worte zu hören.

»Mama, willst du auch ein Marshmallow?« Das Mädchen mit den geflochtenen Zöpfen hält ihr den Stock hin.

Abwehrend hebt diese die Hände. »Nein, Schatz, ich hatte schon genug.«

Peter schnaubt. »Bist du wieder der Meinung, dass du zu dick bist?«

Seine Frau rollt mit den Augen.

»Letztens hat sie sich wieder Diätpillen bestellt«, erklärt Peter an mich gewandt. »Wir haben Hunderte daheim. Aber die Waage zeigt immer mehr, statt weniger an. Über den Tisch hat sie sich ziehen lassen.«

»Das waren Nahrungsergänzungsmittel, Schatz«, verteidigt sie sich. »Außerdem habe ich einen Job bei der Firma bekommen.«

Peter stößt mich in die Seite. »Ja, wegen ihren neuen Freunden im Internet. Sie verkauft diese Pillen jetzt überall im Freundeskreis. Pass auf, dass sie dir nicht auch welche anbietet.«

»Du weißt, dass ich da inzwischen raus bin.« Schmollend zieht sie die Unterlippe vor.

»Woraus?«, mische ich mich ein.

Peter seufzt, deutet seiner Frau jedoch an, dass sie die Geschichte erzählen soll.

»Eine Freundin schrieb mich an, weil ich so viele Freunde auf Facebook habe und ich Geld von zu Hause verdienen könnte. Ganz einfach und ohne meine Kinder zu vernachlässigen. Ich würde für die Fitness- und Gesundheitsbranche arbeiten. Um überhaupt bei der Agentur einsteigen zu dürfen, musste ich einen Mindestumsatz tätigen.«

»Einen dreistelligen Betrag hat sie jeden Monat hingeblättert.« Für den Kommentar erntet Peter den wütenden Blick seiner Frau.

»Am Anfang warst du auch begeistert von der Idee, dass ich von zu Hause aus Geld verdienen kann.« Sie wendet sich mir zu. »Ich dachte wirklich, dass das etwas Seriöses sei. Eine Freundin hat mich geworben. Damals wusste ich nicht, dass sie bei jedem meiner Käufe ebenfalls Geld verdient. Sie setzte mich immer mehr unter Druck, mehr Freunde zu finden und ebenfalls Verkäufer anzuwerben.«

Peter schnaubt. »Das sind keine Verkäufer, sondern Käufer für diese Geschäftsleute. So funktioniert doch das ganze System.«

Irgendwie kommt mir das Ganze ziemlich bekannt vor. Warum hatte Heather es sonst so eilig, dass ich meine Followerzahl steigere?

»Wie bist du aus diesem Vertrag wieder rausgekommen?«

Peters Frau seufzt. »Nur mit einem guten Anwalt. Die haben langfristige Verträge. Das war gar nicht so einfach. Und vor allem teuer.«

»Die Geschichte hat uns mehr Geld gekostet, als es der Familienkasse eingebracht hat«, fügt Peter hinzu.

Ob Heather ebenfalls will, dass ich einen Mindestumsatz tätige? Immerhin würde ich auch für die Fitness- und Gesundheitsbranche arbeiten.

»Sei froh, dass du nicht so dumm bist wie ich, Kind.«

Ich spüre eine Hand auf meiner Schulter, die mich anerkennend drückt. Dabei weiß ich nicht genau, ob mir dieses Lob zusteht. Kann ich Heather wirklich vertrauen?

Kapitel 22

In der Nacht habe ich unruhig geschlafen. Am liebsten hätte ich Heather direkt angeschrieben. Sie gefragt, ob ich selbst die Produkte kaufen muss, die ich bewerben soll. Ob ich eine Vertragslaufzeit habe. Und warum ich zum Teufel innerhalb weniger Tage so viele neue Follower generieren soll.

Das Zelt ist schnell eingepackt und ich verabschiede mich von Peter und seiner Familie, bevor ich zum Clearwater Lake fahre, um dort nach Vince zu suchen. Da ich Heather mit dem kaputten Handy sowieso nicht schreiben kann, ist das meine Priorität.

Auf dem Weg zum Clearwater Lake, komme ich an einem Schild der Helmcken Falls vorbei. Hat Vince nicht etwas von großen Wasserfällen erzählt? Vielleicht hat er dort einen Zwischenstopp eingelegt.

Da es noch sehr früh ist, finde ich ohne Probleme einen Parkplatz. Nur leider keinen Camper. Wenn ich schon mal hier bin, kann ich noch schnell ein paar Fotos für Grandpa schießen. Früher hätte ich keinen Stopp ausgelassen, um auf Instagram etwas zu berichten. Eine solche Sehenswürdigkeit gab meinem Leben eine Bedeutung. Ich wurde zu der Summe meiner gefakten Erinnerungen für die Welt da draußen.

Auch jetzt habe ich dieses Kribbeln in den Fingern, das mich packt, wenn ich weiß, dass es einen Moment gibt, den man festhalten könnte. Doch heute habe ich es, weil ich dieses Erlebnis mit einem Menschen teilen will, der mich liebt. Mich, Maddy, nicht dieses Mädchen von den Fotos im Internet und der selbst geschriebenen Autobiografie, gesplittet in einzelne Posts.

Das Rauschen des Wassers reißt mich aus meinen Gedanken. Im freien Fall stürzt es in die Tiefe und wirbelt in Form von dichtem Nebel wieder auf. Ich hole Grandpas Kamera aus meiner Tasche und stelle sie auf dem Geländer ab, um mithilfe der Langzeitbelichtung das einzigartige Naturschauspiel einzufangen.

Gerade tut es gut, für einen Moment allein zu sein. Zu wissen, dass ich auch ohne Grandpas Hilfe diesen Roadtrip meistern kann. Brauche ich unbedingt ein Ziel, um losziehen zu können? Zuerst wollte ich meine Followerzahl aufstocken, damit ich bei Heathers Agentur landen kann. Aber auch nach oben kann ein Weg hinab führen.

Jetzt will ich Vince finden. Was wäre, wenn ich einfach losziehe, um des Reisens willen? Mich treiben lasse in dem Moment. Dorthin gelange, wohin der Wind mich trägt. Wie ein Blatt, das im Herbst seinen Baum verlässt. Vielleicht sollte ich das einmal versuchen.

Der Campingplatz am Clearwater Lake ist riesig. Und trotzdem ist Vince Van nirgends zu finden. So langsam holt mich die durchwachte Nacht ein.

Ich rieche Kaffee. Wie ein Junkie auf Entzug lasse ich mich von meinen Beinen zu einem kleinen Café tragen. Ein paar Kanus lehnen an der Holzwand. Meinen Kaffee bezahle ich mit dem Wechselgeld vom Tanken. Dann setze ich mich in eine Decke gewickelt auf einen Holzstuhl an den See. Dieser Ort hätte Grandpa gefallen. Ein wenig erinnert er mich an sein zu Hause in Yukon.

Mit Blick auf den See, fangen meine Gedanken an zu wandern. Ich werde zurück in Deutschland nicht nur nach einem neuen Job, sondern auch nach einer eigenen Wohnung schauen müssen. Mom und ich haben uns in den letzten Jahren nicht gutgetan. Ich glaube, dass ich alleine besser dran bin. Keine Frage, ich liebe meine Mutter, trotz der

Dinge, die zwischen uns stehen. Aber manchmal braucht man Abstand zu den Menschen, die man liebt, um die Beziehung wieder aufzubessern. Wer weiß, vielleicht suche ich gar nicht erst nach einer Wohnung in Deutschland, sondern irgendwo sonst. Samt Job und Mann. Okay, so langsam sollte ich mir Sorgen um mich selbst machen. Das nimmt stark konservative Züge an.

Um mich abzulenken, spreche ich die Bedienung im Café an. »Sagen Sie mal, wenn ich nach einem Camper suche und weder hier, noch auf dem Campingplatz beim Helmcken Falls erfolgreich war, wo könnte er sich noch versteckt haben?«

Für einen Moment setzt sie sich zu mir und denkt nach.

»Du weißt, wie riesig der Nationalpark ist, oder?«

Als ich nicke, fährt sie fort: »Da Wildcampen in Kanada nicht verboten ist: quasi überall. Vielleicht gab es keine freien Stellplätze mehr und deshalb suchte der Inhaber des Campers eine nette Stelle, um den Sonnenaufgang zu genießen.«

»So wie diese hier?«

»Du hast recht«, stimmt sie meinen unausgesprochenen Worten zu. »Es gibt keinen besseren Ort, um den Morgen zu verbringen, als diesen See.«

Da auch nach der zweiten Tasse Kaffee kein Vince auftaucht und ich mir Sorgen um meine Finanzen mache – immerhin muss ich mindestens noch einmal tanken, um in Calgary anzukommen – mache ich mich auf den Weg zurück zum Auto. Die Musik habe ich vorhin lauter gedreht, um ohne Kaffee wach zu bleiben. Jetzt drehe ich sie wieder leiser, damit sie den Moment der Ruhe nicht zerstört. Das Auto gibt klackernde Geräusche von sich, weshalb ich die Musik wieder lauter drehe. Frei nach dem Motto, was man nicht hören kann, ist auch kein Problem. Vermutlich habe ich mir das Geräusch nur eingebildet. Aber statt weiter über das Klackern nachzudenken, überlege ich, wo Vince noch sein könnte. Ich halte kurz

Wells Gray
Provincial Park

mit laufendem Motor am Straßenrand, um die Karte mit den Sehenswürdigkeiten hervorzukramen.

Ganz in der Nähe soll es eine alte Farm geben. Von einem Farmer, der früher mit seiner Familie hier gelebt hat. Ray Farm klingt nach einem Ort für einen Australier.

Da die asphaltierte Straße von einer Schotterpiste abgelöst wurde, komme ich nur im Schneckentempo voran. Ein rotes Symbol blinkt neben dem Warnhinweis auf, der einen nervt, wenn man nicht angeschnallt ist. Vermutlich das Öl oder etwas Ähnliches. Das Auto ist so alt, dass es aber auch etwas anderes sein könnte. Ein Blick ins Handschuhfach zeigt mir, dass das Auto sogar zu alt für Bedienungsanleitungen ist. Auf meinem Handy kann ich nicht nachschauen, was das Symbol bedeutet. Vielleicht hätte ich es nicht ganz zerstören sollen. Auf gut Glück fahre ich weiter. Was bleibt mir anderes übrig? Immerhin muss ich Vince finden.

Das Schild zu Ray Farm taucht auf. Dramatische Nebelschwaden ziehen auf. Oder ist das ... Rauch! Aus der Motorhaube des Toyotas dringt weißer Qualm.

»Scheiße!« Ich stelle das Auto in der Mitte der Fahrbahn ab. Möglichst weit weg von den Bäumen. Die ersten Flammen züngeln hervor. Schweiß läuft über meine Haut. Der Rauch dringt durch meine Nase in meine Atemwege und ich fange an zu husten.

Das Feuer hat sich über den kompletten Motorraum ausgebreitet. Sofort schnappe ich mir meine Tasche aus dem Kofferraum. Das Zelt habe ich heute Morgen achtlos auf den Beifahrersitz geschmissen. Die Flammen kämpfen sich bereits aus dem Innenraum des Fahrzeugs hervor, weshalb ich es nicht wage, es ebenfalls zu retten. Und auch Vince Kassette nicht.

Ich greife nach meinem Handy und halte instinktiv meinen Finger an den Sensor, um es zu entsperren. Mein Blick gleitet über das zersprungene Display. *Fuck*. Grandpas Auto steht in Flammen und ich kann nicht einmal Hilfe holen. Wie dumm kann man eigentlich sein?

Tränen treten mir in die Augen. Wie soll ich das bloß Grandpa erklären? Und Dad? Er wird ausrasten.

Ein Camper, in dem zwei Frauen sitzen, hält auf der Straße. Mit einem Feuerlöscher bewaffnet rennt die Beifahrerin des Wagens an mir vorbei, auf Grandpas Auto zu. Die Flammen haben sich bereits so weit ausgebreitet, dass der Feuerlöscher nichts mehr ausrichten kann. Die Fahrerin des Campers legt ihrer Freundin die Hand auf den Arm, um sie von dem hoffnungslosen Unterfangen abzuhalten, die Flammen zähmen zu wollen.

»Hast du die Feuerwehr gerufen?«, schreit mir die Fahrerin über das Knistern der Flammen hinweg zu. Hilflos schüttle ich den Kopf. Ohne zu zögern, zückt sie ihr Handy und tippt eine Nummer ein.

Die Freundin der Telefonierenden zieht mich von dem sterbendem Toyota weg. Der Rauch hat meine Kleidung bereits schwarz gefärbt. Ein weiterer Beweis für meinen Vater, wie verantwortungslos ich bin.

Warum habe ich das Auto erst gestern noch vollgetankt? Das Benzin freut sich, in Flammen aufzugehen. Was ist, wenn ich der Auslöser für den diesjährigen, kanadischen Waldbrand bin? Es stehen so viele Bäume am Wegesrand.

Die Frau neben mir fängt an zu husten. Ihre Freundin kommt zu uns gerannt. Mein Hals kratzt und der beißende Gestank des Feuers lässt Übelkeit in mir aufkommen.

Während mir Tränen die Wange hinabfließen, die ich verstohlen wegwische, werden die Flammen weniger. Bis nur noch Rauch aus dem Wrack emporsteigt. Es sieht aus, wie ein vermodertes Schiff, das seit Jahren auf dem Grund des Meeres liegt. Von seinem ursprünglichen Charme ist nicht viel übrig geblieben.

Bis die Feuerwehr den schmalen Weg bis Ray Farm hinter sich gebracht hat, ist das Auto ausgebrannt. Ich dachte, so brennen Autos nur in Filmen. Statt zu einem Löscheinsatz kommen die Feuerwehrmänner zu einer Aufräumaktion. In der Zwischenzeit hat sich eine lange Schlange an Autos zu beiden Seiten gebildet, mit Menschen, die von ihrem Campingtrip kommen oder auf dem Weg zu ihrem Campingplatz sind.

»Wissen Sie, warum das Auto abgebrannt ist?«, fragt einer der Männer in der orangefarbenen Uniform und zieht sein Handy aus der Tasche.

Entgeistert blicke ich ihn an: »Sind Sie nicht von der Feuerwehr und sollten sowas wissen?«

Der Mann tippt irgendetwas in sein Handy, ehe er mich direkt anschaut. »Vor mir liegt ein abgebranntes Wrack. Für mich sieht es aus, als hätte jemand einen Kanister Benzin darüber gekippt und dann einen Zigarettenstummel darauf geworfen.«

Ich scheine etwas ungläubig dreinzublicken, was dem Feuerwehrmann ein entnervtes Seufzen entringt. »War ein Scherz. Die Brandursache zu ermitteln wird nicht leicht sein. Mit Ihrer Hilfe kann sie schneller ermittelt werden und damit auch die Geldsumme von der Versicherung früher ausgezahlt werden.«

Versicherung! Da war etwas. Und ich habe mich schon gefragt, warum die Brandursache noch relevant ist, da Brandstiftung des Waldes hoffentlich ausgeschlossen ist, jetzt, wo die Männer in Uniform da sind. Keine Polizisten, aber trotzdem.

»Wo sind Sie denn versichert?«

»Ähm …« *Sehr gut, Maddy.* Jetzt werden sie meinen Vater anrufen müssen, um ihm von meinem Versagen berichten. »Hat man sowas wie Versicherungspapiere nicht immer im Handschuhfach?«

Der Mann runzelt die Brauen. »Gut möglich, wenn da noch ein Handschuhfach wäre.«

Ich ringe mir ein hoffentlich höflich aussehendes Lächeln ab. Dem Blick des Uniformierten nach zu urteilen, wirkt es eher hilflos.

»Na, das finden wir schon noch heraus. Das Auto ist auf Sie zugelassen?«

»Ebenfalls: Ähm.«

Mit einer hochgezogenen Braue sieht er mich an.

Ich seufze. »Ich vermute mal auf meinen Grandpa. Kann aber sein, dass es auch über meinen Vater läuft. So ganz genau weiß ich das nicht.«

»Aber mit dem Auto fahren durften Sie schon?«

Was soll ich darauf antworten? Ich dürfte offiziell nicht einmal in Kanada sein, ohne kanadischen Reisepass.

Die folgende Frage stelle ich mit einem Knirschen der Zähne: »Können Sie nicht alles Weitere mit meinem Vater klären? Und ich sehe zu, wie ich am besten nach Hause komme, um mir meine Standpauke persönlich abzuholen.«

Der Gesichtsausdruck des Feuerwehrmannes wird weicher.

»Machen Sie sich keine Sorgen. Wir vermuten einen technischen Defekt. Der Brand war demnach nicht Ihre Schuld. Da wird Ihr Vater sicher Nachsicht zeigen.«

Wer's glaubt. Grandpa ja, aber Dad? Wobei, eigentlich kenne ich ihn nicht wirklich. Vielleicht ist er zu einer Überraschung fähig.

»Wir beseitigen die Überreste ...«

»Bekomme ich die Asche des Toyotas in einer Urne?«

»Das war ein Toyota?« Der Mann hat Humor. »Was ich eigentlich sagen wollte: Wir können Sie nach Clearwater mitnehmen. Das Strawberry Moose hat bestimmt schon auf, dann trinken wir einen Kaffee und Sie schildern mir den Unfallhergang noch einmal genauer.«

Ist das jetzt eine Einladung zum Date? So eifrig, wie er seine Männer anweist, scheint der Kerl jedoch nur seinen Job zu machen.

Die Überreste sind so weit zur Seite geräumt, dass die Autos abwechselnd passieren können. Vince Van war bisher nicht dabei. Und als der Feuerwehrhauptmann das Zeichen zur Abfahrt gibt, gebe ich meinen irrwitzigen Plan auf, die eventuelle Liebe meines Lebens zu finden.

Das Strawberry Moose ist ein uriges Kaffee ganz nah an der Touristeninformation. Also nicht, dass sonst irgendetwas in diesem Ort weit voneinander entfernt wäre.

Ich bestelle mir einen großen Cappuccino, da der Officer einzuladen scheint. Mein gieriger Blick auf die handgemachten Pies lässt ihn auch einen davon bestellen.

»Also, Maddy …«, nimmt er seine Befragung auf und ich frage mich, wo die Handschellen sind. Wirklich anders als das Interview bei meiner Einreise fühlt sich das hier nicht an. Außer, dass hier niemand neugierig durch eine verspiegelte Scheibe schaut, sondern die Mitarbeiter des Cafés uns offen mustern. »Hat das Auto sich irgendwie anders verhalten als sonst?«

»Sie meinen außer lediglich Kassetten statt hochmoderner MP3 Musik abzuspielen? Nicht das ich wüsste.«

Der Feuerwehrmann kann sich ein Schmunzeln nicht verkneifen. Seine Lippen kräuseln sich leicht.

»Also keine Lämpchen, die aufgeblinkt haben?«

In dem Moment läuft es mir eiskalt den Rücken hinab. Um mir nichts anmerken zu lassen, beiße ich in meinen Pie. Ich kaue sehr, sehr langsam, um Zeit zu schinden.

»Jetzt wo Sie fragen …« Zwischen zwei Bissen überlege ich. »… da war so ein Symbol.«

»Ein Rotes?«

»Kann sein. Oder kann es auch orange gewesen sein? Gibt es orangefarbene Symbole in alten Toyotas?«

»In Ordnung. Ein Symbol hat aufgeleuchtet, Farbe unbekannt. Wissen Sie, welches Symbol das war?«

In Zeitlupentempo drehe ich den Kopf von einer zur anderen Seite. Dann nehme ich einen Schluck meines Cappuccinos.

Der Feuerwehrmann zeigt mir mehrere Symbole aus einem Handbuch, wie ich es im Toyota hätte gebrauchen können. Da ich jetzt aber keinen Toyota mehr habe, in dem ich es verstauen kann, spare ich mir die Frage, ob er es mir als vorzeitiges Weihnachtsgeschenk überlassen mag.

»Müssen Sie das so genau wissen?« Ich schlucke den letzten Krümel meines Pies hinunter.

Das Handy des Feuerwehrmanns klingelt und er verlässt entschuldigend das Café. Ich nehme einen weiteren Schluck meines Heißgetränks. Die Bedienung kommt zu meinem Tisch, um den leeren Teller abzuräumen.

»Und Ihr Auto ist einfach so abgebrannt?« Der Kellner sieht aus, als würde er die Pies sonst alleine essen.

»Scheint so.«

Ich verschränke die Arme und lehne mich im Stuhl zurück. An den Wänden des mit Holz verkleideten Gebäudes befinden sich allerhand Elch-Stofftiere, Elch-Figuren und Elch-Tassen. Mein Blick wird allerdings mehr von den Pies im Glaskasten angezogen. Was ist denn heute mit mir los? Ich bin doch sonst nicht so verfressen.

»Und wie kommen Sie jetzt weiter?«

»Das ist eine äußerst interessante Frage.« Ich lehne mich nach vorne und stütze meine Ellenbogen auf dem Tisch ab. »Lassen Sie mich die Frage mit einer Gegenfrage beantworten: Wie glauben Sie, komme ich von einem solch beschaulichen Ort wie Clearwater weiter?«

Ein Politiker wäre stolz auf mich. Insgeheim bin ich es auch.

Der Mann scheint ernsthaft nachzudenken. Ein paarmal setzt er an, um etwas zu sagen, verwirft den Gedanken aber wieder, ehe er ihn mit mir teilen kann. Schließlich hat er einen, der für länger als fünf Sekunden in seinem Hirn hängen zu bleiben scheint.

»Also mit dem Schulbus kämen Sie in die nächste Stadt. Aber der kommt heute nicht mehr. Außer Campingplätzen gibt es hier nichts zum Übernachten. Ihre einzige Chance dürfte Trampen sein, wenn Sie heute noch weiterkommen wollen.«

Trampen? Sein Ernst? Allein am Straßenrand stehen, nett lächelnd einen Daumen rausstrecken und dann die restliche Fahrt über den Alleinunterhalter für den Fahrer spielen? Die Sache hat einen Haken: Es laufen Mörder frei herum!

»Gute Idee. Sind nicht letztens erst Touristen auf dem Highway ermordet worden?« Ich setze den ironischsten Tonfall an, den ich in meinem Repertoire habe.

»Stimmt.« Der Kellner scheint schon wieder nachzudenken. Sein ganzer Körper scheint im Denkprozess eingespannt zu sein. »Wir können Ihnen ein Taxi rufen.«

»Kostet?«

»Wenn ich Ihnen alle Pies in der Auslage mitgeben würde, können Sie den Taxifahrer vielleicht bestechen, Sie bis nach Kamloops mitzunehmen.«

Hervorragende Idee, Bürschchen. Die transportiere ich bestimmt alle in meinem nicht mehr vorhandenen Reisekoffer.

Der Feuerwehrmann kommt zurück.

»Gute Nachrichten«, eröffnet er mir. »Der Brand war ein technischer Defekt.«

»Und das ist gut weil ...?« Ich verstehe den Sinngehalt seiner Worte nicht ganz. Ein technischer Defekt bringt mir meinen fahrbaren Untersatz nicht zurück.

»Der Motor war überhitzt und hat den Brand verursacht. Die Wasserpumpe schien nicht mehr richtig funktioniert zu haben.«

Ich habe noch immer kein Auto. Auffordernd sehe ich ihn an. Der Feuerwehrmann fährt fort: »Die Versicherung übernimmt also den Schaden.«

Ah, jetzt hab ich's. Oder noch nicht ganz. »Weiß mein Vater etwa schon ...?«

»Ja, wir haben über das Kennzeichen die Nummer Ihres Vaters erhalten, da wir die Versicherungsnummer benötigen, um alles Weitere bezüglich des Einsatzes klären zu können.« Als er meinen erschrockenen Blick bemerkt, fügt er hinzu: »Machen Sie sich keine Sorgen. Es war nicht Ihr Fehler, dass die Wasserpumpe nicht rechtzeitig ausgetauscht wurde.«

Ja, aber es war meine Schuld, dass ich dieses Lämpchen ignoriert habe.

»Für ein neues Auto müssen Sie allerdings selbst aufkommen.« Ich wusste, dass das Schicksal mich für meinen Fehler bestrafen würde. »War schließlich nur haftpflichtversichert. Tut mir leid, Miss. Ich muss jetzt auch los, lassen Sie es sich schmecken.«

Er deutet auf den frischen Pie auf meinem Tisch, den mir der Kellner unaufgefordert vor die Nase gestellt hat. Wenigstens einer, der mir weiterhilft.

Kapitel 23

Wenig später finde ich mich am Straßenrand wieder. Erst stehe ich unbestimmt herum und hoffe, dass einfach ein Auto hält und mir anbietet, mich mitzunehmen, ohne, dass ich mich mit meinem ausgestreckten Daumen zum Affen machen muss. Aber manche Wünsche bleiben unerfüllt. Wie wahrscheinlich auch der Wunsch, dass mein Vater dem Feuerwehrmann glaubt, dass ich nicht komplett unfähig bin. Gut, dass er mich auf meinem kaputten Handy nicht erreichen kann.

Ich ziehe das schwarze Gerät aus meiner Tasche. Der Bildschirm ist zersprungen und die Rückseite hat sich von der Vorderseite gelöst. Dabei hat der Akku sich scheinbar verabschiedet, denn der Bildschirm lässt sich nicht anschalten.

Jetzt, wo ich kein Handy mehr habe, merke ich, wie sehr wir eigentlich darauf angewiesen sind. Klar, am Anfang mit den vielen Funklöchern habe ich mich wie auf Entzug gefühlt. Aber jetzt, wo ich mich bewusst zu dieser Auszeit entschlossen habe, fühlt sich das nicht ständig Verfügbarsein, echt gut an. Und auch, dass ich nicht auf Teufel komm raus anderen Instagram-Sternchen nacheifere und vorgebe, jemand zu sein, der ich nicht bin. Ich habe mich so viele Jahre verstellt, dass ich nicht einmal mehr weiß, wer ich eigentlich vorher war. Aber vielleicht ist mein vorheriges Ich auch unwiderruflich verloren. Wir entwickeln uns alle weiter. Lediglich die Art wie, können wir selbst bestimmen.

Da ich mit meinem Handy nicht nach einer Mitfahrgelegenheit suchen kann, halte ich meinen Daumen raus. Kein Auto hält an. Was nicht an der Tatsache liegen kann, dass die Menschen, die an mir vorbeifahren, nicht in meine Richtung müssen. Es gibt immerhin nur eine Straße und jeder von Jasper Kommende fährt in meine Richtung.

Die Tür zu einem Menschen ist ein Lächeln. Vielleicht sollte, ich ein bisschen freundlicher gucken, um mitgenommen zu werden. Als das nächste Auto sich nähert, setze ich mein schönstes Sonntagslächeln auf, das sich am heutigen Tag vollkommen falsch anfühlt. Doch es scheint keine Wirkung zu zeigen. Entmutigt lasse ich mich in das Gras fallen. Bei meinem Glück hält als Nächstes noch ein Verbrecher, wie der, der die beiden Touristen ermordet hat. Und ich habe noch nicht einmal ein Handy, um Hilfe zu rufen. Vielleicht war die Maßnahme, wie ich meinen Digitalen Detox durchgesetzt habe, ein bisschen extrem.

Ich sehe mir den Schaden meines Handys genauer an. Die Rückklappe lässt sich lösen. Vielleicht kann ich den Akku wieder an seinen ursprünglichen Platz schieben. Das Teil gibt nach, als ich ein bisschen drücke, bis sich die Verschlusskappe wieder schließen lässt. Solange ich sie gut festhalte, bleibt der Akku an Ort und Stelle.

Weißes Licht leuchtet durch das zersprungene Glas des Bildschirms entgegen. Das Handy scheint also noch zu funktionieren. Wenn ich es jetzt zum Laufen kriege, muss ich mich der Schimpftirade meines Dads stellen. Wie sonst, soll ich nach Hause kommen? Ob er mich wirklich abholen kommen wird? Aber was bleibt mir anderes übrig? Auf der Straße ist es gefährlich, jetzt, wo Mörder in Kanada unterwegs sind. Und außerdem will mich keiner mitnehmen.

Vorsichtig pule ich das Panzerglas ab, das noch auf dem Bildschirm meines Handys klebt. Den größten Teil des Schadens, scheint es abgehalten zu haben. Unter dem zersprungenen Glas kommt ein Bildschirm mit lediglich einem großen Riss in der Mitte zum Vorschein.

Eigentlich hatte ich nicht vor, so schnell wieder ein Handy in die Hand zu nehmen. Aber wie soll ich sonst meinen Vater kontaktieren?

Ich tippe die PIN ein und warte darauf, dass sich etwas tut. Zum Glück hänge ich in einem Funkloch ohne Internet, sodass ich es ausschalten kann, bevor ich von Nachrichten überhäuft werde. Die Sache mit Heather geht mir nach wie vor nicht aus dem Kopf. Aber so eilig wie heute Morgen habe ich es nicht mehr, eine Antwort zu bekommen. Irgendwie fürchte ich mich auch davor.

Gerade, als mein Finger über der Anruftaste schwebt, wird ein Auto mit getönten Scheiben langsamer und kommt auf meiner Höhe zum Stehen. Ich rapple mich auf, während das Fenster heruntergekurbelt wird. Ein bärtiger Mann beugt sich über seinen Bierbauch hinweg zur Beifahrerseite und hält die Kurbel in seiner Pranke. Er trägt eine Jeanskutte, die mit Aufnähern bestickt ist, die ich damals in der ersten Klasse auf meine zerschlissene Jeans genäht habe, als Löcher noch nicht *In* waren. Der Unterschied, wo Bart anfängt und Haar aufhört, ist nicht klar zu erkennen. Vermutlich hat er einen so ausufernden Bart, dass er sich die Haare bis zu den Schultern hat wachsen lassen, um diese Schmach zu überdecken.

»Howdy!« Über die laute Rockmusik hinweg, kann ich den Mann gerade so verstehen. Ob so ein Mörder aussieht? Warum sollte er anhalten, um mich mitzunehmen, wenn nicht, um mir etwas anzutun?

»Wohin willste?« Seine Stimme kämpft gegen Gitarrenriffs und Schalgzeugklänge an.

»Kamloops.« Abwägend mustere ich ihn: Ist es besser, von einem Mann umgebracht zu werden, der keine Verbrechermaske braucht, da sein Bart seine wesentlichen Gesichtszüge verdeckt oder von seinem eigenen Dad, der sich wegen meiner Verantwortungslosigkeit an mir rächen wird?

»Steig ein.« Die Worte klingen eher nach einem Befehl, als nach einer Aufforderung. Ob ich wirklich mitfahren soll?

Einmal tief luftholend, rede ich mir ein, dass nicht jeder Mensch ein Verbrecher sein muss. Das Unterwäschemodel habe ich dingfest gemacht. Und dem Mädchen im Café habe ich auch erzählt, wie man einen Angreifer unschädlich macht. Aus einem Impuls heraus öffne ich die Tür. Während ich sie hinter mir zuschlage, gibt der Bärtige bereits Gas.

Wartet nicht einmal, bis ich angeschnallt bin. Er selbst legt auch keinen Wert auf den Anschnallgurt.

»Bist ja ganz schön mutig«, brüllt er mich über die Musik hinweg an. Das Gas tritt er durch, damit das Tempo des Autos wohl zum Takt der Musik passt. Die Geschwindigkeit misst man dann in Beat pro Kilometer.

Als ich nicht antworte, dreht er die Musik leiser. Ein Glück.

»Hab gesagt, bist ja ganz schön mutig.«

Ich verkneife mir den Kommentar, dass ich ihn verstanden habe. Nicht, dass er die Musik wieder lauter dreht. Andererseits: Dann müsste ich mich nicht mit ihm unterhalten. Aber ist nicht genau das der Grund, warum man einen Hitchhiker am Straßenrand aufsammelt? Weil man Unterhaltung will? Dabei habe ich nicht einmal meinen Daumen rausgestreckt. Nicht, dass er doch etwas ganz anderes im Sinn hat.

Da ich noch immer nicht geantwortet habe, stellt er mir eine konkrete Frage: »Was willste in Kamloops?«

»Weiter.« Hoffentlich merkt er jetzt, dass ich keine Lust habe, mich mit ihm zu unterhalten. Vielleicht hat er dann auch keine Lust mehr mich mitzunehmen. Kennt ihr das, dass ihr eine Sache bereut, noch bevor ihr sie getan habt? Ich wusste schon, bevor ich in das Auto gestiegen bin, dass das hier eine meiner dümmeren Entscheidungen werden würde.

»Gesprächig biste ja nicht grad.« Ich zucke mit den Schultern, was er nicht sehen kann, da er sich auf die Straße konzentriert.

Ich verschränke die Arme vor meiner Brust und starre aus dem Fenster. Er dreht die Musik wieder auf. Zum Glück nicht so laut wie zuvor. Aber laut genug, damit das Schweigen nicht unangenehm wird.

Der nächste Song ist AC/DCs Highway to Hell. Und genau so fühlt sich diese Fahrt auch so an.

»Hab ich live gesehen. Bin mit dem Bike bis nach Amerika gefahren, weil das Konzert in Kanada innerhalb von Minuten ausverkauft war.« Der ist ja ganz schön verrückt. Aber gut, Lola ist damals nach Berlin geflogen, nur um Helene Fischer zu sehen. Der Flug war günstiger als die Bahnfahrt. Und nach dem Konzert ging es direkt wieder zurück. Nicht so verrückt wie mit dem Motorrad das Land zu verlassen, aber verrückt.

»Ist das von Guns'N'Roses?« Das nächste Lied kommt mir bekannt vor. Es war nicht auf Vince' Kassette, aber dafür klingt die Stimme des Sängers, der eines Titels auf dem Band ähnlich.

»Welcome To The Jungle. Die 1987er Version. Das Lied ist um einiges älter, als du ausschaust.«

Das haut hin. Ist nicht schwer, älter zu sein als ich.

»Magste Rockmusik?«

»Mein Freund.« Stimmt nicht so ganz, aber vielleicht hilft es dem Kerl, sich daran zu erinnern, dass mich jemand vermissen wird, falls er auf die Idee kommt, mich zu entführen.

»Und der lässt dich einfach so trampen?«

»Scheint so.«

Er gibt ein kehliges Lachen von sich, was darauf hindeutet, dass er durch seinen Zigarettenkonsum sterben wird. Dazu braucht man kein Wahrsager zu sein, um das rauszuhören.

»Fahr danach noch weiter nach Kelowna. Deine Richtung?«

»Ne.«

»Wohin musste dann?« Der Kerl ist ganz schön neugierig. Will es wohl um jeden Preis verhindern, dass ich sein Fahrzeug verlasse. Da werde ich es ihm so ungemütlich wie möglich machen, damit er mich freiwillig aus seinem Auto schmeißt. Ich fange an mitzusingen.

Zu meinem Erstaunen stimmt meine Mitfahrgelegenheit mit ein. Nur, dass seine Stimme um einiges besser zur Musik passt als meine. Rauchig, aus der Kehle gesungen. Und er trifft die Töne, was man von mir nicht behaupten kann. Und mehr als ›Welcome to the jungle‹ kommt auch nicht über meine Lippen. Den Rest summe ich mehr schlecht als recht mit.

Das nächste Lied setzt ein und wird von Klavierklängen begleitet. Irgendwas über jemanden, der um Mitternacht den Zug nimmt. Etwas, was ich auch tun sollte. In Calgary wartet nur mein wütender Vater auf mich. Aber welche Wahl habe ich schon? Ich hätte das Angebot von dem Reiterhof annehmen sollen. Zu dem Zeitpunkt hatte ich die Hoffnung noch nicht aufgegeben, dass ich Vince finden würde. Und jetzt? Jetzt bin ich auf dem Weg in die nächstgrößere Stadt, während Vince irgendwo auf einem Campingplatz in seinem Van hockt. In eine größere Stadt wird es ihn vor Beginn seines Jobs wohl kaum verschlagen. Wie kann man auch so dumm sein und eine dämliche Telefonnummer auf einen Arm schreiben? Klar kann ich meinen Arm nicht verlieren, aber dass die Farbe sich nicht ewig hält, hätte ihm auch klar sein müssen.

Graubart fängt unaufgefordert an zu reden. »Mein Bike steht in Kelowna. Kumpel von mir hats winterfest gemacht. Die Karre hier is nur geliehen.«

»Deshalb hast du wohl keinen Einfluss auf die Musik?«, will ich wissen. Das Lied, das gerade spielt, klingt zu soft für einen so harten Kerl. Sein schallendes Lachen auch.

»Gute Rockklassiker müssen nicht von Gitarrenklängen dominiert werden.«

»Erzähl das mal meinen Vater«, rutscht es aus mir heraus.

»Auch ein Freund der guten Musik?«

»Würde mich nicht wundern, wenn ihr euch auf dem AC/DC Konzert getroffen hättet.«

Ich entwickle mich doch noch zu einer unterhaltsamen Beifahrerin. Anscheinend bin ich mir meiner Wirkung auf Menschen nicht bewusst. Versuche ich, jemanden für mich zu gewinnen, stoße ich ihn von mir und kaum will ich jemanden vergraulen, passiert sowas.

»Ist er in meinem Alter, dein Daddy?«

Ich schüttle den Kopf und erzähle ihm, dass seine Vaterschaft nicht geplant war und er damals noch so jung war, dass er jetzt noch keine grauen Haare zu fürchten braucht.

»Ich wollt auch nie Vater werden.« Graubart klingt gefasst. »Aber ich war jung und dumm. Bin nicht bei der Mutter geblieben. Sie hat unseren Sohn allein großgezogen. Nur Geld musste ich ihr schicken. Hab sie ganz schön gehasst dafür. Aber letzten Endes bin ich selbst dran Schuld gewesen.«

Scheint tatsächlich Kinder zu geben, die noch ärmer dran sind als ich.

»Und dein Sohn?«

»Haben keinen Kontakt. Der Junge wollt mich nie sehn. Nur die Geldscheinchen auf seinem Konto.«

»Hast du dich denn schonmal anderweitig um ›den Jungen‹ bemüht? Nur Geld auf ein Konto zu senden, macht dich noch lange nicht zu einem Vater. Nur zum Erzeuger mit schlechtem Gewissen.«

Und da ist sie wieder: Maddy, wie sie sich unbeliebt macht, weil sie einfach nicht ihre Klappe halten kann. Aber ist das nicht genau das, was ich beabsichtigt habe?

»Wollte die Mutter nicht, nachdem ich sie damals hab sitzen lassen.« Er zuckt hilflos mit den Schultern. Welch Wunder ...

»Klingt nicht gerade so, als würde dir etwas am Kontakt zu deinem Sohn liegen.«

Das Lied endet und für ein paar Sekunden ist nur das fahrende Auto zu hören. Zeitgleich mit dem nächsten Lied nimmt er das Gespräch wieder auf: »Interessiert mich schon, was mein eigen Fleisch und Blut so treibt. Aber ich komme nicht an seine Adresse heran.«

»Wie alt ist er denn?«

»Fünfundzwanzig.«

»Heißt?« Ich fixiere mein Handy, das ich die ganze Zeit wie ein Schutzschild in meiner Hand gehalten habe. Ein Blick auf die traurige Miene des Mannes, lässt mich den Flugmodus des Handys ausschalten.

Ich öffne die Facebook App und tippe den Namen in die Suchleiste ein, den der Mann mir diktiert. Natürlich passiert nichts, weil der Empfang nach wie vor nicht vorhanden ist. Ich lege das Handy in meinen Schoß, lasse die Hand darum aber geschlossen.

»Vielleicht ist er neugierig darauf dich kennenzulernen. Inzwischen sollte er in einem Alter sein, wo man über den Dingen steht, die in der Vergangenheit passiert sind und sowieso nicht mehr geändert werden können.«

Aus einem Impuls heraus beantworte ich die Frage, die ich zuvor ignoriert habe: »Ich muss nach Calgary. Mein Dad ist stinksauer, weil ich das Auto abgefackelt habe.«

Der Bärtige lacht aus voller Kehle.

»Abgefackelt?«

»Eingeäschert.«

»Ach du scheiße. Wie haste das denn geschafft?«

Während ich ihm von meinem überhitzten Motor erzähle, fliegen die kahlen Hügel an uns vorbei. Nichts ist mehr von der Pracht der Rocky Mountains zu sehen. Keine grünen Tannen, keine türkisblauen Seen, die den Spiegel zum Himmel darstellen. Fast wie in einer Wüste komme ich mir vor. Nur ohne Sand.

»Das erklärt, warum du am Straßenrand gelandet bist.« Graubarts Lachen vibriert in seiner Brust.

»Klingt ein bisschen falsch, oder?« Immerhin habe ich keinen Minirock an und verlange auch kein Geld für meine nette Unterhaltung während der Fahrt.

»Trotzdem musste vorsichtig sein. Trampen ist gefährlich. Früher, als ich in deinem Alter war, bin ich jeden Tag getrampt. Wenn ich keine Lust mehr auf die Schule hatte und der Schulbus noch nicht da war, da hab ich den Daumen rausgestreckt und mich von einem Vorbeifahrenden nach Hause bringen lassen. Das waren noch Zeiten.«

»Ach, aber mir vorschreiben wollen, dass ich nicht trampen soll?«

Wehe er kommt mir jetzt mit dem Argument, dass ich eine Frau bin. Er verkneift sich den Kommentar zum Glück und setzt den Blinker, um nach Kamloops abzubiegen.

Ich schalte den Bildschirm meines Handys an, um nach einem geeigneten Ort zu suchen, von dem aus ich nach Calgary trampen kann.

Da ich es wieder angeschaltet habe, wird auch das keinen Unterschied mehr machen. Den Vorsatz meines digitalen Detoxes habe ich so schnell gebrochen, wie mein Vater sein Versprechen, auch nach meinem Umzug nach Deutschland für mich da zu sein. Neben Unmengen an Nachrichten fällt mir auf, dass meine Suchanfrage bei Facebook fertig geladen hat. Es gibt nur eine Person unter dem Namen von Graubarts Sohn.

»Ist er das?« Ich halte Graubart das Handy vor die Windschutzscheibe.

»Ja ... wie hast du ...?« Seine Stimme bricht.

»Internet.« Manchmal doch zu etwas gut. Ich schicke dem Kerl eine Freundschaftsanfrage. Auch wenn er scheinbar nichts mit seinem Vater zu tun haben will, ist er ganz nach ihm geraten. Schwarzes Shirt mit unleserlichem Schriftzug und dazu diese ärmellose Weste. Dabei hätte ein Cowboy aus ihm werden können.

»Ich kann ihm deine Nummer geben, wenn du willst. Dann steht ihm die Option offen, sich bei dir zu melden.«

Graubart nickt und diktiert mir seine Festnetznummer. Von Smartphones scheint er noch nichts gehört zu haben. Ich schicke seinem Sohn eine Nachricht:

Wir alle machen mal Fehler. Und die Meisten können wir nicht rückgängig machen. In der Vergangenheit festzuhängen, bringt uns nicht weiter. Vielleicht meldest du dich mal bei deinem Erzeuger. Bin meinem selbst viel zu lange aus dem Weg gegangen. Aufgrund eines Missverständnisses. Ich vermute, bei dir liegt dasselbe vor.

Ich lege das Handy zur Seite, nachdem ich die Nachricht abgeschickt habe.

»Er wird sich melden. Da bin ich mir sicher.«

Graubart wischt sich verstohlen eine Träne aus dem Augenwinkel. Er braucht nicht so tun, als wäre das nicht passiert. Ich habe es genau gesehen.

»Danke, Mädchen.«

Wir wechseln im dichter werdenden Verkehr die Spur. Da fällt mir wieder ein, dass ich gar nicht weiß, wo ich hinmuss.

»Bringe dich zum Busbahnhof.«

Ich verkneife mir den Kommentar, dass mein Geld nicht für einen Bus reichen wird. Vielleicht finde ich dort eine andere Mitfahrgelegenheit.

Der Busbahnhof besteht aus einer kleinen Hütte am Straßenrand und einem Schalter dahinter. Graubart schaltet den Warnblinker an und steigt mit mir aus dem Auto aus. Noch vor einer Stunde hätte ich nicht gedacht, dass ich heil ankommen würde. Statt sich zu verabschieden, kommt Graubart mit mir zum Ticketschalter.

»Nächster Bus nach Calgary bitte.«

»Der Nächste fährt bereits in einer halben Stunde ab.« Die Frau deutet auf den Abfahrtsplan. Als sie den Preis nennt, hoffe ich, mich verhört zu haben. Oder, dass sie glaubt, dass wir zwei Tickets benötigen. Nein, es ist der Preis für ein Ticket. Vielleicht hätte ich es wie Lola mit einem Flugzeug probieren sollen. Wenn da mein Passproblem nicht wäre.

Graubart zückt ein paar Scheine und schiebt sie der Frau rüber.

»Hier.« Graubart drückt mir das bezahlte Ticket in die Hände. »Trampen ist gefährlich. Tu das nie wieder.«

Kapitel 24

Es ist bereits dunkel, als ich in Calgary ankomme. Doch diesmal wartet mein Vater auf mich. Ich habe ihn nach dem Gespräch mit Graubart tatsächlich noch angerufen und ihn gefragt, ob er mich am Busbahnhof abholen kann. Etwas verloren steht er an der Haltestelle, an der mich der Busfahrer rauslässt.

»Hi.« Das, was von meinem Gepäck noch übrig ist, schwinge ich mir über die Schulter. Das roséfarbene Kleid, die Campingausrüstung: Alles ein Häufchen Asche. Während ich mich wie ein Häufchen Elend fühle.

»Hallo Maddy.« Keine Vorwürfe? Bereits am Telefon war er erstaunlich still. Ich dachte, er hebt sich seine Schimpftirade für den Moment auf, in dem ich leibhaftig vor ihm stehe. Ich mustere ihn genauer. Er wirkt niedergeschlagen, müde.

»Danke fürs Abholen«, gebe ich vorsichtig von mir. Ich habe das Gefühl, einem Fremden gegenüberzustehen.

»Kein Problem. Die Mörder sind zwar heute gefasst worden, aber man weiß ja nie, wer sich noch da draußen rumtreibt.«

Gut, dass er nicht nachfragt, wie ich heute zur Bushaltestelle gekommen bin.

Mein Vater deutet auf sein Auto, das ich nach seinem Feierabend in der Hofeinfahrt der Wohnung in Calgary habe stehen sehen. Den klassischen Steinschlagriss in der Windschutzscheibe inklusive. Entweder sind die Steine hier in Kanada besonders gefährlich oder die Menschen haben kein Carglass.

»Sollen wir erst noch ins Krankenhaus?«, fragt Dad mich, während ich die Buchse für den Anschnallgurt suche.

Ich halte in der Bewegung inne. Ein kalter Schauer läuft mir über den Rücken und mein Atem wird flach. »Warum sollten wir ins Krankenhaus fahren?«

Dad senkt den Kopf und starrt das Lenkrad an, als würde es um sein Leben gehen. Nicht blinzeln, sonst bist du tot.

»Was ist mit Grandpa?« Ich weiß, dass es um ihn geht. Ich weiß es, wie eine Mutter weiß, dass es sich um ihr Kind handelt, wenn sie es zum ersten Mal sieht.

»Maddy ...«

»Haben Jack und Amber ihn nicht wohlbehalten zurück nach Hause gebracht? Die beiden haben es versprochen. Sie kannten sich schon viel länger, als ich Grandpa kennen könnte. Ich bin erst achtzehn und die ersten Jahre meines Lebens habe ich ihn nicht gesehen. Mit dem Umzug nach Deutschland hatte ich keine Chance, ihn in den letzten Jahren zu sehen. Eigentlich kenne ich ihn überhaupt nicht. Aber es ging ihm gut. Also soweit. Sieht er noch immer alles doppelt? Das kann nicht sein. Er hätte was gesagt. Er hätte mich nicht einfach gehen lassen, wenn es ihm wirklich so schlecht ging.«

Tränen schießen mir in die Augen. Tränen, die ich nicht geweint habe, als ich Dad damals am Flughafen ein letztes Mal umarmt habe. Heimlich, damit Mom nicht mitbekommt, dass ich mich verabschiede. Ich habe nicht geweint, als meine Großeltern in Deutschland mir vorgeworfen haben, dass ich der Grund dafür bin, dass ihre Tochter eine Versagerin ist. Als sie mir ins Gesicht gesagt haben, dass es besser wäre, wenn es mich nicht geben würde. Ich habe auch nicht geweint, als von Dad keine Karte zu meinem elften Geburtstag kam. Und auch nicht, als ich am nächsten Morgen die Hoffnung aufgegeben hatte, dass er noch anrufen würde.

Aber jetzt weine ich. Ohne, dass Dad den Grund dafür ausgesprochen hat. Ich weine aufgrund eines engen Gefühls in meiner Brust, das sich Vorahnung nennt.

Da Dad nichts sagt, wird mir eines klar: »Ich bin daran schuld, oder? Wenn ich mich nicht von ihm zu diesem Roadtrip überreden lassen hätte, dann würde es ihm jetzt gut gehen. Ich mag ja nicht einmal Roadtrips. Oder Camping und die Tatsache, dass man nicht duschen kann. Ich wollte nur dort hin, weil ich so coole Bilder haben wollte wie Heather. Um diesen Job zu bekommen. Dafür brauchte ich mehr Follower. Dabei bin ich denen doch eigentlich egal. Im Gegensatz zu Grandpa. Oh mein Gott! Ich habe Grandpas Leben wegen meiner Möchtegern-Karriere aufs Spiel gesetzt.«

Unkontrolliert fange ich an zu zittern. »Es ist alles meine Schuld.«

»Nein, Maddy«, sagt mein Vater entschieden. Er wendet mir seinen Kopf zu. Sein Blick ist leer. »Dein Grandpa ist alt. Und ohne Livia sehr einsam. Wenn überhaupt ist es meine Schuld, weil ich nie zu Hause für ihn da war.«

»Aber der Roadtrip war viel zu anstrengend für ihn«, flüstere ich.

Dad holt tief Luft und schließt die Augen. Als er sie wieder öffnet, trifft mich sein Blick. Es ist, als würde er mich zum ersten Mal richtig ansehen. »Ich glaube, der Roadtrip war das Beste, was ihm hätte passieren können. Was deinem Grandpa viel mehr zu schaffen macht, als seine Krankheit, ist, dass er an den Rollstuhl gefesselt ist. Er war schon immer ein Arbeitstier. Konnte nicht still sitzen. Für ihn ist Stillstand gleichbedeutend mit dem Tod.« Sein Blick wird weicher. »Ich glaube, dass du ihm die schönsten letzten Tage seines Lebens geschenkt hast. Das größte Geschenk, was du ihm hättest machen können.«

»Aber ... du warst dagegen? Du hast mich am Telefon angebrüllt.« Ich kann noch immer nicht glauben, dass Dad mir recht gibt. Mir! Dem Mädchen, was ihm die letzten acht Jahre seines Lebens komplett egal war. Grandpas Worte kommen mir wieder in den Sinn. Ich muss ihn das einfach fragen: »Hast du mir geschrieben?«

Als Dad mich verwirrt anschaut, gehe ich weiter ins Detail: »Zum Geburtstag? Oder zu Weihnachten? Oder wenigstens ...«

»... ich habe bei euch angerufen. Aber deine Mutter teilte mir mit, dass du nicht mit mir sprechen willst. Ich habe dir Briefe geschrieben und Karten. Du hättest jedes Jahr eine erhalten sollen. Meine Telefonnummer stand darauf, für den Fall, dass du doch wieder Kontakt zu mir willst.«

»Aber ich habe nie etwas erhalten.« Kann es etwa sein, dass ...

»Mom.« Sie hat all die Jahre verhindert, dass ich Kontakt zu meinem Vater halte. Sie hat mir seine Anrufe verschwiegen, seine Briefe hat sie versteckt und mich in dem Glauben gelassen, dass mein Vater das Interesse an mir verloren hat.

Dad schaut betreten drein. »Es tut mir leid. Ich hätte es hartnäckiger versuchen sollen. Aber ich dachte, dass du dich irgendwann melden wirst, wenn du dazu bereit bist.«

Ich nicke stumm. Hinter uns hupt ein Auto. Dad startet den Motor und macht den Parkplatz frei.

»Weißt du, was ich nicht verstehe?« Das habe ich mich schon die ganze Zeit gefragt. »Warum bin ich dann hier? Also jetzt? In Kanada, bei dir. Wenn sie all die Jahre den Kontakt zwischen uns unterbunden hat, warum hat sie darauf bestanden, dass ich den Sommer in Kanada verbringe? Woher rührt dieser Sinneswandel?«

Dad seufzt und setzt den Blinker. Er folgt den Schildern Richtung Krankenhaus. Der letzte Ort, den sich Grandpa zum Sterben ausgesucht hätte.

»Das wird uns wohl nur deine Mutter sagen können.«

Wenn mein Magen nicht bereits mit mulmigen Gefühlen gefüllt wäre, würde spätestens jetzt eines hinzukommen. Was verheimlicht Mom mir? Hat sie einen Neuen, von dem ich nichts wissen darf? Oder ist sie vielleicht krank? Wilde Gedanken spinnen ein Netz aus Fantasien in meinem Kopf.

»Ruf sie morgen an.« Dad errät meinen nächsten Gedanken, den ich unterbewusst bereits ausgeführt habe, denn ich halte mein Handy in der Hand. »Lass uns erst mal nach deinem Großvater sehen.«

Dad lenkt das Auto geschickt in eine Parklücke, direkt vor dem Haupteingang.

Wir fahren in den dritten Stock. Der sterile Geruch lässt mich meine Nase rümpfen. Kein Vergleich zum Harz der Tannen und dem Geruch des Lagerfeuers am Abend. Wenn ich Grandpa nicht entführen darf, bringe ich ihm morgen Räucherstäbchen mit, die ein Lagerfeuer imitieren.

Dad deutet auf eine angelehnte Tür. Mit einem Nicken bestätige ich ihm, dass er mit reinkommen darf.

Das stetige Piepsen ist das erste, was mir auffällt. Als Nächstes all die Schläuche, die um Grandpas Bett herum verkabelt sind. Einer führt aus seiner Nase heraus bis zu einem Sauerstoffgerät. In seinem Handrücken steckt eine Infusionsnadel, die mit einem Pflaster abgeklebt ist. Und wieder piepst es. Piep … piep … piep …

»Grandpa?«, flüstere ich und greife nach seiner Hand. Unter seinen geschlossenen Lidern sehe ich die Augäpfel hüpfen. Seine Hand drückt meine. Doch kein Ton verlässt seine Lippen.

»Es tut mir nicht leid, dass ich dich durch die Rocky Mountains geschleift habe«, erkläre ich ihm. »Aber es tut mir leid, dass ich dich hierhin habe zurückkehren lassen. Warst du schon einmal im Wells Gray Provincial Park? Der Helmcken Falls wäre ganz nach deinem Geschmack gewesen. Du hättest bestimmt einen geheimen Weg nach unten gekannt, um bessere Fotos zu schießen. Ich glaube, dass man sogar einen Regenbogen fotografieren könnte, wenn man auf die andere Seite gelangt. Das Wasser wirbelt so hoch auf, dass es aussieht, als würde der Wasserfall in den Wolken liegen. Nur das Licht kam von der falschen Seite, also das, für den Regenbogen. Ich habe Fotos für dich gemacht. Ich kann sie entwickeln lassen. Du musst noch ein paar Tage durchhalten, dann habe ich den Film voll und kann dir die Bilder zeigen. Dank dir habe ich viel gelernt.«

Grandpa öffnet seinen Mund. Ich stoppe meinen Redefluss, um keines seiner Worte zu verpassen. Leise und langsam bringt er eine Frage über die Lippen. Die Frage, auf die ich gerne eine andere Antwort für ihn hätte. »Nein, ich habe ihn nicht gefunden.«

»Foto«, flüstert Grandpa.

»Ja, die Fotos zeige ich dir, sobald der Film voll ist. Ich verspreche dir, dass ich mich beeilen werde. Es sind nicht mehr viele Bilder übrig. Aber du hast selbst gesagt, dass ich den Film auf keinen Fall frühzeitig wechseln darf. Erst muss er voll sein. Weißt du was? Ich ziehe gleich morgen los, und verschieße den restlichen Film. Dann musst du nur noch ein paar Tage warten, bis sie im Labor entwickelt wurden.«

»Foto.« Wieder krächzt Grandpa. Seine Stimme klingt so schwach.

»Ist schon gut, alter Mann. Ich kümmere mich um die Fotos.« Ich werde mich beeilen müssen, bevor das Geräusch im Zimmer verstummt. So nervig das monotone Piepsen auch ist: Es zeigt an, dass Grandpa noch lebt. Von mir aus darf es so lange weiterpiepsen, wie es will.

»Ich bringe Maddy erst mal nach Hause«, meldet sich mein Vater zu Wort. »Wir kommen morgen wieder, versprochen.«

Der Druck um meine Hand lässt nach und Grandpas Kopf sinkt zur Seite. Er ist eingeschlafen. Das Piepsen hallt noch immer in meinem Kopf nach, auch als wir bereits im Auto sitzen.

Irgendwann bricht Dad das Schweigen. »Danke, dass du ihn auf den Roadtrip mitgenommen hast.«

»Aber er hat Grandpa seine restliche Lebensenergie entzogen.«

»Nein, du hast sie ihm zurückgeschenkt. Auch wenn er schwach und verwirrt war, als er wieder in Calgary ankam: Er wirkte zufrieden. Die Ärzte sagen, dass die Krankheit nicht die alleinige Schuld an seinem Zustand trägt. Auch wenn dein Grandpa nicht an MS erkrankt wäre, würde er jetzt vermutlich ebenfalls im Krankenhaus liegen.«

»Aber ich hätte bei ihm bleiben sollen.«

Dazu sagt Dad nichts. Ich habe nicht nur auf meiner Mission versagt, Vince zu finden, sondern auch Grandpa alleine gelassen und das Auto abgefackelt. Jetzt fühle ich mich noch miserabler, als ohnehin schon.

Es muss mitten in der Nacht sein, als jemand an meine Tür klopft. Ich murre ein ›Herein‹. Dad setzt sich auf die Bettkante. Das kann nur eines bedeuten. Warum sonst sollte mein Vater mitten in der Nacht mein Zimmer betreten?

Ich sehe die Tränen in seinen Augen. Mein Verdacht wird bestätigt und ich beginne zu weinen.

Dabei habe ich ihm gestern noch versprochen, dass wir uns gemeinsam die Fotos unserer Reise ansehen würden. Immerhin hat er das Ende verpasst. Niemand verpasst gerne das Ende. Ich habe es für ihn festgehalten. Und nicht einmal das konnte ich ihm noch geben.

Zögernd lege ich einen Arm um meinen weinenden Vater. Kurz darauf liegen wir uns gegenseitig schluchzend in den Armen.

An Schlaf ist nicht mehr zu denken, weshalb wir noch vor Sonnenaufgang ins Krankenhaus fahren. In Grandpas Zimmer ist es still. Diese bedrückende Stille, der man jederzeit das nervige Piepsen vorziehen würde. Auch sein Bett steht nicht mehr dort. Der Raum ist leer. Einzig die lebenserhaltenden Gerätschaften stehen am Rand.

Wir werden gefragt, ob wir Grandpa noch einmal sehen wollen. Doch ich weiß, dass das nicht mehr Grandpa ist. Er scheint auf mich gewartet zu haben. Wenn mir sein Auto nicht abgebrannt wäre, weshalb ich früher zurückkommen musste, dann hätte er vermutlich noch ein paar Tage länger gehabt. Ob ein paar Tage länger in diesem Zustand im Krankenhaus einen Unterschied für ihn gemacht hätten?

Der Arzt erklärt uns, dass Grandpa dank des Morphiums ohne große Schmerzen von uns gegangen ist.

Am Nachmittag kommt ein Bestatter in die Wohnung. Wir sitzen am Küchentisch und sprechen über Sarggrößen und Holzarten und Brenndauern. Dad hätte gerne eine Feuerbestattung für seinen Vater. Warum man trotzdem einen Sarg braucht für die Einäscherung, ist für mich nicht verständlich. Alles geht so schnell. Vor wenigen Stunden ist Grandpa erst von uns gegangen und wir sitzen hier, als hätten wir einen Geschäftstermin. Als hätten wir seinen Tod längst überwunden. Irgendwann wird es mir zu viel und ich stapfe in mein Zimmer.

Nachdem ich minutenlang die Decke angestarrt habe, hole ich mein Handy heraus. Während es mir sonst eine willkommene Ablenkung war, nerven die ganzen Nachrichten mich jetzt. Ich weiß nicht, wem ich zuerst antworten soll. Ob ich überhaupt eine der Nachrichten lesen will. Der Riss im Bildschirm erinnert mich an meinen Entschluss, den ich gebrochen habe, wie stets die Vorsätze zum neuen Jahr.

Ich wische alle Benachrichtigungen beiseite. Stattdessen scrolle ich die Bilder unseres Roadtrips durch. Viele sind es nicht geworden. An den Fotos von mir, in dem roséfarbenen Kleid am See, bleibe ich hängen. Wie anmutig ich darauf aussehe. Ganz anders, als ich mich jetzt fühle. Ein schöner Fake, den ich all die Jahre um mich herum aufgebaut habe.

Eigentlich bin ich in die Rocky Mountains gefahren, um den ersten Schritt meiner Karriere zu gehen. Stattdessen habe ich einen Teil meiner Familie wiedergefunden, einen Typen kennengelernt, der glücklich mit seinem Leben außerhalb des Internets ist und gelernt, dass das perfekte Foto es nicht wert ist, dafür sein Leben wegzuwerfen. Manchmal suchen wir nach Dingen und finden stattdessen einen Teil in uns selbst.

Ein zweites Mal traue ich mich nicht, mein Handy zu zerstören. Aber mir fällt etwas anderes ein, das ich tun kann.

Ich öffne Instagram und wähle ein Bild aus, auf dem ich mit dem Rücken zur Kamera stehe. Meine Finger schweben über dem Textfeld. Dann weiß ich genau, was ich schreiben werde.

Ich beginne zu tippen ...

Tut mir leid, dass ich mich so lange nicht mehr gemeldet habe.
Als ich diesen Sommer nach Kanada flog, dachte ich, dass das meine Chance sein könnte, um endlich als Influencer durchzustarten. Die perfekten Voraussetzungen waren gegeben: Ich, die nötige Technik und einer der schönsten Flecken Erde. Sogar andere Influencer habe ich getroffen.
Ihr seht ein Bild, das mit den ganz Großen mithalten kann. Doch das Bild zeigt nicht mich. Es zeigt einen gestellten Moment. An einem Ort, der wenig später sogar einem jungen Mann fast das Leben gekostet hätte.
Ist es das Leben wert, immer dem perfekten Moment nachzujagen? Müssen wir alles für unsere Nachwelt dokumentieren und festhalten? Wie viel von dem, was wir täglich konsumieren, ist wirklich wahr?
Ein weiser, alter Mann lehrte mich, dass wir nur dieses eine Leben haben. Dass wir das Beste draus machen sollen. Aber nicht den perfekten Schein hat er gemeint, sondern das, was sich für uns selbst am besten anfühlt.
Nicht zu posten war das, was sich für mich richtig anfühlte. Doch jetzt ist dieser weise Mann nicht mehr. Auch wenn er erst wenige Stunden nicht mehr unter uns weilt, habe ich schon das Gefühl, dass seine Worte an Bedeutung verlieren. Helft mir, sie nicht zu vergessen. Wie soll ich strahlen in einer Welt aus Schein?
#RIPgrandpa

Nachdem ich den Post abgesendet habe, lege ich das Handy zur Seite. Ich höre, wie die Haustür ins Schloss fällt und tapse zurück in die Küche. Die Teppiche liegen noch immer unangetastet auf dem Boden. Jetzt gibt es keinen Grund mehr, sie wegzuräumen. Denn da ist kein Rollstuhl, der daran hängen bleiben könnte.

»Willst du Grandpa wirklich auf dem Hauptfriedhof beerdigen?«, frage ich Dad, der mit in die Hände gestützten Kopf am Küchentisch sitzt. Verwirrt blinzelt er, als er den Kopf hebt und mich ansieht. Scheinbar hat er mich nicht kommen gehört.

»Es ist das Beste.«

»Nein, es ist das Einfachste, aber nicht das Beste.«

Dad sackt kraftlos in sich zusammen. Ich setze mich wieder zu ihm an den Tisch.

»Was sollen wir deiner Meinung nach tun?«

Eine Idee macht sich in meinem Kopf breit. Nimmt meine Gedanken ein, wie die Sonne das Gebirge der Rocky Mountains ins sanfte Morgenlicht eintaucht.

»Ich hab da eine Idee.«

Kapitel 25

Das Leben ist ein Wald voller Möglichkeiten. Mit verschlungenen Pfaden, Rastplätzen abseits des Weges und um jede Ecke lauert eine neue Überraschung. Ich wurde überrascht, als mein Vater ohne Widerspruch meinem Vorschlag zustimmte, Grandpa im Johnston Canyon zu beerdigen. Seine Asche vom Wind hinab in den Fluss tragen zu lassen. Und als Andenken an ihn eine Bank zu errichten, für all die Wanderer, die einen Ort zum Innehalten suchen. Der Ort, der Grandpa für mich gewesen ist.

Mit den Fingern streiche ich über die Gravur, die in ein Metallschild eingeritzt ist und an der Holzbank befestigt wurde.

In Gedenken an Stan Anders, geliebter Vater, Ehemann und Großvater.

Das ›Wir werden dich vermissen alter Mann‹ hat die Geduld meines Vaters dann doch überstrapaziert. Und auch, als ich ihm die Idee vortrug, Grandmas Asche auszubuddeln und ebenfalls im Johnston Canyon zu verstreuen, damit sie ihre Reise mit Grandpa antreten kann. Er glaubt sowieso nicht daran, dass nach dem Tod etwas kommt.

Als ich ihm vorschlug, jedes Jahr einen Campingtrip in den Rocky Mountains zu unternehmen, um Grandpa zu besuchen, hat er zugestimmt. Aber ich weiß, dass Grandpa überall sein wird. In jedem Windstoß, jedem Sonnenstrahl und jedem Wassertropfen auf meiner Haut, wenn ich mich nur zu erinnern vermag. Und die Erinnerungen an ihn sind an genau diesem Ort am klarsten. Wie ich ihn in einem Affenzahn die verschlungenen Pfade entlang steiler Felswände und tosenden Wasserströmen hochschiebe. Die anderen Touristen, die versuchen mit dem alten Herren im Rollstuhl mitzuhalten, um sich keine Blöße zu geben. Und Grandpas strahlende Augen und sein verschmitztes Zwinkerlachen. Ja, der Johnston Canyon ist wahrlich ein guter Ort, um sich zu erinnern.

Wir sind mit Dads Auto hier. Er hat sich die nächsten zwei Wochen frei genommen. Nachdem meine Mutter am Telefon gestanden hat, dass es Grandpas Idee war, dass ich den Sommer in Kanada verbringe. Aber nicht nur, weil er seine Enkeltochter noch einmal vor seinem Tod sehen wollte, sondern auch, weil er sich Sorgen um Dad gemacht hat. Er wollte ihn nicht allein zurücklassen und statt ihn mit einer neuen Frau zu verkuppeln, brachte er die Frau in sein Leben zurück, die es bereits einmal betreten hatte: Mich, seine Tochter.

Dieses Geständnis sorgte dafür, dass Dad auf der Arbeit anrief und sich endlich Zeit für ebendiese Tochter nahm. Warum Mom den Kontakt zu mir und Dad unterbunden hat, habe ich sie noch nicht gefragt. Das ist ein Thema, über das ich mit ihr von Angesicht zu Angesicht reden will.

»Wohin wollen wir?«, fragt Dad, nachdem wir an diesem sonnigen Tag wieder in sein überhitztes Auto eingestiegen sind. Ganz anders als an dem Tag, den ich mit Grandpa hier verbracht habe. Ich bin froh um die wärmenden Sonnenstrahlen. Würde es jetzt regnen, würden die Dämme hinter meinen Augen brechen und ich wieder weinen, wie die letzten Tage. Inzwischen bin ich mir nicht mehr sicher, ob ich überhaupt noch Tränen habe, die geweint werden können. Aber es hat gut getan, die Gefühle zuzulassen. Rauszulassen.

»Lass uns zum Mount Robson fahren. Hab da noch ein Jobangebot offen.« Ich drehe das Radio lauter, aus dessen Boxen ein Lied von Bryan Adams dringt. Eines von der ersten Kassette, die ich gegen die von Vince' eingetauscht habe. Von dem ich nach wie vor keine Spur gefunden habe.

Der Kerl scheint sowas wie Internet nicht zu kennen und demnach nicht zu existieren.

Als wir im Mount Robson ankommen, lotse ich Dad zur Willow Ranch. Kaum zu glauben, dass das erst zwei Wochen her ist. Seitdem hat sich viel geändert. Ich habe mich geändert. Aber vermutlich nicht erst seit Grandpas Tod, sondern bereits mit meiner Ankunft in Kanada. Das Land meiner Wurzeln hat mich sozusagen verwurzelt. Nur Wurzeln schlagen werde ich nicht, dafür hat mich das Roadtripfieber zu sehr gepackt.

»Maddy?« Mallory scheint mich zu erkennen, als ich aus dem Auto steige.

»Hab gehört, ihr braucht noch Hilfe über den Sommer.« Frech grinse ich sie an. Etwas verwirrt mustert sie mich, bis sie mein Grinsen erwidert.

»Mein Dad ist ein echter Profi, hat jahrelang auf einer Farm gearbeitet, bis er Manager wurde.« Ich verdrehe die Augen und Mallory lacht herzlich.

»Ihr kommt genau im rechten Moment. Ich musste Jake rausschmeißen, nachdem er beim letzten Ausritt sogar das Leben eines der Kinder aufs Spiel gesetzt hat. Deshalb: Willkommen im Team.«

Die Arbeit auf Mallorys Ranch macht Spaß. Tagsüber begleite ich die Ausflüge der Kids. Sogar das Hängerfahren bringt Mallory mir bei. Zum Glück geht das in Kanada mit einer Übungslizenz, die mein Vater mir besorgt hat. Außerdem schaffe ich es endlich, meinen kanadischen Reisepass zu beantragen. Dad selbst scheint richtig aufzugehen in seinem Job in der Natur. Er hat den Bürojob in Calgary nur angenommen, weil er Mom und mich finanziell unterstützen wollte, nachdem Grandpa das nicht mehr konnte. Ja, ernsthaft: Meine Unterhaltszahlungen bis dahin hat Grandpa getragen, weil Mom das Geld von meinem Vater nicht annehmen wollte. Ich habe keine Ahnung, was zwischen den beiden damals vorgefallen ist, aber kein Grund wird groß genug sein, zu rechtfertigen, mich mit voller Absicht von meinem Vater ferngehalten zu haben. Das Geld hat Dad übrigens auf ein Sparkonto gepackt. Die Influencerin in mir plant bereits ihre nächsten Reisen mit dem Geld.

Mein Instagrampost schlug übrigens ein wie eine Bombe. Ich habe Dutzende von Kommentaren erhalten, wie großartig sie es fänden, dass endlich einer die Wahrheit aussprechen würde. Statt nur inszenierte Fotos zu posten, schieße ich auch einmal ein Selfie. Ganz spontan und sogar manchmal ungeschminkt. Komplett die Finger vom Internet kann ich leider nicht lassen. Aber jetzt fühlt es sich gut an. All der Druck ist von mir abgefallen, den ich in den letzten Wochen aufgebaut habe.

Heather habe ich zur Rede gestellt. Okay, eigentlich hat sie mir angeboten, meine Frist nochmal um eine Woche zu verlängern, da habe ich ihr geschrieben, dass ich kein Interesse mehr an dem Job hätte. Als sie auf mich einredete, habe ich sie nach ihrer Provision gefragt. Und Tatsache: Ab einer Followerzahl von 5.000, erhält sie pro verkauftes Produkt mehr Geld. Und ratet mal, wer in erster Linie Produkte kaufen soll: Ich. Das würde sich natürlich ausgleichen, wenn ich ebenfalls Leute anwerbe, die dann Produkte kaufen. Schneeballsystem. Und das verkaufen sie einem dann als große Karriere. Heather habe ich aus meiner Freundesliste gelöscht. Schade eigentlich. Abgesehen davon, dass sie versucht hat, mich übers Ohr zu hauen, war sie eigentlich ganz nett. Und irgendwie tut sie mir auch ein bisschen leid. Ich wäre schließlich auch fast in diese Schuldenfalle getappt. Heather ist Studentin und hat durch die Mindestabnahme hohe Kosten im Monat. Sie muss Leute anwerben, um diese zu decken.

»Maddy?« Mallorys Stimme schallt vom Haupthaus zu mir herüber, als ich gerade dabei bin, Dandy in seinen Stall zu bringen.

»Bin gleich da.« Vermutlich ist das Essen fertig. Dad ist bestimmt schon drinnen. Dass er sich gut mit der Solo-Rancherin versteht, juckt mich nicht. Eher freue ich mich, dass er eine Schulter hat, an die er sich lehnen kann, wenn ich wieder abreise. Was übrigens in einer Woche sein wird. Schon.

Ich streife meine Stiefel ab, die Mallory mir geliehen hat.

»Was gibt's denn?« Hoffentlich besteht das Abendessen nicht wieder aus selbstbelegter Pizza, wie die letzten Abende. Mallory war früher mit einem Italiener verheiratet und kocht nichts anderes als Pizza oder Nudeln. Oder Nudeln und Pizza. Manchmal landen auch diese unaussprechlichen Kartoffelklöße auf dem Teller. Gnocchi oder so.

»Ich hab deine Fotos aus dem Labor mitgebracht«, weist Mallory mich auf ein Päckchen hin, das auf dem Tisch liegt. Ich beeile mich mit dem Händewaschen und reiße den Klebeverschluss auf.

»Vorsicht, du machst die Fotos ja ganz nass.«

Schnell wische ich mir die Hände an meinem dreckigen Shirt ab. Nicht ganz hygienisch, doch ich kann es kaum abwarten die Fotos zu sehen.

Als ich mich mit erhobenen Armen in einer Kurve unter lauter Schafen wiederfinde, kann ich mein Grinsen nicht verkneifen. Mallory setzt sich neben mich und ruft auch meinen Dad heran.

»Wer sind die denn?« Mallory deutet auf das Ehepaar, das mir den Schlafsack geschenkt hat.

»Tom und Louisa? Oder war es Lisa? Ich weiß es nicht mehr.« Ich lache und blätter weiter. »Das nächste Mal müssen die Leute ein Schild mit ihrem Namen hochhalten, damit ich mich besser an ihn erinnern kann.«

»Das sind aber viele Bilder vom Lake Louise.« Dad steht neben dem Tisch und linst mit feuchten Augen auf die letzten Fotos seines Vaters.

»Da hat Grandpa mir das Fotografieren beigebracht. Musste ein bisschen üben.«

Ich decke ein überblättertes Bild auf. Es ist das Bild aus dem Johnston Canyon. Ziemlich verwackelt. Ich suche weiter vorne, bis ich die unverwackelte Version finde.

»Das sieht aus, wie das Bild, das Vater damals berühmt gemacht hat.«

»Ja, mit dem Unterschied, dass das hier von mir ist. Grandpa war der Abstieg zu abenteuerlich.«

»Das ist schön, darf ich das haben?« Mallory deutet auf das Bild von Grandpa am Lake Louise, wie er auf das Wasser starrt. Zögerlich sieht sie meinen Vater an. »Wenn du nichts dagegen hast, dass ich ... naja ... ein Bild von deinem Vater hier aufhänge.«

»Nein, nein«, stammelt Dad. Wirklich, die beiden sollten sich ein Zimmer nehmen. »Das ist schon okay. Also, wenn du es wirklich hier hängen haben willst.«

»Nichts da, macht euch eure eigenen Abzüge.« Mit meinem Protest unterbreche ich ihr Gestammel. Mensch, sind die peinlich. Sie brauchen gar nicht erst so tun, als würde ich nichts davon wissen. Warum nehmen sie überhaupt Rücksicht auf mich? Dad war bis vor kurzem ein Fremder für mich. Deshalb kann es mir auch egal sein, mit welchen Frauen er sich trifft. Solange er es sich mit Mallory nicht verscherzt und ich sie häufiger besuchen darf, kann er tun und lassen, was er will.

»Wie niedlich, ein Murmeltier!« Mallory hebt das Bild vom Mount Edith Cavell nach oben. Ich nehme ihr das Foto aus der Hand.

»Komisch, Grandpa hat doch gesagt, dass er zwei auf dem Foto drauf hat.«

»Vielleicht ist das andere weggerannt?«, fragt Dad.

»Das ist ja das Komische. Ich habe nur ein Murmeltier gesehen. Und Grandpa hat ... Oh, Grandpa hat an dem Tag auch die Weingläser doppelt gesehen. Aber ich dachte, dass das vom Alkohol kommt.«

Dad legt mir eine Hand auf die Schulter und seufzt. »Er hatte immer mal wieder diese Sehnerventzündung, durch seine Erkrankung. Dann hat er alles doppelt gesehen. Vielleicht war es das, was ihn glauben ließ, dass dort zwei Murmeltiere sitzen würden?«

Ich komme mir richtig dämlich vor.

»War Grandpa schon krank, als ich ihn das letzte Mal gesehen habe?«

Dad zuckt mit den Schultern. »Wenn es nach deinem Grandpa gegangen wäre, hätte niemand von seiner Krankheit erfahren. Und MS ist tückisch. Es kann über Jahre hinweg unentdeckt bleiben. Die Diagnose ist nicht leicht zu stellen. Bei jedem verläuft die Krankheit anders. Deine

Granny hat sich um ihn gekümmert. Erst nach ihrem Tod, ist mir selbst aufgefallen, wie es um ihn steht. Muskelschwäche, immer wieder neue Medikamente, die er sich weigerte zu nehmen. Ab und an kam eine Sehnerventzündung dazu.«

Ich presse die Lippen aufeinander. Dad fährt fort: »Er hat immer gegen die Tatsache angekämpft, dass er krank ist. Wie ein Adler im Sturm, der der Meinung ist, auch ohne den Windschatten eines Vogelschwarms vorwärtszukommen. Ich hoffe, dass ich die gleiche Kraft aufbringen kann, falls es mir einmal so ergeht. Dein Grandpa war der Stärkste von uns allen.«

Bedächtig nicke ich, während ich versuche, die Tränen zurückzuhalten.

»Und wer ist der junge Mann?«, versucht Mallory mich von meiner Trauer abzulenken und deutet auf ein Foto, auf dem Vince an seinem Campervan lehnt. Mein Herz springt für einen Moment wie ein Pferd, das sich vor einer fliegenden Plane erschreckt. An das Foto kann ich mich gar nicht erinnern. Und auch nicht an den Wasserfall dahinter. Es muss an dem Tag aufgenommen worden sein, als ich Grandpa im Yoho Nationalpark zurückgelassen habe. Ein Weiteres zeigt Vince und Grandpa zusammen. Im Hintergrund der Peyto Lake? Sofort wird mir wärmer ums Herz. Vince hat Grandpa den ganzen Weg hinauf zu der Aussichtsplattform geschoben. Dabei war er nicht mal sein Großvater. Eine winzige Träne kann ich nicht mehr zurückhalten. Verstohlen wische ich sie weg.

»Stattlicher Bursche.«, schwärmt Mallory. »Glaube ihn habe ich vor einigen Wochen auf einem der Wanderwege getroffen, als ich mit den Kindern ausreiten war.«

Sofort schnellt mein Blick zu ihr herum. »Wo?«

»Erinnerst du dich noch an den Weg, den wir geritten sind, als du uns das erste Mal begleitet hast? Als Jake seinen Schlaf im Transporter nachgeholt hat.«

Wie könnte ich diesen Tag vergessen?

»Sag nicht, das war am selben Tag?« Ich werde panisch. Was ist, wenn ich Vince vor lauter Natur übersehen habe? Er ist Vince. Man übersieht ihn nicht wegen eines Tannenbaums oder eines Wasserfalls.

»Nein, das müsste einen Tag zuvor gewesen sein.«

»Was hat er gesagt? Sah er gut aus? Also klar sah er gut aus, aber war er gesund? Gut gelaunt? Hatte er vielleicht ein Mädchen dabei? Oder war er alleine unterwegs? Ich hoffe, er war alleine unterwegs. Also nicht, dass das gut wäre. Wegen der Bären und so. Aber ...«

»Stop!«, bremst mich Mallory lachend. »Ich habe ihn nur flüchtig gesehen. War mit einer Gruppe von jungen Männern wandern. Keine Mädchen also.«

Ich bette meinen Kopf auf dem Tisch mit den darauf liegenden Fotos.

»Warum hätte das doofe Auto nicht zwei Tage später abfackeln können?« Dann hätte ich vielleicht noch eine Chance gehabt, ihn zu finden.

Dad wirft mir einen bösen Blick zu. »Am besten wäre es gar nicht erst abgefackelt.«

Ich rolle mit den Augen. Dad scheint das Auto aus sentimentalen Gründen etwas zu bedeuten. Oder er trauert der Musikkassette hinterher. Sicher bin ich mir nicht.

Als ich meinen Kopf wieder von der Tischplatte löse, bleibt eines der Fotos an meiner Wange kleben. Ich ziehe es wie ein Pflaster von meiner Haut ab, nur ohne Schmerzen. Es ist das Bild von Vince vor seinem Van. Er hat die Arme vor der Brust verschränkt und sein Fuß lehnt am Nummernschild. Ein Traum von einem Mann, den ich wohl leider ausgeträumt habe. Er wundert sich bestimmt schon, dass ich mich nicht gemeldet habe. Oder er hat mich vergessen. Ich weiß es nicht. Wenn er wirklich auf den Kontakt zu mir bestehen würde, dann hätte er sich schon längst bei Instagram registriert. Er weiß, dass ich da aktiv bin. Er hätte mich finden können. Oder sich leichter finden lassen.

Mallory nimmt mir das Bild aus der Hand. »Ist das eine Telefonnummer?«

»Ne, die hatte ich auf dem Arm stehen ...«

»Nein, ich meine auf dem Bild. Auf dem Van. Siehst du?« Ihr Finger deutet auf einen Schriftzug neben Vince Kopf. Ich halte das Bild so dicht an mein Auge wie möglich.

»Kann ich nicht lesen.« Ich stöhne auf. Als ob Vince seine Telefonnummer auf den Van schreiben würde. Damit all die Frauen, die auf dem Highway hinter ihm her kriechen müssen, wissen, unter welcher Nummer sie ihn anfeuern können.

Mallory legt ihren Arm um meine Schulter und zieht mich an sich. »Auf diesem Bild nicht. Aber wir können das Negativ vergrößern lassen, bis die Nummer zu lesen ist.«

Misstrauisch betrachte ich sie. Sie weiß doch hoffentlich, dass ich keine Lust habe, neue Hoffnung zu schöpfen, die dann erneut mit Füßen getrampelt wird. Aber was, außer meiner Hoffnung, habe ich zu verlieren?

Am Abend scrolle ich durch die Kommentare zu meinem heutigen Bild. Ich habe die Kamera, die Dad mir geschenkt hat, auf ein Stativ gestellt und sie mit meinem Handy ausgelöst. Ziemlich cool diese Technik. Auf dem Bild sitze ich mit dem grasenden Dandy am Abgrund eines Hügels und unter uns die Berge. Zumindest sieht es so aus. Was die richtige Perspektive alles ausmacht.

Über eines der Kommentare stolpere ich im Besonderen:

Fotografie Schürmann
Wahnsinns Talent. Wenn du Interesse hast, als Fotografin zu arbeiten, melde dich doch einfach mal.
Vor 8 Stunden

Kommentare mit vermeintlichen Jobangeboten bekomme ich viele. Meist erreichen sie mich per privater Nachricht und sind entweder irgendwelche Produkttester-Anfragen oder unseriöse Rabattcode Angebote, die einem als Job verkauft werden. Komisch, dass ich sie sonst durchschaue und bei Heather so gnadenlos versagt habe.

An diesem Kommentar ist irgendetwas anders. Erst mal hat der Benutzer einen normalen Namen und beachtet dann auch noch die Groß- und Kleinschreibung.

Ich klicke auf das Profil. Gerade einmal zwei Fotos sind online und der Link zu einer Webseite. Die ist aussagekräftiger als das Instagramprofil. Es handelt sich dabei um ein Fotostudio in Bonn. Auf der Webseite werben sie für einen Ausbildungsplatz ab September. Also genau dann, wenn ich wieder zurück in Deutschland bin. Die Fotos gefallen mir, da es keine klassische Studiofotografie ist, sondern viel draußen mit natürlichem Licht gearbeitet wird. Genau das, was ich in den letzten Wochen geübt habe.

Ich gehe zurück zu Instagram und öffne das private Chatfenster. Meine Antwort ist schnell getippt, da ich mir bei meinen Zeugnissen keine großen Hoffnungen mache.

Hallo Frau Schürmann,
wenn es um die Ausbildungsstelle geht, bin ich ab September zu haben. Allerdings befinde ich mich bis dahin noch bei meinem Vater in Kanada und habe meine Zeugnisse gerade nicht vorliegen, um sie Ihnen zuschicken zu können.
Viele Grüße,
Maddy

Prompt kommt eine Antwort:

Hey Maddy,
kein Problem. Ich finde deine Fotos richtig klasse. Schick mir doch einen kurzen Lebenslauf mit deinen Daten und komm vorbei, sobald du wieder in Deutschland bist. Wir haben eine dreimonatige Probezeit, in der du dich beweisen kannst und auch sehen wirst, ob du dich in unserem Team wohl fühlst. Hast du einen Führerschein, sodass du später auch zu Kunden fahren kannst? Ach, was frage ich das jetzt schon. Du scheinst außerdem sehr talentiert mit dem Internet zu sein. Meine Praktikantin hat mir das alles eingerichtet. Ich bin, um ehrlich zu sein, ein bisschen überfordert mit Instagram und wie das alles heißt. Wusste gar nicht, wie ich dir die Nachricht privat schicke.
Wäre das ein zusätzliches Aufgabengebiet für dich, in dem du mich vielleicht unterweisen könntest? Ausbildung heißt ja nicht, dass wir nicht auch voneinander lernen können.
Liebe Grüße,
Christina Schürmann

Ich bin baff. Habe ich da gerade eine Ausbildungsstelle gefunden? Also so ganz wirklich?

Jubelnd springe ich auf und renne runter in die Küche.

»Ich werde als Fotografin arbeiten«, brülle ich, bevor ich den Raum betreten habe. Dad und Mallory fahren wie ertappt auseinander.

»Interessiert mich nicht, dass ihr rumgeknutscht habt. Ihr könnt gleich weitermachen. Aber jetzt brauche ich erst mal einen Computer, an dem ich einen Lebenslauf schreiben kann. Mallory, wo steht dein PC?«

Dad streicht sich verlegen durch die Haare, während Mallory mich lachend in ihr Büro führt.

Nur eine Stunde später sitze ich zitternd vor dem Mailprogramm. Zum Glück scheint diese Christina Schürmann gerade am Computer zu sitzen, denn nur wenige Minuten später bekomme ich eine Mail mit dem Betreff ›Willkommen im Team‹.

Als ich diesmal den Flughafen von Calgary betrete, bin ich nicht allein. Mein Vater ist bei mir, ganz offiziell. Mallory hätte ihm in den Hintern getreten, wenn er mich in einen Bus hätte steigen lassen, um das Land erneut auf unbekannte Zeit zu verlassen.

»Wir können auch schon im Mai im Johnston Canyon wandern gehen«, schlage ich meinem Dad vor, während ich mein Flugticket am Schalter entgegennehme. Einen Koffer besitze ich zu Lolas Leidwesen nicht mehr, den ich hätte aufgeben können. Ohne den ganzen Ballast fühlt man sich sowieso viel freier. Sie sollte mir also dankbar sein.

»Im Mai liegt noch Schnee.«

»Und das ist ein Problem, weil?« Ich zucke mit den Schultern. »Ich muss das sowieso erst mal mit meiner neuen Arbeitsstelle abklären.«

Vor der Schlange für die Security Lane bleiben wir stehen. Dad nimmt seine Hände aus den Taschen und breitet seine Arme aus, um mich in eine Umarmung zu ziehen. Ich lasse ihn gewähren und atme tief seinen Duft nach frischem Heu und Pferdehaar ein.

»Ich würde mich freuen, dich so früh wie möglich wiederzusehen.« Dad zieht mich ein letztes Mal fest an sich.

»Ich mich auch.« Mit den Worten drehe ich mich um, winke ihm nochmal zu und gehe auf den Grenzbeamten zu, der die Hand nach meinem Boardingpass ausstreckt.

»Na, diesmal mit kanadischem Reisepass?« Der Grenzbeamte von meiner Einreise steht vor mir.

Frech grinse ich ihn an. »Seine Herkunft kann man wohl nicht verleugnen, was?«

»Soll ich Ihnen dann überhaupt einen guten Heimflug wünschen?«
Ich nicke. »Manche Menschen haben eben nicht nur ein Zuhause im Leben.«

Manchmal ist das Leben keine lange Gerade, auf der man alles wie berechnet findet. Manchmal gleicht es eher einem Irrgarten, in dem man nur über Umwege ans Ziel gelangt. Das Gute an einem Irrgarten ist: Hat man keinen, mit dem man zeitgleich gestartet ist, weiß man auch nicht, dass man nicht den schnellsten Weg gefunden hat. Auch wenn ich haufenweise junge Erwachsene in meinem Alter kenne, die mit mir zur Schule gegangen sind, deren Ausbildungen abgeschlossen sind oder die sogar erfolgreich studieren, so habe ich nicht das Gefühl, den falschen Weg aus dem Irrgarten genommen zu haben. Denn wir hatten alle unterschiedliche Startpositionen. Von der einen gelangt man schneller ans Ziel, als von der anderen. Und wer weiß: Vielleicht ist das noch lange nicht das Ende, sondern der Übergang ins nächste Labyrinth.

An meinem dritten Arbeitstag bei Fotografie Schürmann – das Team besteht übrigens aus Christina, ihrer Nichte Patricia und ihrem Hund Maggie – ruft mich Mallory in der Mittagspause an. Was in Kanada gerade früher Morgen ist.

»Maddy? Ich habe Neuigkeiten für dich.« Ich kann ihr Grinsen förmlich durch das Telefon hören.

»Du bist schwanger?«, klappere ich die möglichen Punkte ab, weshalb sie so aus dem Häuschen sein könnte. Währenddessen beiße ich in mein Eiweißsandwich.

»Was? Nein.« Sie klingt ein wenig verlegen. Offiziell haben sie es mir nicht gesagt, aber ich glaube, dass Dad bei ihr eingezogen ist.

»Dann bin ich ahnungslos. Schieß los.«

Mallory legt eine Kunstpause ein, ehe sie mit der Sprache rausrückt. »Das vergrößerte Bild von deinem Vince ist da.«

»Und?« Mein Herz klopft wilder.

»Uuund ... die Telefonnummer ist zu erkennen.«

Wenn sie mir die jetzt schickt, weiß ich nicht, ob ich anrufen würde. Was ist, wenn ich Vince wieder nicht finde?

»Ich habe auch schon für dich da angerufen«, kommt Mallory mir zuvor. »Tut mir leid, ich war neugierig. Naja, jedenfalls ging nicht dein Vince ans Telefon ...«

»... er ist nicht mein Vince.«

»... noch nicht. Auf jeden Fall hat der Van früher einem Lieferanten gehört, dessen Telefonnummer hinten draufstand. Er hat den Wagen an zwei australische Burschen verkauft und hatte noch die Nummer des einen.«

Mein Herz schlägt so wild in meiner Brust, dass ich mein Sandwich zur Seite legen muss. An Essen ist nicht mehr zu denken.

Mallory fährt fort: »Es war ein gewisser Shannon am Telefon.« Enttäuschung macht sich in mir breit. Warum ruft Mallory überhaupt an? Nur um mir eine erneute Niederlage als Spurensucher unter die Nase zu reiben?

»Shannon ist Vince Kumpel und er hat mir die Handynummer seines Freundes gegeben.«

»Was?«

»Ich – habe – Vince' – Handynummer!«

»Nicht wahr?« Aufgeregt springe ich auf, wobei der Stuhl auf dem ich gesessen habe, nach hinten überkippt. Meine Chefin steckt fragend ihren Kopf in den Pausenraum, doch ich deute mit der freien Hand auf mein Handy, um ihr zu zeigen, dass ich gerade am Telefonieren bin.

»Ich mail sie dir gleich rüber.« Nachdem ich mich überschwänglich bei Mallory bedankt habe, beenden wir das Gespräch. Mir kommen Grandpas letzte Worte in den Sinn. Bisher habe ich angenommen, dass seine Liebe zur Fotografie so groß war, dass er den entwickelten Film noch vor seinem Tod sehen wollte. Doch jetzt schwant mir, dass er bis zur letzten Minute einen Weg gesucht hat, damit ich Vince wiederfinde. Mit dem Wort Foto, wollte er mir einen Hinweis geben. Darauf, dass ich den Weg zu Vince die ganze Zeit mit mir herumgeschleppt habe. Was für ein großartiger Mann. *Danke Grandpa.*

Ein paar Minuten später halte ich grinsend Vince Handynummer auf dem Bildschirm meines Smartphones. Wenn du glaubst, mich abgeschüttelt zu haben, Vince, dann hast du dich geschnitten. Madison Anders wird man nicht so schnell los.

Weiterreise

6 Monate später …

9:18 Maddy
Sag mal, bist du noch in Melbourne?

9:20 Vince
Habe das Land nicht verlassen, falls es das ist, was du meinst.

9:20 Maddy
Hast du morgen um diese Zeit schon was vor?

9:22 Vince
Feierabend machen? Wieso, Telefonsex?

9:23 Maddy
Quatschkopf. Ne, ernsthaft. Kannst du mich am Flughafen abholen?

9:24 Vince
Bitte was?

9:25 Maddy
Du hast schon richtig gelesen. Komme um 19:25 an. Bis später :-*, muss das Handy jetzt in den Flugmodus versetzen, bevor die Stewardess es wieder vom Boden aufheben muss. Lange Geschichte …

9:25 Vince
Du fliegst nach Melbourne?
Ernsthaft? Maddy?

9:26 Vince
Maddy! Hallo? Das ist jetzt kein Scherz von dir?

9:30 Vince
MADDY! HALLO?

14:39 Vince
Das ist dein scheiß Ernst, oder?

18:30 Vince
Also irgendwann musst du ja wohl umsteigen. Maddy?

04:05 Vince
MADDY!

Das Ende oder
ein neuer Anfang?

Danksagung

Schon im Grundschulzeugnis der ersten Klasse stand, dass ich einmal Autorin werden würde. Danke an meine Lehrerin Frau Müller, die bereits in so jungen Jahren an mich geglaubt hat.

Die Entstehung eines Buches ist ein langwieriger Prozess. Und ohne meinen Freund hätte ich den Roadtrip in Kanada nicht auf diese Weise erlebt, dass ich die Inspiration zu #ProjektRockys hatte, sondern wäre auch das ein oder andere Mal verzweifelt. Danke, dass du für mich da bist, Jan.

Außerdem möchte ich zwei ganz wundervollen Autorenkolleginnen danken, die mir jederzeit mit einem offenen Ohr zur Seite standen, meine unzähligen Fragen beantwortet haben und nicht zuletzt das Buch im Schnelldurchgang auf mögliche Fehler überprüft haben. Danke Melike und Nina, dass ihr meinem Buchbaby so viel Zeit und mir so viele Nerven geschenkt habt.

Bei der Überarbeitung waren nicht nur die beiden beteiligt. Auch meinen wundervollen Testleserinnen Kiki, Chelly, Sarah und Tina möchte ich danken. Und natürlich auch meiner Lektorin Natalie, ohne die die Story vermutlich gähnend langweilig geblieben wäre.

Ein weiterer Dank geht an meine großartigen Bloggerinnen. Danke, dass ihr Maddy, Grandpa Stan und mich auf dieser Reise begleitet Lily, Chelly, Jadranka, Nicole, Jasmin, Julz, Sarah, Lina, Anne, Sally, Anna und Steffi.

Das Cover wäre ohne Marias Hilfe niemals so einzigartig geworden. Danke, dass du mir mit deinem Farbkarussell diesen wundervollen Schriftzug gelettert hast.

Die großartige Illustration am Ende stammt von der lieben Marie. Das Bild trifft Maddy und ihren Grandpa einfach perfekt. Du hast wahnsinnig viel Talent und ich bin froh, dass du es für mein Buchbaby hast fließen lassen.

Danke auch an Nina, für die tollen Kapiteltrenner und das träumende Reiselogo. Du wusstest einfach sofort, was richtig ist.

Ohne Daggi würde das Buch nicht so schön aussehen. Sie hat sich mit mir hingesetzt, verschiedene Programme ausprobiert und zum Schluss nochmal den Buchsatz kontrolliert, damit ihr ein angenehmes Lesevergnügen habt.

Danke auch an Mary Cronos, deren Idee mit den Barcodes ich aus ihrer Nafishur-Reihe übernehmen durfte. Ohne dich gäbe es die vielen Zusatzinfos zur Geschichte nicht und meine Roadtrip-Bilder würden ungesehen auf der Festplatte versauern.

Die liebe Yvonné möchte ich ebenfalls nicht vergessen, die bereits an mich und mein Buchprojekt geglaubt hat, als sie es noch nicht gelesen hat. Ich hoffe, dass uns unser Projekt gelingt und auch meine kanadischen Freunde dieses Buch irgendwann in den Händen halten werden. Und ich danke dir für die Hilfe mit dem Klappentext und einfach allem.

Was wäre ein Buch ohne so großartige Leser wie euch? Ohne Menschen, die in die Geschichte eintauchen und in ihr aufgehen. Ich danke dir, dass du dich für *Nach oben führt auch ein Weg hinab* entschieden hast. Ich hoffe, du hattest eine ebenso schöne Zeit in den Rocky Mountains, wie ich. Über eine Rückmeldung oder Rezension freue ich mich sehr.

Danke, dass ihr ein Teil von dieser Geschichte seid! Eure April

Bist du auf der Suche nach weiteren Buchempfehlungen?

Wie würdest du handeln, wenn es um dein Leben ginge?
Warten, bis die Tradition der Blutfehde dein Leben auslöscht, oder verlässt du deine Heimat und dein vertrautes Umfeld?

Blutrache – Elif & Erhan

von Melike Yasar

Die Blutfehde, die in den kurdischen Gebieten der Türkei bereits eine Vielzahl von Männern das Leben gekostet und den Frauen Schande gebracht hatte, schien wiederaufzuleben. Wie hätte ich ahnen können, dass der Tod meines Vaters und der meiner Brüder eines Tages auch mich verfolgen und mein Leben aus der Bahn werfen würde?
Ein dramatischer und spannender Liebesroman über ein Mädchen, das über sich hinauswächst. Eine Reise in die süd-östliche Kulturgeschichte.

Ein spannender Liebesroman, mit einem Hauch Humor und einem tiefen Einblick in eine andere Kultur.

»Man muss sich kein Blut teilen, um eine Familie zu sein.«

Die Stille meiner Heimat

von Nina Dont

2009

Als Daniels Großmutter stirbt, hinterlässt sie ihm drei Dinge: Trauer, einen Brief und Chaos. Der Brief enthält ein Familiengeheimnis, doch er wirft mehr Fragen auf, als er beantwortet.

Findet Daniel auf der Suche nach der Vergangenheit seine Zukunft?

1938

Maria könnte nicht glücklicher sein: Sie lebt in einem kleinen südmährischen Dorf, hat gerade ihre Jugendliebe geheiratet und erwartet ihr erstes Kind.

Doch Maria ahnt nicht, dass sich die politische Lage immer weiter zuspitzt und es bald zu einem neuen Weltkrieg kommen wird.

Wird sie es schaffen, ihre Familie zu beschützen?

Ein Roman über den Verlust der Heimat und die Suche nach der eigenen Familiengeschichte.

„Vielleicht will ich einfach mal fallengelassen werden, um zu sehen, ob ich überhaupt in der Lage wäre, zu fliegen."

Flügelschwingen Lebensangst und Todesmut

von Dradra & Trici

Nach nichts sehnt sich Katiya mehr, als das Feuer des Lebens zu spüren. Bei Nacht und Nebel flieht sie aus dem Herrenhaus ihrer Familie zu ihrer außer Rand und Band geratenen Cousine Sachi.
Sachi führt Katiya in die Welt, die ihr bislang bloß als die des Gesindels bekannt gewesen war. In Sachis Motorradwerkstatt trifft Katiya den Handlanger Yuriy. Als Yuriy den Auftrag bekommt, Katiya nach Hause zurück zu entführen, eskaliert das, was als Flug in die Freiheit begonnen hat, zur Katastrophe.

Flügelschwingen: Lebensangst und Todesmut ist der Auftakt einer New Adult-Reihe, die sich deutlich von dem vorherrschenden Mainstream abhebt.
Sie besticht durch ihre lebendigen Charaktere und entführt den Leser in eine Mischung aus Thriller, Zwischenmenschlichkeit und Tiefsinn.

Besucht mich auf meiner Webseite:

www.april-wynter.de